HEINZ G. KONSALIK

DES SIEGES BITTERE TRÄNEN

(Mein Pferd und ich)

Roman

WILHELM HEYNE VERLAG
MÜNCHEN

HEYNE ALLGEMEINE REIHE
Nr. 01/5210

Die Originalausgabe dieses Romans
erschien unter dem Titel
MEIN PFERD UND ICH

20. Auflage

Printed in Germany 1992
Umschlagfoto: Mauritius/R. Mayer, Mittenwald
Umschlaggestaltung: Atelier Ingrid Schütz, München
Gesamtherstellung: Ebner Ulm

ISBN 3-453-00577-0

HEYNE BÜCHER

Von Heinz G. Konsalik
sind als Heyne-Taschenbücher erschienen:

Die Rollbahn · Band 01/497
Das Herz der 6. Armee · Band 01/564
Sie fielen vom Himmel · Band 01/582
Der Himmel über Kasakstan · Band 01/600
Natascha · Band 01/615
Strafbataillon 999 · Band 01/633
Dr. med. Erika Werner · Band 01/667
Liebe auf heißem Sand · Band 01/717
Liebesnächte in der Taiga · Band 01/729
Der rostende Ruhm · Band 01/740
Entmündigt · Band 01/776
Zum Nachtisch wilde Früchte · Band 01/788
Der letzte Karpatenwolf · Band 01/807
Die Tochter des Teufels · Band 01/827
Der Arzt von Stalingrad · Band 01/847
Das geschenkte Gesicht · Band 01/851
Privatklinik · Band 01/914
Ich beantrage Todesstrafe · Band 01/927
Auf nassen Straßen · Band 01/938
Agenten lieben gefährlich · Band 01/962
Zerstörter Traum vom Ruhm · Band 01/987
Agenten kennen kein Pardon · Band 01/999
Der Mann, der sein Leben vergaß · Band 01/5020
Fronttheater · Band 01/5030
Der Wüstendoktor · Band 01/5048
Ein toter Taucher nimmt kein Gold · Band 01/5053
Die Drohung · Band 01/5069
Eine Urwaldgöttin darf nicht weinen · Band 01/5080
Viele Mütter heißen Anita · Band 01/5086
Wen die schwarze Göttin ruft · Band 01/5105
Ein Komet fällt vom Himmel · Band 01/5119
Straße in die Hölle · Band 01/5145
Ein Mann wie ein Erdbeben · Band 01/5154
Diagnose · Band 01/5155
Ein Sommer mit Danica · Band 01/5168
Aus dem Nichts ein neues Leben · Band 01/5186
Die Nacht des schwarzen Zaubers · Band 01/5229
Alarm! – Das Weiberschiff · Band 01/5231
Bittersüßes 7. Jahr · Band 01/5240
Engel der Vergessenen · Band 01/5251
Die Verdammten der Taiga · Band 01/5304
Das Teufelsweib · Band 01/5350
Im Tal der bittersüßen Träume · Band 01/5388
Liebe ist stärker als der Tod · Band 01/5436
Haie an Bord · Band 01/5490
Niemand lebt von seinen Träumen · Band 01/5561
Das Doppelspiel · Band 01/5621
Die dunkle Seite des Ruhms · Band 01/5702
Das unanständige Foto · Band 01/5751
Der Gentleman · Band 01/5796
Konsalik – der Autor und sein Werk · Band 01/5848
Der pfeifende Mörder / Der gläserne Sarg · Band 01/5858
Die Erbin · Band 01/5919
Die Fahrt nach Feuerland · Band 01/5992
Der verhängnisvolle Urlaub / Frauen verstehen mehr von Liebe · Band 01/6054
Glück muß man haben · Band 01/6110
Der Dschunkendoktor · Band 01/6213
Das Gift der alten Heimat · Band 01/6294
Das Mädchen und der Zauberer · Band 01/6426
Frauenbataillon · Band 01/6503
Heimaturlaub · Band 01/6539
Die Bank im Park / Das einsame Herz · Band 01/6593
Eine Sünde zuviel · Band 01/6691
Die schöne Rivalin · Band 01/6732
Der Geheimtip · Band 01/6758
Russische Geschichten · Band 01/6798
Nacht der Versuchung · Band 01/6903
Saison für Damen · Band 01/6946
Das gestohlene Glück · Band 01/7676
Geliebter, betrogener Mann · Band 01/7775

Inhalt

Die Zigeuner sind da ...

Die Lagerfeuer loderten, Holzkloben prasselten in den Flammen, der Wind trieb die Funken hoch in den Nachthimmel, es roch nach gebratenem Fleisch, verschwitzten Kleidern und nach fremdem, romantischem Abenteuer.

Zigeuner waren ins Dorf gekommen. Zehn blitzende große Wagen mit Wohnanhängern, geräumig wie kleine Bungalows. Langsam waren sie am Vormittag durch die stille Dorfstraße von Barsfeld gezogen, bestaunt von den Kindern, argwöhnisch beobachtet von den Bauersfrauen, die sofort ihre auf den Leinen hängende Wäsche ins Haus holten.

Aber sie kamen nicht unangemeldet, die Zigeuner. Ein »Quartiermacher« war am Tag vorher in Barsfeld gewesen und hatte um Erlaubnis nachgesucht, zwei Tage irgendwo mit seiner Sippe rasten und einen Kinderzirkus vorführen zu dürfen.

»Haben wir gutes Pferd«, sagte der dunkelgelockte Mann mit dem wetterbraunen zerfurchten Gesicht. Er trug einen eleganten Maßanzug, italienische Schuhe, einen französischen Schlips und einen englischen Hut. Zigeuner kommen heute nicht mehr in Lumpen, wie man sie aus Operetten oder Klischeefilmen kennt ... sie sind Handelsleute, besitzen einen Wandergewerbeschein und zahlen Steuern – auf die letztere Feststellung legen sie besonderen Wert. So blätterte auch der abenteuerlich aussehende Mann dem Bürgermeister von Barsfeld seine Papiere auf den Tisch: Paß, Sozialversicherungskarte, Gewerbeschein als Zirkusunternehmer und Textilvertreter, letzte Abmeldung von der Behörde in Ebbenrode, das lag vierzig Kilometer nördlich von Barsfeld. Sogar ein Brief des Bischofs von Paderborn war dabei, in dem dieser bestätigte, daß die Sippe Zugan Kalman eine im Glauben an Christus gefestigte kleine Gemeinde sei.

Das gab den Ausschlag. Der Bürgermeister von Barsfeld wies den Zigeunern ein gemeindeeigenes Wiesenstück am Flüßchen Bars zu. Ortspolizist Jens Bisterfeld erhielt den Auftrag, für Ordnung zu sorgen.

Nun waren sie da – eine Karawane von teuren Autos und Wohnwagen. Eine Demonstration der Geschäftstüchtigkeit. »Wie bei 'ner Versammlung von Industriebossen«, sagte der Bauer Rumpfe, der mit seinem Trecker um das Zigeunerlager herumgekreist war und den Barsfeldern die ersten Nachrichten brachte. »Sitzen da wie die dicken Wilhelms, verrückt, sage ich euch. Anzüge wie aus 'nem Neckermannkatalog, und dann ein Lagerfeuer wie im Mittelalter.« Und unter der Hand, augenzwinkernd: »Und schicke Weiber heben se dabei. So schwarzgelockte, wißt ihr ... mit Feuer im Hintern.« Er lachte glucksend, rieb sich die Handflächen an der Hose ab und trank noch einen Schnaps. In der Schankstube von Gasthof und Hotel »Zur Eiche«, der einzigen Wirtschaft von Barsfeld, verbreitete sich Spannung. Was hatte Barsfeld schon zu bieten? Saftige Weiden, eine Ziegelei, einen guten Wald, Rehwild und H. H.

Dieses H. H. bedeutete Horst Hartung. Er war das Renommierstück von Barsfeld, die einzige Verbindung zur großen, weiten Welt, denn Hartung besaß nicht nur ein Mustergut – nicht groß, aber gepflegt wie ein Schmuckkästchen –, eine kleine Pferdezucht und eine Reitschule, sondern er war auch ein international bekannter Turnierreiter. Immer, wenn irgendwo ein Preisspringen stattfand und das Fernsehen den Kampf um Hindernishöhe und Sekunden übertrug, saß ganz Barsfeld vor dem Bildschirm und starrte auf seinen Bürger Horst Hartung. Gewann er, trank man auf sein Wohl, verlor er, überschüttete man ihn mit bitterer Kritik. Man sieht – Barsfeld kann überall liegen. Seine Einwohner sind so wie alle Menschen.

Das war aber auch alles, was der kleine Ort zu bieten hatte. Das große Leben floß an ihm vorbei wie ein ferner Strom, die Politik endete im Gemeinderat, und außer hin und wieder einem Sterbefall gab es wenig Abwechslung im täglichen Einerlei.

Nun aber waren Zigeuner gekommen. Hübsche schwarzgelockte Frauen, Männer, die völlig frei und ungebunden wirkten –, eine Karawane aus dem Morgenland gewissermaßen. Sie bauten ihre chromblitzenden Autos wie eine Wagenburg auf – die Barsfelder kannten das vom Fernsehen, so machten es die Trecks im Wilden Westen auch, aus den Wohnwagen erklang Radiomusik, ein kleines Zeltdach wurde hochgezogen; es erinnerte an einen Zirkus, dessen Romantik immer mehr stirbt, vier Pferde wieherten an den Pflöcken, der Bauer Muckemann lieferte Strohballen und eine große Schütte Heu, hielt sofort die Hand auf und bekam auch sofort sein Geld. Und dann wurde es Abend, die Lagerfeuer loderten auf, die ersten Besucher umstanden das Zigeunerlager und starrten auf die fremden Menschen aus einer anderen Welt.

Um 20 Uhr – so hatten die Zigeuner durch Handzettel bekanntgegeben – war die erste Vorstellung. Gemeindepolizist Bisterfeld begutachtete die Sicherheitsvorkehrungen und wunderte sich über die Kombination von Zirkus und Textilverkauf. Denn neben der »Manege«, einer kreisrunden Bahn aus Sand – ihn lieferte der Bauunternehmer Vierbach, zum Sonderpreis von 10,– DM je Tonne frei Manege – bauten die Zigeuner Stände mit Unterwäsche, Schürzen, Kittelkleidern, Cordhosen, Oberhemden, Tischdecken, Federbetten, Steppdekken und Teppichen auf.

»Sie bleiben eben Gauner«, sagte Bisterfeld leise zum Bürgermeister, der als Ehrengast geladen war. »Aber die Kerle haben den Dreh 'raus, wie kein anderer. Wetten, die machen bei uns ein Bombengeschäft!«

Die Zirkusvorstellung war schlecht. Siffa, eine bildhübsche junge Zigeunerin im engen Trikot, hüpfte vom Boden auf ein trabendes Pferd und wieder hinunter, kniete auf dem Rücken des Gaules, streckte das linke Bein von sich und lächelte so verführerisch, daß sie Applaus bekam, als habe sie einen dreifachen Salto geboten. Dann kam Zugan Kalman, der Sippenchef, in die Manege, schluckte Feuer und spie es wieder aus, verschluckte zehn flammende Fackeln, blies dann einen Berg Papier an und steckte ihn damit in Brand.

»'n alter Hut«, sagte Polizist Bisterfeld leise zu seinem Bürgermeister. »Das wär 'ne Nummer – Flammen schlucken und durch den Hintern wieder ausblasen.«

Die Umstehenden lachten und klatschten. Zugan verbeugte sich und bot als Zugabe noch ein kleines Feuerwerk.

Dann trabten alle vier Pferdchen in das Rund, und für eine Mark durfte jeder drei Runden reiten. Obzwar man in Barsfeld umsonst reiten konnte, denn die meisten Bauern besaßen noch Pferde, drängte man sich in die Manege. Siffa, die temperamentvolle Schöne aus dem Süden, half jedem in den Sattel. Und das war schon eine Mark wert.

Unbemerkt von den meisten war während der bescheidenen Vorstellung auch Horst Hartung zum Zigeunerlager gekommen. Er erschien zu Pferde, so, wie man ihn kannte, in hellen Reithosen, braunen Stiefeln und einer karierten Jacke. Auf den braunen Haaren trug er eine braune Sportmütze. Bei dem Stand für Tischwäsche stieg er ab und warf seinem Pferd die Zügel über den Kopf. Es blieb stehen, scharrte mit dem rechten Vorderhuf im Gras und sah dann mit hochgestellten Ohren auf die lodernden Lagerfeuer neben dem Manegenrund.

Auf der Sandbahn trabten die vier Pferde. Immer im Kreise, mit hängenden Köpfen, geduldig und im dressierten Schritt. Zugan Kalman stand in der Mitte, ließ ab und zu die lange Peitsche knallen, schrie: »Hoi! Hoi!« und verbreitete damit Spannung. Gleich mußten die Zigeunerpferdchen losrennen – Peitschenknallen und Schreie, das mußte sie wild machen. Aber sie trabten lammfromm weiter, hoben nur ab und zu den Kopf und blähten die Nüstern. Das einzige Zeichen von Temperament.

Hartung lehnte sich an einen der Wohnwagen und beobachtete die armen Pferde. Von Pferden verstand er so viel, daß man in Barsfeld behauptete, wenn es eine Seelenwanderung gäbe, müßte Horst Hartung früher ein Pferd gewesen sein. Seine Zucht war berühmt, und seine beiden Springpferde kannte die ganze Welt. In der Wohnhalle seines Hauses blitzten in meterlangen Glasschränken die errittenen Trophäen: Becher, Kelche, Teller, Pokale, Medaillen, Figuren, eine Galerie von Silber und Gold. »Er denkt sogar wie ein Pferd«, behaupteten die Barsfelder. »Deshalb heiratet er auch nicht. Was soll eine Frau mit einem Mann, der im Bett wiehert?«

Das war zwar übertrieben, aber eines stimmte: H. H. war der eisernste Junggeselle zwischen Hamburg und Münster. Warum – darüber sprach er nicht. Im Wirtshaus hatte man versucht, seinen Pferdepfleger und Vertrauten Pedro Romanowski auszuhorchen, aber Romanowski, Ostpreuße, in Berlin aufgewachsen, starrte nur dumpf ins Glas, sagte: »Leckt mich ...« und schwieg wieder. Aber soviel bekam man doch heraus: Irgendwann einmal war Horst Hartung verlobt gewesen, eine Komteß soll es sogar gewesen sein, aber die große Liebe zerbrach an den Pferden. Immer unterwegs, immer Turniere, immer nur Pokale sammeln, Ruhm und Anerkennung, das war zuviel gewesen. Eine junge Frau will geliebt werden, aber nicht immer nur ihren Geliebten im Sattel sehen, zwar mit Siegeslorbeeren umkränzt, doch weit von ihrem Bett. Seitdem ging H. H. den Frauen nicht aus dem Weg, aber er umgab sein Herz mit einem undurchdringlichen Panzer.

Das hatte Romanowski nach vielen Wirtshausbesuchen langsam von sich gegeben. Überhaupt Pedro Romanowski – von ihm wird noch eine Menge zu erzählen sein.

Die Zigeunerpferdchen machten eine Pause. Die Reiter, meistens halbwüchsige Jungen, stiegen ab, die schöne, glutäugige Siffa zeigte noch ein Kunststück: Sie sprang auf den Rücken einer goldschimmernden Stute, breitete die Arme aus und ließ sich zweimal um die Manege tragen. Dann sprang sie mit einem einfachen Salto auf den Boden.

Horst Hartung beobachtete mit zusammengekniffenen Augen nicht die verführerische Siffa, bei der man beim Salto ein gut Teil ihrer festen Brüste sehen konnte, sondern die goldschimmernde Stute.

Sie hatte einen schönen, ebenmäßigen Kopf mit einer leichten Rammsnase, große, braune, ausdrucksvolle Augen, einen wunderbaren gebogenen Hals beim Trab, einen selten anmutigen stechenden Schritt und eine so kräftige Hinterhand, daß Hartung dachte: Damit müßte sie über die Hindernisse fliegen, als gäbe es gar keine Höhen und Weiten.

Er stieß sich von der Wohnwagenwand ab, trat näher an das Stallzelt heran und steckte die Hände in die Taschen seiner Reithosen.

Die goldschimmernde Stute gab eine Sondervorstellung. Sie stellte sich auf die Hinterhand, tanzte nach einer Tonbandmusik durch den Sand und wieherte laut. Aber das war kein einstudiertes Wiehern, sondern ein hoffnungsloser, verzweifelter Protest. Hartung verstand ihn sofort, er sah die Augen der Stute, die Stellung der Ohren, die Haltung des Halses, die Beine stampften im Sand, die Vorderhufe schlugen durch die Nachtluft, die Peitsche Zugan Kalmans knallte, und das Pferd tanzte, um sein Futter zu verdienen, es wieherte seinen Protest hinaus, und alle, die ihn hörten, klatschten Beifall, weil es »so schön« klang.

Dann war die Vorstellung zu Ende. Die Zuschauer gingen zurück nach Barsfeld, die meisten in das Wirtshaus »Zur Eiche«, denn Zuschauen macht durstig. Die Frauen umlagerten die Verkaufsstände, das eigentliche Geschäft begann zu laufen. Nur vier junge Burschen hielten aus, sie drückten sich in der Nähe des Wohnwagens herum, in dem die schöne Siffa wohnte. Erst als Geza Bodvany erschien, ein Bulle von Zigeuner, mit den Händen wedelte und »Weg! Weg!« sagte, verschwanden auch sie in Richtung Barsfeld.

Zugan Kalman betrachtete nachdenklich den Mann in Reitkleidung, der neben dem Pferdezelt stand und keine Anstalten machte, wegzugehen. Drei Pferde waren schon im Zelt angepflockt, nur die goldschimmernde Stute blieb noch in der Bahn. Sie lief jetzt an einer Longe im Kreis, und es war ein anderes Laufen als während der Zirkusvorstellung. Hier entfaltete sich Temperament, lief sich die ungenutzte Kraft müde.

Zugan ließ die Longe fallen und kam auf Hartung zu. Die Stute, befreit von allem Zwang, begann zu galoppieren. Ein herrlicher Galopp, kraftvoll, ein Spiel der Muskeln, eine Lebenslust, die ansteckte.

»Schönes Pferdchen, was?« sagte Zugan und schnalzte mit der Zunge. »Ist echtes Araber.«

»Lügen Sie nicht.« Hartung lächelte breit. »Die Stute ist ein Hannoveraner mit einem Schuß Holsteiner.«

»Oh!« Zugan Kalman rollte die schwarzen Augen und klemmte die lange Peitsche unter den Arm. »Sie verstehen Zucht von Pferde?«

»Ich züchte selbst. Woher haben Sie die Stute?«

»Ist gekommen aus Spanien von bestes Freund, der ist großes Pferdekenner.«

»Und das soll ich Ihnen glauben?«

»Warum nicht?« Kalman lächelte. Sein zerknittertes braunes Gesicht mit dem dünnen Bärtchen auf der Oberlippe verzog sich und wurde fast schön. »Wissen Sie anderes?«

»Natürlich nicht. Wie alt ist die Stute?«

»Fünf Jahre. Ehrlich.«

»Das wiederum glaube ich Ihnen unbesehen. Darf ich einmal in die Bahn? Ich möchte sie näher kennenlernen.«

»Sie wird Sie umrennen, Herr!« Zugan legte dramatisch beide Hände an die schwarzen Haare. »Ein wildes Vieh ist sie. Rennt Sie einfach um!«

Hartung schüttelte den Kopf. Er trat aus der Dunkelheit des Zeltes in die kümmerliche Manege und blieb in der Mitte stehen. Er tat nichts, er stand nur da und beobachtete das Pferd, das um ihn herumgaloppierte.

Die Stute blickte zu ihm hin. Ihre großen braunen Augen musterten ihn, während des Galoppierens drehte sie den Kopf nach ihm, als wolle sie sagen: Nun sieh mich an. Bin ich nicht schön? Ist mein Tritt nicht voller Kraft? Und beachte, wie ich meinen Hals halte! Sie wieherte, und diesmal klang es anders, lockender, befreiter.

Die goldschimmernde Stute blieb plötzlich stehen. Ihr Fell dampfte in der Nachtluft, glänzte wie Seide und war wie mit rötlichem Gold überpudert. Hartung streckte die rechte Hand aus. Das Pferd nickte und kam langsam näher. Drei Schritte vor dem fremden Menschen blieb es stehen und sah ihn an, die Ohren weit zurückgelegt.

»Weg!« schrie Zugan Kalman und hüpfte auf beiden Beinen. »Weg, Herr, ein Teufel ist sie! Gleich kommt sie!«

Und die Stute kam wirklich. Nur galoppierte sie nicht auf den Mann, sondern machte fast zierlich die letzten drei Schritte vorwärts, hob den herrlichen Kopf und legte ihn Hartung dann auf die Schulter. Die heiße Luft aus ihren Nüstern blies ihm in den Nacken, der Schweiß des goldenen Felles näßte seine Wange.

Hartung griff in die Rocktasche, holte eine Mohrrübe heraus und hielt sie hoch. Mit weichem Maul nahm die Stute den Leckerbissen und begann zu kauen. Ihre Augen sahen dabei Hartung mit fast menschlicher Dankbarkeit an.

»So ein Aas!« schrie Zugan Kalman vom Zelt. »So ein Schauspieler. Mein Herr, gehen Sie weg! Sie versauen mir mein bestes Pferd.«

Hartung und die Stute blickten sich stumm an. Nur wer Pferde kennt und sie liebt, wer ihre Seele erforscht hat und weiß, daß auch sie zu Empfindungen fähig sind, nur wer wie die Araber in einem Pferd eine Gnade Allahs sehen und behaupten kann: Aus der Sonne, ihr Götter, habt ihr ein Pferd gemacht! – nur der kann verstehen, was in diesen Sekunden zwischen Hartung und der goldschimmernden Stute vorging.

Es war Liebe auf den ersten Blick, es war ein stummer Bund fürs Leben.

»Was kostet sie?« fragte Hartung und legte beide Hände um die weichen Nüstern. Zärtlich leckte ihm die Stute die Handflächen.

»Kostet?« Zugan Kalman rannte wie ein Irrer in die Manege. »Unverkäuflich! Mein Broterwerb ist sie. Was soll ich ohne sie?«

»Nennen Sie einen Preis!«

»Sie ist wert soviel wie hundert andere normale Pferde.«

»Sie ist soviel wert wie ein Pferd.«

»Sie kann tanzen, im Walzertakt, Foxtrott, Samba, Cha-Cha-Cha!«

»Sie soll bei mir nur leben wie ein Pferd.«

Zugan Kalman verdrehte die Augen, als würge ihn jemand. »Fünftausend«, sagte er heiser. »Und mein Herz bricht dabei.«

»Zweitausend. Und Ihr Herz jubelt.«

»Soll ich mich selbst umbringen?« brüllte Kalman. »Soll ich mich jedesmal, wenn ich in einen Spiegel schaue, anspucken? Viertausend, und ich weine sechs Wochen lang.«

»Dreitausend! Auf die Hand. Und Sie lachen ein ganzes Jahr.«

»Dreitausend. O heiliger Sankt Georg! O blutende Madonna von Toledo! Hört euch diesen Barbaren an! Er zerreißt mich in Stücke!« Zugan Kalman begann zu weinen. Wirklich, dicke Tränen rollten aus seinen Augen. Fasziniert von diesem Schauspiel starrte Hartung ihn an. »Dreitausend. Meine Kinder werden mich verachten, meine Frau wird sich mir entziehen! Aber ich bin ein guter Mensch, viel zu gut für dieses Welt! Nehmen Sie Pferd für dreitausend. Sie machen mich zwanzig Jahre älter vor Kummer!«

Er streckte die rechte Hand aus, und Horst Hartung schlug ein. Der Kauf war perfekt – wie überall auf der Welt galt der Handschlag als unlösbarer Vertrag über einen Pferdekauf. Zugan Kalman hörte auf zu weinen und wurde sachlich wie ein Finanzbeamter. »Wo bekomme ich Geld?«

»Kommen Sie mit zu mir. Ich reite voraus.«

»So machen wir es. Ich folge Ihnen mit Laska.«

»Laska heißt sie also?« Hartung streichelte die Stute zwischen den Augen. Sie preßte den Kopf gegen seine Hände, eine Liebkosung, in der Kraft und Anschmiegsamkeit zugleich lagen. »Willst du zu mir, Laska?«

Die Stute schien ihn zu verstehen. Sie ging ein paar Schritte zurück und scharrte im Sand. Die Nüstern hoben sich, es war, als lächelte sie.

»Das werde ich dir abgewöhnen«, sagte Hartung ruhig. »Von heute ab bist du kein Zirkuspferd mehr. Du sollst laufen und springen lernen. Du sollst leben wie ein richtiges Pferd.«

»Oh, sie kann springen!« rief Kalman und klatschte in die Hände. »Über jeden Zaun springt sie! Ist das nicht viertausend wert?«

»Dreitausend, und keinen Pfennig mehr.« Hartung drehte sich um und ging zu seinem wartenden Pferd. Es sah zu der fremden Stute hin, die Hartung folgte, als gäbe es keinen Zugan Kalman mehr, der schimpfend neben ihr herlief. Erst als Zugan aufsaß, warf Laska den Kopf in den Nacken und stemmte die Vorderbeine ins Gras.

»Sehen Sie sich den Teufel an!« brüllte Kalman und hieb die Stiefelabsätze in die Flanken der Stute. »Reiten Sie bloß los, sonst kriege ich das Vieh nicht mehr von der Stelle.«

Es war wirklich so, als warte Laska auf Hartungs Abreiten. Als er im leichten Trab in die Nacht hineinritt, folgte sie ihm, als säße Zugan gar nicht auf ihrem Rücken. Sie stach die Beine vor, holte Hartung ein und setzte sich neben ihn. Dann spielte sie mit den Ohren, betrachtete die Stute, auf der Hartung saß, wieherte dunkel und kurz und hatte damit das andere Pferd gewarnt.

Sieh dich vor, hieß dieser dunkle Laut. Spiel dich nicht auf! Ich liebe den Herrn, ich allein! Wer mir in die Quere kommt, wird erleben, wer der Stärkere ist. Ich bin ungezähmt aufgewachsen, sieh dich vor!

Auch Hartung verstand dieses kurze Wiehern.

Zwischen uns wird es noch manchen Kampf geben, dachte er. Nicht alles ist eitel Liebe, wir werden miteinander arbeiten müssen, bis wir schweißgetränkt sind. Du mußt alles vergessen, was du in deinem bisherigen fünfjährigen Leben gelernt hast. Du mußt als Pferd neu geboren werden. Aber wir werden es schaffen, nicht war, wir haben aufeinander gewartet, irgendwann mußten wir uns begegnen. Wir werden einmal die Welt das Staunen lehren.

Wir werden gemeinsam kämpfen und siegen.

Nicht umsonst heißt du Laska. Laska ist ein tschechisches Wort und heißt »Die Liebe«.

Seite an Seite trabten Hartung und Laska durch die Nacht, als sei es immer so gewesen.

Zugan Kalman bekam seine dreitausend Mark, trank noch zwei Gläser Kognak, bewunderte das kleine Gut Hartungs, besichtigte die Ställe, deren schön sterile Sauberkeit er in den höchsten Tönen lobte, begrüßte Pedro Romanowski, der – obgleich Hartung ihm eine Wohnung zur Verfügung gestellt hatte – in einer mit einem Bett und einem Tisch eingerichteten Box im Pferdestall schlief, und ließ es sich gefallen, daß Romanowski ihn mit »Aha, der Roßtäuscher« begrüßte (für dreitausend Mark muß man auch mal schwerhörig sein). Ja, und dann nahm Kalman Abschied von Laska, warf sich an ihren Hals, heulte wie ein Schloßhund, küßte sie immer wieder, schrie Worte in einer seltsamen kehligen Sprache und riß sich dann los, mit einer Dramatik, die selbst Romanowski bestaunte.

Ins Zigeunerlager zurückgekehrt, empfing ihn seine gesamte Sippe wie einen Sieger. Zugan wedelte mit den Geldscheinen, die alte Emelga, die Spezialistin für Bettwäsche und Handlesen war, stieß ein heiseres Geheul aus, Siffa umarmte ihr Väterchen, und der bärenstarke Geza Bodvany rief: »Freunde, das war ein guter Abend! Laßt uns feiern.« Auch die anderen der Sippe fanden, daß Zugan wieder einmal sein Genie gezeigt habe, und umarmten den Alten reihum.

»Warten wir jetzt ab«, sagte Kalman, als sie alle im Pferdezelt standen, und blickte auf seine goldene Armbanduhr. »In spätestens drei Stunden ist Laska wieder hier. Buschi –« das war der Sohn von Zugans Schwester – »du versteckst sie sofort auf der anderen Seite des Flusses im Wald und wartest, bis wir morgen in Steinfels sind.« Er rieb sich die Hände, lachte in die Runde und ließ sich einen Schnaps einschenken. »Das ist das fünfzehnte Mal, daß Laska verschwindet und wieder zurückkommt. Habe ich nicht ein gutes Auge gehabt, meine Lieben, als ich sie dem Roßschlächter in Celle abkaufte? Fohlenfleisch wollte er aus ihr machen, der kleine Idiot! Und was haben wir gemacht? Wir haben mit Laska schon 42 000 Mark verdient. Immer ist das treue Viecherl zurückgekommen.« Er sah wieder auf die Uhr. »Noch drei Stunden, und dreitausend Mark hat sie uns gebracht, mein goldenes Schätzchen!«

Die Feuer brannten nieder und wurden ausgestampft. In den Wohnwagen erloschen die Propangaslampen. Stille senkte sich über die kleine Zigeunerwagenburg. Schlaf. Zufriedenheit.

Nur Kalman und Buschi blieben auf, saßen draußen im Dunkeln am Pferdezelt auf zwei Klappstühlen, rauchten und warteten auf Laska.

»Ein Grund mehr, eifersüchtig zu werden«, sagte Angela Diepholt. Sie stand im Stall hinter Laska und lehnte sich gegen die zurückgeschobene Gittertür.

Zwischen Angela Diepholt und Horst Hartung bestand seit fünf Jahren ein merkwürdiges Verhältnis. Sie liebten sich, und während Angela immer wieder ihre Liebe zeigte, wich Hartung ihr aus und flüchtete gewissermaßen zu seinen Pferden. Die bittere Erfahrung seiner ersten große Liebe war fast zu einem Trauma geworden. »Erst wenn ich vom Pferd falle und nicht mehr aufsteigen kann«, sagte er einmal, »habe ich Zeit für eine Frau. Bis dahin wird jede Frau meine Pferde hassen, weil sie mich ihr wegnehmen.«

Angela Diepholt bestritt das. Ihr Vater war Professor für Mineralogie an der Universität Göttingen, sie besaßen ein großes Landhaus bei Barsfeld, und es war selbstverständlich gewesen, daß Angela den berühmten Springreiter Hartung zuerst bewunderte und dann, bei näherer Bekanntschaft, auch zu lieben begann. Siebenmal – Romanowski hatte es mitgezählt – standen sie kurz vor der offiziellen Verlobung, dann kam ein Turnier dazwischen, H. H. reiste in der Welt herum, und als er mit seinen Silberpokalen und Goldmedaillen nach Barsfeld zurückkehrte, sprach niemand mehr von Verlobung. Bis zur nächsten großen Liebesszene, bis zur nächsten kleinen Katastrophe. Fünf Jahre ging das hin und her, Angela Diepholt machte ihr Diplom als Ökonomin, nur mit dem Ziel, einmal das Gut Hartung gut verwalten zu können.

»Ich habe ihn irgendwann mal soweit, Vater«, sagte sie immer wieder, wenn Zweifel an ihrer Zukunft aufkamen. »Wir lieben uns. Horst ist – um in seiner Sprache zu reden – das schwierigste Tier auf dem Parcours. Und ich habe einen Plan, wie ich ihn kleinkriege.«

Nun stand sie neben Laska, bewunderte das goldschimmernde Pferd und hatte soviel Verstand und Gefühl, um zu wissen, daß es berechtigt war, auf dieses Tier eifersüchtig zu sein. Hartung saß vor Laska auf dem Krippenrand und sah zu, wie sie genüßlich im gemahlenen Hafer wühlte.

»Ein schönes Pferd«, sagte Angela. »Aber ob du es fertigbringst, ihr die Zirkusmanieren abzugewöhnen? Sie wird immer im Kreis traben, und wenn sie Musik hört, wird sie zu tanzen beginnen. Stell dir das vor – auf dem Parcours in Aachen ein Pferd, das um die Hindernisse tänzelt.«

»Wir werden trainieren auf Teufel komm 'raus.« Hartung streichelte Laska die lange, ungeschnittene Mähne. »Sieh dir ihre Hinterhand an. Was da für eine Sprungkraft sitzt! Zwei, drei Jahre, und sie erobert alle Turnierplätze der Welt.«

»Zwei, drei Jahre«, wiederholte Angela gedehnt und hob fragend die Stimme. »Ich werde in alle Ewigkeit deine unsterbliche Geliebte sein!«

»Angi!« Hartung drückte Laskas Kopf zur Seite. Mit haferverschmierten Nüstern versuchte sie, ihn zu küssen. »Müssen wir uns wieder darüber streiten? Ich tauge nicht für den sogenannten häuslichen Herd. In vierzehn Tagen bin ich schon wieder in London, dann in Rom, am Ende des Monats in Madrid. Angi!« Hartung ging um Laska herum, legte den Arm um Angela und küßte sie auf die Augen. »Laß uns vernünftig sein.«

»Ich liebe dich, Horst«, sagte sie leise. »Mein Gott, ich kann nichts dafür, ich liebe dich eben. Auch dagegen kann man nichts machen.«

Sie küßten sich, und sie wußten, daß sie diese Nacht wieder zusammen sein würden, Mann und Frau und dennoch eins, aber am Morgen verflog die Illusion der Einheit wie die Nebelschleier über den Weiden in der Morgensonne.

Die Pferde! Die verdammten Pferde! Und jetzt auch noch Laska, verteufelt schön und eifersüchtig wie eine Nebenbuhlerin.

Laska drehte den Kopf nach hinten, als Hartung Angela küßte. Sie wieherte, trat gegen die Seitenwand, donnerte den Huf gegen das Holz.

»Es fängt schon an«, sagte Angela tief atmend. »Laska und ich, wir werden uns hassen.«

Schnell schob Hartung die Boxentür zu und verließ mit Angela den Stall. Hinter ihnen krachte es. Laska stieg hoch und hieb mit den Hufen gegen die Wände. Vor ihren Nüstern stand Schaum.

Keiner wußte, wie sie es geschafft hatte, aber als Pedro Romanowski aus dem ersten Schlaf erwachte und wie immer über die Boxen hinblickte, war die Tür zu Laskas Box aufgeschoben und das Pferd verschwunden.

»Ein Luder!« schrie Romanowski. »Ein verfluchtes Luder! Det wird noch 'ne Arbeet mit der!« Er rannte aus dem Stall, aber draußen war natürlich nichts zu sehen und zu hören. Die Frühnebel stiegen aus den Weiden empor, die Sonne schwamm in einer weißlichen Dunstschicht. Nur das Krähen von Emil, dem Hahn, einem bunten Italiener, unterbrach die Morgenstille.

Romanowski fluchte, wusch sich unter der Pumpe im Hof, und stellte sich dann unter das Schlafzimmerfenster Hartungs. Es muß sein, dachte er. Auch wenn er noch so weich in ihren Armen liegt. Laska, das Aas, ist auf und davon. Jetzt hilft keine Diskretion mehr.

»Herrchen!« schrie er. »Aufwachen, Herrchen!« Es war eine der Besonderheiten des Ostpreußen Romanowski, daß er zwar in Berlin aufgewachsen war, aber an den Denkweisen seiner Heimat festhielt. Für ihn war Hartung die halbe Welt, die andere war der Pferdestall. Alles andere war für ihn nur eine Randerscheinung.

»Herrchen! Laska ist weg! Det Luder ist ausjebrochen!«

Am Fenster erschien Hartung. Hinter ihm, ungeniert, tauchte der Kopf Angelas auf. Wie Romanowski gehörte sie auf diesen Hof, und Romanowski erkannte das an.

»Weg is se!« schrie er. »Boxentür uff, und jehört hab ick ooch nischt. Det fängt ja jut an, Herrchen!«

Zehn Minuten später saßen Hartung und Romanowski im Sattel und ritten zum Zigeunerlager.

Dort herrschte echte Trauer. Zugan rannte herum wie von Sinnen, Buschi und Geza Bodvany waren heiser vom lauten Rufen, die alte Emelga hockte auf einem Campingstuhl und legte zum siebtenmal die Karten. »Sie kommt nicht wieder!« schrie sie zu Zugan hinüber. »Die Karten sagen es.«

»Ich fresse die verdammten Karten auf!« brüllte Kalman und drehte sich um sich selbst. »Sie muß kommen! Vierzehnmal ist sie ausgerissen, warum nicht jetzt.«

»Sie liebt ihren neuen Herrn.«

»Liebt! Als ob ein Gaul eine Seele hat! Ist sie nicht darauf dressiert, auszureißen und zurückzukommen? Spätestens jetzt, wo der Stall offen ist, muß sie kommen. Bis jetzt hat sie noch jeden umgerannt.«

»Sie kommt nicht!« sagte die alte Emelga stur. Sie warf die Karten hin und hustete. »Die Karten lügen nicht.«

»Reiter!« schrie Geza, der außerhalb der Wagenburg stand. »Der Mann, der Laska gekauft hat. Und dieser schreckliche Knecht. Zugan, Laska ist doch weg!«

»Aber wo ist sie?« brüllte Kalman und hielt sich den brummenden Schädel. »Warum ist sie nicht hier? Mein Gott, man hat sie auf dem Weg zu uns geklaut. Der heilige Stephan verfluche den Dieb! Meine schöne, treue Laska!«

Hartung und Romanowski trafen auf eine Zigeunersippe, die äußerst erstaunt tat, als man sie fragte: »Ist das Pferd hier?«

»Wieso?« fragte Kalman mit bebender Stimme zurück. »Sie haben es gekauft, mein Herr. Warum soll es hier sein? Ist Laska weg? So eine Tragödie! Sie waren es nicht wert, ein solches Pferd zu besitzen! O Gott, o Gott, hätte ich sie doch nie verkauft!« Der letzte Satz war ehrlich und klang aufrichtig verzweifelt.

Romanowski kümmerte sich nicht um den Protest der Zigeuner. Er sah sich um, im Zelt, zwischen den Wohnwagen, verfolgt von den finsteren Blicken der Männer. Sie sollten ihm Angst einjagen, aber wer bekam es schon fertig, Romanowski Angst zu machen? Und wäre der Teufel persönlich gekommen, er hätte mit ihm Skat gespielt und ihm auch noch den letzten Dukaten abgenommen.

»Nischt«, sagte Romanowski nach Erkundung des Lagers. »Det Luder is im Jelände. Fangen wir an mit de Suche.«

Horst Hartung mobilisierte ganz Barsfeld, nach Laska zu suchen. Mit Treckern und Autos, auf Fahrrädern und zu Pferde durchstreifte alles die Gegend. Der rote Wagen der Freiwilligen Feuerwehr beteiligte sich ebenso wie der Polizist Jens Bisterfeld, der auf einem Motorrad, mit Sturzhelm und Sprechfunkgerät, durch die Waldschneisen brauste und schließlich in einem Sumpfloch steckenblieb.

Zugan Kalman und seine Zigeunersippe schwärmten aus und durchkämmten das Gelände. Ihre Rufe »Laska! Laska! Laska!« schallten weithin über das stille Land.

Aber Laska blieb verschwunden. Pferdespuren gab es genug, doch damit konnte in Barsfeld keiner etwas anfangen. Man hatte selber zu viele Pferde im Ort.

»Sie ist weg!« sagte Zugan nach mehrstündiger Suche und weinte. »Einfach weg. Wer weiß, wo sie auftaucht. Ein Pferd, das Gott geküßt hat. Ein Jammer!«

Und dabei blieb es. Die Suchaktion wurde eingestellt, Hartung stiftete für alle Beteiligten Schnaps und Bier im Wirtshaus »Zur Eiche«, am nächsten Morgen zogen die Zigeuner weiter. Sie waren tiefbetrübt und begriffen nicht, daß Laska zwar ausgebrochen war, aber dann vergessen hatte, zurückzukehren.

»Auf nichts ist mehr Verlaß«, klagte Zugan Kalman. »Nicht mal auf ein Pferd.«

»Nur auf die Karten!« sagte die alte Emelga, und diesmal widersprach ihr niemand.

Romanowski schlief fest und schnarchte wie eine Baumsäge, als leise die Stalltür aufgedrückt wurde und ein großer Schatten fast lautlos hereinkam. Es klapperte leise auf dem Steinboden, ein metallisches Scharren, ein verhaltenes Schnauben, dann beugte sich ein schmaler Kopf mit großen, glänzenden braunen Augen hinunter zu Romanowski. Weiche Nüstern glitten über sein Gesicht und zwickten ihn dann in die Schulter.

Mit einem Schrei schoß Romanowski hoch.

»Du Luder!« schrie er und umarmte den Hals, der vor ihm hin und her pendelte. »Du verdammtes rotes Aas! Du, du ... « Er preßte den Pferdekopf an sich und bekam keine Luft mehr vor Freude und Glück. »Wo kommste denn her?« stammelte er Laska ins Ohr. »Mädchen, wo warste denn? O Jott, haste mir Kummer jemacht!«

Am Morgen erlebte Hartung sein schönstes Frühstück. Er saß auf der kleinen Terrasse des Herrenhauses und schnitt gerade ein Brötchen auf, als Romanowski um die Ecke geritten kam. Unter ihm tänzelte eine in der Sonne golden schimmernde Fuchsstute.

»Laska!« rief Hartung und sprang auf. Der Tisch fiel dabei um, er setzte über die Scherben des Geschirrs hinweg und rannte auf das Pferd zu. »Laska!«

Das Pferd hob den herrlichen Kopf und wieherte triumphierend. Dann stieg es vorne hoch, Pedro Romanowski stieß einen Urlaut aus und flog in hohem Bogen auf die Erde. Halb betäubt blieb er dort hocken. Er sah, wie Laska auf Hartung zutrabte und den Kopf auf seine Schulter legte. Demütig, glücklich, ja verliebt. Ihre Nüstern streichelten seine Wange.

»Hol dich der Deibel!« schrie Romanowski auf der Erde. »Herrchen, mit der erleben wir noch unser blaues Wunder! Det is ja keen Pferd nich. Det hat der Satan ausjeschissen!«

Eine Stunde später fuhr Angela Diepholt mit ihrem kleinen Sportwagen auf den Innenhof von Gut Hartung. Als sie Laska vor dem Stall stehen sah, gesattelt, in der Sonne glänzend wie bronziert, blieb sie im Auto sitzen und hupte nur dreimal. Hartung erschien in der Stalltür.

»Ich sehe, die Geliebte ist zurückgekommen!« rief sie ihm zu. »Dann kann ich ja wieder fahren?«

»Blödsinn. Steig aus und trink mit mir Kaffee. Ich habe das erste Frühstück auf die Erde gekippt.«

»Laska wird auch das zweite Frühstück umwerfen.« Sie schwang sich aus dem Wagen. Laska legte die Ohren zurück. Ihr Blick wurde böse. Hartung bemerkte die Veränderung des Tieres und packte es an der Trense.

»Das hört auf, mein Mädchen«, sagte er ernst. »Angi gehört zu uns, wie du jetzt zu uns gehörst. Es gibt keine Feindschaft, sonst rasseln wir beide aneinander. Und das wird schlimm für dich, mein Liebling. Benimm dich also.«

Er ließ die Trense los. Laska senkte den Kopf, scharrte über den Boden und sah Hartung nicht mehr an. Nur als Romanowski kam und sie wegführen wollte, stieß sie den Kopf nach vorn und schnaubte laut. Romanowski blieb in respektvollem Abstand vor ihr stehen.

»Deibel!« knurrte er leise. »Deibel verfluchter!«

Es war eine Haßliebe zwischen den beiden, wie es sie selten zwischen Mensch und Pferd gibt.

Langsam setzte sich Laska in Bewegung. Romanowski folgte ihr, eine aufgerollte Longe über dem rechten Arm. Laska ging um das Haus herum, immer im gleichen Abstand von Hartung und Angela, und blieb unterhalb der Treppe zur Terrasse stehen. Von dort blickte sie unverwandt auf Hartung, wie er mit Angela Kaffee trank, sein Frühstück aß und die Morgenpost öffnete. Wie ein vergoldetes Denkmal stand sie da, unbeweglich, nur der Wind spielte in ihrer Mähne, und ab und zu verscheuchte ein Schwanzschlag die Fliegen.

»Ich bringe keinen Bissen 'runter«, sagte Angela leise und legte beide Hände auf Hartungs Rechte. »Sie sieht mich an wie ein Mensch. Sie wird mir unheimlich.«

»Das stimmt. So ein Pferd habe ich noch nie gehabt.« Hartung stand auf, brach ein großes Stück Brot ab und hielt es Laska hin. Sie nahm es ganz vorsichtig, mit weichen Nüstern und voll Zärtlichkeit.

»Wann beginnst du mit dem Training?«

»Morgen.«

»Morgen schon?« Angela sah Laska fast mit Schaudern an. »Glaubst du, daß du sie noch umerziehen kannst?«

»Ja.« Hartung setzte sich wieder. Der Blick Laskas war voller Sanftmut. »Es wird einen mörderischen Kampf geben. Auf Biegen und Brechen. Der Stärkere wird siegen, wie immer. Und der andere wird sich unterordnen müssen.«

»Und du wirst der Stärkere sein?«

»Ja.«

»Und wenn nicht?«

»Ich muß es sein. Laska und ich werden einmal die Reiterwelt erobern.«

»Und wenn sie doch die Stärkere ist?«

Hartung blickte auf Laska. Ihr Kopf war erhoben, die Nüstern blähten sich, es war, als rieche sie die Sonnenstrahlen.

»Wir werden kämpfen, bis uns der Atem wegbleibt«, sagte er. »Und morgen früh beginnen wir.«

Sizilianische Liebe

Sie hieß Luisa Gironi und ihr langes, lockiges schwarzes Haar fiel offen bis auf die Schultern. Sie trug enge, kurze Röcke und riesige Sonnenbrillen, beide farblich aufeinander abgestimmt. Wenn sie ging, wiegte sich der ganze Körper wie nach einer unhörbaren Melodie. Sie war auf allen Turnierplätzen bekannt, stand vor den Springprüfungen am Rande der Abreiteplätze und beobachtete die Reiter mehr als die Pferde. Später tauchte sie dann auf den Haupttribünen auf, immer auf den teuersten Plätzen, von den Männern bewundert, von den Frauen mit hochgezogenen Augenbrauen mißbilligend gemustert.

Man wußte von ihr eigentlich nur, daß sie Italienerin war, genauer Sizilianerin, aus Palermo, der Stadt der heißesten Liebe und der blutigsten Blutrache. Sie mußte reich sein, aber woher ihr Geld kam, war ebenso unbekannt wie ihr sonstiges Leben. Zu keiner Zeit sah man sie in männlicher Begleitung auf den Turnieren, sie kam allein und ging allein. Was man munkelte, von ihren Nächten nämlich, war und blieb Gerücht. Immer lächelte sie, still in sich versunken, geheimnisvoll.

Auch an diesem Tag, einem sonnigen Vormittag, stand Luisa Gironi schon lange vor Öffnung des Turnierplatzes von Aachen an der Holzeinzäunung des Abreitefeldes und sah den Vorbereitungen der Reiter zu. Die deutsche Equipe hatte gerade ihre Arbeit aufgenommen. Die Pferde wurden im leichten Arbeitstrab locker gemacht, galoppierten an, wurden durch Tempowechsel in Trab und Galopp, Paraden, Rückwärtsrichten und Hinterhandwendungen gehorsam, gelöst und geschmeidig für den schwierigen Parcours. Ein herrliches Bild.

Fallersfeld hatte beide Hände in den Taschen seiner braunweiß karierten Reithose versenkt und die Sportmütze tief ins Gesicht gezogen. In ihrem Schatten sah er hinüber zu der jungen Frau mit den langen, im Morgenwind wehenden schwarzen Haaren und der großen, runden Sonnenbrille. Sie war orangefarben wie ihr enger, kurzer Rock. Lange, schlanke Beine, ein Körper wie ein Modell, unter dem spitzenähnlichen Stoff der Bluse die Wölbungen der Brüste. Fallersfeld zog deutlich hörbar die Luft ein.

»Was will die denn hier?« fragte er den Platzwart Fritz Schmitz.

Schmitz sah hinüber zu Luisa Gironi. Sie hatte die Arme auf die obere Latte des Zaunes gelegt, warf jetzt den Kopf zurück und lachte, als einer der Reiter bei einem Probesprung schief im Sattel landete.

»Dat is en Pferdche, wat?« sagte Schmitz anerkennend. »Die is mir lieber als die Halla.«

»Was will sie hier?« fragte Fallersfeld kurz.

»Die steht schon seit 'ner halben Stunde rum.« Fritz Schmitz blickte auf seine Uhr. »Dat hätten Sie mal sehen soll'n, die Italiener! Dat war dat reinste Schaureiten. Aber die, keine Miene verzojen, wie 'ne Puppe im Schaufenster. Und der Brasilianer hat sojar en Jespräch mit ihr bejonnen. Und wat macht die? Läßt den steh'n. Jeht einfach weiter, een paar Meter, und stellt sich wieder hin.«

Luisa Gironi hob den Kopf. Sie nahm die Arme vom Zaun, ihr Körper spannte sich.

Auf den Platz kam, zu Fuß, Horst Hartung. Hinter ihm führte Pedro Romanowski am kurzen Zügel ein goldbraun glänzendes, tänzelndes, unruhiges Pferd – Laska.

»Aha!« sagte Fallersfeld. »Nun wissen wir es! Horst Hartung soll abgeschossen werden. Auch das noch! Schmitz, wenn ich vorzeitig weiße Haare bekommen habe, dann nur, weil ich so wahnsinnig war, mich zum Vater dieser Reiter zu machen. Und sehen Sie sich Laska an, verdammt, mit dem Gaul will H. H. über den Parcours! Das ist kein Pferd mehr, das ist bloß noch ein hinterhältiges Nervenbündel.«

Er wandte sich ab, vergrub die Hände noch tiefer in den Hosentaschen und ging Horst Hartung entgegen. Romanowski hatte Laska abseits geführt, sie beobachtete mit ihren schönen, großen Augen die anderen Pferde, blähte die Nüstern und schnaubte verhalten, aber voll Kampfeslust. Mit dem rechten Vorderhuf kratzte sie das Gras auf.

»Nu dreh nich wieder durch, olles Luder«, sagte Romanowski leise und zog Laskas Kopf herunter. »Auswechseln tut er dir, det sach ich! Warum haste ihn och jebissen, du Rindviech? Beißt man 'nen Equipenchef?«

Fallersfeld und Horst Hartung trafen sich mitten auf dem Abreiteplatz. Der Baron hatte kurz vorher sein Monokel ins linke Auge geklemmt, ein Zeichen, daß er amtlich und unter Vermeidung des vertrauten Du mit Hartung sprechen wollte. Man kannte das in der deutschen Equipe: Wenn Fallersfeld sein Monokel zog, hieß es: Jetzt holt Papa die Rute 'raus!

»Wer ist diese Frau?« fragte Fallersfeld ohne Einleitung. Seine Stimme hatte den zackigen Klang angenommen, von dem alte Kavallerieoffiziere nie loskommen. Hartung atmete auf. Diesmal also nicht Laska, dachte er. Eine Frau. Welche Frau?

»Ist Angela doch gekommen?« fragte er zurück.

»Hartung, spielen Sie nicht den Tugendbold. Mein Gott, ich wünschte, Angela wäre hier. Die Frau dort am Zaun. Sagen Sie bloß nicht, Sie kennen sie nicht. Wer Pferde studiert hat, begreift auch die Frauen. Sie hat den Kopf in den Nacken geworfen, als Sie auf den Platz kamen. Nur gewiehert hat sie noch nicht. Wer ist sie?«

»Sie heißt Luisa Gironi.« Hartung schielte hinüber zur Umzäunung. Luisa lehnte daran in der stolzen Haltung einer sizilianischen Rächerin.

»Und weiter?«

»Weiter nichts, Baron.«

»Das soll Ihnen einer glauben? Bin ich ein Trottel?«

»Warum wollen Sie mich zur Beantwortung dieser Frage zwingen, Baron?«

»Sie kennen diese Gironi?«

»Flüchtig.«

»Was heißt bei Ihnen flüchtig?«

»Sie hat mich vorgestern und gestern eingeladen, sie auf ihrem Zimmer im Hotel ›Kurpark‹ zu besuchen.«

»Oha!« Fallersfeld schnaubte wieder durch die Nase. »Und das nennen Sie flüchtig? Wo fängt bei Ihnen massiv an?«

»Ich bin nicht hingegangen, Baron.«

»Warum nicht?«

»Laska war zu nervös.«

»Mein Gott, ja, Laska. Dieses Aas!« Fallersfeld klemmte das Monokel fester ins Auge. »Ich habe beschlossen, Laska heute als Reservepferd ...«

»Bevor Sie weitersprechen, Baron, eine Feststellung.« Hartung sagte es leichthin, ohne Nachdruck, aber Fallersfeld kannte ihn zu gut, um die folgenden Worte leichtzunehmen. »Ich reite heute Laska über den Parcours oder überhaupt nicht.«

»Hartung, das ist Auflehnung. Die Anordnungen des Equipenchefs sind ...«

»Ich weiß, ich weiß. Baron, Laska hat Sie einmal gebissen. Das war vor einem Jahr.«

»Sie beißt alles und jeden! Sie ist das unverträglichste Luder, das ich kenne. Sie hat keine Disziplin, einen ungeheuren Dickschädel, macht, was sie will, und Sie, Hartung, Sie sind nicht ihr Herr, sondern ihr Sklave geworden. Ihre Liebe zu dem Gaul ist fast schon pathologisch!«

»Ich habe zwei Jahre mit ihr gearbeitet. Zwei Jahre, die ein ständiger Zweikampf waren. Und Sie wissen, was Laska kann. Sie selbst waren es, der sagte: Ich habe solch ein Pferd noch nicht gesehen!«

»Das kann man nach allen Seiten interpretieren!« Fallersfeld drückte das Kinn an den Hemdkragen. »Sehen Sie sich Ihren Liebling an. Wenn Romanowski sie jetzt losließe, würde sie über den Platz fegen und alle anderen Pferde vom Rasen verjagen. Wollen Sie heute die große Blamage Ihres Lebens erreiten? Ein Reiterclown beim ›Großen Preis von Aachen‹? Ihre Laska wird Sie lächerlich machen. Zugegeben, sie springt wie eine Heuschrecke, aber sie benimmt sich wie ein Bock!«

»Lassen wir es darauf ankommen. Versuchen wir es, Baron.«

»Versuchen! Ein Großer Preis ist kein Experiment! Hartung, ich prophezeie Ihnen: Wenn Sie heute Laska gegen meinen – sagen wir es milde – Vorschlag doch reiten und die deutsche Equipe kommt um den Sieg durch Ihre Laska, wird das eine Suspendierung nach sich ziehen.«

»Einverstanden.« Horst Hartung drehte sich etwas zur Seite und verbeugte sich leicht zu Luisa Gironi hin. Sie antwortete ihm mit einer flüchtigen Handbewegung. »Ich nehme an. Versagt Laska, werde ich aus der Equipe ausscheiden ...«

»Hartung!« Fallersfeld ließ das Monokel in die hohle linke Hand fallen. Es sah sehr imposant aus. »Ich wollte, es wäre Nacht, oder Angela käme!«

Hartung ging hinüber zu Laska und Romanowski. Sie streckte den Kopf vor, als sie Hartung sah, und ihre schönen Augen glänzten. Aber in ihrem herrlichen goldglänzenden Körper zitterten Unruhe und Spannung. Die Flanken bebten.

»Wir sollten uns 'ne einsame Ecke aussuchen«, sagte Romanowski vorsichtig. »Ick trau ihr nich.«

»Fängst du jetzt auch noch an? Der Baron singt schon Schauerarien.«

»Denken Se an die neunzehn Vorturniere.« Romanowski warf die Zügel über Laskas Kopf und hielt Hartung den Steigbügel hin. Hartung schwang sich in den Sattel. Laska rührte sich nicht. Sie stand wie ein Denkmal, nur die Ohren zuckten vor und zurück. »Sie hat fünfzehn davon gewonnen«, sagte Hartung.

»Und sieben Pferde gebissen, vier getreten und zweimal 'ne Keilerei im Stallgang anjefangen. Ick hab zwei Rippen anjebrochen, eene Platzwunde an der rechten Hüfte ...«

»... und schläfst doch jede Nacht neben ihr in der leeren Box.«

»Sonst wird se noch duller!« schrie Romanowski, als Hartung anritt, zunächst im Schritt, dann im leichten Trab. Romanowski lief noch ein Stück nebenher. »Dat Luder spürt, was heute für'n Tag is.«

Hartung ritt zwei Runden um den Abreiteplatz, leicht, elegant, auf einer Laska, die schwerelos wirkte, völlig entkrampft und ruhig. Nach der zweiten Umrundung hielt er vor Luisa Gironi an. Sie hatte das Kinn auf beide Hände gestützt und sah Hartung von unten herauf an. Hinter den dunklen Gläsern der großen Sonnenbrille konnte man ihre feurigen Augen nur ahnen.

»Sie sind nicht gekommen«, sagte sie in jenem singenden Deutsch, das den Reiz südländischer Frauen noch vermehrt. »Nun komme ich zu Ihnen.«

»Ich habe Ihnen einen Brief geschickt, Signorina.«

»Und ich habe ihn zerrissen, ohne ihn gelesen zu haben.«

»Das war ein Fehler. Er hätte Ihnen Auskunft gegeben.«

»Ich will keine Auskunft«, sagte Luisa ungehemmt, »sondern Sie.«

»Signorina Gironi!«

»Soviel von Pferden verstehen Sie, und so wenig von Frauen?« Sie warf den Kopf hoch, und ihre Hände klammerten sich plötzlich um den Zaun. Ihr schönes Gesicht, geteilt von der Sonnenbrille, war voller Leidenschaft. »Ich habe zweimal auf Sie gewartet, habe auf meinem Bett gelegen, bis es Morgen wurde, habe das Bett und die Kissen und mich selbst geschlagen, bis ich keine Luft mehr bekam. Glauben Sie, daß eine Frau wie ich das erträgt?«

Horst Hartung zog Laskas Kopf zurück. Fast unmerklich hatte sie ihn nach vorn gestreckt und schob jetzt die Nüstern hoch. Bevor sie zubeißen konnte, riß Hartung an der Olivenkopftrense. Luisa Gironi bemerkte es nicht, sie achtete nur auf Hartung.

»Wären Sie jetzt auf Sizilien, wären Sie schon tot!« sagte sie gepreßt. »Und ich werde Sie noch töten. Um 14 Uhr beginnt das Turnier, ich warte auf Sie bis 12 Uhr auf meinem Zimmer. Kommen Sie nicht, leben Sie von da an mit dem Tod zusammen.«

Sie drehte sich brüsk um und ging davon. Langsam, wiegend, eine der schönsten Frauen, die Hartung je gesehen hatte. Verblüfft starrte er ihr nach. Dann lachte er vor sich hin und ritt weiter. Mit der Pistole ins Bett, dachte er und schüttelte den Kopf. Verrückt. Schade um so viel Schönheit, wenn dahinter nichts als Exaltiertheit und Launen stecken. Wie ein Kind, das nur diese Puppe haben will. Nur diese eine Puppe!

Hartung trieb Laska in einen vollen Galopp. Mit gestrecktem Körper schoß sie über den Platz. Fallersfeld, der neben Romanowski stand, räusperte sich.

»Beim Zeitspringen gewinnt sie immer«, sagte er unwillig. »Vorausgesetzt, sie kommt über die Hindernisse. Ein schneller Gaul. Sssst!« Er schob die Sportmütze in den Nacken. Laska war über ein Übungs-Doppelrick geflogen, weit über den Stangen, elegant und langgestreckt. »Aber zu unruhig, viel zu unruhig.« Fallersfeld nahm die Mütze ab, er schwitzte plötzlich, wenn er an das Turnier dachte. Ein Windstoß zerzauste seine schneeweißen Haare. »Romanowski, kennen Sie das verdammte Weib da drüben, das eben weggeht?«

»Nee, Herr Baron. Aber wo Herr Hartung is, sind ooch die Weiber.«

»Leider, Pedro, leider. Kommt eigentlich Angela?«

»Ick weeß nich, Herr Baron. Da hat's Krach jejeben. Zwee Jahre nur Arbeit mit der Laska und kaum Zeit für die Liebe, det macht ooch een Engel wie Angela nich mehr mit.«

Hartung probierte Laska durch. Verschiedene Gänge, Gehorsamsübungen, kurze, schnelle Wendungen. Sie gehorchte wie eine gut geölte Maschine. Und Hartung vergaß alle Warnungen und vor allem den sizilianischen Racheschwur: Ab 12 Uhr leben Sie mit dem Tod zusammen!

Auf den Turnierplatz von Aachen schien die strahlendste Sonne dieses Vorsommers. Die Tausende von Menschen, das Farbenspiel der flatternden Fahnen, das weite Rund des Parcours mit den Hindernissen, an denen noch letzte Korrekturen vorgenommen wurden, die kleine Gruppe von Schiedsrichtern, an der Spitze Turnierleiter Graf Hellberg, die jedes Hindernis abschritten und kontrollierten, dieses ganze Fluidum von spannungsgeladener Erwartung auf einen Kampf von Pferd und Reiter um einen der begehrtesten Preise des Turniersports, diese geballte Erregung verlor sich völlig hinter dem Stadion, wo die Reiter zusammenstanden und die Pferdehalter die gesattelten Stars herumführten, bewegten und wie kostbare Juwelen bewachten.

Auch Romanowski war dabei, aber er führte Laska immer abseits hin und her.

»Hau ab mit deinem Saubiest«, hatten die anderen Pferdehalter ihm zugebrüllt, als er mit Laska herankam. Sie tänzelte, hatte die Nüstern hochgeschoben und wieherte mit blanken Zähnen. Ein Kampfschrei: Aus dem Weg – jetzt komme ich!

Romanowski griff fester in die Trense und ging mit Laska abseits. »Wat biste bloß für'n Bock?« sagte er heiser. »Nu benimm dich schon, du olle Zippe!«

Fallersfeld war zufrieden. Seine Equipe hatte alle Chancen, den Großen Preis zu gewinnen. Die Pferde waren topfit, die Reiter gesund, und außerdem war Angela Diephold angekommen. Hartung wußte es noch nicht, sie saß im weißen Gebäude der Turnierleitung neben Graf Hellberg und ließ sich erzählen, daß man mit einer Sensation, allerdings im negativen Sinne, rechnete.

»Ich verstehe Fallersfeld nicht«, sagte Graf Hellberg. »Ein Pferd wie Laska gehört noch nicht auf eine solche internationale Entscheidung. Sieben Jahre – zu jung. Dann die Eigenwilligkeit, die Streitsucht, der ständige Kampf um die Disziplin, das ist kein Turnierpferd. Aber Hartung schwört darauf, und Fallersfeld läßt sich überrollen! Hartung ist genauso dickköpfig wie sein Pferd.«

»Wem sagen Sie das?« Angela blickte über den sonnenüberfluteten Platz. Ein Farbenspiel, das fast die Augen blendete. Eine Musikkapelle der Bundeswehr war auf dem Parcours eingezogen und spielte Märsche und Schlager. Die Erwartung stieg, auf der Tribüne nahmen die Ehrengäste Platz. Minister, der Oberbürgermeister von Aachen, der Regierungspräsident und – inkognito – eine königliche Hoheit eines westeuropäischen Landes. Die Turnierleitung gab die ersten

Durchsagen, die Stimme aus dem Lautsprecher übertönte die Musikkapelle. Graf Hellberg blickte auf die automatische Uhr im Kontrollzentrum des weißen Turmes.

Noch zwanzig Minuten bis zur Eröffnung.

Das A-Springen. Der Nachwuchs. Dann folgte der Große Preis von Aachen mit den internationalen Stars im Sattel.

Und Horst Hartung auf Laska.

Graf Hellberg zwang sich, nicht daran zu denken. Vom Abreite- und Warteplatz kamen die Meldungen: Alles in Ordnung. Keine besonderen Vorkommnisse. Romanowski hat Laska isoliert. Sie benimmt sich wie eine Verrückte, seitdem die Musik begonnen hat.

»Was soll das?« schrie Hellberg nervös ins Telefon. »Sollen wir wegen diesem Gaul auf dem Kamm blasen lassen?«

Zehn Minuten vor der Eröffnung stand plötzlich Luisa Gironi vor Horst Hartung. Niemand hatte sie kommen sehen, nicht einmal der wachsame Romanowski. Sie war plötzlich da, wie aus dem Boden gewachsen. Ihrer Stimmung entsprechend trug sie ein enges schwarzes Kostüm und einen großen, breitrandigen roten Hut. Ihre Sonnenbrille war ebenfalls schwarz. In der rechten Hand hielt sie eine kleine Pistole, ein Spielzeug fast. Horst Hartung, der gerade noch einmal die Länge der Steigbügelriemen maß, fuhr herum, als er die ernste Stimme hinter sich hörte.

»Ich habe gewartet«, sagte Luisa Gironi mit einem traurigen Unterton. »Ich habe sogar gebetet, daß du kommst. Du hast mich tödlich beleidigt.« Sie hob die Waffe und winkte mit der linken Hand Romanowski, neben Hartung zu treten.

»Die is verrückt!« sagte Romanowski und ließ Laskas Zügel los. Gehorsam stellte er sich neben Hartung und hob die Arme.

»Luisa, was Sie tun, ist wirklich Wahnsinn«, sagte Hartung laut.

»Du bist der erste Mann, der mich so beleidigt hat.«

»Man wird den Schuß hören und Sie verhaften. Wollen Sie als Mörderin im Zuchthaus enden?«

»Ich werde zweimal schießen. Wir sterben zusammen.«

Vom Turnierplatz ertönte die Stimme des Oberbürgermeisters. Er begrüßte die Ehrengäste und eröffnete das Springturnier. Tausendfaches Händeklatschen. Musik. Laska hob den Kopf, spitzte die Ohren und blähte die Nüstern.

Horst Hartung blickte in die kleine, dunkle Mündung. Er sah, wie Luisa den Zeigefinger krümmte. Ihre Hand war ganz ruhig. Der Schuß mußte ihn zwischen die Augen treffen, wenn sie die Pistole in dieser Richtung ließ.

Hartung riß den Mund auf. Er wollte schreien, um das langsame Krümmen des Fingers aufzuhalten. Aber er brachte keinen Ton heraus. Dafür hörte er überlaut die Stimme Romanowskis.

»Die macht ja ernst, det dämliche Frauenzimmer!« schrie er. »Herrchen, jetzt passiert's!«

Er warf sich mit einem heftigen Schwung vor Hartung und verdeckte ihn mit seinem breiten Körper. Es war genau die Sekunde, in der Luisa Gironi abdrücken wollte. Der Sprung Romanowskis verwirrte sie, sie ließ die Pistole sinken, machte ihrerseits einen Sprung zur Seite um aus einem anderen Winkel Hartung doch noch treffen zu können, und prallte dabei gegen Laska, die zwei Schritte zurückgetänzelt war. Mit dem Ellenbogen stieß sie das Pferd in die Flanke und hob wieder die Waffe.

Romanowski hatte die Arme nach hinten geworfen und hielt Hartung an seinen Rücken gepreßt fest. »Hilfe!« schrie er. »Hilfe!« Es war das einzige, was er tun konnte, aber niemand hörte ihn. Die Musikkapelle spielte wieder, alles stand mit dem Rücken zu ihnen und sah der Eröffnungsfeier zu.

Doch es kam Hilfe. Wo kein Mensch eingreifen konnte, handelte der Instinkt des Tieres.

Laska hatte sich herumgedreht. Ihre großen braunen Augen sahen ihren Herrn, sahen eine fremde Frau und den aufgeregten Romanowski. Und sie spürte den Stoß in die Flanke, ein unbekanntes Gefühl, das sie reizte.

Ohne einen Laut warf sie den Kopf hoch, stieg dann auf die Hinterbeine und streckte die Vorderbeine zum tödlichen Schlag. Entsetzt starrte Romanowski auf den goldglänzenden, gespannten, zur Vernichtung ausholenden Pferdeleib.

»Laska!« schrie er. »Laska!«

Luisa Gironi reagierte wie eine Katze. Als Laska mit vollem Gewicht nach unten kam, warf sie sich zur Seite und entging nur um Zentimeter dem tödlichen Hufhieb. Sie rollte ins Gras, und schon war Romanowski über ihr, hieb ihr auf den Knöchel. Sie ließ mit einem spitzen Schrei die Waffe fallen und lag dann lang ausgestreckt und mit geschlossenen Augen auf dem Boden.

Hartung wischte sich den Schweiß ab, küßte Laska auf die Nüstern, klopfte ihr den Hals und kniete sich neben Luisa.

»Haben Sie sich verletzt, Signorina?« fragte er.

Luisa antwortete nicht. Die Sonnenbrille war heruntergerutscht. Hartung sah, daß die Partie um beide Augen und der obere Teil der Nase mit dicken Narben bedeckt waren. Die Lider fehlten, über den Augen hingen schrecklich aussehende, rötliche Hautreste.

Ohne ein Wort nahm Luisa die große Sonnenbrille und schob sie wieder über ihre verbrannte Augenpartie. Dann weinte sie plötzlich, lehnte den Kopf an Hartungs Brust und umklammerte ihn wie eine Ertrinkende.

Vom Parcours klang donnernder Applaus herüber. Das A-Springen hatte bereits begonnen, der erste Reiter hatte die Hindernisse hinter sich.

»Wer liebt mich mit diesen Augen?« schluchzte Luisa Gironi. »Immer ist es dasselbe, bei allen Männern. Irgendwann gelingt es ihnen, mir die Brille vom Gesicht zu reißen, und dann erstarren sie, ich sehe, wie entsetzt sie sind, und ich schreie, schreie. Und dann laufen sie weg, als sei ich ein Scheusal. Aber vorher sind sie alle angeschlichen gekommen wie die Kater, sind über meinen Körper hergefallen und haben Liebesworte gestammelt, bis sie meine Augen sahen, meine fürchterlichen Augen.«

Sie weinte lauter, und Hartung hatte alle Mühe, sie festzuhalten. Sie wollte aufspringen und weglaufen. Wenn ich sie jetzt loslasse, dachte Hartung, geschieht etwas Schreckliches. Sie ist jetzt zu allem fähig.

Romanowski hatte Laska fest in der Hand und führte das zitternde Tier hin und her. Immer wieder drehte es den Kopf und starrte zu Hartung hinüber.

»Wie – wie ist das passiert?« fragte Hartung leise und drückte Luisas Kopf an sich.

»Ich war siebzehn Jahre alt, mein Vater ist Chemiker, ein berühmter Chemiker in Italien. Die Gironi-Werke. Ich spielte in seinem Privatlabor – er hatte immer neue Ideen, die er auch ausführte –, und plötzlich explodierte etwas. Ich weiß nicht mehr, was es war, aber ein Flammenstrahl traf meine Augen, nur diese eine Partie in meinem Gesicht, und fraß mir die Lider weg. Zehn Jahre renne ich seitdem von Arzt zu Arzt, immer neue Adressen, zehn Jahre lang immer wieder Hoffnung. Aber es gibt keinen Arzt, der neue Lider einsetzen kann. Und zehn Jahre kämpfe ich gegen den Wahnsinn, gegen die Angst, nicht mehr geliebt zu werden. Ich nehme mir jeden Mann, der mir gefällt, auch wenn er hinterher wegrennt, wie vom Teufel gejagt. Nur du bist nicht gekommen.« Sie umarmte ihn und sah ihn an. Ihr ebenmäßiges Gesicht war tränenüberströmt. Die dunkle Sonnenbrille verdeckte wieder die Tragödie ihres Lebens. »Hast du – hast du vorher gesehen, wie häßlich ich bin?«

»Sie sind die schönste Frau, Signorina, die ich je gesehen habe.«

»Mit dieser Brille, diesem Ungetüm vor meinen Augen!«

»Ein Mensch besteht nicht nur aus Augen!«

»Aber ich war nicht schön genug, um dich zu mir zu locken.«

»Darüber könnte man viel sagen, Luisa.« Hartung wischte ihr die Tränen vom Gesicht. »Vielleicht hatte ich nur Angst vor deiner Schönheit.«

»Du lügst geschickt.«

»Und dann war Laska da. Sie spürt, was der heutige Tag für sie bedeutet. Seit Tagen ist sie unruhig, ich mußte immer um sie sein.«

»Sie haben mir das Leben gerettet. Vergiß das nicht.«

»Du hättest wirklich geschossen?« Unwillkürlich war auch Hartung in das vertraute Du gefallen. Luisa nickte. Dann blickte sie suchend nach ihrer Waffe. »Die Pistole hat Pedro eingesteckt. Es ist besser so.«

»Ich habe noch eine andere im Hotel.« Sie lächelte schwach. »Es ist so einfach, eine Pistole zu bekommen. Ja, ich hätte dich erschossen.«

»Und dann auf dich selbst?«

»Nein!« Sie wollte aufstehen, und Hartung half ihr auf die Beine. Dabei legte sie die Hände um seinen Nacken. Von weitem sah es aus, als küsse sie ihn leidenschaftlich. »Ich wäre fortgelaufen, und keiner hätte gewußt, wer den großen Reiter Hartung erschossen hat.«

»Pedro.«

»Ihn hätte der zweite Schuß getroffen. Warum sollte ich mich töten? Es genügt, wenn die Männer sterben, die mich verachten. Mit siebzehn, als der Unfall geschah, war ich verlobt. Luigi hieß er, Luigi Baldini. Wir wollten bald heiraten. Als er meine zerstörten Augen sah, lief er weg, lief einfach weg, ohne ein Wort, und kam nie wieder. Für ihn müssen alle Männer büßen!« Sie klopfte ihr schwarzes Kostüm ab, ordnete die Haare und schob die Sonnenbrille näher vor die Augen.

»Wohin gehst du jetzt?« fragte Hartung.

»Ins Hotel und dann nach Rom.«

»Zur Coppa d'Italia?«

»Ja.«

»Ich werde dort auch springen.«

»Ich weiß, aber wir werden uns nicht wiedersehen.«

Sie drehte sich um, starrte Laska an, die nervös an der Hand Romanowskis tänzelte und ging dann mit schnellen Schritten in Richtung auf die Tribüne davon.

»Det jibt noch 'n Nachspiel, Herrchen«, sagte Romanowski und wischte sich den Schweiß von der Stirn. »Det jnädige Frollein hat hinten an der Ecke jestanden und alles jesehen. Nu is se weg.«

»Angela?« Hartung fuhr herum. »Pedro, du Idiot, warum hast du nichts gesagt?«

»Man soll die Dinge nicht noch mehr komplizieren, Herrchen. Weeß ick, wie die italienische Verrückte reagiert hätte?«

Auf dem Parcours sprangen die letzten Reiter der A-Prüfung. Ein Pferdehalter der deutschen Equipe rannte über den Rasen und winkte mit beiden Armen.

»Herr Hartung, wo bleiben Sie? Der Herr Baron läßt Sie überall suchen. Letzte Besprechung vor dem Start.«

Hartung sah Romanowski mit einem verkniffenen Lächeln an. »Er versucht noch mal, Laska in die Reserve zu schieben. Pedro, 'rüber zum Sattelplatz! Jetzt siegt der dickste Kopf.«

»Und den haben wir drei, Herrchen.«

Hartung hatte sich durchgesetzt, er durfte mit Laska springen. Seine Startnummer war 13, und Fallersfeld sah das als eine wirkliche Katastrophe an.

»Laska und dann die 13, das geht ins Auge!« jammerte er. »Ein Glück, daß ein Pferd nicht abergläubisch ist. Aber ich bin's, Horst. Und da hilft auch kein dreimal über die Schulter spucken mehr. Ich flehe dich an – nimm ›Parade‹. Er ist eingesprungen und in bester Form. Und ruhig wie ein Lamm. Sieh ihn dir an, wie er dasteht, und dagegen diese verdammte Laska!«

Es war alles richtig, was Fallersfeld sagte. »Parade« stand abseits und kaute verträumt an seinem Olivengebiß. Laska mußte abseits stehen, weil sie um sich trat und jedes Pferd, das in ihre Nähe kam, sofort angriff. Romanowski hing mehr in den Zügeln, als er stand, fluchte und warf mit Ausdrücken um sich, bei denen selbst alte Pferdeknechte noch rot wurden.

Zwei Reiter der deutschen Equipe waren schon im ersten Umlauf mit vier Fehlern abgeritten. Fallersfeld hatte seine Mütze zerknautscht und sich nur damit trösten können, daß kein anderer Reiter weniger als vier Fehler auf dem schweren Parcours gelassen hatte.

»Noch haben wir eine Chance«, sagte er, heiser vor Erregung. »Horst, wenn du auch nur vier Fehler machst und d'Inzeo und Pessoa, die nach dir kommen, ebenfalls, dann kannst du im Stechen mit ›Parade‹ noch den Sieg holen.«

»Ich reite mit Laska«, sagte Hartung laut und endgültig. »Und wenn es sein muß, auch ins Stechen.«

»Dann sitz auf!« Fallersfeld faltete die Hände. »Wenn du das drittemal reißt, bete ich, daß es Scheiße regnet.«

Sechs Minuten später war es soweit, aus den Lautsprechern tönte die Stimme Graf Hellbergs:

»Als nächster mit Nummer 13 am Start: Horst Hartung auf ›Laska‹. Deutschland.«

Es war, als senke sich über das herrliche, große Rund des Turnierplatzes plötzliches Schweigen. Die Menschenmenge schien den Atem anzuhalten. Wer hier bei glühender Sonne aushielt, wußte aus den Zeitungen: Laska, das bisher unbekannte Pferd von H. H., sprang zum erstenmal eine internationale Konkurrenz. Eine Premiere in einem hoffnungsvollen Pferdeleben.

Hartung ritt ein. Er kannte den Parcours genau, er hatte ihn vorher abgeschritten, von Hindernis zu Hindernis, hatte dabei jeden Sprung berechnet, sich jeden Anreitewinkel gemerkt, Bruchteile von

Sekunden entdeckt, wenn es wirklich in ein Stechen ging. Er wußte genau, wo Laska mit ihrer ungeheuren Sprungkraft abstoßen mußte, wo sie flach zu springen hatte oder steil über das Hindernis gezogen werden mußte. Vor allem die Dreierkombination war schwierig. Hier mußte Hartung Laskas Temperament zügeln, mußte sie hart in die Hand nehmen, sonst hing sie mit ihrer Sprungweite todsicher mitten im dritten Oxer.

Graf Hellberg auf seinem Sitz in der Turnierleitung wurde unruhig. Er sah unten am Gitter der Einreiteschneise Fallersfeld stehen, barhäuptig, mit wehenden weißen Haaren, wie ein Fakir, der zur Selbstverbrennung geht. Dann wanderte sein Blick zu Hartung und Laska, und bleicher Schrecken ergriff Hellberg. Schon beim Vorreiten und Vorstellen hatte Hartung Mühe, das Pferd in den Griff zu bekommen. Mit hochgerecktem Hals und geblähten Nüstern tänzelte Laska unter ihm, ein einziges Nervenbündel.

Hartung zog seine Kappe und verneigte sich kurz. Applaus klang auf, aber gedämpfter als sonst. Die Spannung hielt auch die Zuschauer wie in einem Schraubstock fest.

Elegant wendete Hartung auf der Hinterhand und trabte leicht zum Start. Dann fiel Laska in einen leichten Aufgalopp und passierte die Startfahne.

Es gab kein Zurück mehr. Der alte Reiterspruch wurde wieder Wahrheit: Wirf erst das Herz hinüber – der Reiter folgt dann nach!

Fallersfeld lehnte sich an das weißlackierte Gitter und strich die weißen Haare von den Augen. Neben ihm standen Romanowski und Platzwart Fritz Schmitz.

»Der Galopp ist gut«, sagte Schmitz.

Und Romanowski knurrte: »Ach Gott, halt doch die Klappe, Mensch.«

Laska galoppierte weich und elegant. Hartung spürte sie kaum, und das war ihm selbst neu. Ganz schnell klopfte er ihren Hals und beugte sich etwas vor.

»Brav, mein Mädchen«, sagte er. »Zeig es ihnen allen! Nach diesem Turnier sollen sie an uns glauben wie die Astrologen an die Sterne.«

Das erste Hindernis – ein weißgrünes Gatter. 1 Meter 50 hoch.

Es war, als gäbe es dieses Hindernis gar nicht. Laska flog darüber, ein langgestreckter golden leuchtender Pfeil.

»Bravo!« sagte Fallersfeld heiser und begann heftig zu schwitzen. »Aber dieses Gatter springen noch blinde Urgroßmütter.«

Es war eine Wonne, dieses Pferd über den Parcours fliegen zu sehen. Mit einer Weichheit, als sei sie aus Gummi, sprang Laska ab, kam sie wieder auf und setzte ihren Galopp fort.

Der Wassergraben

Kein Problem. Hartung hatte mit Laska schon breitere Bäche übersprungen, bei der Ausbildung im Geländeritt, Bäche, deren Ufer noch mit Holzstangen erhöht worden waren.

Aber genau hier passierte es.

Als Hartung das Hindernis anritt, kam er nahe an den Zuschauern vorbei. Irgend jemand – es war eine Männerstimme – brüllte plötzlich vor Begeisterung »Hurra! Hurra!« und klatschte in die Hände.

Laskas Ohren fuhren zurück. Hartung spürte, wie ihr Rücken sofort bretthart wurde, wie sie aus dem Takt kam, ausbrechen wollte, sich verkrampfte unter seinem zwingenden Zügelzug und seinem Schenkeldruck.

Der Absprung.

Zu früh, dachte Hartung sofort, als Laska gegen seinen Willen hochflog. Mein Mädchen, viel zu früh, das schaffst du nicht. Und ausgerechnet der Wassergraben!

Es war, als strecke sich Laska noch einmal in der Luft, als spüre sie jetzt selbst, daß sie sich verschätzt hatte. Aber es nützte nichts, sie trat mit den Hinterhänden ins Wasser und kassierte dafür vier Punkte.

»Aus!« sagte Fallersfeld und setzte seine Mütze auf. »Ich hab's gewußt! Die Dreierkombination schafft sie nie! Nie! Leute, der Sieg ist im Eimer! Den Großen Preis kassiert Italien.«

»Schnauze halten!« sagte Romanowski dunkel. »Noch hat sie vier Sprünge vor sich.«

Hartung wendete auf die letzte Bahn ein. »Ruhig, mein Mädchen«, sagte er dabei. »Ganz ruhig. Ja, es hat gebumst, aber kümmere dich nicht darum.«

Verstand Laska ihn? Sie kam wieder in den richtigen Rhythmus, weich und schwerelos. Tausende von Menschen hielten den Atem an, als sie auf die Mauer zugaloppierte. Graf Hellberg preßte sein durchnäßtes Taschentuch gegen die Stirn.

»Die geht mitten durch«, stöhnte er. »Leute, ich mach die Augen zu, wenn's kracht.«

Aber es krachte nicht. Kurz vor der Mauer zog Hartung das Pferd hoch. Wie abgeschossen schnellte Laska über die Mauer, zog die Hinterbeine an und schleifte nur ganz leicht mit den Sprungglocken über die Mauerkrone. Nichts fiel herunter, es verschob sich sogar nichts. Ein glatter Sprung.

Ein vieltausendfaches Seufzen klang auf. Fallersfeld griff sich ans Herz.

»Die nächste Kur bezahlt Hartung«, sagte er mit zitternder Stimme. »Das hält kein Herz aus.«

Ein hoher Buschoxer – hinüber.

Die Dreierkombination.

»Betet, Leute«, sagte Fallersfeld. »Mein Gott, betet doch!«

Hartung hatte Laska fest in der Hand. Er hielt sie zurück, er wußte, wie eng die Sprünge waren. Und er spürte auch, wie Laska ausbrechen wollte, daß sie dieses Hindernis als ein Ganzes ansah und damit unweigerlich wie eine Granate mitten drin landen würde.

Der erste Oxer – hinüber.

Nummer zwei hinüber.

Der letzte Dreiersprung.

Hartung riß an den Zügeln. Zu weit aufgekommen, Laska, viel zu weit. Wir haben keinen Platz mehr für den dritten Absprung. Mädchen, acht Fehler, jetzt werden sie uns auseinandernehmen.

Obwohl er nicht mehr daran glaubte, dieses Hindernis zu überwinden, drückte Hartung zum dritten Sprung ab. Und Laska folgte seinem Befehl. Fast senkrecht stieg sie empor, stieß sich mit ihren kräftigen Hinterhänden ab, zog sie dann eng unter den Bauch und wälzte sich über die lose liegenden Stangen. Es war die Sekunde, in der Tausenden das Herz stillstand. Dann aber brach ein Jubel los, in dem der letzte Sprung und das Ausreiten völlig untergingen.

Graf Hellberg sank auf seinen Korbsessel zurück. Man mußte ihn darauf hinweisen, daß er vor dem Mikrophon saß und die Ansage machen mußte.

»Nummer 13, Horst Hartung auf Laska, vier Fehler«, sagte er erschöpft. »Der nächste Reiter mit der Nummer 14: Nelson Pessoa auf ›White Star‹, Brasilien.«

Dann stand er auf, winkte einem anderen Herrn der Turnierleitung und verließ den Glaskasten der Schiedsrichter.

Fallersfeld hatte die Mütze schief auf dem Kopf, als Hartung absprang und die Zügel Romanowski zuwarf.

»Nun sind Sie aber stolz, was?« brüllte er. »Aber nun kommt das Stechen! Da reiten Sie ›Parade‹.«

»Das geht nach den Regeln ja gar nicht.«

»Wollen Sie mich ins Grab reiten? Ihre Mauer und der Dreier, ich habe keine Luft mehr gekriegt.«

Hartung reagierte nicht und ließ Fallersfeld stehen. Er rannte Romanowski nach, der Laska zum Warteplatz führte. »Wo ist Angela?« rief er. »Hast du sie gesehen?«

»Ja, sie sitzt in der Turnierleitung und will nischt von Herrchen wissen.«

»Und Luisa?«

»Die Verrückte sitzt auf der Tribüne und zerknüllt Taschentücher.«

»Ich muß Angela sprechen.«

»Geht nich, Herrchen. Da kommt der Graf.«

Hellberg stürzte auf Hartung zu und umarmte ihn. »Eine Meisterleistung«, rief er verzückt. »Ein Wunderpferd. Springt aus dem Stand!«

»Ich habe es selbst nicht geglaubt, es war also nicht mein Verdienst.« Hartung griff in die Tasche und zog ein Stück Papier heraus. »Haben Sie etwas zu schreiben?«

»Bitte.« Hellberg gab Hartung seinen Kugelschreiber, und Hartung warf schnell ein paar Zeilen auf das Papier. Er faltete es zusammen und reichte es Hellberg hin. »Graf, tun Sie mir den Gefallen und geben diesen Brief Angela. Ich weiß, daß sie bei Ihnen im Turm hockt.«

»Dicke Luft, Hartung?«

»Dick wie Erbsensuppe. Aber alles nur Irrtümer.«

»Das sagte die Maus auch und liebte den Elefanten. Geben Sie her, und viel Glück beim Stechen.«

Graf Hellberg drehte sich um und lief zum Turnierturm zurück.

Bis zum Beginn des Stechens wartete Hartung auf eine Antwort Angelas. Vergebens. Romanowski, den er losschickte, kam zurück wie ein geprügelter Hund.

»Sauer wie Jurken aus Jroßmuttas Topf«, sagte er und putzte Laska die schaumigen Nüstern aus. »Ick jloobe sojar, die hat jeheult.«

Das erste Stechen begann.

Es war, als habe Laska den Verstand eines Menschen, so wenigstens kam Hartung die Reaktion des Pferdes vor, als sie beim zweiten Umlauf wieder ein Hindernis riß, und zwar einen leichten Plankenoxer. Fallersfeld stöhnte auf und ließ sich einen Kognak reichen. Er sparte sich dabei das Glas und trank direkt aus der Taschenflasche.

»Noch'n Stechen«, sagte er. »Wenn Pessoa auch vier Fehler macht.«

Und Pessoa riß den letzten Oxer der Dreierkombination.

Dritter Umlauf. Umbau der Hindernisse, Erhöhung aller Stangen und der Mauer.

Wieder schrieb Hartung ein paar Zeilen an Angela. Er sah ihren Kopf hinter dem Glas der Werterkabine neben dem dicken Schädel Graf Hellbergs. Er winkte zu ihr hinauf, aber sie blickte konstant in eine andere Richtung.

»Ich liebe Dich«, schrieb er, das Papier auf Laskas Sattel gelegt. »Laß uns miteinander sprechen. Alles ist ein Irrtum. Warum glaubst Du mir nicht?«

Und diesmal brachte Romanowski eine kurze Antwort.

»Wann heiraten wir?«

Die Schicksalsfrage, vor der Hartung blind und taub wurde. Er faltete den Zettel zusammen und steckte ihn in die Rocktasche. »Was soll ich tun, Laska?« fragte er. »Wenn wir hier gewinnen, frißt uns der Betrieb auf. Wie können wir da heiraten?«

Der dritte Umlauf begann mit einem Sturz von d'Inzeo. Piero

Laborta aus Argentinien riß zweimal. Die Engländerin Miss Haughs mußte vom Parcours, weil ihr Pferd »Blue Bell« dreimal verweigerte. Der Deutsche Bornemann riß einmal, dann lahmte sein Pferd, und er mußte ebenfalls aus der Bahn.

Nummer 13. Horst Hartung auf »Laska«.

Nur drei Hindernisse. Die Mauer mit 1 Meter 90, ein Steilsprung mit 1 Meter 80, ein Oxer mit 1 Meter 80.

Und wieder riß Laska, den letzten Sprung, nur ein Antippen der Stange. Sie war so lose gelegt, daß sie sofort fiel.

Aber auch Pessoa riß, und so blieben sie allein übrig für das dritte Stechen, den vierten Umlauf.

Nur ein einziges Hindernis, das Ende dieses nervenzermürbenden und kräftefressenden Kampfes.

Die Mauer.

2 Meter 10 hoch.

Wer sie überwand, war Sieger. Wenn beide sie rissen, gab es zwei Sieger. Wenn beide sie überwanden, gab es zwei Sieger. Es war unmenschlich, was man den Pferden jetzt zumutete. Ein neues Stechen war unmöglich.

Zur Verblüffung der Zuschauer ritt Pessoa zuerst ein. Sofort schwirrten wilde Gerüchte durch die aufgeregte Menschenmenge.

Laska hat sich verletzt. Hartung tritt nicht mehr an. Aber warum dann noch dieser Ritt? Wenn keiner mehr reitet, ist Pessoa doch Sieger.

»White Star« unter Pessoa umkreiste die riesige Mauer. Man sah dem Reiter an, daß er vor Nervosität bebte. Darum hatte er auch um den ersten Sprung gebeten. Seine Nerven zersprangen fast. Graf Hellberg hatte Hartung um Erlaubnis gebeten, und Hartung hatte gesagt: »Gut, soll er vorher springen. Ich habe die Nerven dazu.«

Dann stand er am Fuß des Turnierleiterturms und sah Pessoa zu. Neben ihm stand Romanowski mit Laska. Sie trug plötzlich eine rote Rose hinter dem linken Ohr. Hartung entdeckte sie, als er Laska den Hals klopfen wollte.

»Was soll das?« fragte er.

»Kam plötzlich jeflogen wie 'n Vogel«, sagte Romanowski und lächelte breit. »Oder wie 'n Engel.«

»Angela?« Hartung zog die Rose aus dem Riemen und einen kleinen Zettel dazu.

»Ich zittere mit Dir. Ich verzeihe Dir alles, wenn Du gewinnst.«

»Hörst du das, Laska?« sagte Hartung leise und las dem Pferd die paar Worte vor. »Jetzt mußt du in den Himmel springen.«

Pessoa ritt an. »White Star« streckte sich, hob ab, flog in herrlicher Haltung durch die Luft, aber er schaffte die 2 Meter 10 nicht. Polternd fiel die obere Mauerreihe ab.

Pessoa legte sich tief über den Hals seines Pferdes und ritt hinaus. Er war erlöst.

Horst Hartung saß auf. Fallersfeld gab ihm die Hand. »Junge, ich möchte dir ins Gesicht spucken, wenn es Glück bringt«, sagte er. Seine Stimme klang plötzlich greisenhaft.

Nummer 13. Horst Hartung auf »Laska«.

In dem weiten Rund des Aachener Springplatzes herrschte Stille wie vor einem Taifun. Langsam ritt Hartung an der Haupttribüne vorbei. Er sah Luisa Gironi ganz vorn sitzen. Ihr breitkrempiger roter Hut leuchtete hell zwischen dem Weiß der Hemden und den hellen Damenkleidern. Ihre Blicke trafen sich, und langsam, ganz langsam nahm sie die Sonnenbrille ab und zeigte ihr zerstörtes Gesicht.

Hartung nickte, wendete und ritt auf die drohende, unüberwindliche Mauer zu.

2 Meter 10.

So hoch war Laska noch nie gesprungen. Auf diese Höhen hatte er sie nicht trainiert. Sie waren Mord an einem so jungen Pferd. Jetzt aber, ein einziges Mal, galt es, die Gesetze der Vernunft zu durchbrechen.

»Mein Mädchen«, sagte Hartung leise und beugte sich zu Laskas Ohren vor. Sie wedelte mit ihnen, als verstehe sie jedes Wort. »Wenn du da 'rüberkommst, gehören wir zusammen, bis einer von uns umfällt. Und nun los, du liebes Luder.«

Der Angalopp, zuerst langsam, dann schneller, immer schneller. Ein goldener fliegender Pfeil. Die Mauer, mein Gott, die Mauer. Nie kommen wir da rüber, nie. Laska, brich aus, brich zur Seite aus. Tu mir den Gefallen, spring nicht. Renn an dieser verfluchten Mauer vorbei. Wir brechen uns den Hals. Laska, mein Schätzchen, mein Liebling, spring nicht.

Hartung gab die Zügel frei. Jetzt bricht sie aus, dachte er. Jetzt ist sie sich selbst überlassen. Und jedes Pferd hat Angst vor einem solchen Sprung. Laska, nicht springen!

Es war, als schwebte Hartung plötzlich. Er hielt sich im Sattel, warf sich instinktiv nach vorn und umklammerte die Zügel. Das ist nicht möglich, dachte er dabei. Das träume ich jetzt. Sie hat Flügel bekommen. Laska. Laska.

Der Boden hatte sie wieder. Der Aufprall warf Hartung zurück, wie betäubt ritt er weiter, umbraust von einem Jubelschrei, der über ihm zusammenschlug wie eine riesige Woge.

2 Meter 10. Wer kann das begreifen?

Er ritt vom Platz, rutschte aus dem Sattel in die Arme von Fallersfeld und vergrub sein Gesicht an dem schweißnassen Hals von Laska. Er hörte Romanowski brüllen wie einen Stier, und er hörte Angelas

Stimme, die immer wieder rief: »Laßt ihn doch in Ruhe! Laßt ihn doch! Er kann nicht mehr, seht ihr das denn nicht?«

Hartung legte beide Arme um Laskas Hals, und wie immer in den vergangenen zwei Jahren streichelte sie mit ihren weichen Nüstern seinen Nacken.

Das Wunderpferd Laska war geboren. Die Welt lag offen vor ihnen – seine Welt, die sie feierte, als hätten sie einen neuen Planeten erobert.

Eine gnadenlose Welt, die jetzt nur noch Siege sehen wollte.

Besuch um Mitternacht

Seit Tagen sprach man in Rom von nichts anderem als von der Coppa d'Italia, dem größten Reiterpreis, den Italien zu vergeben hat. Kolonnen von Anstreichern und Gärtnern brachten das Stadion auf Hochglanz, die Tribünen glänzten weiß in der Sonne, die amphitheatralisch aufsteigenden Sitzreihen wurden repariert, an hundert Fahnenstangen flatterten die Fahnen von siebzehn Nationen im heißen römischen Wind. Die Hindernisse wurden aufgebaut.

Mit Güterzügen und in langen Wagenkolonnen trafen die Pferde und Reiter ein. Auf den Flugplätzen landeten die schweren Transportmaschinen. Vermummte, bandagierte Tiere kletterten vorsichtig aus den Spezialboxen. Pferde, behütet wie wertvolle Diamanten, betreut von Pflegern, die nichts auf der Welt kannten als ihren Pflegling, wurden umgeladen in die fast luxuriösen Transporter. Millionenwerte auf vier Beinen – oder Stolz des Landes, das sie auf dem Parcours vertraten.

Im Zimmer 19 des Hotels »Michelangelo« saßen um diese Zeit vier ehrenwerte Herren. Sie tranken Fruchtsäfte, rauchten ägyptische Zigaretten, fächelten sich mit Zeitungen Luft zu und schwitzten ausgiebig. Vor der Zimmertür hing ein Schild »Bitte nicht stören«, und bei dem, was diese Herren besprachen, durften sie auch nicht gestört werden.

»Wir haben vierzig Millionen Lire zu verlieren«, sagte ein dicker, kleiner Mann mit krausem schwarzem Haar. Er saß in einem Sessel, hatte die Beine weit von sich gestreckt und sprach mit einer Zigarette im Mundwinkel. Im Gästebuch des Hotels stand hinter dem Namen Ricardo Bonelli bescheiden: Großhändler. Er war vor dem »Michelangelo« mit einem sündhaft teuren Maserati vorgefahren; die Geschäfte schienen also gut zu gehen, sein Anzug besaß das gewisse Etwas eines vorzüglichen Schneiders, und seine Sprache war frei von irgendwelchen Dialektaklängen. Ein wahrer Ehrenmann, wie die drei anderen, die abwechselnd tranken und sich den Schweiß abwischten.

»Vierzig Millionen«, wiederholte Bonelli eindringlich. »Und ich habe die Absicht, den Einsatz um weitere zwanzig Millionen zu erhöhen, wenn wir uns jetzt einig werden, Signori. Ich habe auf ›Franco‹ unter Locatelli gesetzt, ein verdammt sicherer Tip, denn wer kann Locatelli in seiner heutigen Form schlagen? Wo gibt es ein Pferd wie ›Franco‹?«

»Auf der ganzen Welt nicht«, sagte ein mittelgroßer, schlanker

Mann, der mitten auf dem Kopf eine kahle Stelle hatte wie eine Priestertonsur. »Wozu Ihre Aufregung, Bonelli?«

»So dämlich fragt ein Kind, das in die Hose gemacht hat: Mama, was ist das?« Bonelli zog den Zigarettenqualm durch die Nase und hielt eine Zeitung hoch. »Haben Sie noch nicht gelesen?«

»Sofia Loren soll wieder schwanger sein«, sagte der Mann mit der teilweisen Glatze. »Mein Gott, es ist Sauregurkenzeit!«

»Stefano, Sie bringen mich um mit Ihrer Ruhe.« Bonelli wedelte wild mit der Zeitung. »Wissen Sie, wen die deutsche Equipe mitbringt?«

»Immer der alte Hut. Winkler, Schockemöhle, Jarasinski, Steenken – das reißt Sie vom Stuhl, Ricardo?«

Bonelli warf die Zeitung auf den Teppich. Hastig trank er einen Schluck. »Hartung mit ›Laska‹ ist auch gemeldet.«

»Hartung, na ja.« Stefano Grazioli blinzelte den anderen zu und lächelte geringschätzig. »Sein Wallach ›Prinz‹ kann ›Franco‹ nicht gefährlich werden.«

»Madonna!« Bonelli griff sich an den Kopf. »Ich habe nicht ›Prinz‹, sondern ›Laska‹ gesagt. ›Laska‹, Signori.«

Sie sahen Bonelli erstaunt an. Der Name sagte ihnen gar nichts, er war unbekannt.

»Na und?« fragte Grazioli.

»Nichts von Aachen gehört?« schnaufte der dicke Bonelli.

»Nein, da war ich in New York. Wozu studieren Sie alle Parcoursmeldungen? Sie sind der Fachmann, wir legen nur das Geld auf den Tisch. Was ist mit dieser ›Laska‹?«

»Ein Wunderpferd!«

»Blödsinn!« Graziola winkte lächelnd ab. »Jedes Jahr erscheint auf irgendeinem Parcours ein neues Wunderpferd. Beim nächsten Turnier stolpert es über seine eigenen Beine. Seit ›Meteor‹ und ›Halla‹ gibt es keine Wunder mehr auf den Springplätzen. Auch diese ›Laska‹ – in Aachen war es, sagen Sie – wird in Rom untergehen! Unsere einzige Gefahr ist Pessoa!«

»Signori, glauben Sie mir – wir müssen umdenken!« Bonelli beugte sich vor. »Vierzig Millionen Lire. Und nochmals zwanzig! Alle auf ›Franco‹ gesetzt, es gibt eine Katastrophe, wenn er nicht gewinnt.«

»Er wird siegen.« Grazioli stand auf und trat ans Fenster. Unten auf der Straße brauste der römische Sommerverkehr. Heiß lag die Luft über der Stadt, dick zum Schneiden, unbeweglich. Es war, als presse eine unsichtbare Riesenfaust die Sonne genau über Rom aus. Nur in den Außenbezirken wehte von Ostia herüber ein leichter Wind. »Ich wundere mich, Bonelli. Seit zwanzig Jahren verdienen Sie auf den Renn- und Springplätzen ein Vermögen und kennen jedes Pferd von den Ohren bis zur Schwanzrübe. Sie wissen, wenn ein

Gaul hustet und ob er Verdauungsbeschwerden hat, und plötzlich sind Sie außer Rand und Band wegen eines unbekannten Kleppers. Das ist doch bloß ein Nervenkrieg, Bonelli, die Deutschen hauen auf die Pauke, damit man von ihnen spricht.«

»Das haben sie gar nicht mehr nötig. Signori, statt sich Luft damit zuzufächeln, sollten Sie die Zeitungen lieber lesen.« Bonelli war beleidigt, streckte sich im Sessel und trank sein Glas leer.

Die drei Männer falteten die Blätter auseinander, suchten den Sportteil und vertieften sich eine Weile in die Berichte. Zuerst blickte Grazioli auf. In seinen Augen stand Ratlosigkeit. Er warf die Zeitung weg und steckte sich eine neue Zigarette an.

»Wenn das wahr ist«, sagte er gedehnt.

»In Aachen hat man Kopf gestanden.« Bonelli strahlte Befriedigung aus. Endlich werden die Schwachköpfe wach, dachte er. Geld ist nicht immer ein Beweis von Intelligenz. »Stellen Sie sich vor – sie ist die 2 Meter 10 hohe Mauer gesprungen. Fast aus dem Stand heraus. Als jeder glaubte, jetzt rast sie mitten durch das Hindernis, hüpfte sie einfach hoch – und drüber. Selbst Hartung war sprachlos, er saß im Sattel wie ein Nachtwandler.« Bonelli machte eine Kunstpause und sagte dann wie ein dramatischer Schauspieler: »Und jetzt kommt sie nach Rom!«

»Laska.« Grazioli kaute den Namen wie eine heiße Kartoffel. »Wie kann ein Pferd so plötzlich ganz oben sein?«

»Warum brechen Vulkane aus, na?« Bonelli richtete sich gerade im Sessel auf. In lässiger Haltung kann man schlecht über Millionen reden. »Signori, wenn ›Laska‹ an den Start geht, rutschen uns die Hosen runter! Wir müssen etwas tun.«

»Vorschläge!« rief Grazioli vom Fenster.

»Wir bleiben beim Einsatz auf ›Franco‹. Er hat die einzige Gewinnchance. Auf ›Laska‹ umzubuchen, wäre ein gewagtes Spiel, denn – wie Grazioli richtig sagte – wer weiß, ob sie die gleiche Form wie in Aachen hat. Hier ist ein Unsicherheitsfaktor. Hat sie aber die Form, dann gewinnt sie. Vorschlag – ›Laska‹ darf nicht zum Parcours antreten.«

»Immer diese alte Masche!« Grazioli winkte heftig mit beiden Hände ab. »Man wird diesen Gaul wie ein Juwel bewachen.«

»Auch Juwelen sind schon oft geklaut worden!«

»Sie können doch kein Pferd klauen, Bonelli! Aus den Turnierställen! Eher rauben Sie die römische Staatsbank aus.«

»Wer spricht von Stehlen?« Bonelli lächelte breit. »Ich habe mich gleich, als ich wußte, daß ›Laska‹ springt, erkundigt. Betreut wird sie von einem Pedro Romanowski.«

»Pedro? Ein Spanier?«

»Ein Deutscher. Stoßen Sie sich nicht an dem Namen Pedro, Grazioli. Es gibt Italiener, die heißen Siegfried. Also Romanowski pflegt sie. Ihn zu überwinden, ist schwerer, als eine Stahlkammer aufzubrechen.«

»Na, also.«

»Aber Sie kennen Adriana nicht, Signori.« Bonelli glänzte wie eine Sonnenölreklame.

»Wer ist Adriana?«

»Adriana Lucca. Rothaarig, mit Kurven wie die Rennbahn von Monza, Blicke wie Laserstrahlen. So etwas kennt auch ein Romanowski nicht. Adriana wird ihn ausschalten. Sie hat schon mehrmals für mich gearbeitet, und immer mit einem kompletten Sieg. Sie ist nicht ganz billig, aber ihr Erfolg bringt das Geld wieder herein.«

»Eine gute Idee, Bonelli. Legen Sie Adriana auf diesen Pedro. Und dann?«

»Dann schleicht sich Luciano Pavese in den Stall der Deutschen und gibt Laska ein Spritzchen.«

»Wer ist Luciano?«

»Ein Arztgehilfe. Er arbeitet für mich auf den Galopp-Plätzen und dopt die Renner. Bisher hat noch niemand was gemerkt – ein Fachmann, wie Sie sehen, Signori.«

»Und nach der Spritze wird diese verdammte ›Laska‹ umfallen?«

»Das wäre zu offensichtlich. Nein, sie wird müde.« Bonelli hob lächelnd beide Hände. »Die römische Hitze. Der Sommer. Die dicke Luft. Der Klimawechsel. So ein Pferd ist wie eine Primadonna, die im Durchzug steht. Wer kann es ›Laska‹ verübeln, wenn sie klimakrank wird? Wenn sie schläft, statt zu hüpfen? Bisher hat es noch keinen Tierarzt gegeben, der Lucianos Injektionen richtig diagnostiziert hätte. Am Morgen des Turniertages wird ›Laska‹ müde herumhumpeln und gegen Mittag sich zufrieden ins Stroh legen und die Äuglein schließen. Wer will dann ›Franco‹ hindern zu gewinnen?«

»Niemand.« Grazioli klatschte in die Hände. »Wir akzeptieren Ihren Plan, Bonelli.« Die anderen nickten wortlos. »Und wenn etwas schiefgeht?«

»Ausgeschlossen bei Adriana.«

Zehn Minuten später verließen drei gepflegte Männer das Hotel »Michelangelo«. Bonelli nahm das Schild »Bitte nicht stören« von der Klinke, warf es in den Vorraum und ging hinunter an die Bar, um einen eiskalten Campari zu trinken. Vorher aber hatte er noch Adriana, die rothaarige Sexbombe, angerufen.

»Neue Arbeit, mein Liebling«, sagte er. »Ein leichter Fall. Hunderttausend Lire auf die Hand. Handle nicht mit mir, ein unbedarfter Deutscher, bei dem brauchst du nichts weiter als kräftig mit dem Hintern zu wackeln.«

Zufrieden saß Bonelli später an der Bar und unterhielt sich mit dem Keeper über den neuesten Gesellschaftsklatsch. Zehn Millionen Lire sind mir sicher, dachte er dabei. Man muß eben Fachmann sein.

Die deutsche Equipe war eingetroffen. Fallersfeld war als Quartiermeister schon seit einer Woche im Rom und empfing seine Reiter mit einem Fäßchen kühlem deutschem Bier. Die stehende heiße Luft war unerträglich geworden. Bei der geringsten Bewegung brach der Schweiß aus den Poren. Die Schiebetüren der Spezialgüterwagen standen weit offen, trotzdem dampften die Pferde und ließen die Köpfe hängen.

»Schwierigkeiten?« fragte Fallersfeld. »Hat alles geklappt?«

»Soweit ja.« Hans-Günther Winkler winkte ab. Die obligate Sonnenbrille verdeckte sein Mienenspiel. »Laska ...« Er drehte sich um und ging zu dem Waggon, aus dem seine Pferde gerade über die hölzerne Rampe auf den Boden geführt wurden.

Fallersfeld ahnte Böses. Er seufzte und tupfte sich den Schweiß vom Gesicht. Immer diese Laska. Ein Aas von einem Gaul! Zänkisch, widerborstig, stur, undiszipliniert, unberechenbar – nur wenn Hartung bei ihr war, konnte sie sich benehmen wie ein Osterlämmchen.

»Was hat sie wieder angestellt?« fragte Fallersfeld, als er die Güterwagen erreicht hatte. Schockemöhle und Steenken wechselten einen schnellen Blick. »Nun redet schon!«

»Sie fährt allein«, sagte Steenken und deutete auf den übernächsten Wagen. »Es war nicht mehr auszuhalten. Wo wir sie auch hinsteckten, sie beißt, donnert gegen die Wände, rennt die anderen Pferde um, ein richtiger Satan.«

»Wo ist Horst?« schrie Fallersfeld. »Das geht zu weit, das geht entschieden zu weit!«

Horst Hartung und Pedro Romanowski blickten aus ihrem Waggon mit solch unschuldigen und fragenden Gesichtern, daß Fallersfeld, impulsiv wie immer, seine Sportmütze auf die Erde schleuderte.

»Willkommen in Rom«, sagte Hartung und sprang aus dem Waggon. »Das Klima bekommt Ihnen, Baron! Sie sind ja mit Temperament geladen.«

»Horst!« Fallersfeld streckte den Arm aus – ein Pfahl, der auf Laska zeigte. Ihr schöner Kopf erschien neben Romanowski in der Tür, die klugen großen Augen begrüßten die Sonne. Nur die Ohren spielten unruhig vor und zurück. »Was höre ich da?«

»Es stimmt. Ein eigener Waggon.« Hartung nahm ein Glas eisgekühltes Bier in Empfang, das ihm vom Fäßchenwagen herübergebracht wurde. Romanowski winkte mit beiden Armen.

»Hierher!« schrie er. »Leute, det Faß steht falsch. Rollt man was näher!«

»Wer bezahlt den Waggon?« fragte Fallersfeld gefährlich leise. »Ich denke nicht daran, meinen Etat deines wilden Gaules wegen zu überschreiten. Kein Wort mehr, Horst. Die Gesänge kenne ich! Und wenn Laska siebenmal ein Wunderpferd ist – das ist ihr letzter Parcours, wenn sie keine Disziplin lernt. Ich schwöre es dir.«

»Polizei!« schrie Romanowski aus dem Waggon. »Polizei! Hier schwört einer Meineide!«

»Die Waggonmiete geht auf meine Kosten«, sagte Hartung. Er wartete, bis alle Pferde der deutschen Equipe ausgeladen waren, und winkte dann Romanowski. »Ich halte nur die Hand auf, wenn Laska die Coppa d'Italia gewinnt.«

»Das ist Erpressung, Horst!« Fallersfeld wandte sich abrupt zum Gehen. Dann fiel ihm noch das Wichtigste ein, er starrte Laska an, die zögernd über die schräge Rampe den Eisenbahnwagen verließ und die Nüstern hob, als sie den Baron anblickte. »Sie mag mich nicht«, sagte Fallersfeld fast beleidigt.

»Wundert Sie das, Baron?« Hartung lachte und tätschelte Laskas Hals.

»Was ist mit dem Stall? Benötigt dein Bock etwa auch einen eigenen Stall?« Fallersfeld reckte das Kinn kampfeslustig vor. »Sie bekommt ihre Box neben ›Feuerwind‹. Die letzte in der Reihe. Da hat sie eine Steinwand, um Pauke zu spielen.«

Es wurde Abend, bis die deutsche Equipe mit dem Einrichten fertig war. Die Pferde wurden gefüttert und getränkt, abgerieben und vom Tierarzt untersucht. Dr. Rölle, der Equipenarzt, betrachtete Laska von weitem. Sie hatte den Kopf zurückgewandt und stand unbeweglich.

»Nicht mit mir!« sagte Dr. Rölle. »Ich falle nicht drauf 'rein. Pedro, wie fühlt sie sich?«

»Verdreht wie imma, Herr Dokta. Ick hasse det Biest. Se kostet mir zehn Jahre Leben.« Romanowski ballte die Fäuste.

»Aber jede Nacht schlafen Sie neben ihr, und wenn einer den anderen eine Stunde lang nicht sieht, fangen beide zu weinen an!«

»Det is es ja, Dokta.« Romanowski wischte sich über die Augen. »Wir hassen uns so, det wir uns jejenseitig brauchen, um jlücklich zu sein.«

Dr. Rölle bückte sich und betrachtete Laskas Hufe und Sprunggelenke.

»Keine Schwellungen?«

»Nich die Bohne.«

»Transportschäden?«

»Nervös wie imma.«

»Schon bewegt?«

»Dokta, bin ick'n Penner? Natürlich hab ick det Luder bewegt.« Romanowski klatschte Laska auf den Schenkel. Sie hob den Kopf, wieherte verhalten und musterte mit ihren großen sprechenden Augen den Arzt. Ich bin fit, sagte dieser Blick. Laßt mich jetzt in Ruhe. »Ick hab se uff 'n Platz jeführt und jedacht, jetzt fällt se um, von wejen die Hitze. Und wat macht se? Reißt sich von der Longe los, ick rolle in'n Sand, und ab jeht die Post. Immer rund im Galopp, wie 'n Mustang aus Wildwest. Erst als der Chef kam und schnauzte: ›Hierher! Sofort!‹, legt det Biest die Ohren an und ist zahm wie'n Karnickel. Von wejen Hitze! Die schluckt alles.«

Dr. Rölle zog die Augenbrauen hoch, blickte Laska in die braunen Augen und zuckte mit den Schultern.

»Ich werde aus dem Pferd nicht klug«, murmelte er. »Irgendwo hat es einen Hirnfehler. So benimmt sich kein normaler Gaul.«

Er hob seine Medikamententasche vom Boden und verließ den Stall.

Romanowski baute sein Schlafzimmer auf: Eine Wolldecke über einen Haufen auseinandergezogenes Stroh, eine Batterielampe an einem Nagel in der Wand, Laskas Sommerdecke als Kopfkissen. Dann zog er den Rock aus, hängte ihn an Laskas Boxentür, zerrte sich die Stiefel von den Beinen, rieb sich die Zehen, warf sich auf sein Lager und seufzte laut.

»Gute Nacht, olles Luder!« sagte er zärtlich.

Endlich Ruhe, endlich lang liegen, endlich schlafen. Gibt es etwas Schöneres, als in einem Pferdestall zu schlafen? Der Geruch der Tiere, des Heus und des Strohs, die wohlige Wärme, die den Pferdeleibern entströmt, das behutsame Scharren der Hufe, das Schnauben und Rumoren, ab und zu ein leises Wiehern, als wenn eines der Pferde träumt – eine kleine glückliche nächtliche Welt, die Romanowski nicht gegen ein Prunkbett eingetauscht hätte.

Er streckte sich, knipste die Batterielampe an und begann, einen Kriminalroman zu lesen. Romanowskis Spezialität waren knallharte Gangsterjagden. Meistens aber ärgerte er sich über die Kriminalbeamten, denn er hätte solche Fälle ganz anders gelöst. Einfacher und schneller. Und weil er dieser Meinung war, verschlang er einen Kriminalroman nach dem anderen.

Gegen 23 Uhr schlief Romanowski ein. Für ihn war der Fall des »Moormörders« gelöst.

Dafür begann, ohne daß er es merkte, der »Fall Romanowski«.

Am Abend landete auch Angela Diepholt in Rom. Horst Hartung holte sie mit einem großen Blumenstrauß ab. Fallersfeld hatte beim Abendessen im Hotel zu ihm gesagt: »Da man Kinder und Verrückte nie allein lassen darf, kommt Angela in einer Stunde an.«

»Mir ist, als werde ich verfolgt«, stellte Hartung fest, nachdem er Angela mit einem Kuß begrüßt hatte. Sie sah hinreißend aus in einem rosafarbenen Kostüm mit weißen Biesen und einem Chiffonschal um die langen Haare. Über Rom lag dumpfe abendliche Schwüle.

»Genauso ist es, mein Lieber.« Angela hängte sich bei Hartung ein. »Vier Wochen habe ich dich nicht gesehen.«

»Training. Ich mußte Laska auf den Coppa vorbereiten.«

»Natürlich. Und um dich daran zu erinnern, daß es mich auch noch gibt, bin ich hier.«

»Ich freue mich, Angi.«

»Du hast schon eleganter gelogen. Dein Kuß vorhin war eine Pflichtübung. Und die Rosen hat die Hotelsekretärin besorgt, nicht wahr?«

»Giftnudel!« Hartung führte Angela zu den Taxiständen. Eine geraume Zeit fuhren sie stumm über die breite Chaussee nach Rom. Landhäuser hinter hohen weißen Mauern. Pinienhaine. Zypressen ragten wie grüne Säulen in den Himmel. Blühende Büsche. Reklameschilder. Schreiende, spielende Kinder. Streunende Hunde. Autoschlangen, in deren Lücken die kleinen Fiats wie schwirrende Käfer hineinsausten. Das Häusermeer mit der heißen Dunstglocke darüber. Ruinen aus mehreren Jahrtausenden, das Forum Romanum, im Abendrot der Rundbau der Engelsburg, schwebend fast die Kuppel des Petersdoms.

»Roma!« sagte der Chauffeur höflich und blickte in den Rückspiegel. »Wohin, Signorina?«

»Hotel Terminus.«

»Was?« Hartung wandte sich um. »Nicht bei uns?«

Es waren die ersten Worte, die sie wieder sprachen. Bisher hatten sie sich nur wortlos angesehen.

»Nein.« Angela lehnte sich zurück. »Ich bin eine neutrale Rombesucherin, kein Equipenmitglied.«

»Und wann sehen wir uns?«

»Ruf mich an, wenn du Zeit hast.«

»Heute abend. Wir könnten heute abend bummeln gehen.«

»Und Laska, dein Augenstern?« Es klang bitter, angriffslustig.

»Pedro schläft bei ihr.«

»Übertreibt ihr das nicht? Dieser Kult um ein Pferd! Die heiligen Kühe in Indien sind ja Ausgestoßene dagegen.«

»Laska ist nervös.«

»Sie ist immer nervös, mein Lieber!« Angela drehte sich zu Hartung. »Hast du schon einmal gehört, daß eine vernachlässigte Braut auch nervös werden kann?«

»Ich appelliere an die Vernunft dieser Braut.«

»Dann sprich in gleicher Weise auch mal mit Laska. Angeblich versteht sie jedes Wort von dir.«

»Hotel Terminus!« rief der Fahrer und bremste.

Hartung beugte sich vor. »Fahren Sie noch einmal um den Block.«

»Si, signore. Capito.« Der Chauffeur winkte dem herbeistürzenden Hotelportier ab, gab Gas und fädelte sich tollkühn wieder in den Verkehr ein.

»Das ist Freiheitsberaubung«, sagte Angela und lächelte krampfhaft.

»Hier kann ich wenigstens mit dir reden, hier kannst du nicht einfach weglaufen und übelnehmen.« Hartung holte aus der Rocktasche einen Bogen Papier und faltete ihn auseinander. Er war mit Namen und Daten dicht beschrieben. »Lies das einmal durch.«

»Warum?« Angela nahm das Blatt und überflog es. Ein Terminplan. Turnier auf Turnier. Berühmte Parcours-Namen. Preise, Ehrungen, Pokale, Nationenwertungen. Ein Geflecht aus Daten, das Hartung wie ein Panzer umschloß. Angela warf das Blatt auf den Sitz.

»Das ist ein uraltes Alibi mit riesigem Bart!« sagte sie. »Lebst du nur, um über Hindernisse zu springen?«

»Im Augenblick ja.« Hartung faltete den Terminkalender zusammen und steckte ihn wieder ein. »Verstehst du das nicht?«

»Nein.«

»Das nie ausdiskutierte Problem. Ich bin kein Krautjunker, der Zuckerrüben anbaut oder Schweine mästet, sondern ich habe einen verdammt harten Job. Ich reite mir die Seele aus dem Leib, zum Ruhme des Pferdesports.«

»Du redest wie ein Marktschreier. Zum Ruhme! Welch ein Unsinn. Wer dankt dir das? Wenn du vom Pferd fällst und brichst dir irgendeinen Wirbel und mußt im Rollstuhl gefahren werden, wer kümmert sich dann um dich? Ein paar Zeitungsartikel, ein paar Bildreportagen, und dann Schluß. Vergessen! Abgeschoben! In der nächsten Saison spricht schon keiner mehr von Horst Hartung. Nur der gilt, der noch im roten Rock im Sattel sitzt, der gelähmte Hartung ist dann längst mit dem Stalldung weggefegt. So ist das, Horst, und du weißt das ganz genau!«

»Darin sind wir nicht anders als Soldaten. Gehorchen, siegen oder untergehen!«

»Und das nennt ihr noch Sport!« Sie fuhren jetzt zum drittenmal am Hotel »Terminus« vorbei. Der Portier, der immer auf dem Sprung stand, tippte sich bei der dritten Runde an die Stirn. Der Fahrer zuckte mit den Schultern und hob beide Hände. *Prego, amico* – solange Verrückte zahlen, können sie bei mir machen, was sie wollen. Einfacher kann ich meine Lire nicht verdienen. »Laß mich 'raus, Horst.«

»Wir lieben uns doch, Angi.«

»Ist das Liebe, wenn wir irgendwo auf der Welt zusammenprallen wie zwei Gewitterwolken und dann weiterziehen? Genügt dir das? Mir nicht! Ich will mit dir leben und nicht eine Duftnuance des Stalldunstes sein.«

»Du bist heute wieder von einer umwerfenden Rhetorik.« Hartung lehnte sich seufzend zurück und tippte dem Fahrer auf die Schulter. Der kleine Italiener nickte stumm. »Ich habe dir versprochen – nach der Olympiade heiraten wir.«

»Mein Gott, das sind ja noch drei Jahre.« Angela schüttelte den Kopf. »Wir werden uns trennen, Horst.«

»Angi!« Hartung versuchte, ihre Hand zu ergreifen, aber sie zog sie abrupt zurück. Vor ihnen tauchten die Lichterketten der Hotels auf. Nur noch ein paar Sekunden. »Angi, soll ich jetzt, wo Laskas Stern aufgeht, alles hinschmeißen? Du weißt am besten, was in Laska steckt.«

»Pökele sie dir ein«, sagte Angela wütend. Sie riß die Tür des Taxis auf, als es noch vor dem Hoteleingang ausrollte, und sprang hinaus. Der Portier kam diesmal zu spät. Die fahren doch noch eine Runde, dachte er. Er war entsetzt, als die Signorina aus dem Wagen stürzte und sich nur mit größter Mühe auf den Beinen hielt. Die Bremsen kreischten.

»Madonna mia!« schrie der Chauffeur und schlug die Hände zusammen.

»Angi!« Hartung beugte sich aus der offenen Tür. »So können wir nicht auseinandergehen. Ich hole dich in einer Stunde ab.«

Er wußte nicht, ob sie es gehört hatte. Sie lief ins Hotel, fegte durch die breite Glastür und verschwand. Der Portier holte die beiden Koffer aus dem Wagen, musterte Hartung wie einen Menschenjäger, tuschelte mit dem Taxichauffeur und schritt dann gravitätisch zur Tür der Hotelgepäckannahme.

Eine Stunde später sagte der Chefportier in der Rezeption zu Hartung in fließendem Deutsch: »Bedaure, mein Herr, die Dame ist ausgegangen.« Und am nächsten Morgen, am Telefon: »Bedaure, mein Herr, die Dame ist nicht im Hause.«

Am Mittag, nach einem harten Training: »Bedaure, mein Herr, die Dame hat hinterlassen, sie mache einen Ausflug auf der Via Appia.« Am Abend – Hartung hatte einen Smoking angezogen und zwei Opernkarten für eine Aufführung von »La Bohème« in der Tasche – die gleiche, stereotype Auskunft des eleganten Chefportiers mit den beiden gekreuzten Schlüsseln auf dem Samtkragen: »Bedauere, mein Herr, die Dame ist vor einer Stunde abgeholt worden.«

»Abgeholt worden?« Hartung war ratlos. »Haben Sie ihr meinen Brief gegeben?«

»Natürlich, mein Herr.« Der Chefportier verzog das Gesicht. Was für eine Frage!

»Und? Was geschah mit dem Brief?«

»Die Dame steckte ihn ein.«

»Ungelesen?«

»Meines Wissens – ja.«

»Wer holte sie ab?«

Der Chefportier musterte Hartung wie einen Bettler, der sich in diese heiligen Hallen des Geldadels verirrt hat. »Mein Herr«, sagte er betont, »unser Haus ist bekannt für seine Diskretion. Darf ich Ihnen durch den Boy eine Erfrischung bringen lassen?«

»Danke.« Hartung wandte sich ab. Im Hinausgehen zerknüllte er die Theaterkarten und warf sie in einen großen Aschenbecher. Dann bummelte er über die Via Veneto, trank drei Campari, wehrte vier entzückende, wohlgerundete, aber teure Mädchen ab, langweilte sich in einem Nachtclub bei mittelprächtigem Strip-tease, dessen Höhepunkte in flackernden roten Scheinwerfern untergingen – die römischen Behörden verlangten es so, und kam in sein Hotel zurück, als Fallersfeld mit den anderen Reitern der deutschen Equipe an der Bar zum Abschluß des Tages noch ein Bier tranken.

»Unser Kulturpapst!« rief Fallersfeld ausgelassen. »Na, wie war's? Wie eiskalt ist dies Händchen – hast du's gewärmt, Horst?«

»Einen Kognak und ein Bier! Heute besauf ich mich«, verkündete Hartung düster. Er kletterte auf den Barhocker und sah mit bereits alkoholisiertem Blick in die Runde. »Wenn ich jetzt ans Reiten denke, könnte ich kotzen.«

»Morgen früh um acht Geländeübung.« Fallersfeld lachte dröhnend. »Vor nichts hat der Bengel Angst, nur vor dem Ja am Altar. Ein Kognak, ein Bier – mehr wird nicht erlaubt. Und übermorgen dürft ihr keine Nerven haben.«

Die letzte Nacht vor dem Turnier.

Angela ließ sich weiter verleugnen. Jede freie Stunde rief Hartung im Hotel »Terminus« an, sie war immer unterwegs, nicht erreichbar, gerade ausgegangen. Schließlich sagte der Chefportier, wenn er Hartungs Namen hörte, nur noch: »Wie immer!« und legte den Hörer auf. Es hatte keinen Sinn, das Telefon weiter zu blockieren.

Romanowski war hundemüde. Das Training war zermürbend gewesen, Laska sprang wie ein altes Weib über eine Pfütze, ohne Haltung, ohne den Blitz im Leib, wie Fallersfeld es nannte. Die Hindernisse nahm sie ausgesprochen lustlos, latschte beim Abreiten wie eine triefäugige Kuh, war sichtlich beleidigt bei der Cavaletti-Arbeit und wurde nur munter, als Dr. Rölle sie abhorchen wollte. Fallersfeld rannte herum mit hochrotem Kopf.

»Das ist der letzte Parcours, das schwöre ich«, schrie er Hartung an. »Ich streiche Laska so lange von der Liste, bis sie Disziplin gelernt hat. Das ist das mindeste, was ich verlangen kann. Wir haben hier doch kein Cowboy-Rodeo!«

Nur Romanowski war trotz aller Müdigkeit und allen Kampfes mit Laskas Dickschädel glücklich. Er hatte eine Bekanntschaft gemacht.

Ein Mädchen, wie aus einem schwedischen Magazin. Überall rund, wo man es erwartete, rothaarig und eindeutig in Romanowski verliebt. Sie stand plötzlich überall dort, wo Romanowski mit Laska arbeitete, kullerte mit den Augen, drehte die Hüften in dem engen, kurzen Rock und schob die Brüste vor. Romanowski wurde es heiß unter der Mütze. Zuerst trank er Limonade, dann einen Whisky mit Eis, und als es gar nicht mehr auszuhalten war, sprach er die Rothaarige an.

»Signorina«, sagte er, ging in die Knie und wippte auf und ab. »Schön hoppehoppe?«

»Sär schön!« Die Rothaarige blinzelte Pedro an. »Isch libbä Pfärde.«

Sie kann deutsch, jubelte Romanowski innerlich. O ewiges Rom, jetzt breche ich einen Stein aus dir!

Adriana Lucca hatte ihren Auftrag begonnen.

Es war – wie Bonelli gesagt hatte – ein leichtes Spiel. Romanowski brannte schon nach dem ersten Satz, den Adriana sprach, nach fünf Minuten näherer Bekanntschaft loderte in ihm ein Vulkan.

Es ist eine alte Weisheit, daß Liebe die Hirnwindungen leerfegt und Männer rettungslos verblöden läßt. Wer dazu noch ein Mann wie Pedro Romanowski ist, dem freiwillig keine Frau nachläuft, ihn nicht einmal interessiert mustert, denn außer Kraft hatte die Natur ihm wenig mitgegeben, was ein Frauenherz entzückt, wer immer nur zugesehen und nie im Mittelpunkt gestanden hat, der überläßt sich glücklich der Leidenschaft, wenn ihn eine Frauenhand anders als abwehrend berührt.

Adriana verstand ihr Metier. Mit allen Wassern weiblicher Verführungskunst gewaschen, eroberte sie Romanowski im Sturm. Er begriff gar nicht, wie so etwas möglich sein konnte. Ausgerechnet ich, dachte er immer wieder. Da laufen Hunderte von Männern herum, wie aus einem Modejournal, und mich stinkenden Pferdeknecht hat sie herausgepickt.

Beim Geländeritt fing es an. Hartung ritt Laska vorsichtig, er kannte die Tücken des Bodens nicht, versteckte Wurzeln, Mäuse- oder Kaninchenlöcher, Unebenheiten – alle möglichen Fallen, in denen sich ein Pferd den Fuß verstauchen konnte. Adriana trippelte neben Romanowski durchs Gelände, bestaunt von den anderen Reitern und Helfern, argwöhnisch beäugt von Fallersfeld, der noch genug hatte von Hartungs Affäre mit der schönen Luisa Gironi in Aachen. Er machte da keinen Unterschied zwischen Hartung und Romanowski – alle drei, mit Laska, bildeten eine Einheit. Wurde diese gesprengt, mußte es immer zu einer Katastrophe kommen. Die einzige Ausnahme war Angela. Sie würde die Dreieinigkeit bestimmt nicht zerstören, sondern sich völlig integrieren in diesen Block. Aber Hartung begriff das noch nicht.

»Madonna«, sagte Adriana am zweiten Tag, als Hartung über die Übungshindernisse sprang. »Und du machst Pfärd fit?«

»Wer sonst?« Romanowski warf sich in die Brust. Da war allerhand – ein Brustkasten wie eine Truhe, Schultern wie ein Brückenpfeiler. »Herrchen – so nenne ick meinen Chef – reitet bloß. Ick sorje für die Kondition von Gaul und Reiter. Det is eene Lebensaufjabe, Mädchen.« Er bemühte sich, ein verständliches Hochdeutsch zu sprechen, aber nach einigen Anläufen gab er die Bemühungen auf. Was se vastehen will, bejreift se ooch so, dachte er. Und wenn ick ihr um die Taille fasse, is det international. »Ohne mir jebe et keene Parcours nich. Ick bin sozusajen det Schmieröl im Motor. Vastehste mir?«

»Si, si.« Adriana Lucca lächelte ihn so zuckersüß an, daß Romanowskis Herz hämmerte. »Du großär Pfärdemann.«

Mir knallt det Herz noch um die Ohren, dachte Romanowski. Det is 'ne Puppe für morgens, mittags und abends, und 'n Mann wie ick kann ooch noch 'ne Zwischenmahlzeit vertragen. Pedro, hol mal tief Luft und dann hinein ins Wasser.

Er faßte Adriana um die Hüfte – der internationale Griff – und strahlte sie an. Adriana kicherte und bekam große Kulleraugen. Durch ihre roten Haare wehte der Wind. Romanowski geriet in Atemnot.

»Isch zeige dir Rom«, sagte sie und schmiegte sich an ihn. Eine Katze hätte nicht zärtlicher geschnurrt. »Via Veneto, kleine Bar, du und isch, ganz *soletto*!«

Romanowski versuchte einen Angriff. Er riß Adriana an sich, küßte sie wie ein Barbar, wunderte sich, daß sie quietschte wie eine Maus in den Krallen einer Katze, ließ sie los und holte tief Luft. Es war der erste Kuß seines Lebens, den er bis in die Zehenspitzen gespürt hatte. Ein völlig neues Lebensgefühl. Und ein gutes dazu.

»Morjen, Puppe«, sagte er keuchend. »Morjen. Heute Nacht muß ick Laska bewachen.«

»Heute. *Soletto*!« sagte Adriana. Sie hatte einen trotzigen Zug um den Mund. Ihre Augen blitzten. »Morgen nix! Jetzt.«

»Puppe, det Turnier.« Romanowski wurde abwechselnd heiß und kalt. Er sah sich um, zog Adriana hinter einen Busch und küßte sie wieder. Dabei legte er die Hand auf ihre Brust, und dieser Griff ins Volle entschied alles. Was ist eine Laska gegen solche Lebensfülle?

Wo bleibt die Moral bei so massiver Versuchung? Sie verdorrt wie eine Blume in der Wüste. »Ick schlafe im Stall«, sagte Romanowski rauh, ließ seine Pranke auf der Brust und sehnte sich nach einem eiskalten Bier. »Wenn dir det zu popelig is?«

»Zu was?« fragte Adriana brav zurück.

»Popelig. Mein Jott, wie soll ick dir det erklären? Popelig is, wenn de Appetit auf'n Kotelett hast und kriegst nur 'ne Schrippe mit Gummiwurst. Vastehste?«

»Alles«, sagte Adriana und hob sich auf die Zehenspitzen. »*Un bacio,*« bettelte sie. Und Romanowski verstand sie sofort.

»Um zehn Uhr im Stall«, sagte er später. Er hob beide Hände hoch. »Zehn! Dann sind se alle weg! Ick mach uns 'n Lager wie aus Tausendundeine Nacht. Verdammt Puppe, wie heeßt du eigentlich. Ick bin Pedro.«

»*Il mio nome è Adriana.*«

»Adriana – det is wie Musik.«

Er umarmte sie noch einmal mit seinen Pranken, küßte sie wie ein Verdurstender, und hörte erst auf, als Hartung nach ihm rief.

»Det is Herrchen«, seufzte er und umfaßte mit einem langen Blick noch einmal seine unfaßbare Eroberung. »Mein Jott, wer hätte det jedacht? Jetzt muß ick mir zerreißen.«

Was Romanowski tat, das tat er gründlich.

Er baute neben Laskas Box ein Liebeslager wie es die Schweden im Dreißigjährigen Krieg nicht besser hatten. Viel Stroh, darüber weiche Decken, eine romantische Stallaterne, ein Brett mit Wurst, Schinken, Wein, Weißbrot und Orangen. Vor den Eingang nagelte er rechts und links eine Decke an den Balken fest, sie gab ein Gefühl von Abgeschlossenheit, von Intimität.

Nach dieser Einrichtung seiner Liebeslaube begann Romanowski, sich selbst aufzupolieren. Er wartete, bis der normale Stalldienst gegangen war, holte dann zehn Eimer Wasser, goß sie in einen Trog, zog sich nackt aus und badete. Es kostete Überwindung – er stand eine Zeitlang sinnend vor dem Wasser, fühlte mit der Hand, tauchte ein Bein hinein, zuckte, holte dann tief Atem, ballte die Fäuste und setzte sich in das kalte Wasser.

Alles für die Liebe, dachte er. Wenn sich bloß det Kalte nich auf anderes auswirkt!

Das Bad erfrischte, wie Romanowski verblüfft feststellte. Da er allein war, lief er nackt und triefend im Stallgang hin und her, machte ein paar Kniebeugen und glaubte dann, gerüstet für den Großkampf dieser Nacht zu sein. Er zog nur eine Unterhose an, rollte mit den Muskeln, blickte dann auf seine Armbanduhr und hatte noch eine halbe Stunde Zeit.

Adriana Lucca telefonierte unterdessen mit Bonelli. Es ging um eine Honorarerhöhung.

»Du Kretin!« fauchte sie Bonelli an. »Leichte Arbeit! Ein Riese ist das! Ein Urmensch! Eine Kreuzung zwischen einem Mammut und einem Saurier! Er wird mich zerquetschen!«

»Dann dirigiere ihn so, daß du immer oben liegst«, sagte Bonelli gelassen.

»Ich weigere mich!« schrie Adriana.

»Dann haue ich dir den schönen Hintern blau, *cara mia*. Schalte ihn aus, das ist dein Auftrag. Wie du das machst, ist deine Sache. Luciano wird draußen warten. Wenn du im Stallfenster die rote Lampe blinken läßt, ist alles nur eine Sache von Sekunden.«

»Laska wird ihn vor den Kopf treten.«

»Überlaß das uns. Sind wir Amateure? Kümmere du dich um deinen Saurier, mehr verlangt keiner von dir!«

Mit einem kleinen Fiat fuhren Adriana und Luciano Pavese hinaus zu den Ställen. Sie parkten ihn in der Nähe des Abreiteplatzes und schlichen im Schatten der hohen Transporter und Pferdeanhänger zu dem langgestreckten, dunklen Gebäude. Nur im letzten kleinen Fenster schimmerte ein einsames Licht.

Romanowskis Liebeslampe.

»Bleib in der Nähe, Luciano«, bettelte Adriana. Sie hatte plötzlich ganz gemeine Angst. »Wenn ich schreie, sofort kommen und losschlagen. Hast du den Totschläger bei dir?«

»Immer. Luciano ist immer bereit.« Pavese lächelte töricht. Er war ein einfältiger Mensch, aber Sonderaufträge, die man ihm eingedrillt hatte, führte er mit der Präzision einer Maschine aus. Ein lebender Computer, der nur richtig programmiert zu werden brauchte. Für Bonelli tat er alles, denn Bonelli hatte ihn als erster wie einen Menschen behandelt.

Adriana schlüpfte in den Stall. Die Tür knarrte kaum, schattengleich und lautlos glitt sie in die Dunkelheit. Der Dunst von Pferdeschweiß und Urin und eine schwere Wärme schlugen ihr entgegen. Was Romanowskis Lebensinhalt war, traf sie wie eine Faust. Sie würgte kurz, fuhr sich mit zitternden Händen über das Gesicht und sah dann Romanowski kommen, unter einer Decke hervor, nackt bis auf seine kurze weiße Unterhose, ein Fleischberg, ein Muskelpaket auf zwei Beinen.

Man kann wirklich nicht behaupten, daß Adriana keine Vergleichsmöglichkeiten besaß, aber was sie jetzt sah, verschlug ihr glatt den Atem. Ihre Augen wurden tellergroß, und als Romanowski sie wortlos packte, auf die Arme nahm und zu seinem Lager trug, war sie zu jeder Abwehr völlig unfähig.

O *mamma mia*, dachte sie bloß. Er wird mich zermalmen. Wenn er ernst macht, bricht er mir sämtliche Knochen. Luciano, komm her und ziehe ihm den Totschläger über den Schädel. Luciano!

»Zuerst essen und trinken wir«, sagte Pedro und setzte Adriana vorsichtig wie ein rohes Ei auf seinem Liebeslager ab. »Det kalte Buffet is garniert.« Er zeigte auf Wurst, Schinken, Brot und Wein auf dem Holzbrett und streckte sich wohlig aus. »Schwitzt de nich, Adriana? Zieh dir aus!«

Romanowskis »dolce vita« begann. Sein siebter Himmel wurde schon zum achten, denn Adriana knöpfte kühn ihre Bluse auf, streifte sie ab und enthüllte Formen, die Romanowski den Atem raubten.

Vor dem Stall wartete Luciano Pavese zehn Minuten. Als das rote Licht nicht aufleuchtete – Adriana hatte jetzt andere Sorgen, als mit einer Stablampe zu schwenken –, schlüpfte er in den Stallgang und wartete dort hinter der großen Futterkiste, geduckt, zum Sprung bereit, in der Hand den Totschläger. Um den Hals trug er einen Lederbeutel.

Im Stall herrschte Ruhe. Die Pferde waren müde. Training, Hitze, Luftveränderung – das kann auch ein Pferd nicht so schnell verkraften. Das Schaben der Pferdeleiber gegen die Boxenwände, ab und zu ein Hufschlag oder ein Schnauben waren die einzigen Laute. Doch nein – von hinten, vom Ende des Stalles, klang gedämpftes Kichern und Rascheln von Stroh. Luciano grinste breit, schlich weiter und blieb vor Laskas Box stehen. Daneben, bei abgeschirmter Lampe und hinter einer sich im Luftzug bewegenden Decke, wurde eine heiße Schlacht geschlagen.

Luciano handelte schnell. Er zog Romanowskis Stalljacke an, die neben der Box an einem Nagel hing, holte aus dem Lederbeutel um seinen Hals eine lange Spritze und schob leise die Tür zu Laskas Box auf.

Laska stand still, nur die Ohren zuckten hin und her. Durch die Nüstern sog sie den vertrauten Geruch ein. Gehorsam trat sie ein paar Schritte zur Seite, als Luciano sie mit einem Klatschen gegen den Hals dirigierte. Ahnungslos, voll Vertrauen auf ihren Freund Pedro, zuckte sie bloß kurz zusammen und wandte den Kopf zurück.

Luciano tastete die Flanken ab, fand die richtige Stelle und stach ein. Ebenso schnell drückte er die Flüssigkeit in den warmen Pferdeleib, riß dann die Nadel heraus, rieb mit dem Handballen über die Einstichstelle und schlüpfte hinaus auf den Stallgang.

Laska schnaubte verwundert. Sie drehte sich, preßte den Kopf gegen das vergitterte Oberteil der Tür und sah Luciano an. Der zog Romanowskis Jacke wieder aus, hängte sie an den Nagel zurück, lüftete einen Zipfel der Decke und betrachtete kurz die verschlungenen Glieder auf dem Strohlager. Mit schnellem Griff riß er die Stallaterne an sich und blies sie aus.

Romanowski grunzte laut, fluchte und warf in der Dunkelheit das Brett mit Wein und Schinken um.

»Da hätt ick mir den Hintern verbrennen können!« sagte er und tastete nach der Laterne. »Mensch, Puppe, hast du'n Schenkeldruck!«

Luciano rannte aus dem Stall. Unhörbar klappte die Tür zu. Ein paar Minuten später folgte Adriana. Romanowski hatte die Lampe wiedergefunden, angezündet und hockte nun auf seinem zerwühlten Strohlager, setzte die Weinflasche an den Mund und trank sie mit einem Zug leer.

Saufen – Himmeldonnerwetter, nur noch saufen! Jetzt ist sie davongelaufen. Einen Schock hat sie bekommen. Wenn unsereiner schon mal Glück hat, fällt die Lampe vom Nagel. Zum Kotzen, Leute ...

Dann schlief er ein und träumte von roten Wolken, die alle das Gesicht von Adriana trugen. Erst als diese Wolken zu regnen begannen, sprang er mit einem Schrei auf.

Hartung stand vor Romanowski und hielt noch den Eimer in der Hand, den er ihm über den Kopf geschüttet hatte. Nebenan in ihrer Box lag Laska auf der Seite und schlief.

»Was hast du mit Laska gemacht?« schrie Hartung. »Sie rührt sich nicht!«

»Mit La ...?« Romanowski schüttelte sich wie ein nasser Hund, blickte über die Boxenwand und erschrak. Dann wurde er rot und holte tief Luft. »Aufstehen!« brüllte er, daß Hartung erschrocken zurückprallte. »Allez hop!«

»Bist du übergeschnappt?« stotterte Hartung. »Und besoffen bist du auch!«

»So weck ick det Luder imma!« schrie Romanowski. »Aufstehen!«

Aber Laska blieb liegen. Apathisch hob sie nur den Kopf, blinzelte und ließ ihn zurückfallen. Entsetzt starrte Romanowski auf den goldbraunen Fellberg.

»Det macht se extra«, stammelte er. »Nu hat se 'ne neue Tour. Spielt tote Fliege. Herrchen, wenn se man bloß det Vieh nich jekauft hätten! Se bringt mir um den Verstand!«

Es war ein absolutes Rätsel. Laska blieb liegen, auch als Hartung ihr zuredete, mit der Peitsche drohte, ihr auf die Kruppe schlug, sie anschrie. Das einzige, was sie tat, war ein leises Schnauben, ein Hochstemmen auf die Vorderbeine, dann brach sie wieder ein und rollte sich zur Seite.

»Mein Gott, sie hat irgendeine Schwäche«, sagte Hartung leise. »Du siehst doch, daß sie nicht hoch kann.«

In den Stall kamen jetzt die anderen Pferdepfleger, Fallersfeld, Hartwig, Steenken, Winkler und Schockemöhle. Romanowski tanzte um Laska herum, beschimpfte sie, lockte, kniete neben ihrem Kopf und hob ihn in seinen Schoß. Laska blieb ruhig. Aus müden, halbgeschlossenen Augen musterte sie die Welt. Hartung hatte sein Ohr auf ihren Leib gelegt und horchte sie ab.

»Einen Arzt!« schrie Fallersfeld, der sofort die Situation erfaßte. »Wo ist Dr. Rölle? Sofort hierher! Horst, hörst du was?«

»Nichts.« Hartung richtete sich auf. Winkler und Schockemöhle bemühten sich, Laska an der Trense hochzuziehen, Romanowski gab ihr Schläge auf die Kruppe. Es war, als wollte man einen Klumpen Fleisch das Tanzen lehren. Laska lag da und rührte sich nicht.

»Gehen wir systematisch vor!« sagte Fallersfeld mit bebender Stimme. »Wer hatte Stallwache?«

»Ich!« Romanowski stand stramm wie zum Rapport.

»Und?«

»Keine besonderen Vorkommnisse, Herr Baron.«

»Was machte Laska?«

»Se pennte, Herr Baron.«

»Das wissen Sie genau?«

»Ick hab imma über de Wand jeguckt, Herr Baron. Imma!«

»Und Sie haben nichts bemerkt?«

»Nix, nee, Herr Baron.«

»Der Mann ist nicht nur blöd, sondern auch blind!« schrie Fallersfeld. »Liegt so ein Pferd da?«

»Keen normales, Herr Baron.« Romanowski holte tief Luft. Er dachte an Adriana. Wenn die det wissen, kastrieren se mich, dachte er. Ein Jlück, det ick alles aufjeräumt habe. Den BH hat se verjessen. Den hab ick jetzt in der linken Hosentasche. 'n Fummel aus Spitzen. Wenn die bloß nich det Parfüm riechen!

»Aba is die Laska een normales Pferd?« fragte er treuherzig.

Fallersfeld gab sich geschlagen. »Irgend etwas muß sie ja haben«, sagte er ratlos. »Falsches Futter?«

»Ausjeschlossen, Herr Baron.« Romanowski tat beleidigt. »Ick füttere ihr imma selber.«

»Eine Erkältung?«

»Bei der Hitze?«

»Gerade!«

»Dann tät se husten. Tut se det?«

Dr. Rölle stürzte in den Stall. Er war gerade gekommen und sofort zum Stall V gerufen worden. Mit deutlicher Zurückhaltung blieb er vor der Box stehen.

»Ist sie auch wirklich zahm?« fragte er.

»Wenn sogar Hans-Günther neben ihr knien darf, dem sie keinen Sieg verzeiht!« rief Fallersfeld. »Doktor, sie liegt da wie gelähmt! Was kann das sein? Mein Pferdeverstand versagt.«

»Eine Kreislaufschwäche.« Dr. Rölle packte das Stethoskop aus, kniete neben Hartung und Winkler in den Häksel und tastete Laska ab. »Das Herz ist nur wenig langsamer, das kann es nicht sein«, sagte er erstaunt. »Aber wenn ich mir die Augen ansehe, das ist überhaupt kein Laska-Blick mehr. So schaut ein müder Esel drein.« Er schob die Nüstern zurück, eine mutige Tat, denn niemand hätte früher gewagt, außer Hartung und Pedro, Laskas Nüstern zu berühren, und starrte in das Maul. Die Zunge glänzte bläulich und dick. Dr. Rölle setzte sich entgeistert an die Wand und zog die Beine an. »Vergiftet«, sagte er langsam.

»Unmöglich!« brüllte Romanowski. »Ick war imma um se!«

»Aber sie ist vergiftet. Eine überstarke Schlafmitteldosis!« Dr. Rölle hob beide Hände, als Romanowski wieder losbrüllen wollte. »Pedro, waren Sie ohne Unterbrechung im Stall?«

»Ja!« schrie Pedro. Das war noch nicht einmal gelogen.

»Sie waren keine Minute draußen? Luft schnappen, pinkeln?«

Romanowski zog das Kinn an. Sein Gesicht fiel auseinander. »Wat der Mensch tun muß, muß er tun«, stotterte er. »Ick kann mir doch nich selbst ertränken.«

»Aha! Wo waren Sie?«

»Hinterm Stall. Aba nur drei Minuten. Sie sind ja Dokta. Rechnen Se mal aus, wie lang so 'ne menschliche Blase entleert werden kann. Mehr war nich.«

»Drei Minuten!« Fallersfeld fuhr sich erschüttert über die Augen. »Diese drei Minuten muß der Täter abgepaßt haben. In drei Minuten kann man ein Dutzend Spritzen setzen. Doktor, bekommen Sie Laska bis zum Mittag wieder auf die Beine?«

»Auf die Beine vielleicht. Aber für den Parcours fällt sie mit hundertprozentiger Sicherheit aus.«

»Prost, dein Onkel Otto!« rief Fallersfeld. »Horst, du wirst sofort ›Fahnenkönig‹ abreiten. Romanowski!«

Hackenknallen. Stramme Haltung. »Herr Baron!«

»Du wirst ab sofort innerhalb des Stalles an die Wand pinkeln, verdammt noch mal! Los, Jungs, an die Arbeit, um Laska wird sich der Doktor kümmern. In ein paar Stunden müßt ihr siegen.«

Bis zum Mittagessen war Laska durch Injektionen so weit gekräftigt, daß sie auf den Beinen stand. Sie schwankte wie eine Betrunkene, stieß mit dem Kopf überall an, und als sie an die Luft kam, begann sie zu zittern und wollte sich wieder hinlegen. Dann führte Romanowski sie herum, abseits von allen anderen Pferden. Er schämte sich. Da ist man einmal ausgerutscht, und schon hat's solch eine Wirkung. Die Liebe ist eine verflucht gefährliche Sache.

Vom Turnierplatz klang Musik herüber. Hartung ritt »Fahnenkönig« ein, Fallersfeld und die deutschen Reiter schritten die Hindernisse ab. Winkler maß die Distanzen, rechnete sich die Schrittlängen und die besten Anreitewinkel aus. Die große Arena begann sich mit Menschen zu füllen. Eine Farbenpracht, die das Auge blendete. Wolkenlos blau dehnte sich der Himmel darüber mit einer glühenden Sonne.

»Was machste bloß«, klagte Romanowski. »Olles Luder, warum haste dir det Ding verpassen lassen? Ick weeß, ick weeß, meine Schuld is et! Siel mir da mit det rote Aas rum, und dich jeben se die Spritze. Du, det bleibt unter uns, wa? Meen liebes Luder!« Er umfaßte Laskas Hals und weinte in ihre Mähne hinein.

Dr. Rölle traf sie eine Stunde vor dem Turnier in der Nähe des Stalles. Romanowski hatte wie ein todesmutiger Löwenbändiger seinen Kopf halb in das offengehaltene Maul Laskas gesteckt und schnupperte vernehmlich. Es war, als wolle er mit der Nase den Mageninhalt analysieren. Dr. Rölle tippte Romanowski auf die Schulter. Erschrocken fuhr der zurück.

»Na?« sagte Dr. Rölle gemütlich. »Was sehen wir denn? Alles dunkel? Sicherlich Darmverschlingung.«

»Det is 'n uralter Hut, Dokta! Darüber haben schon Adam und Eva jelacht.« Romanowski hielt Laska kurz an der Trense. Sie hatte eine Abneigung gegen Dr. Rölle und tänzelte nervös herum. »Ick habe da so meene Idee.«

»Und die wäre?«

»Ick brauche 'nen jroßen Eimer Milch.«

»Was?«

»Milch!« Romanowski war in Erinnerungen versunken. »Meen Jroßvater sagte imma: ›Milch is det einzige Wunder, det man saufen kann.‹ Ick will Laska 'nen Eimer Milch geben.«

»Von mir aus. Mehr als auskotzen kann sie ihn nicht.« Dr. Rölle hob ratlos beide Arme. »Ich weiß nicht mehr weiter, Pedro. Die haben da ein Schlafmittel gespritzt, das allen Gegengiften widersteht. Morgen kann Laska wieder munter sein, bestimmt ist sie das, aber morgen ist es auch zu spät.«

Die deutsche Equipe kam noch einmal zur letzten Besprechung zusammen. Horst Hartung ritt »Fahnenkönig«, die Chancen der deutschen Reiter standen nicht schlecht, aber auch nicht auf Sieg. Was man im Training beobachtet hatte, wurde zur Gewißheit: Die Italiener traten mit einer Mannschaft an, die nicht zu schlagen war. Die Brüder d'Inzeo ritten Pferde, deren Sprungvermögen und Schnelligkeit sagenhaft waren.

Für Fallersfeld ging es jetzt nur darum, den ehrenvollen zweiten Platz zu belegen. Das hieß: Vieles wagen, aber nicht zu viel! Kein Vabanquespiel. Auf Sicherheit reiten. Zeitfehler hinnehmen, aber sauber über die Hindernisse.

Horst Hartung hatte noch einmal versucht, Angela zu erreichen.

Als der Chefportier des Hotels wieder mit seinem Satz begann, legte er wortlos auf. Jetzt suchte Hartung mit dem Fernglas die Haupttribüne ab. Irgendwo mußte Angela sitzen, versteckt in der bunten Menge, aber er fand sie nicht.

Über den Parcours marschierte eine italienische Militärkapelle und spielte flotte Weisen. Eisverkäufer drängten sich schreiend durch die Sitzreihen. Über die Lautsprecher wurde die Mutter eines Kindes Lucia gesucht. Es war bei den Pferden gefunden worden und wußte nur, daß es Lucia hieß und Mama auch im Stadion sei.

Eine halbe Stunde vor dem Start. Die Pferdeburschen führten die wertvollen Pferde auf dem Abreiteplatz hin und her. Ricardo Bonelli und Stefano Grazioli, in hellgrauen Sommeranzügen vom besten römischen Schneider, besichtigten noch einmal die italienische Equipe, ehe sie zufrieden zu ihrer Loge gingen.

»Das wird ein Geschäft«, sagte Bonelli zuversichtlich. »Haben Sie gehört? Laska schläft wie ein Bär im Winter. Die Deutschen sind nur noch Außenseiter.«

»Noch hat das Turnier nicht begonnen.« Grazioli schätzte keine Prophezeiungen. Er war Realist, er glaubte nur, was er sah oder in der Hand hielt. »Erst wenn die italienische Hymne ertönt, drücke ich Ihnen die Hand, Bonelli.«

Romanowski rannte unterdessen herum und suchte Milch. Drei Milchverkäufer wiesen ihn ab, als er ihren ganzen Wagen kaufen wollte und seinen Eimer schwenkte. Ein vierter rief die Polizei, es war zum Verzweifeln.

Aufschluchzend lief er Angela entgegen, die plötzlich zwischen den Ställen auftauchte.

»Ist das wahr?« rief sie schon von weitem. »Laska ist krank?«

»Vajiftet haben se ihr!« heulte Romanowski. »Jetzt will ick Milch, und keener jibt se mir. Mit Milch krieg ick se wieder hin. Wie jut, det ick an meenen Jroßvater dachte!«

Milch. Angela nahm den Eimer aus Romanowskis Hand und rannte davon.

»Die jeben Ihnen nischt!« brüllte Romanowski hinter ihr her. »Die rufen die Polizei, die Idioten!«

Diesmal gelang es. Angela legte einige große Scheine auf die Theke des Milchwagens, holte sich, unter dem sprachlosen Staunen der Italiener, aus der Kühlbox selbst zwanzig Literbeutel heraus, riß sie auf und schüttete die Milch in den Stalleimer.

»*Un'pazzo*«, stammelte der Milchverkäufer, als Angela mit dem vollen Eimer davonrannte. »*Madonna, un'pazzo*!« Er tippte sich an die Stirn und grinste den patrouillierenden Polizisten an.

Romanowski war außer sich vor Freude, als Angela mit dem überschwappenden Eimer um die Ecke bog. »Milch!« schrie er und zog

Laskas Kopf herunter. »Milch, olles Luder! Die wirste jetzt saufen und springen wie 'ne Heuschrecke! Milch!«

Man weiß bis heute nicht, ob der Großvater Romanowskis mit seiner Therapie ein Allheilmittel entdeckt hatte, ob Laska selbst spürte, daß Milch jetzt genau die richtige Medizin war oder ob tatsächlich das Gift in ihrem Körper nur durch Milch neutralisiert werden konnte. Mit Genuß soff sie ohne Unterbrechung den Eimer leer und stand dann prustend und mit Milchschaum vor den Nüstern in der Sonne. Romanowski rannte in den Stall, schleppte den Sattel heran und legte ihn auf.

»Luft ablassen!« kommandierte er, als er den Sattelgurt anzurrte. »Himmel, bläst sich det Aas wieder auf!«

Noch zehn Minuten bis zur offiziellen Eröffnung.

Rede des Oberbürgermeisters von Rom. Dann Ansprache des Präsidenten der CHIO.

Der erste Reiter: Harway Smith.

Er stand schon bereit, saß auf seinem herrlichen Schimmel wie ein Standbild.

Noch zehn Minuten.

Fallersfeld zog den Kopf tief zwischen die Schultern, als er zufällig zum Abreiteplatz blickte. Dort führte Romanowski seelenruhig Laska am langen Zügel, gesattelt, mit den ledernen Sprungglocken um die Hufe, die Startnummer 11 vor dem Ohr.

»Wer einen Verrückten sehen will, der mache Augen links!« kommandierte Fallersfeld. »Horst, bleiben Sie hier! Horst! Verdammt! Zwei Verrückte, Jungs!«

Hartung lief über den Platz. Laska sah ihn, hob den Kopf und wieherte hell. Ein Triumphschrei war das. Ich bin hier! Wir können reiten! Verlaß dich auf mich! Ich springe ihnen allen davon!

Sie tänzelte, scharrte mit den Vorderhufen und streckte den Kopf weit vor, als Hartung sie erreichte.

»Aufsitzen, Herrchen!« rief Romanowski. Er strahlte, als habe man ihn mit einem Metallputzmittel poliert. »Aufsitzen. Springen Sie denen was vor. De Augen sollen denen ausfallen!«

Hartung war mit einem Satz im Sattel. Romanowski warf ihm die Zügel zu und hüpfte zur Seite. Hartung riß Laska herum, galoppierte an, genau auf die Umzäunung des Abreiteplatzes zu, der deutschen Equipe entgegen, die wie ein roter Haufen zusammengedrängt am Geländer stand, Fallersfeld fuchtelte mit beiden Armen und stürzte dann zur Seite, als Hartung genau auf ihn zuritt. »Mein Mädchen«, sagte Hartung und beugte sich zu Laskas Ohr vor. »Mein liebes Mädchen, wenn du's schaffst – 'rüber!«

Dann drückte er ab. Hoch flog der goldschimmernde Körper durch die Sonne, weit über den Zaun hinweg, landete weich neben den auseinanderspritzenden deutschen Reitern und stand dann wie aus Erz gegossen da. Selbst die Ohren bewegten sich nicht.

Horst Hartung zog seine schwarze Kappe.

»Horst Hartung bittet, auf Laska reiten zu dürfen«, sagte er laut.

Fallersfeld schob die Mütze resigniert ins Gesicht.

»Meldung an die Turnierleitung«, sagte er heiser zu einem der Pferdehalter. »Hartung reitet auf Laska. Und morgen gehe ich in Urlaub!«

Am Abend flüchtete Bonelli aus Rom. Er war pleite und wurde von seinen Gläubigern verfolgt.

Laska hatte hinter Piero d'Inzeo den zweiten Platz in der Gesamtwertung belegt, mit acht Fehlerpunkten. Aber sie rettete damit der deutschen Equipe den Sieg.

Die Coppa d'Italia ging nach Deutschland.

Und während am Fahnenmast die deutsche Flagge hochgezogen und die deutsche Hymne gespielt wurde, senkte Laska ganz langsam den Kopf und schlief wieder ein ...

Das Liebesschloß der Gräfin B.

Pünktlich um acht, wie es am Abend vorher bestellt worden war, brachte der Etagenkellner das Frühstück. Er klopfte an die Tür von Zimmer 245, wartete auf einen Zuruf, klopfte nochmals und drückte dann die Klinke herunter. Die Tür war unverschlossen.

»Monsieur, das Frühstück«, sagte der Etagenkellner und blieb im Vorraum stehen. Er stützte sich auf den kleinen Servierwagen und lauschte. Diskretion ist die Grundvoraussetzung für jeden Hotelberuf. Ob man ein Doppel- oder ein Einzelzimmer betritt, Überraschungen sind dazu da, übersehen oder am besten vermieden zu werden.

Der Kellner räusperte sich, klopfte an die gläserne Trenntür zum Schlafraum und wartete weiter. Mon Dieu, er hat einen gesunden Schlaf, dachte er. Vor einer halben Stunde ist er von der automatischen Weckanlage geweckt worden, und jetzt schläft er immer noch. Muß ein hartes Leben sein, so ein Reiterdasein.

In dem kleinen Hotelappartement war es still. Kein Geräusch des Wasserhahns, kein Planschen im Badezimmer, nur die Ruhe einer in den Morgen übergehenden Nacht.

Der Etagenkellner entschloß sich, die Glastür zu öffnen, den Servierwagen hineinzuschieben und schnell wieder zu verschwinden. Er hatte schon Situationen erlebt, die man gar nicht schildern konnte. Ein so berühmter Mann wie Horst Hartung, mit einem Aussehen, daß selbst die verwöhnten Zimmermädchen der zweiten Etage zu schwärmen begannen, warum sollte er anders sein als die meisten Männer, die allein nach Paris kommen?

Paris im Sommer, das ist der Inbegriff von Leben. Das sind sonnendurchglühte Boulevards, blühende Gärten, Angler an den Seineufern, durchsichtige Kleidchen, mit Menschen übersäte Wiesen, ein Troß von Kinderwagen, Kühle spendende Brunnen, ein Hauch von Blüten und heißen Benzindünsten.

Der Etagenkellner betrat das Zimmer. Nanu, dachte er. Das Bett ist unberührt, aufgeschlagen, wie es das Zimmermädchen abends herrichtet. Der Schlafanzug lag ausgebreitet, aber unbenutzt auf dem Kopfkissen. Monsieur Hartung ist gar nicht nach Hause gekommen. Wer weiß, wohin ihn das Glück verschlagen hat?

Er fuhr den Servierwagen mit dem Frühstück vor das Bett, denn bestellt ist bestellt, deckte den kleinen Tisch am Fenster, stellte eine kleine Vase mit blaßrosa Moosröschen zwischen Marmelade und Schinkenplatte – eine Aufmerksamkeit der Hotelleitung, denn Blumen am Morgen schaffen eine Atmosphäre von Zufriedenheit und

Wohlbefinden, blickte dann noch einmal auf das unberührte Bett und verließ so diskret das Appartement, als habe er Hartung in den Armen einer unbekannten Schönen aufgeweckt.

Um neun Uhr rief Fallersfeld bei Hartung an. Er ließ dreimal durchklingeln und legte dann knurrend auf.

»Das gibt es doch nicht«, sagte er. »In einer halben Stunde beginnt das Training.« Er steckte sich eine Zigarre an, rauchte vier Züge und machte sich dann auf den Weg zu Zimmer 245. Es lag auf einem anderen Gang. Fallersfeld spazierte an einer Reihe von Zimmern vorbei, deren Türen offenstanden und aus denen schon das surrende Geräusch der Staubsauger klang, blieb dann vor Hartungs Zimmer stehen und klopfte laut an.

Keine Antwort. Fallersfeld schüttelte den Kopf, hatte weniger Skrupel als der Etagenkellner, betrat ohne weitere Anmeldung das Appartement und sah sofort den Frühstückstisch und das nicht benutzte Bett.

»Das ist neu!« sagte Fallersfeld und setzte sich auf einen der roten Plüschsessel. »Er bummelt vor dem Turnier. Himmel, muß es ihn gepackt haben. Die ganze Nacht! Junge, dich kaufe ich mir!«

Er griff zum Telefon, ließ sich mit Winkler und dann mit Schockemöhle verbinden, fragte, ob sie Hartung gesehen hätten, und erfuhr, daß Hartung über Kopfschmerzen geklagt hätte und bald ins Bett wollte. Winkler sah ihn in der Hotelhalle noch mit einer eleganten Dame sprechen. Es schien, als wollte sie von ihm ein Autogramm haben.

»Aha!« rief Fallersfeld. »Meine Ahnung!«

»Ich glaube es nicht, Baron.« Winklers Stimme klang bestimmt. »Horst war in mieser Laune. Er wollte sich schlafen legen. Der hat sich gestern abend bestimmt nicht für eine Frau interessiert.«

»Aber er liegt nicht in seinem Bett! Hat die ganze Nacht nicht drin gelegen! Das Frühstück steht herum, der Kaffee ist kalt.« Fallersfeld nahm mit spitzen Fingern eine Scheibe rohen Schinken, rollte sie zusammen und schob sie in den Mund. »Ganz zart und mild gesalzen.«

»Was?« fragte Winkler entgeistert. »Die Frau?«

»Der Schinken, Hans-Günther. Solltest du mal probieren.«

»Was ist mit Horst?«

»Weiß ich es? Er ist weg! Irgendwo in diesem schönen Paris wird er in einem nach Parfüm duftenden Weiberbett liegen.«

»Glauben Sie das, Baron?«

»Wo soll er sonst sein? Hier hat er jedenfalls mit Sicherheit nicht geschlafen.«

»Vielleicht ist wieder irgend etwas mit Laska los, und er hat im Stall übernachtet.«

»Das werden wir bald wissen.« Fallersfeld legte auf. Er seufzte, aß noch eine Scheibe Schinken und trank einen Schluck kalten Kaffee. »Laska«, sagte er gedehnt. »Dieser Name ist jedesmal wie ein Hammerschlag auf meinen Kopf. Natürlich ist wieder was mit Laska passiert.«

Aber das war ein Irrtum. Als die deutsche Equipe nach dem Frühstück auf dem für den »Prix Rothschild« hergerichteten neuen Turnierplatz im Park von Saint-Cloud erschien, waren alle Pferde bereits bei der Morgenarbeit. Romanowski ritt Laska wie immer etwas abseits von den anderen Pferden in allen Gangarten durch, lockerte sie und übte ein paarmal das Herumreißen während des Galopps. Hartung nannte es schlicht »fliegende Wende«, eine Spezialität von Laska, die beim Stechen immer wertvolle Zehntelsekunden damit herausholte.

Fallersfeld schob die Sportmütze in den Nacken. Sein rundes Gesicht war ratlos. »Fehlanzeige, Jungs«, sagte er. Zum erstenmal klang seine Stimme bedrückt. »Laska ist in Hochform, und Hartung ist verschollen! Mit dem Zug um 10 Uhr 27 trifft Angela auf dem Gare du Nord ein. Ich weiß, ich weiß, ihr habt jede Menge Ausreden parat und könnt Horst mit Alibis eindecken, aber Angela ist hellhörig für Lügen. Sie merkt alles, sie sieht es ihm einfach an. Und wenn er sich dreimal heiß badet, sie riecht das fremde Parfüm.« Fallersfeld winkte mit beiden Armen. »Pedro!«

Romanowski ritt im Arbeitstrab heran und ließ Laska vier Schritte vor Fallersfeld stehen. Die beiden haßten sich, es gab dafür keine Erklärung. Wer kann in eine Pferdeseele blicken? Romanowski hatte die Zügel fest in der Hand, die Ohren Laskas zuckten hin und her.

»Herr Baron?«

»Wo ist Hartung?«

»Weeß ick det? Ick denke, Se bringen ihn mit?«

»War er gestern noch spät abends im Stall?«

»Nee, Herr Baron.«

»Sie haben ihn nicht mehr gesehen?«

»Nich 'n Fatz von ihm.«

»Merkwürdig.« Fallersfeld wandte sich ab. Er schob die Unterlippe vor und dachte angestrengt nach. Es war das erstemal, daß Hartung unpünktlich war. Es würde auch das erstemal sein, daß er einer Frau wegen das Training versäumte. Aber alles passiert irgendwann zum erstenmal. »Wenn er um elf Uhr nicht hier ist«, sagte Fallersfeld und sah auf seine Armbanduhr, »haben wir Grund, unruhig zu werden.«

Es wurde elf, es wurde halb zwölf, Horst Hartung tauchte nicht wieder auf. Das Bewegungstraining war längst vorüber, die Pferde wurden gestriegelt und gefüttert, die Reiter standen am Rand des Parcours und sahen dem Aufbau der Hindernisse zu. Bei den Italienern wurde gefeiert, ein Sektkorken knallte, irgend jemand hatte Geburtstag. Die Engländer saßen abseits und hörten sich einen Vortrag ihres Trainers an. Die Schweden waren schon zu ihrem Hotel gefahren. Die Russen standen am Parcours und fotografierten die Hindernisse.

»Es ist etwas passiert«, sagte Fallersfeld. Seine Stimme klang brüchig. »So schön kann eine Frau gar nicht sein, daß Horst nicht mehr an seine Laska denkt. Mein Gott, wenn er doch noch ausgegangen und auf dem Montmartre schweren Jungs oder was weiß ich in die Hände gefallen ist! Jede Nacht werden erlebnishungrige Fremde niedergeschlagen und beraubt. Hamburg, London, New York oder Paris, in dieser Beziehung ist es überall dasselbe!« Fallersfeld sah sich im Kreise seiner Reiter um. »Polizei? Was meint ihr?«

Von den Ställen kam Romanowski gelaufen. Schon von weitem schrie er: »Nischt, Herr Baron. Im Hotel ist er nich! Aba er muß dajewesen sein.«

»Was sagen Sie da?« rief Fallersfeld. »Er war im Hotel?«

»In seinem Zimmer. Ick hab den Etagenkellner am Telefon jesprochen. ›War in Zimmär‹, sagt er. ›Hat gegessen zwei Scheiben Schinken.‹ Aba jesehen hat ihn keener.«

Fallersfeld verzog das Gesicht, nickte und wandte sich ab. Über den fehlenden Schinken gab er keine Erklärung ab. Das kann man den Ermittlungsbeamten immer noch stecken, dachte er. Polizei! Es bleibt uns keine andere Wahl. Horst Hartung ist in Paris verschollen.

Inspektor Jacques Labois nahm die Ermittlungen und Verhöre so diskret wie möglich auf. Er betrachtete kurz das unberührte Bett, hörte geduldig zu, wie Fallersfeld seinen Reiterstar Hartung als einen überkorrekten, pflichtbewußten, immer pünktlichen Menschen schilderte, dem es nie in den Sinn käme ...

»Bon, très bien«, sagte Inspektor Labois. »Ein vollkommener Mensch ohne Fehler, den gibt es nicht.« Er sprach französisch mit Fallersfeld, denn der Baron beherrschte die Sprache, als sei er irgendwo an der Loire geboren. »Monsieur le Baron, denken wir zuerst daran, daß Monsieur Hartung einen Parisbummel machte.«

»Er kennt Paris. Er braucht nicht mehr zu bummeln! Und Montmartre interessiert ihn nur kunstgeschichtlich. Paris als Stadt der Liebe ist für ihn nicht existent.«

»Als Mann?« Labois lächelte milde. »Na, na.«

»Nicht na, na, Inspektor. Hartung ist verlobt, glücklich, seine Braut ist jung und hübsch.«

»Ich habe Männer kennengelernt, die waren mit der schönsten Frau verheiratet, besaßen Millionen, und ich holte sie aus schmierigen Hinterzimmern heraus, wo sie mit Weibern der übelsten Sorte ... Bon, Ihr Hartung ist anders. Glauben wir es. Wo aber kann er dann sein? In Paris? Nachts? Mon cher Baron, ein unberührtes Hotelbett in Paris kann nur bedeuten . . .«

»Wir haben schon erlebt, daß man Reiter mit Entführung oder Tod bedrohte, wenn sie gewinnen!«

»Im Roman, im Kino«, grinste Labois. Fallersfeld begann zu schwitzen, ein untrügliches Zeichen, daß er innerlich kochte.

»In Chikago . . .«

»Wir sind aber in Paris, Monsieur le Baron.« Inspektor Labois setzte sich an den kleinen Tisch, öffnete seine Aktentasche, entnahm ihr einen Notizblock und drückte die Mine seines Kugelschreibers heraus. »Ich werde Ihnen beweisen, was in Paris bei allen Kriminalfällen immer am Anfang steht – oder am Ende: *Cherchez la femme.*«

Bis drei Uhr verhörte Labois das Hotelpersonal. Den Etagenkellner, die Zimmermädchen, den Nachtportier, die Nachtboys, den Barmixer, verschiedene Gäste, die sich nach Aussage der Schlüsselausgabe spät in der Hotelhalle aufgehalten hatten, die beiden Toilettefrauen, sieben Nachtkellner. Aus allen Aussagen kristallisierte sich ein Bild heraus:

Horst Hartung war nach dem Abendessen gegen 21 Uhr zum letztenmal in der Hotelhalle mit einer auffallend eleganten Dame gesehen worden. Von da an nicht mehr, die ganze Nacht hindurch. Ob er mit der Dame das Hotel verlassen hatte, war nicht mehr festzustellen. Nach dem Essen herrscht so viel Betrieb, daß man auf einen einzelnen nicht mehr achten kann.

Labois klappte seinen Notizblock zu, als keiner mehr zu verhören war.

»Bitte«, sagte er mit einem maliziösen Lächeln, »da haben wir es: *Cherchez la femme*! Elegant, eine auffallende Erscheinung, aristokratisch, sagt der Chefportier. Auf sein Urteil ist Verlaß, er kennt die Menschen besser als der liebe Gott. Zweifeln Sie noch immer, Baron?«

Fallersfeld saß zusammengesunken in einem Sessel und starrte auf den Teppich. Er muß völlig den Verstand verloren haben, dachte er. Es gibt Frauen, die einem den letzten Funken Vernunft rauben. Aber Hartung, ausgerechnet Hartung – unbegreiflich.

»Was – was gedenkt die Polizei zu unternehmen?«

»Nichts«, antwortete Labois.

»Das ist ja eine umwerfende Initiative!«

»Sollen wir mit Lautsprecherwagen durch Paris fahren und ausrufen lassen: ›Monsieur Hartung, aufhören mit Liebe! Kommen Sie zurück ins Hotel!‹«

»Sehr witzig.«

»Monsieur Hartung wird kommen, wenn er von Liebe genug hat. Bei dem einen Mann geht das schnell, bei anderen dauert es länger.«

Inspektor Labois ließ das Schloß seiner Aktentasche zuschnappen. »Ich kenne die Konstitution von Monsieur Hartung nicht.«

Er schickte sich an, zu gehen, als es klopfte und ein Page hereinkam. Er stand an der Tür stramm, stolz auf seine rote Uniform und auf das, was er zu melden hatte.

»In der Halle steht die Dame, mit der Monsieur Hartung gestern abend gesprochen hat. Sie ist eben ins Hotel gekommen.«

»Allein?« schrie Fallersfeld und fuhr hoch.

»Oui, allein.«

»Sie will vielleicht ein frisches Hemd für ihn holen.« Labois schien nicht im geringsten überrascht zu sein. Fallersfeld rang nach Luft.

»Ihre Witze sind einsame Klasse«, stöhnte er. »Schnell, hinunter, ehe sie wieder weg ist!«

»Die Dame hat einen Tisch im Restaurant bestellt«, sagte der Page.

»Na, also.« Labois hob beide Hände und lächelte Fallersfeld beschwichtigend zu. »Wenn ein Franzose ißt, hat er viel Zeit. Wir brauchen nicht in die Halle zu fliegen, Baron.« Dann wurde er plötzlich ernst, wandelte sich so gründlich in einen Kriminalbeamten, daß Fallersfeld ihn verblüfft anstarrte. »Wissen Sie, daß wir wieder am Anfang stehen?«

»Natürlich weiß ich das!« fauchte Fallersfeld. Der hat Nerven, dachte er. Läßt einfach einen Vorhang vor sein Gesicht fallen, und damit wird die ganze Geschichte dramatisch. »Wenn Sie allein kommt, ist das ein Beweis, daß Hartung in der vergangenen Nacht nicht ...«

»Es sei denn, sie ist wie eine Spinne, die das Männchen hinterher auffrißt.«

»Inspektor, ich bin mit den Nerven fertig. Noch ein solcher Witz, und mich trifft der Schlag. Wissen Sie, daß morgen der ›Prix Rothschild‹ ausgeritten wird? Um zwei Uhr beginnt der erste Umlauf. Ermessen Sie die Katastrophe, wenn Hartung dann immer noch verschwunden ist? Die gesamte Weltpresse wird über Sie herfallen!«

»Dann werde ich die Weltpresse auffordern, in Paris nach einem Mann zu suchen. Ich suche unterdessen ein zweiköpfiges Kalb. Wetten, daß ich es eher finde?« Inspektor Labois schüttelte tiefbetrübt den Kopf, klemmte die Aktentasche unter den Arm, schlug dem Pagen auf die schmale Schulter und ging dann über den langen, breiten Korridor zum Lift. Fallersfeld folgte ihm, den Kopf gesenkt wie ein angreifender Stier.

Die Dame in der Hotelhalle – Fallersfeld genügte ein Blick, um jeden Verdacht fallenzulassen – hob erstaunt die Augenbrauen, als Inspektor Labois sie vor dem Zeitungsstand ansprach. Sie suchte aus einem Stapel Zeitschriften ein Modeheft heraus und war nicht einen

Augenblick erschrocken, von einem Polizisten gebeten zu werden, ein paar Schritte zur Seite zu treten und einige Fragen zu beantworten.

Fallersfeld verbeugte sich knapp, ganz alte Schule, und bewunderte dieses Ebenmaß und die Vollkommenheit weiblicher Schönheit.

»Nur ein paar einfache Fragen, Madame«, sagte Labois. »Es ist mir peinlich, aber wenn ich Ihnen den Grund erkläre . . .«

»Fallersfeld.« Der Baron stellte sich vor. Donnerwetter, ist das eine Frau, dachte er begeistert. Lächerlich, sie zu verhören. Jetzt übertreibt Labois seinen Diensteifer. Das sieht doch jeder, daß die Dame zur ersten Gesellschaft gehört.

»Gräfin Elise de Béricourt«, antwortete sie. Sie hatte eine angenehme, warme Stimme. Ihre großen braunen Augen blickten fragend von Labois zu Fallersfeld. Augen wie Laska, dachte der Baron. Dieser Vergleich ärgerte ihn sofort. Augen wie eine Madonna von Raffael, berichtigte er sich. Das gefiel ihm besser.

»Gräfin«, ergriff Fallersfeld das Wort, »eine ganz dumme Geschichte. Sie kennen Horst Hartung? Verzeihen Sie, ich weiß, eine solch direkte Frage ist ungehörig, aber man hat Hartung gestern abend in Ihrer Gesellschaft gesehen, und seit gestern abend ist er spurlos verschwunden.«

»Nein!« Ein wohltemperierter Ausruf, nicht zu laut, aber auch nicht zu unterkühlt. Die Augen wurden noch größer, die schöngeschwungenen Lippen zitterten leicht. »Verschwunden? Wieso denn?«

»Monsieur Hartung ist verschollen.« Labois zog das Kinn ein und blinzelte wie ein Kurzsichtiger. »Es gibt eine Reihe von Zeugen, die Sie, Gräfin, und Monsieur Hartung hier in der Halle gesehen haben. Von da an verliert sich jede Spur.«

»Und nun soll ich Ihnen sagen, wo er ist?« Sie lachte amüsiert. Fallersfeld bewunderte ihr weißes Gebiß. Eine Idiotie, sie zu fragen. »Bedaure, *Messieurs*, aber ich kann Ihnen nur spärliche Auskunft geben. Ich habe Monsieur Hartung um ein Autogramm gebeten. Wir kennen uns vom Turnier im vorigen Jahr her und haben noch ein paar Minuten miteinander geplaudert. Und dann ging er.«

»Er ging? Wohin?« Labois blinzelte stärker.

»Aus dem Hotel. Er wollte nach Saint-Cloud, zu seinem Pferd. Er sagte wörtlich – lassen Sie mich nachdenken, ja: ›Ich fahre noch einmal bei Laska vorbei. Wollen Sie mitkommen?‹ Ich lehnte ab, ich wollte mich hier mit Bekannten treffen. Mit dem Marquis de Lafourge und seiner Frau, Sie kennen ihn, Inspektor?«

Labois nickte gemessen. Lafourge war ein Alibi, das man nicht nachzuprüfen brauchte. Wer es trotzdem wagte, beging beruflichen Selbstmord.

»Und Hartung fuhr nach Saint-Cloud?«

»Ich nehme es an. Er verließ das Hotel. Das war alles, was ich sah.«

»Er ist aber nie in Saint-Cloud angekommen.« Fallersfeld war blaß geworden. Die Gräfin de Béricourt zeigte Ansätze von Besorgnis. Ihre Finger zerknüllten die Modezeitschrift. Ein Brillant, groß wie eine Haselnuß, blitzte auf.

»Das ist ja schrecklich«, sagte sie. »Befürchten Sie ein Verbrechen? Mon Dieu, wenn jemand in Paris verschwindet, wie soll man den jemals wiederfinden?«

Labois sah Fallersfeld herausfordernd an. »Meine Rede, Gräfin. Es gibt da nur drei Möglichkeiten: Der Mann taucht von allein wieder auf, der Mann wird gefunden, meistens ist er dann tot, oder der Mann bleibt verschwunden.«

»So einfach möchte ich die Welt auch einmal sehen«, sagte Fallersfeld betroffen. »Wenn das alles ist, was die Polizei kann!«

»O Baron, wir können mancherlei.« Labois blickte kurz auf seine Uhr. »Vierundzwanzig Stunden nach dem Zeitpunkt des Verschwindens kann ich eine umfassende Suchaktion starten. Rundfunk, Fernsehen, Pressebilder, Steckbriefe, Plakate, Belohnungen – irgendein Hinweis kann dann zu einer heißen Spur führen. Kann!« Labois räusperte sich. »Im Augenblick können wir nur abwarten. Stellen Sie sich vor, wir setzen den ganzen Fahndungsapparat in Bewegung, und plötzlich ist Monsieur Hartung wieder da, aufgetaucht aus irgendeinem Bett!«

Fallersfeld war konsterniert. Er schielte zur Gräfin de Béricourt. »Labois, Sie sind in Gesellschaft einer Dame!«

»Pardon, aber eine französische Gräfin wird für diese Art von Verschwinden das gleiche Verständnis haben wie jede Dame in Frankreich.« Labois winkte mit einer großen Geste. Einige Männer, die bisher nicht aufgefallen waren, strebten zum Ausgang. Erst jetzt merkte Fallersfeld, daß sechs Beamte in der Halle herumgestanden hatten. Plötzlich sah er Labois mit anderen Augen an. Das ist ein ganz Stiller, ein vorzüglicher Schauspieler! Während er den leicht Vertrottelten spielte, arbeitete sein Polizeiapparat auf Hochtouren. »Fahren wir hinaus nach Saint-Cloud.«

»Aber da war Hartung nicht!« rief Fallersfeld.

»Wissen Sie das so genau?«

»Auf Pedro ist Verlaß. Es gibt keine Mücke, die Pedro nicht sieht, wenn sie auf Laska sitzt.«

»Wir suchen auch keine Mücke, sondern einen Menschen.« Labois verabschiedete sich von der Gräfin mit einer leichten Verbeugung. »Ich habe das Gefühl, in Saint-Cloud sehen wir klarer.«

Angela Diepholt war am Gare du Nord vom stellvertretenden Equipechef Hans Lommel abgeholt worden. Er begrüßte sie mit einem Blumenstrauß, den er im Automaten gezogen hatte.

»Weiß Horst, daß ich komme?« fragte Angela, nachdem sie sich gebührend für den Strauß bedankt hatte. Sie sah in dem dünnen Sommerkleid bezaubernd aus.

»Natürlich nicht.« Lommel lachte jungenhaft. »Aber er würde sich wundern, wenn Sie nicht plötzlich am Parcours ständen.«

Sie blickte kurz auf die riesige Bahnhofsuhr. »Er trainiert jetzt?«

»Ja, natürlich.« Lommels Stimme klang gedehnt.

»Fahren wir direkt hinaus nach Saint-Cloud?«

»Ich würde vorschlagen, erst ins Hotel zu fahren.« Lommel hielt die Tür des Taxis auf, das er bestellt hatte. »Der Baron möchte Sie sprechen.«

»Wieder Schwierigkeiten mit Laska?«

»Nein.« Lommel wich Angelas Blick aus, und das war etwas, das jede Frau nicht nur neugierig macht, sondern sie warnt.

»Lommel, Sie verschweigen mir etwas.« Angela klopfte dem Taxifahrer auf die Schulter. »Nach Saint-Cloud. Zum Turnierplatz.« Der Wagen fuhr an, Lommel ließ sich in die Polster zurückfallen.

»Der Baron frißt mich«, sagte er. »Ich soll Sie im Hotel abliefern. Aber wenn Sie unbedingt nach Saint-Cloud wollen! Ich kann Sie nur bitten, erst mit dem Baron . . .«

»Was ist passiert? Lommel, raus mit der Sprache! Ist Horst gestürzt, verletzt, ist beim Training etwas geschehen? Mein Gott, reden Sie schon, ich bin nicht aus Zucker.«

»Hartung ist weg«, sagte Lommel leise.

»Weg? Was heißt das?«

»Verschwunden. Irgendwo in Paris verschwunden. Keiner weiß etwas, niemand hat ihn gesehen. Er ist nach dem Essen gestern abend auf sein Zimmer gegangen. Aber das Bett war am Morgen unberührt, das Frühstück nicht angetastet.«

»Eine – eine andere Frau?« fragte Angela und wandte das Gesicht zur Straße. Lommel schüttelte den Kopf.

»Ausgeschlossen. Das – das wäre das erstemal . . .«

»Man kann einen Mann nicht verurteilen, wenn er in Paris schwach wird. Für die anderen ist das bitter, aber . . .« Ihr Kopf fuhr herum. »Zum Training war er nicht da?«

»Nein, und gerade das finden wir alle so merkwürdig. Ein Hartung, der Laska vergißt, das gibt es nicht.«

»Wem sagen Sie das, Lommel?« Angela Diephold knetete die Tasche, die auf ihrem Schoß lag. Sie kann sich großartig beherrschen, dachte Lommel. Jede andere Braut, deren Bräutigam verschwindet, hätte anders reagiert: mit endlosen Fragen, mit Tränen, Beschuldigungen, Verdächtigungen. Angela sagte nur: In Paris kann ein Mann schwach werden. Eine bewundernswerte Haltung. Nur ihre Hände verrieten, wie es in ihrem Inneren aussah.

Im Park von Saint-Cloud trafen sie Romanowski vor dem Stall an. Er saß in der Sonne, rauchte Pfeife und hatte eine heiße Schlacht siegreich geschlagen. Er hatte sieben Reporter abgewehrt, die von ihm wissen wollten, warum Hartung heute nicht trainiert hatte. Einen Tag vor dem Prix Rothschild, das war ungewöhnlich. Romanowski hatte eine simple Erklärung dafür: »Wenn eener so in Form is wie Herrchen, denn braucht er nich zu trainieren, wat?« sagte er. »Ick bin der Ansicht, die anderen brauchen erst jar nich zu springen – wir jewinnen den Pokal ja doch!«

Ein Reporter, der lange Zeit in Berlin gearbeitet hatte, übersetzte Pedros kernige Worte ins Französische, und damit war das Interview beendet. Später rief Fallersfeld noch einmal an, ob Hartung gekommen sei. Und nun erschien auch noch Angela auf dem Platz.

Romanowski steckte die Pfeife ein und rief schon von weitem: »Keene Sorje nich, Frolleinchen. Die spielen alle varrückt. Kann ja mal vorkommen, det man de Zeit vajißt. Ick reiß mir da keen Been aus.«

»Der Schatten seines Herrn.« Angela lächelte sarkastisch. »Aus dem quetscht keine Autopresse was heraus. Lommel, sparen Sie sich den anstrengenden Versuch, mich zu trösten. Wissen Sie etwas? Bitte ehrlich!«

»Wir wissen alle nur, daß er verschwunden ist.«

»Gut. Dann warte ich hier. Wenn Horst wieder auftaucht, wird er zuerst zu seiner Laska gehen.«

»Das allein ist völlig sicher.« Lommel nickte.

Romanowski nagte an der Unterlippe und vermied es, Angela anzusehen. Er blickte erst auf, als sie ihn mit der Faust anstieß.

»Und du, Pedro, brauchst erst gar keine Warnraketen steigen zu lassen. Du bleibst immer in meiner Nähe, verstanden? Ich will als erste und allein mit Horst sprechen, wenn er kommt!«

»Det is Ihr Recht.« Romanowski trollte sich zurück zum Stall. Er hatte ein ungutes Gefühl, nicht wegen Angela und den in der Luft liegenden Komplikationen, sondern wegen Hartung selbst.

Auch Romanowski glaubte nicht mehr an eine durchbummelte Nacht. Die Angst um »Herrchen« machte ihn fast verrückt, aber niemand sah es ihm an.

Das Landschloß der Gräfin de Béricourt lag am Rande der Wälder von Chaville.

Ein langgestreckter Spätrenaissancebau mit verzierten Giebeln, einem Wald von Schornsteinen, einer breiten, pompösen Freitreppe und einem Park mit Schwanenteich, Teehäusern, verschwiegenen Wegen, Bänken, Steinfiguren, Putten, einem Springbrunnen und einem Freigehege mit Fasanen. Ein Landsitz voller Romantik, efeuumwachsen, dornröschenhaft. Nur der elegante knallrote Sportwagen vor der Freitreppe wies auf die Gegenwart hin.

Elise de Béricourt bewohnte das Schloß allein, das heißt ohne Mann, ohne Verwandte. Die Angestellten zählten nicht, eine Köchin, ein Zimmermädchen, ein Gärtner, dreimal wöchentlich drei Putzfrauen, die dafür sorgten, daß das Schloß nicht verstaubte. Einmal im Monat glitzerten im Festsaal alle Kristallüster, dann gab Elise eine Party, von der man in eingeweihten Kreisen die widersprüchlichsten Dinge erzählte. Nach einer solchen rauschenden Nacht versank das Schloß wieder in Schlaf. Elise de Béricourt lebte zurückgezogen, fuhr allein nach Paris, kaufte ein, besuchte Theater und Oper, ihre elegante Erscheinung war auf den großen Einkaufsboulevards bekannt, ab und zu soupierte sie im Maxim, wo sich die Elite des Geldadels traf, von Gulbenkian bis Onassis. Nie sah man sie mit einem Mann, das war erstaunlich. Sie ist so kühl wie sie schön ist, hieß es bald, nachdem sieggewohnte Kavaliere bei ihr abblitzten und die Playboys vom Dienst jämmerlich Schiffbruch erlitten. Eine unglückliche Liebe zu einem verheirateten Mann hat ihr Herz versteinert, flüsterte man später. Zweimal im Jahr verreiste sie mit unbekanntem Ziel, da wird sie sich austoben, wo keiner sie kennt. Geld genug hat sie ja als Erbin einer der größten Konservenfabriken Frankreichs.

Elise de Béricourt war vom Mittagessen in Paris zurückgekommen. Sie hatte den roten Sportwagen vor die Treppe gefahren, war ins Schloß gelaufen, als werde sie verfolgt, und stürzte nun in eines der großen Schlafzimmer im ersten Stockwerk. Ein Raum mit schweren Portieren, geschnitzten und goldverzierten Decken, einem riesigen Himmelbett auf einem Podest, venezianischen Spiegeln an den seidenbespannten Wänden. Ein erdrückender Prunk.

Elise warf die Tür hinter sich zu und lehnte sich an das geschnitzte Holz. »Sie suchen dich«, sagte sie triumphierend. »Diese Aufregung! Inspektor Labois will Rundfunk, Fernsehen, Presse und Plakate einsetzen! Ganz Paris wird dich suchen! Aber hierher werden sie nicht kommen. Ich habe mit Labois gesprochen – eine Béricourt verdächtigt man nicht.«

Horst Hartung saß auf dem prunkvollen Bett, die Beine angezogen, neben sich einen Servierwagen mit Sandwiches und Gebäck und Flaschen mit Mineralwasser, Kognak, Whisky, Wein und Likör. Er hatte nichts angerührt, betrachtete jetzt mit auf die Hand gestütztem Kopf Elise wie einen exotischen Vogel und wartete auf weitere Berichte. Elise lachte dunkel, knöpfte das Kleid auf und begann, sich auszuziehen.

»Sie sind verrückt, Gräfin«, sagte Hartung. Er sprang auf und ging zum Fenster. Wundervolle schmiedeeiserne Gitter verhinderten einen

Einbruch – aber auch eine Flucht. Der Blick über den Park war paradiesisch – der Teich mit den Schwänen, die Goldfasane, die Zypressen und Oleanderbüsche. Hartung seufzte und wandte sich wieder um. Elise stand völlig unbekleidet hinter ihm, ein vollendeter Frauenkörper. »Verzeihen Sie, aber ich finde kein anderes Wort dafür. Denken Sie nicht an den Skandal, wenn das alles herauskommt! Eine Frau entführt einen Mann!«

»Weil ich dich liebe!«

»Und das berechtigt Sie, mich einfach zu kidnappen?«

»Du bist sofort ein freier Mensch, wenn du mich geliebt hast.« Sie drehte sich vor ihm. Das Sonnenlicht schimmerte auf ihrer Haut. Ein lautloser Tanz, in dem jeder Schritt, jede Bewegung der Arme, der Beine, des Kopfes und des Rumpfes eine einzige Verlockung darstellte. Die großen braunen Augen waren weit geöffnet, glänzten feucht.

»Bin ich so häßlich?« fragte sie. Ihre Stimme klang heiser.

»Ich habe eine ganze Nacht lang versucht, Ihnen zu erklären, warum ein Abenteuer zwischen uns zur Katastrophe werden muß. Sie wollen es nicht einsehen, sperren mich ein, als lebten wir im Mittelalter, was versprechen Sie sich eigentlich davon?«

»Ich lasse mich nicht beleidigen!«

»Beleidigen?« Hartung starrte sie ungläubig an.

»Ich stehe nackt vor dir, und du siehst mich an wie ein Stück Holz. Ohne Regung, ohne Gefühl, ohne ein Blitzen in deinen Augen, als hättest du da drinnen kein Herz, kein Herz, nur einen Klotz – einen widerlichen, verrostenden Eisenklotz!« Sie trommelte mit den Fäusten gegen seine Brust. Ihr nackter Körper war jetzt ganz nahe bei ihm, er brauchte ihn nur zu umfassen, an sich zu drücken, die samtweiche Haut zu streicheln, die bebenden Lippen zu küssen, und wenn er sie auf seine Arme nahm und zum Bett trug, wenn er Liebe heuchelte, ihr Erfüllung schenkte – was folgte dann?

Das Ringen um den Besitz, der Anspruch auf ihn, der Stolz der Siegerin, der Kampf gegen Angela und am Ende das Drama des Auseinandergehens.

Sie preßte sich an ihn. Ihre Brüste waren hart, und als er die Hand auf ihren Rücken legte, spürte er die Spannung ihrer Muskeln.

»Bist du kein Mensch?« flüsterte sie. »Bin ich keine Frau? Fühlst du es nicht?« Plötzlich ergriff sie seine Hand, führte sie über ihre glatte kühle Haut, von den Brüsten bis zum Schoß. Sie dehnte sich wohlig unter dieser Berührung, wand sich, stöhnte.

»Du weißt nicht, wie gemein du bist«, stammelte sie. »Stehst da wie ein Stück Eisen! Ich möchte dich umbringen, hätte ich nur die Kraft, dich zu erwürgen!«

Hartung hob Elise hoch, trug sie zum Bett und ließ sie auf die Dekken fallen. Sie zuckte, zerfetzte ein Kissen und warf schreiend die Federn in die Luft. Dann lag sie reglos da und ließ sich von dem Daunenregen zudecken.

»Vorbei?« fragte Hartung, nüchtern wie ein Arzt, der den Anfall einer Patientin beobachtet hat. »Können wir jetzt vernünftig miteinander reden?«

»Nein. Du bleibst bei mir, solange ich will.«

»Das ist doch Wahnsinn!« Hartung schlug sich mit der flachen Hand gegen die Stirn. »Sie können mich doch nicht tagelang ...«

»Tagelang?« Sie hob den Kopf. »Ein ganzes Leben lang!«

»Gräfin –«

»Komm her und liebe mich.«

»Mir ist jetzt endgültig klar, daß alles Reden sinnlos ist.« Hartung blickte sich um. Das Fenster vergittert, die Tür aus schwerem, massivem Holz. Ein Gefängnis aus venezianischen Spiegeln, Marmorboden und einem riesigen Bett. Elise beobachtete ihn und streute spielerisch die Federn über ihren Körper.

»Kein Ausgang«, sagte sie. »Und um uns herum Einsamkeit. Wir sind die einzigen Menschen auf dieser Welt.«

»Morgen um 14 Uhr muß ich auf dem Parcours sein.«

»Du bleibst hier!«

»Ich werde die Tür aufbrechen!«

»Mit bloßen Händen? Bist du Samson?«

»Gräfin, ein letzter Versuch. Ich bitte Sie, vernünftig zu sein.«

»Liebe mich!«

Es hat keinen Zweck, dachte Hartung. Wozu noch reden? Der einzige Weg aus diesem Zimmer führt durch die Tür. Aber sie ist abgeschlossen, den Schlüssel hat sie in der Tasche ihres Kleides.

Mit einem Sprung war er an der Tür, wo auf dem Boden Elises Kleider lagen. Aber sie erkannte seine Absicht, sprang aus dem Bett, erreichte Hartung nicht mehr, warf sich vor die Tür und riß von der Wand ein langes ziseliertes Damaszenerschwert.

»Dieses Schwert hat eine Geschichte«, sagte sie leise. »Jean de Béricourt brachte es als Kreuzritter aus dem Orient mit. Der Henker in Caesarea hieb damit allen Christen die Köpfe ab. Die Klinge ist so scharf, daß sie Seidenpapier schneidet! Willst du's sehen?«

Sie schleuderte mit dem Fuß ihr Unterkleid durch die Luft, führte einen Schwertstreich – ein Zischen, und das Hemd fiel in zwei Hälften auf den Marmorboden zurück.

»Was ist dagegen ein Hals«, sagte sie tonlos.

»Sie würden wirklich zuschlagen?« fragte Hartung ungläubig.

»Ohne Zögern! Du beleidigst mich jede Sekunde, in der du ruhig vor mir stehen kannst!«

»Sie werden nicht zuschlagen. Nein, das können Sie nicht.« Hartung schüttelte den Kopf und kam langsam näher. Elise hob wieder das Schwert. »Seien Sie vernünftig, Elise! Schließen Sie die Tür auf!«

»Bleib stehen, mein Gott, bleib stehen!« Elise preßte die Lippen zusammen. In ihren Augen war eine Härte, die Hartung zögern ließ. Noch einen Schritt, dann kam er in den Bereich der Waffe. Ein weiterer Schritt konnte den Tod bedeuten. »Bleib stehen!« schrie Elise. Die Klinge fuhr hoch, jeder Muskel des nackten Körpers war gespannt.

Hartung war nie ein Feigling gewesen. Was das Leben bisher von ihm gefordert hatte, war er angegangen, mutig, seine Chancen abwägend, direkt oder diplomatisch. Er hatte nie gekniffen. Er war nur ausgewichen, wo es die Klugheit befahl, um dann später um so energischer voranzugehen. Ein Gefühl von Angst hatte er nur dreimal erlebt – auf dem großen Treck von Ostpreußen nach dem Westen, verfolgt von sowjetischen Panzerkolonnen, ein kleiner Junge, der zusehen mußte, wie alte Männer und Frauen im Straßengraben erfroren. Zum zweitenmal überfiel ihn die Angst, als er während eines Urlaubes in Dalmatien an der felsigen Küste nach alten Amphoren tauchte und ein scharfer Stein seinen Atemschlauch zerriß. In den Sekunden, bis er die Meeresoberfläche wieder erreichte, hatte er alle Qualen der Verzweiflung durchgemacht. Das drittemal erwischte es ihn mitten in Berlin, auf der Joachimsthalerstraße, an einem trüben Regentag. Ein Lastwagen kam ins Schleudern, rutschte auf ihn zu und er war von dem Anblick des auf ihn zuschlitternden Ungetüms so gelähmt, daß er sich nicht rühren konnte und das Bewußtsein, gleich zermalmt zu werden, jeden Gedanken auslöschte.

Jetzt, vor dieser zu allem bereiten nackten Frau mit dem Damaszenerschwert in der Hand, war es keine Feigheit, wenn er stehenblieb. Es war einfach die Erkenntnis, klüger zu sein als die von ihrer Leidenschaft getriebene, aller Vernunft beraubte Elise de Béricourt.

»Warten wir es also ab«, sagte er und ging rückwärts bis zum Fenster. Dort blieb er stehen und zeigte auf das Bett und das zerrissene Kissen. »Wenn schon Historie, Kreuzritterschwert und so – warum zwingen Sie mich nicht mit Ihrer scharfen Klinge zur Liebe? Zerhackt werden oder lieben – aus dieser Alternative fände ich einen Ausweg.«

»Du sollst mich lieben, weil ich schön bin. Ich bin doch schön, nicht wahr?«

»Sie haben alles, was einen Mann begeistern kann. Einen herrlichen Körper, Temperament, Geist.«

»Und trotzdem?«

»Ja, trotzdem. Sie zu lieben, bedeutet, Sklave zu werden. Ich könnte mir vorstellen, daß ein Mann, der Sie einmal besessen hat, an nichts anderes mehr denken kann als an diese Stunde.«

»Ist das ein so schrecklicher Gedanke?«

»Ich habe eine andere Aufgabe, als von weiblichen Reizen zu träumen.«

»Ich weiß. Du mußt reiten, springen, siegen. Das alles kannst du auch hier haben. Ich richte dir den schönsten Parcours der Welt ein, du kannst die besten Pferde kaufen, ich werde dir zusehen, wenn du trainierst, wenn du die Hindernisse überwindest, du wirst immer der Sieger sein! Und nach jedem Turnier winkt dir ein Preis, wie du ihn noch nie gewonnen hast – ich!« Sie breitete die Arme aus. Über ihren schlanken nackten Körper tanzten die Sonnenstrahlen. »Es wird ein wundervolles Leben sein!«

»Und alles hier, in diesem Park, hinter den hohen Mauern?«

»Ein Paradies!«

»Eine blühende, duftende, vergoldete Hölle!« Hartung schlug mit der Faust gegen die Wand. »Ich werde jede Gelegenheit zum Ausbruch wahrnehmen.«

»Es wird keine Gelegenheit geben«, sagte Elise de Béricourt mit einer erschreckend nüchternen Stimme. Sie bückte sich, raffte ihre Kleider zusammen, klemmte das Schwert unter die Achsel – es sah unbeschreiblich komisch aus – schloß die Tür auf und verließ den Raum. Deutlich hörte Hartung, wie sie von draußen wieder abschloß.

Er wartete ein paar Minuten, rannte dann zur Tür, rüttelte daran, untersuchte das Schloß, klopfte das Holz ab und strich sich resignierend über die Stirn. Vor ein paar Jahrhunderten baute man massiver als heute. Das Schloß war handgeschmiedet, die Tür aus massiven Eichenbrettern mit geschnitzten Ranken.

Versuchen wir es trotzdem, dachte er. Nach einem langen Anlauf ließ er sich gegen die Tür fallen, das einzige, was er damit erreichte, war ein heftiger Schmerz in der Schulter. Sie schwoll an, wurde dunkelrot, er konnte den Arm schon nach einer Minute kaum noch heben.

Irgend jemand muß mich doch hören, überlegte er weiter. Sie lebt doch nicht allein auf diesem riesigen Schloß. Es gibt Angestellte. Mädchen, einen Gärtner, vielleicht sogar mehrere. Einer allein kann diesen Prunk gar nicht pflegen, er müßte schon Tag und Nacht arbeiten. Wenn ich schreie, gibt es hier auch Ohren.

Er rannte zum Fenster, riß es auf und brüllte hinaus in den Park. Niemand antwortete, niemand erschien. Nur der Schwan auf dem Teich schlug mit den Flügeln, reckte den Hals und glitt majestätisch weiter. Ein leichter Wind rauschte in den Bäumen, wiegte die Blütenbüsche. Sonst Stille.

Ein Paradies.

Für Inspektor Labois kam die Stunde des Einsatzes. Vierundzwanzig Stunden waren verstrichen – von Horst Hartung noch keine Nachricht, aber auch keine Spur. Labois hatte im stillen weiterermittelt. Wettgangster schalteten völlig aus – der »Prix Rothschild« war kein Nationalpreis, außerdem wettete man in Frankreich nur Galopp- oder Trabrennen, Drohungen oder Erpressungen lagen nicht vor, keine Lösegeldforderungen, nicht das leiseste Tatmotiv. Es war der rätselhafteste Fall, den die Pariser Polizei je untersucht hatte. Ein Mann, ein berühmter Springreiter, verschwindet spurlos aus seinem Hotel, nachdem er noch detailliert sein Frühstück für den nächsten Morgen bestellt hat. Er gibt der Gräfin de Béricourt ein Autogramm, und von da ab ist er nicht mehr vorhanden.

Labois zögerte. In der Routinearbeit der Polizei ist die letzte Kontaktperson immer die wichtigste. Der letzte, der mit einem Vermißten gesprochen hat, kann – ohne es zu wissen – die Lösung in der Hand halten. Hier war es eine Béricourt, und Labois kam sich selbst lächerlich vor, die Gräfin noch einmal zu verhören. Er hatte vorsichtig Erkundigungen eingezogen – die Jungfrau von Orléans war verdächtiger als Elise.

Fallersfeld blieb bis zuletzt im Hotel, immer noch in der Hoffnung, einen Hinweis über Hartung zu erhalten. Dann fuhr er hinaus nach Saint-Cloud, bleich, übernächtigt, mit müden Augen.

Zehn Uhr früh.

Um vierzehn Uhr begann der erste Umlauf zum Goldenen Pokal.

Noch vier Stunden.

Die deutsche Equipe saß bedrückt auf dem Abreiteplatz. Noch war offiziell nichts bekannt, Laska mit Hartung stand noch auf der Startliste. Mit dem Nachtflugzeug war Jarasinski nach Paris geflogen, um für Hartung einzuspringen. Aber er weigerte sich, Laska zu reiten. Es nützte nichts, daß Fallersfeld brüllte und tobte, ihm den Befehl gab und Konsequenzen androhte.

»Ich mache mich lächerlich auf diesem Biest«, sagte Jarasinski. Es gab keinen deutschen Reiter der ihm nicht beipflichtete. »Erinnern Sie sich an Hamburg beim M-Springen? Birkel saß auf Laska, weil Hartung eine Gastritis bekam. Vier Hindernisse nahm sie mit Bravour, dann buckelte sie mitten beim Anreiten, warf Birkel ab und machte den Parcours allein und ohne Reiter zu Ende. Null Fehler. Über Birkel hat alles wochenlang gelacht. Wir haben ›Odysseus‹ bei uns – den reite ich!«

»Odysseus ist in einer Form, daß er sich selbst in den Hintern tritt!« schrie Fallersfeld, »Ich brauche Laska!«

»Ohne mich.«

Was nun werden sollte, war noch nicht geklärt, als Fallersfeld endlich auf dem Platz erschien. Romanowski ritt Laska um das Viereck, sie wirkte ungemein locker, tänzelte, lief die saubersten Schritte seit Wochen, setzte über die Übungshindernisse, als springe sie über einen Ast. Fallersfeld stützte sich auf den Zaun und starrte Laska an.

»Das Aas ist in Superform« sagte er, als Winkler sich neben ihn stellte. »Es ist, als wüßte sie, daß sie heute nicht geritten wird, und zeigt uns jetzt alles, was in ihr steckt. Ein perfides Stück! In dieser Form mit Hartung, der Pokal wäre schon im Schrank, bevor das Turnier beginnt! Mein Gott, womit habe ich das verdient?«

»Von Hartung nichts?« fragte Winkler leise.

»Keine Spur.«

»Was macht die Polizei?«

»Labois versucht, mich mit philosophischen Reden aufzuheitern. Ich könnte ihn erwürgen.«

»Wenn man ein Motiv wüßte!«

»Labois' Rede. Selbst Raubmord schaltet aus. Hartungs Brieftasche mit allem Geld und allen Papieren liegt in seinem Zimmer. Er kann nur ein paar Francs in der Tasche gehabt haben.«

»Was wiederum beweist, daß er nicht die Absicht hatte, bummeln zu gehen. Er blieb im Hotel, wollte ja früh ins Bett.«

»Und hat das Bett nicht erreicht! Zum Verrücktwerden ist das!«

»Dann muß er nach dem Gesetz der Logik noch im Hotel sein.«

»Logik! Im Hotel kann doch keiner verschwinden! Jetzt sag bloß noch, der große Unbekannte hat ihn versteckt.«

»Die Zimmermädchen?«

»Kannst du dir vorstellen, daß Hartung zwei Tage in der Kammer eines Zimmermädchens bleibt und alles um sich herum vergißt? Es sei denn, er ist verrückt geworden. Außerdem hat Labois schon längst alle Angestelltenzimmer kontrolliert. Diese blöde Idee hatte er nämlich auch.« Fallersfeld schob plötzlich die Mütze korrekt zurecht und straffte sich. Verwundert folgte Winkler seinem Blick. Ein knallroter Sportwagen fuhr langsam zum Abreiteplatz. Ein breiter weißer Hut leuchtete hinter der Windschutzscheibe.

»Oha!« sagte Winkler und lächelte breit. »Besuch.«

»Eine Gräfin.« Fallersfeld fuhr sich schnell mit beiden Zeigefingern über die Augenbrauen. »Hartung hat zuletzt mit ihr gesprochen.«

»Sieh an, sieh an!«

»Keine dummen Bemerkungen, Hans-Günther. Ein Autogramm wollte sie. Du hast es doch selbst beobachtet.«

»Ach, die ist das?« Winkler blinzelte Fallersfeld zu. »Ich gehe zu Angela.«

»Mein Gott, Angela! Wo ist sie? Wie trägt sie es?«

»Tapfer. Sie sitzt im Stall und wartet.«

»Und weint.«

»Keine Träne. So wenig sie sich leiden mögen, im Grunde sind sie sich ähnlich, Laska und Angela. Sie haben unerschütterliches Vertrauen zu ihrem Herrn. Sie glauben einfach an kein Verbrechen. Und Romanowski, das ist der reine Holzklotz.«

Es war, als habe Romanowski das gehört. Er ritt auf Laska im leichten Trab heran, hielt und nahm seine Sportmütze ab, als bedanke er sich auf dem Parcours bei den Zuschauern. Fallersfeld schielte zu ihm hoch.

»Na, Pedro?«

»Kann ick mit Ihnen reden, Herr Baron?«

»Immer.«

»Lassen Sie mir reiten, Herr Baron.«

»Das tust du doch.«

»Für Herrchen auf dem Parcours.«

»Wohl durchgedreht, was?«

»Laska pariert mir und sonst keenem. Und wie se loofen kann, det haben Sie ja jesehen. Wenn ick mir in 'n roten Rock zwänge, ick jlobe, heute schaff ick es ooch. Det wäre die beste Lösung.«

»Und in Pulvermanns Graben liegste im Dreck, was?«

Romanowski ritt beleidigt weiter. Pulvermanns Graben – das war ein dunkler Punkt in seinem Reiterleben. Ein einziges Mal hatte er mit Laska eine Übungsrunde ganz durchgesprungen. In Ludwigsburg. Bei Pulvermanns Graben schoß er über Laskas Hals hinaus in den Sand und brach sich zwei Rippen an. Das Beschämendste aber war, daß Laska stehenblieb, umkehrte, ihn mit der Schnauze anstieß und triumphierend wieherte.

Der rote Sportwagen hielt mit leise quietschenden Bremsen. Fallersfeld riß die Mütze herunter, ließ seine weißen Haare im Wind wehen – er wußte, wie attraktiv das auf Frauen wirkte – und ging mit festen Reiterschritten auf den Wagen zu. Elise de Béricourt winkte mit beiden Händen und zeigte dann auf die Pferde im Abreiteviereck.

»Wo ist Laska?« rief sie. Ihre dunkle Stimme kam Fallersfeld wie Samt vor. Schwarzer Samt, nein, roter Samt, tiefroter Samt.

»Dort. Das goldrote Pferd. Pedro, das ist Hartungs Bereiter, steigt gerade ab.« Fallersfeld beugte sich über eine lange, kräftige Hand und küßte sie. Elise nahm es gar nicht wahr, sie blickte hinüber zu Laska. Ihre Lippen schoben sich vor.

»Wer ist das Mädchen, das jetzt bei ihr steht?«

Fallersfeld war es eine Freude, darauf zu antworten. »Angela Diepholt, die Verlobte Hartungs.«

»Ach, er ist verlobt?«

»Seit Jahren. Nur vor der Heirat reitet er immer davon.« Fallersfeld lachte ausgiebig über dieses Bonmot. »Vor zwei Jahren war es fast soweit, wir putzten uns schon die Stiefel für die Kirche, da entdeckte er Laska. Bums, war alles wieder vorbei. Kein Ehrenspalier. Jetzt hat er nur noch Zeit für Laska.«

»Kann ich mir das Pferd näher ansehen?«

»Aber ja, Gräfin.«

»Ganz nah?«

»Warum nicht?« Fallersfeld führte Elise hinüber zu den Stallungen. Es waren Zelte, die man auf dem schönen Rasen des Parks von Saint-Cloud extra für das Turnier aufgeschlagen hatte.

Das also ist sie, dachte Elise, je näher sie Angela und Laska kamen. Laska und Angela, meine großen Rivalen. So schön wie ich bist du nicht, Angela. Derber, bäuerlicher, germanisch. Dir fehlt das Fluidum, der südliche Himmel, die Sonne. Meine Haut ist gepflegter, meine Brüste voller, meine Beine schlanker. Sieh dir meine Fesseln an. Mein Gang, meine Haltung, mein Temperament, meine Lebenslust. – Was hast du dagegen? Einen seelenvollen Blick. Wollen Männer so etwas? Du hast verloren, meine kleine Angela. Männer sind Eroberer, Forscher, Abenteurer – ich kann ihnen alles geben: Neuland, Wildnis und Kampf.

Und du, Laska? Von Pferden verstehe ich nicht viel, nur, daß man sie reiten kann und daß sie einen Sattel tragen. Bist du ein schönes Pferd? Ich weiß es nicht. Bist du ein kluges Pferd? Gibt es das? Pferde sind dumm, sagt man. Ihr Kopf ist größer als ihr Verstand. Wie kann man eine Frau wie mich gegen dich eintauschen? Gegen ein Tier!

Sie hob die Hand und streichelte Laska über die weichen Nüstern. Fallersfeld kam zu spät, das zu verhindern. Er riß ihr den Arm zurück, als sie Laska schon berührt hatte.

Laskas Kopf zuckte hoch. Die großen Augen wurden starr, die Ohren legten sich an, als seien sie plötzlich mit dem Fell verwachsen.

»Festhalten!« brüllte Romanowski, der mit dem Halfter aus dem Zelt kam. »Zur Seite! Weg!«

Elise de Béricourt spürte, wie Fallersfeld sie packte und wegriß. Im gleichen Augenblick stieg Laska hoch und schlug mit den Vorderhufen zu. Hätte Elise noch auf ihrem Platz gestanden, wäre der Huftritt ihr Ende gewesen.

Pedro war noch zu weit entfernt, um einzugreifen, Fallersfeld zerrte die Gräfin zum Auto, die deutschen Reiter waren verteilt über den Abreiteplatz. Grell wiehernd, den Kopf hochgereckt, setzte Laska zum Lauf an. »Olles Aas!« brüllte Romanowski. »Biste varrückt geworden?«

Ein Ruf, der bisher immer gewirkt hatte. Sagte Pedro »olles Aas«, blieb Laska stehen und wartete erst einmal ab. Aber heute war etwas stärker – ein Geruch, eine Ahnung, eine geheimnisvolle, unerklärliche Kraft. Laska riß sich aus den Zügeln, die Angela umklammerte, los und galoppierte auf den kleinen Wagen zu.

Fallersfeld, mit Pferden aufgewachsen, überblickte sofort die heranbrausende Katastrophe. Niemand hielt Laska mehr auf, es sei denn, man mußte sie erschießen. Aber selbst dazu war keine Zeit mehr. Er warf Elise fast in ihren offenen Wagen und schrie ihr zu: »Starten Sie! Weg! Sie sind schneller!«

Elise de Béricourt zögerte eine Sekunde, und diese Sekunde fehlte ihr. Laska erreichte den roten Wagen, als er anfuhr, aber es genügte noch zu einem Zusammenprall. Er war so heftig, daß das Heck herumschleuderte. Elise gab Vollgas und raste davon. In ihrem Gesicht stand panisches Entsetzen.

Fallersfeld lag auf dem Boden und hielt die Arme schützend über den Kopf gelegt. Aber um Fallersfeld kümmerte sich Laska nicht, sie starrte dem roten Wagen nach, den Kopf hochgeworfen und schnuppernd, jeder Nerv vibrierte. Angela erreichte sie im letzten Moment. Sie konnte noch aufspringen, klammerte sich am Sattel fest und wurde dann mitgerissen in einen Galopp, wie ihn Laska noch nie gelaufen war.

»Seit wann wird sie denn bei Rot wild?« brüllte Fallersfeld, noch immer auf der Erde liegend. Ist sie mit einem Bullen gekreuzt? Ihr nach! Fangt sie ein! Angela wird sich den Hals brechen!«

Laska galoppierte. Aus dem anfänglichen harten Schritt wurde ein weiches, kräftesparendes Vorwärtsschnellen. Unter ihren Hufen wirbelte der Sand hoch, später ganze Ballen Grasnarben, als sie quer durch den Park raste, gelenkt von Angela, die damit dem roten Wagen den Weg abschneiden wollte.

»Du weißt, wo Herrchen ist«, sagte Angela und umklammerte den Hals des Pferdes. Sie beugte sich zu den anliegenden Ohren und küßte sie. »Hast du ihn gerochen? Nein, du bist kein Hund, ein Pferd hat keine Witterung, sagt man. Aber du hast Herrchen entdeckt. Lauf, mein Mädchen, lauf, sie entkommt uns nicht!«

Es war, als strecke Laska sich. Erwachte die Erinnerung an die Zigeuner? Weite Koppeln, ein unendlicher Himmel, man flog mit den Schwalben um die Wette ...

Im Rückspiegel sah Elise, wie das Pferd sie verfolgte. Eine wilde Angst überfiel sie. Das ist nicht möglich. Ein Pferd kann nicht riechen. Ein Pferd hat keinen Verstand. Aber es verfolgt mich.

Sie trat den Gashebel durch, schleuderte auf die Chaussee von Sèvres, der Wind riß ihr den Hut vom Kopf, sie beugte sich tief über das Steuerrad und lachte hysterisch.

170 km ... Kann ein Pferd so schnell laufen? Bevor es das Schloß erreichte, war Hartung längst abtransportiert. Nach Verrières, in ein stilles, mitten im Wald gelegenes Jagdhaus.

Der rote Punkt auf der Chaussee wurde immer kleiner. Laska rannte mit donnernden Hufen, Funken sprühten aus dem Asphalt.

Vergeblich versuchte Angela, sie zu zügeln. Ihre Beine, dachte sie, ihre wertvollen Beine. Nach dieser wahnsinnigen Jagd über die Chaussee wird sie nie wieder springen können. Ihre Gelenke werden anschwellen wie Ballons. Auf dieser Chaussee stirbt das Wunderpferd Laska ...

Elise atmete auf. Sie war allein auf der Straße. Laska war abgehängt, mit jeder Minute vergrößerte sich der Abstand, gewann Elise das ungleiche Rennen. Sie machte schon wieder Pläne. Antibes – die kleine weiße Villa am Mittelmeer. Ererbt von ihrer Mutter, das war ein Liebesnest, wo niemand sie aufstöbern würde. Ein Adlerhorst in den Felsen mit einem Schwimmbecken, in das jeden Tag frisches Meerwasser gepumpt wurde.

Lastwagen kamen ihr entgegen, flogen an ihr vorbei wie Schemen. Schneller, schneller – es geht um Minuten. Hartung muß fort sein, wenn sie das Schloß erreicht. Keiner hat ihn gesehen, keiner. Sie hat nur ein Pferd – ich habe 180 unter der Motorhaube ...

Aber Elise blieb nicht lange allein. Eine große schwarze Limousine überholte sie, rauschte an ihr vorbei und verschwand langsam vor ihr im welligen Gelände. Drei unbekannte Männer saßen darin, der vierte, den Elise kennen mußte, hatte den Kopf eingezogen und sich hinter der breiten Schulter seines Nebenmannes versteckt. Wie erwartet warf sie den Kopf herum, als der schwere Wagen sie überholte, aber da es keine Personen vom Turnierplatz waren – die waren anders gekleidet –, wandte sie sich wieder der Straße zu.

Labois setzte sich wieder hoch, als sie Elise aus dem Rückspiegel verloren hatten. »Wer hätte das gedacht?« sagte er kopfschüttelnd. »Man soll die Dame nicht vor dem nächsten Morgen loben!«

Es war alles ziemlich schnell gegangen. Labois hatte mit seinen Leuten gerade den Turnierplatz erreicht, als Laska auf den kleinen roten Wagen sprang und Elise de Béricourt flüchtete. Einer Eingebung folgend hatte Labois gerufen: »Dem roten Bonbon nach! Lassen Sie das Pferd in Ruhe, das ist mein bester Detektiv!« Dann war die wilde Jagd in vollem Gange, und Labois hielt dabei einen Vortrag über das Seelenleben der Pferde. Es war erstaunlich, was er darüber wußte, denn er hatte nie eine Stunde geritten und außerdem Angst vor Pferden.

Der kleine rote Wagen schleuderte in die Auffahrt von Schloß Béricourt, durchraste den Weg bis zur großen Freitreppe und stoppte dort mit kreischenden Bremsen.

Die große schwarze Limousine wartete bereits. Vier Männer standen davor und zogen höflich die Hüte wie bei einem Begräbnis, wenn der Sarg herankommt. Elise erkannte Inspektor Labois sofort.

»Madame«, sagte er mit allem pariserischem Charme, »es gibt ein Pferd, 180 Pferdestärken und 240. Wir hatten 240 und haben gewonnen. Das Recht des Stärkeren. Wo finden wir Monsieur Hartung?«

Wortlos reichte ihm Elise den Schlüssel. Dann wandte sie sich ab, sprang wieder in ihren Wagen und brauste davon. Labois blickte ihr mit geneigtem Kopf nach. »Wem wird es je gelingen, eine Frau zu begreifen?« sagte er langsam. »Oder ist das gerade das Besondere an den Frauen?«

Um vierzehn Uhr neunzehn ritt Horst Hartung auf Laska zum ersten Umlauf auf den Parcours. Laska ging etwas steifbeinig – die Chaussee mit ihrer Asphaltdecke lag ihr noch in den Gelenken.

»O je«, sagte Fallersfeld und griff sich mit seiner typischen Geste an den Kopf. »Die ist hin! Ave, Laska!«

Sie trabte an, fiel in den Aufgalopp – steif, ganz steif, als sei sie aus Holz geschnitzt. »Ich mache die Augen zu«, stöhnte Fallersfeld. »Wer hält mir die Ohren zu?« Das erste Hindernis, ein Birkenoxer, 1 Meter 50 hoch. Laska sprang ab, streckte sich in der Luft und flog hinüber, als sei der Boden aus Gummi und habe sie abgeschnellt.

Mit vier Fehlern in 65,7 Sekunden gewann Hartung auf Laska den »Prix Rothschild« von Paris. Im zweiten Stechen, als ihm niemand mehr eine Chance gab.

Erst im Stallzelt begann Laska zu zittern. Die vier Hufgelenke schwollen an. Und Romanowski, der starke, harte, ewig knurrende Riese Romanowski kniete vor ihr, kühlte die Füße und weinte.

»Mein olles Biest«, schluchzte er. »Du dämliches Aas, wenn se dir jetzt bloß nich schlachten. Springen kannste nich mehr, aba ick stell mir vor dir! Erst müssen se den Romanowski vor de Rübe hauen!«

»Ich sehe schwarz«, sagte Dr. Rölle vor dem Zelt. »Hartung, ich brauche Ihnen nichts über Pferde zu erzählen. Hält das, was Laska hinter sich hat, ein Pferd aus?!«

Hartung antwortete nicht. Er wandte sich ab und ging allein um das Zelt herum in die Dunkelheit.

Es wird heute noch behauptet, daß Hartung hinter dem Zelt gebetet hat.

Die »ehrenwerten Männer«

»Die Deutschen kommen«, sagte Bruno Salti und drückte auf den Knopf, der das Radio zum Schweigen brachte. »Jetzt ist es sicher! Sie landen morgen auf dem Flugplatz, fangen übermorgen ihr Training an und siegen am Sonntag beim ›Grand National Cup‹. Leute, es muß was geschehen. Die Deutschen werfen unser ganzes Programm durcheinander. Erst hieß es, sie kommen nicht. Dann wieder, sie kommen doch! Vor drei Tagen – die Pferde können sich nicht so schnell akklimatisieren, das harte Turnier in Paris, der Flug, das ist eine Quälerei. Und nun sind sie doch da!«

Bruno Salti blickte aus dem riesigen Panoramafenster. Vor ihm rauschte der Pazifik, seine Wellen brachen sich an den Klippen, schäumten hoch, übergossen die Felsen mit Gischt und zerrannen dann im Geröll. Wenn die Sonne abends versank, war das Meer rot, und oft stand Salti dann an diesem Fenster und genoß mit einem prickelnden Schaudern die Illusion, Blut sprühe gegen sein Haus.

Der Gedanke war gar nicht so abwegig. Mit Blut hatte Salti sein Imperium in San Franzisko aufgebaut. Vor genau vierunddreißig Jahren war er aus Sizilien herübergekommen, ein armseliger Bauarbeiter, der in seinem Dorf Terrasole mehr Staub als Nahrung schluckte, der neun kleine Geschwister miternähren mußte und die Großeltern dazu. Da schrieb ihm Giorgio Brusco aus New York. »Komm 'rüber, Bruno. Hier braucht man Jungs wie Dich. Steine und Mörtel brauchst Du nicht mehr zu schleppen, hier gibt es Möglichkeiten, von denen Du nicht einmal träumst.« Und Bruno Salti war ausgewandert, Giorgio hatte zusammen mit einem Unbekannten namens Jim Brazzer für ihn gebürgt, und plötzlich stand er in der Steinwüste von New York, bewohnte ein Zimmer für sich allein – was bis dahin für ihn unvorstellbar war –, erhielt sofort hundert Dollar Handgeld und lernte einen Haufen Leute kennen, die alle arme Schweine wie er gewesen waren.

Aber das Leben ist hart, ob auf Sizilien oder in New York. Jim Brazzer, so stellte sich heraus, hatte nicht nur aus Menschenfreundlichkeit gebürgt, sondern verlangte Gegendienste. Bruno Salti geriet in die Kolonne, in der auch Giorgio arbeitete: Er verkaufte in den Nachtbars Heroin. Das ging solange gut, bis Salti sich ausrechnete, daß er erbärmlich bezahlt wurde, während die anderen einen fast tausendfachen Gewinn einsackten. Eines Nachts holte er von der »Zentrale« für hunderttausend Dollar »Stoff« ab, fuhr statt zu den

Bars zum Flugplatz und verschwand. Jim Brazzer erschoß daraufhin den unschuldigen Giorgio, aber das erfuhr Salti erst viel später und erregte sich nicht sonderlich darüber. Er schickte einen guten Mann nach New York, der Jim Brazzer in den Hafen lockte und mit vier Zentnern Beton an den Füßen versenkte.

Zu dieser Zeit war Bruno Salti in San Franzisko schon ein großer Mann. Er hatte mit seinem Startkapital eine Maklerfirma gegründet, handelte mit Grundstücken, die er billig erwarb, indem er die Besitzer unter Druck setzte, billig zu verkaufen oder selbst in die Erde zu kommen (was dreimal geschah, und die Witwen verkauften sofort), baute am Strand des Pazifiks südlich von San Franzisko kleine Bungalows, ganze Kolonien, die man später »Salti-Stadt« nannte und vollzog einen Zusammenschluß, der ihn unangreifbar machte: Er wurde Mitglied der »Cosa Nostra«. Zwar knabberte die Vereinigung der »ehrenwerten Männer« an seinem Gewinn, aber niemand belästigte ihn mehr, er brauchte keine eigenen Schutztruppen mehr, er meldete unliebsame Zeitgenossen dem Liquidationskommando, dessen Einfallsreichtum in bezug auf Todesarten unerschöpflich war, stiftete ein Waisenhaus, wurde Präsident mehrerer Wohltätigkeitsvereine und schuf sich eine weiße Weste, wie sie reiner nicht sein konnte. Selbst seinen Alleingang in New York verzieh man ihm, denn er zahlte der Mafia die hunderttausend Dollar zurück.

Bruno Salti, das war ein Name, bei dem der Gouverneur von Kalifornien sich immer die Hände rieb. Und am Pazifik baute und baute die Firma Haus nach Haus – weiße, kleine Villen für die biederen Amerikaner, die gern das Meer rauschen hören und mit der Angel zwischen den Felsen sitzen.

Das war die eine Seite. Die andere war unbekannt und lag in Chinatown und am Hafen. Hier gehörten Salti jede Menge von Nachtlokalen, Bordellen und Spielsalons, die Dirnen lieferten seinen Kassierern die vereinbarten Prozente ab, von Mexiko landeten Schmuggelschiffe in einsamen Buchten, wo die Firma Salti gerade mit Ausschachtungen für neue Ferienkolonien begonnen hatte, und in den Wettbüros für Football und Pferderennen zogen die Buchmacher schon gleich von ihrem Gewinn die Anteile für Salti ab.

Bruno Salti war überall. Er besaß sogar vier Springpferde, war ein Pferdenarr und hatte seinen Wallach »White Star« als Favorit im »Grand National Cup« gemeldet. Es war undenkbar, daß er verlor, die Wetten liefen auf Hochtouren, und wenn Salti das Geld auch nicht mehr nötig hatte – er setzte seinen Stolz darein, zu gewinnen. Er mußte gewinnen! Und wenn ein Salti das sagt, gibt es gar keine andere Möglichkeit.

Aber jetzt kamen die Deutschen. Nicht Winkler, Schockemöhle, Steenken oder Jarasinski, sondern eine neue Equipe mit Nachwuchsreitern. Nur einer war darunter, dem ein Ruf vorausging, daß selbst Salti die Ruhe verlor: Horst Hartung mit seinem Pferd Laska.

Salti wandte sich vom Schauspiel der sich an den Klippen brechenden Ozeanwellen ab und trat in das saalartige Zimmer zurück. In einem Sessel, mit echtem französischem Gobelin bezogen, hockte ein Mann mit dem Gesicht eines Frettchens. Er rauchte, indem er die Zigarette vom linken zum rechten Mundwinkel wandern ließ und bisher stumm dem nervösen Salti zugehört hatte. Er zog die Brauen hoch, als Salti vor ihm stehenblieb und laut sagte:

»Hartung darf nicht gewinnen!«

»Nichts leichter als das.« Das Frettchen grinste breit. »Man wird glauben, er sei verdunstet.«

»Blödsinn, Joe.« Salti schüttelte den Kopf. Joe Brollio war noch ein Gefährte aus den alten Tagen des Aufbaus. Irgendwie hing Salti an ihm, obgleich er die anderen Freunde im Laufe der Jahre verunglücken ließ, weil sie zuviel wußten. Nur Brollio blieb übrig, klein, schmal, fast knochig, vertrocknet, obwohl er literweise trinken konnte. Er arbeitete bis zur Stunde für seinen Herrn, ein Dackel, der in jeden Fuchsbau kriecht. Salti verschonte ihn vielleicht, weil er aus Chivinaro kam, dem Nachbarort von Saltis sizilianischem Heimatdorf. Manchmal leistete er sich solche Sentimentalitäten, wie er auch immer in Tränen ausbrach, wenn er irgendwo ein Bild von Sizilien entdeckte.

»Ich habe im Leben alles erreicht, weil alle meine Geschäfte so abliefen, daß die Polizei nie auf meinen Namen stieß – höchstens bei Stiftungen für ihre Waisenkasse.« Joe Brollio lachte leise. »Wir müssen Hartung anders ausschalten. Mit Ideen!«

»Die beste ist immer noch eine Frau!«

»Er soll in dieser Richtung stur wie ein Panzer sein.«

»Wir machen das Pferd krank.«

»Das ist schon in Rom mißlungen. Denk an unseren armen Bonelli. Um über diesen Pedro Romanowski an Laska zu kommen, muß man ihn schon in die Luft sprengen. Genau das wollen wir nicht. ›White Star‹ soll so siegen, daß jeder daran glaubt. Er wird gegen Laska antreten! Und gewinnen, mit Bravour gewinnen!«

»Dann flieg nach Rom, bete im Petersdom und bitte um ein Wunder«, spottete Brollio. Er konnte sich das leisten, Salti nahm ihm nichts übel. Er lachte höchstens.

»Ich habe Waldon Harris herbestellt.« Salti goß sich ein Glas Rotwein ein und leerte es langsam und genußvoll. »Waldon ist der Turnierleiter. Ein anständiger Mann, nur hat er eine Geliebte, die viel Geld kostet. Jane Shrivers.«

»Oha! Etwas anderes konnte er sich nicht aussuchen?« Brollio drückte die Zigarette aus. »In Hollywood erfolglos, aber bekannt in allen Betten.«

»Waldon braucht immer Geld. Ich könnte ihn kaufen.«

»Springt Harris über die Hindernisse oder Laska?«

»Wir sollten uns etwas einfallen lassen, Joe.«

»Mit Waldon? Der steht im Glaskasten und quasselt ins Mikrophon. Warum sollten wir diesen Hartung sich nicht in San Franzisko verirren lassen?«

»Und wie, mein kluger Junge?«

»Wir haben doch Betty.«

»Himmel noch mal, er macht sich nichts aus Weibern! Er ist glücklich verlobt und einer jener deutschen Typen, die morgens nach dem Duschen die Treue unters Hemd schnallen. Idee gestorben.«

»Wir werden ihm Betty nicht im Bett servieren, natürlich nicht.« Brollio beugte sich vor. Wenn er dachte, wurde sein Gesicht noch runzliger, jetzt bestand es nur noch aus Falten. »Er wird bei Betty den deutschen Helden spielen! Das ist eine Rolle, der kein Deutscher ausweicht. Der Ritter vom goldenen Schwert!«

»Joe, trink einen, du redest irr!«

Brollio sprang aus dem Sessel. Er reichte Salti bis zur Schulter und war so dünn wie ein Hosenbein seines Herrn.

»Fünftausend Dollar.«

Salti tippte sich an die Stirn. »Wofür?«

»Ich bringe Hartung mit Betty zusammen, und er verschläft das Turnier.«

»Angenommen. Und ich kümmere mich mit Waldon Harris um eine Möglichkeit, daß ›White Star‹ gegen Laska siegt. Das heißt, daß du verlierst und Hartung reiten wird.«

Joe Brollio blickte Salti versonnen an. Zum erstenmal hatte er ein merkwürdiges Gefühl in der Brust. Eine Wette ohne Gegenleistung – das war nicht Saltis Art.

»Was kann ich verlieren?« fragte er vorsichtig.

»Fünftausend Dollar.«

»Sonst nichts?«

Salti lächelte breit. Er verstand die Frage. »Du wirst an Altersschwäche sterben, Joe, genügt dir das?«

Joe Brollio nickte und verließ mit eingezogenem Kopf das Zimmer. Ein Insekt, dachte Salti, wahrhaftig ein Insekt. Wer glaubt ihm, daß er siebzehn Menschen auf dem Gewissen hat?

Das Ausladen der Pferde, die Kontrollen auf Transportschäden, das Tränken und das Umladen in die breiten, gepolsterten Turnierwagen war beendet. Romanowski zwängte sich zu Laska in den Transporter und winkte mit beiden Händen dem Fahrer ab, der auf ihn einbrüllte.

»Quatsch du man nur amerikanisch«, sagte er gemütlich. »Ick vasteh dir nich. Ick bleibe bei Laska, ooch wenn dir de Zunge rausfällt.«

Fallersfeld hatte seine Reiter um sich versammelt und wartete auf den Kleinbus, der sie zum Hotel bringen sollte. In der Hitze flimmerten die Santa-Cruz-Berge. Das Wasser der San-Francisco-Bay schien zu verdampfen. In der Ferne, dort, wo die Riesenstadt lag, schwebte eine Dunstglocke zwischen dem stahlblauen Himmel und den Betonklötzen. Fallersfeld wedelte sich mit einem großen Taschentuch Luft in sein gerötetes Gesicht. Der Wind, der vom Pazifik herüberwehte, brachte kaum Kühlung, nur einen warmen Luftstrom, der den Schweiß aus den Poren trieb.

»Zustand der Pferde?« fragte er knapp.

»Bisher gut. Sie haben den Transport gut überstanden.« Hartung, als Ältester so etwas wie »Sprecher« der Equipe, strahlte Zuversicht aus. Fallersfeld preßte das Taschentuch an die Stirn. In der Ferne hoppelte ein weißes Etwas heran, der Bus, vom Hotel zum Flugplatz geschickt.

»Und Laska? Es ist ihr erster großer Flug, nicht wahr?«

»Pedro war bei ihr, die ganze Zeit.«

»Hat er ihr auch einen Schnuller gegeben?« Fallersfeld dachte an den Abflug in Frankfurt. Wohlwollend hatte er Laska auf die Kruppe geklopft, und sie hatte sich bedankt, indem sie nach ihm schnappte, so schnell, daß sein Ärmel zwischen ihren Zähnen blieb.

»Für mich ist dieses Vieh gestorben!« hatte er geschrien. »Himmel noch mal, warum muß gerade dieses Aas so herrlich springen?«

»Pedro hat ihr Geschichtchen von einem Baron Fallersfeld erzählt«, antwortete Hartung. »Laska hat so gelacht, daß sie den Flug gar nicht gemerkt hat.«

»Sehr witzig.« Fallersfeld atmete auf, als der Bus vor ihnen hielt. »Hotel Sun«, stand in großen roten Buchstaben auf dem weißen Lack. Dazu ein gemaltes Bild von einem Palmengarten mit einem riesigen ovalen Schwimmbecken. »Sehr verlockend!« rief er. »Kühles Wasser. Ich springe vom Bus direkt in den Swimming-pool! Jungs, ob die Pferde diesen Klimawechsel aushalten?«

Die deutsche Equipe stieg ein, die Türen schlugen zu, das Kühlgebläse rauschte, es wurde angenehm kälter, dann raste der Bus über die Betonpiste zum Seitenausgang des Platzes.

Dort stand im Schatten ein schneeweißer flacher Cadillac. Hinter dem Lenkrad, kaum sichtbar, hockte Joe Brollio, neben ihm saß eine üppige Blondine in einem Minikleid, das eine Provokation darstellte.

»Das ist er, Schatz«, sagte Joe und nickte zum Hotelbus. »Der da am zweiten Fenster. Mit den leicht ergrauten Haaren. Merk dir sein Gesicht gut.«

»Ein interessanter Mann.« Betty Simpson blickte dem Bus nach. »Wenn ein Mann mir gefällt, vergeß ich ihn nicht.«

Der weiße Cadillac bog langsam und lautlos in die Straße ein und folgte dem Hotelbus in weitem Abstand. Vor dem Hotel »Sun« hielt er hinter ihm, und Betty hatte Gelegenheit, Hartung genau zu betrachten. Sie schien auf den ersten Blick verliebt zu sein.

»Er könnte mich schwach machen, Joe«, sagte sie.

»Das ist genau, was er nicht soll.« Brollio stieß Betty mit dem Ellbogen in die Rippen. »Du sollst ihn ausschalten, und dabei mußt du die Stärkere sein. Baby, mach keinen Quatsch. Das kostet mich fünftausend Dollar und dich eine Woche Krankenhaus und ein neues Gesicht.«

»Schon gut.« Betty zog einen Flunsch und lehnte sich zurück. »Fahr ab, Kanaille, ich brauche einen Drink, um ins Gleichgewicht zu kommen.«

Auf der Treppe des Hotels blickte Hubert Ludens dem weißen Cadillac nach und hielt Hartung fest, der an ihm vorbeiging.

»Hast du den Wagen gesehen, Horst?« Ludens war ein Nachwuchsreiter, die neue Generation, die in den Trainingscamps heranwuchs. Seine Pferde »Frühlingswind« und »Edda« galten als die kommenden Favoriten.

»Nein.« Hartung blickte dem schnell davonschießenden Wagen nach. »Eines dieser Riesenschiffe. Gutgeschneidertes Blech.«

»Mensch, Horst, was drin saß! Weißblond! Stromlinie!«

»Gefärbt und Schaumgummi. Junge, du bist zum erstenmal in den Staaten. Hier sind Ersatzteile vier Fünftel des Lebens. Was glaubst du, wie manche Engel aussehen, wenn sie abends abschnallen?«

»Die nicht. Da war alles echt!« Ludens blieb auf der Treppe, bis der Cadillac um die nächste Ecke verschwunden war. Erst dann folgte er Hartung ins Hotel.

Sie sollten Betty noch nahe genug kennenlernen.

Das Training hatte begonnen. Die Stallzelte, die Waldon Harris der deutschen Equipe gegeben hatte, waren unter hohen Bäumen aufgebaut, verhältnismäßig kühl und groß genug, um das gesamte Material aufzunehmen. In einem Nebenzelt wohnten die Stallknechte und Dr. Rölle, der es ablehnte, sein Hotelzimmer zu beziehen.

»Ich bleibe bei den Pferden« sagte er. »Ich habe von Rom noch die Nase voll. Ein Tierarzt hat bei den Tieren zu sein – daher der Name.« Ein weiser Ausspruch, über den Fallersfeld ein schiefes Gesicht zog und antwortete:

»Sie waren schon mal witziger, Doktor. Aber gut, pennen Sie im Betreuerzelt. Ehrlich – mir ist's auch eine Beruhigung.«

Romanowski richtete sich neben Laska ein. Das war selbstverständlich, und zu den amerikanischen Stallknechten, die wie Cowboys herumliefen, mit Lederhosen, Stetsons, breiten Gürteln, engen Stiefeln und riesigen Radsporen, sagte er, als sie lachten: »Leckt mir am Arsch, ihr nachjemachten Typen, an meene Laska kommt keener ran.«

Aber auch Romanowski akklimatisierte sich. Er kaufte sich am Abend noch einen riesigen weißen Stetson, zerbeulte ihn, als sei er schon zehn Jahre alt, und stolzierte dann im Camp herum, lässig, mit schleppendem Schritt, wie ein alter Texasrancher. Selbst Laska lachte – als Pedro mit seinem Cowboyhut in den Stall kam, wieherte sie hell, warf den Kopf hoch und bleckte die Zähne.

»Keen Jeschmack haste!« schrie Romanowski sie an. »Wat kann ma von 'nem Jaul wie dir ooch anders erwarten!«

Das tägliche Üben, die Arbeit an der Longe, an den Cavalettis, den Hindernissen, im Gelände. Die Pflege der Pferde, die Futterzusammenstellung, für die Dr. Rölle maßgebend war, das Gewöhnen an das neue Klima, die Gehorsamsübungen, und immer wieder Lockerungstraining, leichte Sprünge, das Entkrampfen der Muskeln – vier Tage lang, morgens und nachmittags, unter den wachsamen Augen Fallersfelds und des Trainers Hein Adams. Am Morgen ritt Hartung selbst seine Laska, am Nachmittag saß Romanowski im Sattel, ein Bild, das jeder der deutschen Equipe filmte, denn Pedro ritt mit seinem großen weißen Cowboyhut und tippte sich vor jedem, der lachte, an die Stirn.

Vier Tage lang beobachteten Joe Brollio und Betty Simpson die deutschen Springreiter aus der Ferne. Schließlich wußten sie die genauen Trainingszeiten und die Stunden, in denen Hartung das pflegte, was er »Privatleben« nannte. Sie fuhren ihm unbemerkt nach und stellten fest, das Hartung systematisch die Riesenstadt San Franzisko erkundete. Er fuhr mit den an einem Drahtseil gezogenen Straßenbahnen die steilen Straßen hinauf, stand über eine Stunde auf der Golden Gate Bridge und beobachtete den Schiffsverkehr, bummelte durch die verschiedenen Viertel und fotografierte das bunte Menschengewimmel und die oft bizarren Fassaden der Häuser und Lokale.

»Das ist deine Chance, Betty«, sagte Joe Brollio am vierten Tag. »Morgen muß die Sache klappen. Wenn du ihn vierundzwanzig Stunden festhältst, ist dein Näschen um tausend Dollar goldener.«

Bruno Salti war davon nicht so überzeugt. »Wo ist seine Braut?« fragte er, als Joe ihm Bericht erstattete.

»Braut?« Brollio staunte ehrlich. »Nichts gesehen.«

»Aber sie kommt. Sie reist ihm zu jedem Turnier nach. Ich habe genaue Informationen aus Europa. Eine bittersüße Liebesgeschichte. Sie will, er will, aber die Reiterei läßt ihnen keine Zeit. So taucht sie überall auf, wo er ist, um zu zeigen, daß sie zumindest Zeit hat. Steter Tropfen, der den Stein höhlen soll. Und gerade hier ist sie nicht aufgekreuzt?«

»Wir haben Hartung nur allein gesehen.«

»Sehr verdächtig. Wenn sie heute oder morgen erscheint, ist dein Plan nur ein müdes Lächeln wert.«

»Morgen ist Hartung schon mit Betty zusammen.«

»Abwarten. Ich habe meine Sicherungen schon eingebaut.« Salti rieb sich die Hände. Manchmal konnte er sich kindlich freuen über etwas, das eigentlich banal war und das er sich ausgedacht hatte. »Waldon Harris steckt bis zu den Haarwurzeln in Schulden. Als ich ihm fünftausend Dollar anbot, hätte er fast ein Hallelujah gesungen. Er ist zu allem bereit, wenn es nur nicht auffällt. Und dafür habe ich gesorgt. Komm mal mit.«

Salti führte Brollio in einen Nebenraum. Dort war das Modell eines Springhindernisses aufgebaut, ein Oxer mit drei Stangen. Joe verzog das faltige Gesicht.

»Springst du da jetzt drüber? Trimm dich, Bruno!«

Salti grinste zurück. Für diese Art von Humor hatte er Verständnis. Er winkte Brollio und dirigierte ihn an die Seite des Hindernisses.

»Siehst du etwas, Joe?«

»Nein. Doch – ja. Wenn ich die obere Stange antippe, fällt sie 'runter. Sie liegt nur lose in der Halterung.«

»Idiot. Das ist normal. Sonst gäbe es ja keine Abwürfe. Aber jetzt nimm einmal an, diese Laska hüpft drüber. Immer ein paar Zentimeter höher als die Stangen, was dann?«

»Null Fehler und Sieg.«

»Normalerweise – ja. Aber hier nicht. Sie kann über die Hindernisse fliegen wie eine Taube, die Stange fällt.«

»Vom Luftzug?«

»Joe, du bist ein Mensch ohne Phantasie. Auf dem Parcours stehen vierzehn Hindernisse. An jedem Hindernis passen zwei Mann auf, daß auch alles in Ordnung ist. Diese achtundzwanzig Burschen hat Waldon Harris engagiert. Jeder von ihnen erhält ein Pflaster von hundert Dollar, dafür sind sie stumm wie Maulwürfe. Sie haben nur eine Aufgabe – immer eine Stange mehr fallen zu lassen als bei den anderen Reitern, wenn Laska auf dem Platz ist. In der Praxis: Macht ›White Star‹ vier Fehler, macht Laska acht. Eine einfache Rechnung. Und bei allen anderen Pferden ist's genauso. Jedes macht mehr Abwürfe als ›White Star‹.«

»Sollen die Jungs die Stangen anpusten oder ›huh-huh‹ machen, wenn die Pferde drüberspringen?«

»Viel einfacher, Joe.« Salti war sichtlich stolz auf seine Idee. Er zeigte auf einen fast unsichtbaren Nylonfaden, der aus dem Gewirr der Stangen und Büsche heraushing. Wer es nicht wußte, bemerkte ihn nie.

»An diesem Fädchen hängt alles, nämlich die obere Stange. Setzt Laska über das Hindernis und hat einen Abwurf gut, zieht der Bursche am Hindernis ganz kurz am Faden, und die Stange fällt. Da er mit seinem Kollegen die Stange wieder auflegt, ist niemand da, der das merkt. In der Tasche haben alle achtundzwanzig Boys einen Summer, der von mir ferngesteuert wird. Soll das Hindernis fallen, brummt es bei ihnen, und sie wissen: Hundert Dollar, Junge – zieh an dem Nylonfaden.« Salti führte es vor – ein unsichtbarer Ruck, und die Stange polterte auf den Boden. »Na?« fragte er stolz.

Brollio starrte auf die gefallene Stange, auf die so blödsinnig einfache Konstruktion und schüttelte den Kopf.

»Genial«, sagte er.

»Und was soll das Kopfschütteln?«

»Das ich nicht darauf gekommen bin!«

Bruno Salti lachte zufrieden, faßte Brollio um die Schulter und schob ihn aus dem Zimmer. Dann tranken sie eiskalten Campari und waren sich sicher, daß »White Star« den »Grand National Cup« gewinnen würde. Das gewettete Geld war unwichtig, es ging nur um den Triumph.

Chinatown ist ein Stadtteil von San Franzisko, durch den am Tage und auch in der Nacht ein Weißer spazieren kann, ohne Gefahr, für immer zu verschwinden oder krankenhausreif geprügelt zu werden. Ganz im Gegensatz zu New Yorks Harlem, wo ein Weißer allein nur ein Selbstmörder sein kann. Die Chinesen sind freundliche Menschen, nur auf ihr Geschäft bedacht, sie wollen verdienen, weiter nichts. Warum auch? Der große Laotse hat gesagt, daß Friedfertigkeit eine Stufe der Glückseligkeit auf Erden ist. Und so duftet Chinatown tagaus, tagein rund um die Uhr nach allen Gerüchen Asiens, nach gebratenem Fisch und Hühnern, Curryreis und Pfefferschoten, gedämpfter Ananas und gesottenem Hammelfleisch.

Horst Hartung bummelte durch diesen bunten Stadtteil, fotografierte, trank bei einem alten Chinesen, der sich ein dutzendmal verbeugte, ein Glas Dortmunder Bier, besuchte ein chinesisches Schattentheater und nahm sich dann vor, in einem der Lokale chinesisch zu Abend zu essen.

Morgen war das Turnier. Es sollte ein kurzer Abend werden. Hartung schlief gern lange vor einem Parcours, um Kraft zu sammeln für die Stunden, in denen Millionen Augen auf ihn gerichtet waren, im Stadion, vor den Fernsehgeräten, in den Illustrierten und Zeitungen.

Horst Hartung auf Laska – vier Worte, die bereits die ganze Welt kannte.

Er hatte gerade das Schattentheater verlassen und ging langsam die Straße hinunter, als ein blondes Mädchen mit flatternden, aufgelösten

Haaren um die Ecke lief, mit ausgebreiteten Armen auf ihn zustürzte und sich laut weinend und verzweifelt an ihn klammerte.

»Hilfe!« schrie das Mädchen. In ihren Augen stand Angst. »Hilfe! Bitte, helfen Sie mir, Sir. Zwei Männer ... sie kommen gleich ... sie wollten mich ...« Ihre Stimme erstickte in Schluchzen. »In einem Hausflur wollten sie ... Ich konnte mich losreißen, aber sie rannten hinterher, zwei Gelbe. Hilfe! Hilfe!« Zitternd preßte sie das Gesicht an seine Brust.

Wie Joe Brollio vorausgesagt hatte, regte sich in Hartung die Ritterlichkeit. Er legte die Arme um das weinende Mädchen und wartete auf die beiden Verfolger. Aber die kamen nicht. Hartung war darum nicht böse, denn er hatte keine Lust, sich hier in Chinatown mit zwei Chinesen zu prügeln. Weit und breit war kein Polizist zu sehen.

»Es ist alles vorbei«, sagte er. Sein Englisch war so vorzüglich, als sei er irgendwo in den Staaten geboren. »Sie kommen nicht mehr.«

»Sie schneiden uns den Weg ab! Sie kennen die Gelben nicht! Ganz Chinatown ist eine Höhle. Plötzlich stehen sie in irgendeiner Haustür und fallen über uns her.« Das Mädchen zitterte noch stärker. »Ich habe Angst, Sir, Angst. Bitte, bitte bringen Sie mich nach Hause!« Sie hob den Kopf. Ihr tränenüberströmtes Gesicht war puppenhaft. Erst jetzt spürte Hartung ihre vollen, straffen Brüste, die sich gegen ihn preßten. »Ich wohne am Meer. Ein kleiner Bungalow. Bitte, lassen Sie mich nicht allein!«

Es klang so ängstlich, daß Hartung aus voller Überzeugung den Ritter weiterspielte. Er winkte einem Taxi, schob das Mädchen hinein und setzte sich neben sie. Der Fahrer schwieg. Ein heulendes Girl, ein Kavalier – sorry, wen geht das was an? Sie sah nicht so aus, als habe sie gerade die Unschuld verloren.

»Zur Playa da Sole«, sagte das Mädchen. Sie putzte sich die Nase und lächelte Hartung dankbar an. Das Taxi raste zum Meer. Der Fahrer wußte Bescheid. Die weißen Häuschen am Felsstrand – Ruhesitze von Beamten und Liebesnester von teuren Girls. Eine verrückte Mischung. Moralverein und Bordell nebeneinander.

Eine typische Salti-Siedlung.

»Ich heiße Betty Simpson«, sagte sie, als das Schluchzen aufhörte. Es war eine Glanzleistung von Betty, aber Hollywood hatte sie immer noch nicht entdeckt.

»Horst Hartung.«

»Oh!« Sie riß die blauen Augen weit auf. »Sie sind das?«

»Sie kennen mich?«

»Aus der Zeitung, vom Fernsehen. Der Reiter aus Germany, nicht wahr? Sie haben vorgestern ein Interview für die BFC gegeben?«

»Stimmt.«

»Ich bewundere Sie. Ich habe die Trainingssprünge gesehen. Phantastisch. Wissen Sie, ich liebe Pferde, und wenn sie so über die Hindernisse fliegen. Und ausgerechnet Sie – das ist Glück im Unglück, Sir.«

Der Fahrer lächelte still vor sich hin. Die versteht ihr Geschäft. In fünfzehn Minuten säuselt sie ihm die Dollar aus der Tasche. Sie fuhren jetzt auf der Küstenstraße nach Süden. Die ersten Kolonien der weißen Bungalows tauchten schon zwischen den Klippen auf.

Horst Hartung genoß ahnungslos die Fahrt, die Gegenwart des Mädchens, das unverbindliche Abenteuer, wie er dachte. Angela Diepholt kam nicht nach San Franzisko. Sie hatte ein Telegramm geschickt. »Vater krank. Muß leider hierbleiben.« Zum erstenmal war sie nicht am Rande des Parcours. Hartung kam sich irgendwie verwaist vor, auch wenn er immer geschimpft hatte über diese »Verfolgung aus Liebe«. Nun fuhr er mit einer lebendigen Puppe am Pazifik entlang, und er hatte sie vor zwei Wüstlingen gerettet.

Der Wagen stoppte. »Ist es hier?« fragte der Fahrer.

»Ja, hier können Sie halten.« Betty sprang aus dem Auto, Hartung bezahlte vier Dollar und wollte gerade sagen: »Warten Sie!« als das Taxi anfuhr und wegbrauste. Wer hier ausstieg, hatte Zeit.

»Sie waren so nett zu mir«, sagte Betty. Ihr Augenaufschlag hätte geeiste Butter geschmolzen. »Darf ich Sie zu einem Drink einladen? Man trinkt nicht jeden Tag mit einem Horst Hartung.«

Hartung sah auf seine Armbanduhr. Eine Stunde höchstens, dachte er. Dann ins Bett, fest geschlafen bis neun Uhr früh, gut gefrühstückt und hinaus zum Platz. Dort brauche ich meine Nerven, denn Laska spürt sofort, wenn etwas nicht stimmt. Sie ist empfindlich wie ein Seismograph.

Betty verstand den Blick auf die Uhr falsch. »Nur ein Gläschen«, flötete sie. »Ich bin ja so froh, in Sicherheit zu sein.« Sie ging voraus, wippte mit dem Po und zog alle Register. Hartung folgte ihr. Sein Blick streifte über die Schönheit der Küste, die Klippen, das anbrandende Meer, die weißen Jachten auf dem Pazifik. Dann wunderte er sich über die Einrichtung des kleinen Bungalows. Sie war teuer, geschmackvoll, modern und farblich aufeinander abgestimmt. Salti hatte den besten Innenarchitekten mit der Ausstattung beauftragt. Hier verbrachte er ab und zu eine Nacht mit einem Girl, das für ihn nicht mehr bedeutete als ein Glas Wein. Mädchen, die er auf der Straße oder in den Lokalen auflas. Zufallsbekanntschaften, die auch so behandelt wurden. Aber der Rahmen mußte nach »Salti riechen«, wie er sagte.

»Wunderschön«, meinte Hartung und setzte sich auf die breite weiße Ledercouch. Der Blick auf das Meer durch das große Terrassenfenster war hinreißend. »Sie leben allein hier?«

»Ich bin Mannequin.« Betty mixte an der Bar zwei Cocktails in langen, schlanken Gläsern. Long Drinks, die mit viel Eis jetzt gerade richtig waren. Für Hartungs Glas benutzte sie ein Mixrezept, das von Joe Brollio stammte. Um die Gläser nicht zu verwechseln, steckte sie einen roten Rührquirl hinein. Mit strahlendem Gesicht setzte sie sich neben Hartung.

»Ich zittere innerlich noch vor Aufregung«, sagte sie. »Nie mehr gehe ich allein durch Chinatown! Wenn Sie nicht zufällig ... Cheerio!«

Sie prostete ihm zu, Hartung nahm sein Glas, es fühlte sich herrlich kalt an, die Eiswürfel schwammen auf der rosa Flüssigkeit. »Wie heißt das Getränk?« fragte er.

»Mexikanische Nacht.«

»Klingt verlockend. Auf Ihre Rettung, Miss Simpson.«

Hartung trank. Es tat ihm gut, erfrischte, belebte ihn. Mit drei Zügen war das Glas leer, nur die Eiswürfel klirrten noch. Betty beobachtete ihn aus den Augenwinkeln. Nanu, er fällt nicht um? Hat Joe ein falsches Fläschchen erwischt? Stimmte die Zusammensetzung nicht? Wenn irgend etwas schieflief – Angst kroch in ihr hoch, denn Joe war ein Mann, den ein praller Busen nicht von Grausamkeiten ablenkte.

Hartung war fröhlich. Er erzählte vom Turniersport, von Abenteuern, die Betty mit »Oh« und »Ah« kommentierte – und plötzlich, als habe man den Tonarm von einer Schallplatte genommen, verstummte er und fiel seitlich von der Couch auf den dicken Teppich.

»Endlich!« sagte Betty erlöst. »Da hat er wieder ein Teufelsding auf Lager gehabt.«

Sie ließ Hartung liegen, schob ein Eisengitter vor die Terrassentür, ließ alle Fensterläden, die elektrisch reagierten, herunter und nahm den Schlüssel der Schaltung an sich. Um ganz sicher zu gehen, knüpfte sie um Hartungs Hände und Füße zwei Stricke und verließ dann das Haus.

Oben auf der Straße wartete ein weißer Cadillac. Joe Brollio steckte den Kopf durch das heruntergekurbelte Fenster.

»Alles okay, Baby?« rief er.

»Alles. Er träumt selig. Tausend Dollar her, Joe.«

»Bei Salti. Er wird sauer sein wie eine eingelegte Gurke.«

Aber Bruno Salti war durchaus nicht sauer, zahlte aber auch die fünftausend Dollar nicht.

»Nach dem Sieg von ›White Star‹, Freunde«, sagte er jovial. »Bis morgen mittag kann noch viel passieren. Ich zahle bei solchen windigen Geschäften nie im voraus.«

Manchmal hat man eben Vorahnungen.

Horst Hartung schlief fest bis zum nächsten Morgen. Niemand vermißte ihn, denn jeder in der Equipe wußte, daß er den Rest des Tages mit »Landerforschung« ausfüllte, wie es Fallersfeld nannte. Er war vor seinem Ausflug nach Chinatown noch auf dem Abreiteplatz gewesen, hatte Laska begrüßt, ein paar Runden geritten und war zufrieden mit ihr. Sie hatte den Flug gut überstanden, ging gehorsam, sprang wie ein Floh und ärgerte sogar Romanowski nicht. Dr. Rölle untersuchte sie zum letztenmal, hörte sie ab, kontrollierte Hufe, Fesseln und alle Sprunggelenke.

»Topfit«, sagte er. »Aber mir gefällt sie trotzdem nicht. Haben Sie gesehen? Ich durfte ihren geheiligten Körper berühren, ohne daß sie nach mir biß oder trat. Irgendwie ist sie doch nicht in Ordnung.«

Hartung und alle anderen Reiter lachten. Sogar Fallersfeld, der schon viermal gebissen worden war. Die Stimmung war also blendend, und die Chancen der deutschen Equipe stiegen. In der Presse wurden sie zu den heimlichen Favoriten.

Es war fast zehn Uhr morgens, als Hartung erwachte. Zunächst wußte er gar nicht, wo er war, dann spürte er Kopfschmerzen und Ohrensausen, Übelkeit und Schlaffheit in allen Gliedern. Er versuchte, sich zu erheben, aber die Fesseln ließen das nicht zu – er rollte zurück. Da erst wurde er völlig wach, erinnerte sich und erkannte klar seine Lage.

»Ich Rindvieh«, sagte er. »Tappe in diese Falle wie ein Blinder.« Er beugte sich vor, sah auf seine Uhr und erschrak. In einer Stunde mußte er auf dem Parcours sein. Longieren, abreiten, Lockerungsübungen, noch einmal Schrittübungen über die Cavalettis.

Er versuchte es zunächst mit Gewalt, zerrte an den Fesseln, aber sie gaben nicht nach, obwohl Betty sie dilettantisch geknüpft hatte. Dann rollte er sich über den Teppich zu einem schweren Schrank und begann, die Fesseln an den Vorsprüngen der geschnitzten Schrankfüße zu lockern.

Immer und immer wieder, mit verzweifelter Geduld, schabte er die Stricke über das Schnitzwerk und spürte, wie sich die Fesseln um die Handgelenke lockerten. Schließlich konnte er hinausschlüpfen und befreite auch seine Füße.

Aber das Haus selbst erwies sich jetzt als Gefängnis. Stahlrolläden, ein Scherengitter, dicke Türen. Hier wäre man selbst mit einem Brecheisen nicht weitergekommen.

Hartung lief durch den kleinen Bungalow und suchte ein geeignetes Werkzeug. Ein lächerlicher kleiner Hammer lag im Werkzeugkasten, eine Zange, ein Schraubenzieher. Aber auch ein Lötkolben.

Hartung steckte die Schnur in die Steckdose, heizte den Kolben auf und begann dann, um das Haustürschloß herum das Holz wegzubrennen.

Wer jemals mit einem Lötkolben gearbeitet hat, kann ermessen, wie mühsam das war. Das Holz wurde zunächst nur braun, der verbrannte Lack stank bestialisch, aber von einem tieferen Einbrennen war keine Rede.

Doch Hartung gab nicht auf. Er arbeitete sich durch das Holz, es war, als weiche er es auf, um es dann mit dem Schraubenzieher weiter zu durchbohren. Endlich, nach über einer Stunde, war er durch – ein Loch, so groß wie der Schraubenzieher. Aber der Weg war frei. Mit dem Hammer schlug er jetzt das Schloß heraus, wobei er den Schraubenzieher als Meißel benutzte. Als die Tür aufsprang, war er schweißgebadet und völlig ausgepumpt. Die Betäubung lag ihm noch in den Gliedern – die ersten Schritte in der Morgenluft waren wie Gehübungen eines Schwerkranken.

Sie sind schon alle auf dem Platz, dachte er, als er wieder auf seine Uhr blickte: Fallersfeld wird dumme Witze machen. Kaum ist seine Braut nicht da, entdeckt Hartung den Wüstling in sich. Mein lieber Baron, wenn du wüßtest, was für ein Riesenrindvieh ich gewesen bin!

Er schwankte über die Straße in Richtung San Franzisko. Neun Wagen überholten ihn, der zehnte hielt an, und ein junger Mann mit Beatlemähne sah aus dem Fenster.

»Trainieren für Marathonlauf?« fragte er.

»Nein. Ausgesetztes Waisenkind.«

»Dann steigen Sie ein, Mister. Ich habe auch keinen Papa und keine Mama mehr.«

So kam Hartung nach San Franzisko zurück. Der junge Mann, er war Graphiker bei einer Werbefirma, setzte ihn am Bahnhof ab.

Mit aufheulendem Motor brauste er weiter.

Hartung nahm ein Taxi, fuhr zum Hotel und stellte sich unter die kalte Brause. Dann trank er ein Kännchen Mokka, rasierte sich, zog seine Turnierkleidung an und fuhr mit dem Lift hinunter in die Halle. Dort stand – immer zur unrechten Zeit – Fallersfeld und unterhielt sich mit einem älteren Herrn, der sehr vornehm aussah.

»Oh, Hartung!« rief der Herr begeistert, und Fallersfeld fuhr herum. Sein Blick auf die Hoteluhr sagte alles.

»Passen Ihnen die Stiefel noch, Horst, oder fallen sie 'raus?« knurrte er. »Nicht, daß Ihnen beim ersten Sprung der Puder aus den Ohren fliegt.«

Hartung schwieg. Er machte eine kleine Verbeugung vor dem vornehmen Herrn, rannte aus dem Hotel und fuhr mit dem Taxi zum Parcours. Romanowski arbeitete Laska durch, der gute, treue Pedro.

Er hielt sofort an, als er Hartung sah. »Herrchen«, rief er und rieb sich die Hände, »det war'n Erlebnis. Ick schlafe bei dem ollen Luder hier, und plötzlich steht eener im Stall. Vor meener Box. Ick raus wie'n geölter Furz, keene Frage, knall ihm eene in de Fresse, der Kerl schlägt 'nen Purzelbaum, und weg is er. Ick habe darauf det Licht anjelassen und mit mich selber Skat jespielt bis zum Morgen. Die Halunken. Wollen det so machen wie in Rom! Nich mit Romanowski!«

»Schon gut, Pedro. Red nicht drüber.«

»Tu ick ooch nicht. Wollen Herrchen jetzt aufsitzen?«

»Nein. Reite du Laska ab.« Hartung lehnte sich an einen Baum. Trotz kalter Dusche und Mokka war die Müdigkeit noch in ihm. Er streichelte Laska die Rammsnase, küßte sie auf die weichen Nüstern und sagte: »Guten Morgen, mein Mädchen!«

Laska schnaubte, rieb den Kopf an seiner Brust und leckte ihm die Hand. Es war eine Liebe zwischen den beiden, wie es sie selten gab.

Nach dem Abreiten blieb Hartung in der Nähe Laskas. Fallersfeld suchte ihn, fand ihn natürlich und fragte knapp:

»Alles weg aus dem Kreuz?«

»Alles drin, Baron.«

»Horst, kein Weibsbild?«

»Keins.«

»In Ordnung.« Fallersfeld lächelte. »Es gibt für Laska nur einen Gegner. White Star.«

»Ich weiß.«

»Er springt wie ein Gummiball.«

»Der Parcours wird's zeigen.«

»Dann Hals- und Beinbruch, Horst. Die Auslosung hat ergeben, daß du immer nach White Star reitest.«

Auf dem riesigen Platz, in typisch amerikanischen Ausmaßen, saßen bereits Tausende von Menschen. Eine Militärkapelle spielte Märsche. Dazu paradierte eine Kompanie bunt uniformierter Mädchen und exerzierte mit goldlackierten Stäben.

Auf der Haupttribüne, in seiner Loge, traf Bruno Salti ein. Joe Brollio und Betty folgten ihm. Waldon Harris, der Turnierleiter, begrüßte ihn von weitem mit Handzeichen, die nur er und Salti verstanden.

Alles okay. Die Hindernisse sind präpariert. Die Nylonschnürchen baumeln. Die achtundzwanzig Jungen sind auf dem Posten.

»Er hat die doppelte Dosis bekommen«, sagte Joe leise zu Salti. »Betty, das Schaf, hat ein großes Glas gemixt. Hartung wird bis morgen mittag schlafen, wenn er überhaupt wieder aufwacht. Weiß man, wie stark sein Herz ist?«

»Das ist euer Problem.« Salti setzte sich und winkte einer Eisverkäuferin. »Mich interessiert jetzt nur noch White Star.«

Die ersten Umläufe waren vorbei. Acht Fehler, zwölf Fehler, ein Ausscheiden wegen zweimaliger Verweigerung, acht Fehler, vier Fehler. Salti notierte sich das sofort. Roger Delange, Frankreich. Beim zweiten Umlauf bekam er unter Garantie zwölf Fehler.

»White Star«.

Er sprang wie ein weißer Blitz. Der Reiter, James Huckeby, führte den Wallach vorzüglich. Das Publikum jubelte, schrie bei jedem genommenen Hindernis auf, klatschte wie verrückt, als White Star mit null Fehlern aus der Bahn trabte.

»Jetzt kommt die große Pleite«, flüsterte Salti. Er schwitzte wie in der Sauna. »Jetzt gehen die Deutschen baden.«

Im Turnierturm versuchte Waldon Harris vergeblich, Kontakt mit Salti zu bekommen. Für einen Boten war es zu spät, selbst zu laufen war zu auffällig, die Summergeräte in den Taschen übermittelten nur Befehle, die Stangen fallenzulassen.

O Himmel, dachte Harris. Wenn jetzt die Ansage kommt – Salti wird verrückt.

Die Stimme im Lautsprecher klang klar und nüchtern.

»Als nächster Reiter mit der Nummer 15 Horst Hartung auf Laska.«

Salti saß unbeweglich, starr, wie versteinert. Er wurde nicht verrückt, er tobte nicht. Dafür erbleichte Joe und kniff Betty in den Oberschenkel.

»Was ist da los?« zischte er.

Betty schossen die Tränen in die Augen. »Weiß ich es? Vielleicht ist es ein Bluff.«

Es war kein Bluff. Hartung ritt ein. Laska tänzelte.

»Fünftausend Dollar im Eimer«, sagte Salti trocken. »Joe, du wirst doch alt. Ich hatte wieder mal recht. Verlaß dich nie auf Weiber! Jetzt bin ich am Zug.«

Überflüssig zu sagen, wie Laska sprang, wie Hartung sie führte. Es war ein Augenschmaus. Sie nahm die Hindernisse, als seien sie gar nicht vorhanden – das war ein federnder Galopp, ein Schweben in der Luft, ein zierliches Aufsetzen, daß die vierzigtausend Zuschauer zu trampeln begannen.

Der Oxer. Das Holsteiner Tor. Die Steinmauer. Wassergraben. Hochweitsprung. Buschoxer. Doppelrick. Der Wall. Die Ziegelmauer. Der Zaun.

Null Fehler. Und in der Zeit »White Star« auch voraus.

Salti drückte auf eine Stelle an seinem Jackett. Irgendwo da unten auf dem Parcours brummte jetzt in der Tasche eines Burschen der Summer.

Nylonfädchen ziehen.

Die Dreierkombination. Laska überflog sie unter vieltausendstimmigen Jubelschreien. Und da – beim letzten Oxer – fiel die Stange. Totenstille senkte sich über das Stadion. Hartung blickte zurück, begriff das nicht. Tatsächlich, die Stange lag auf dem Rasen und wurde gerade wieder aufgelegt. Auch Laska wackelte mit den Ohren. Ich war es nicht, nein, ich war es nicht.

»Ruhe, Mädchen, Ruhe«, sagte Hartung zu ihr. »Kann ja vorkommen. Wir haben noch einen Umlauf.«

Noch vier Hindernisse. Ein Steilsprung von 1 Meter 75.

Genaue Berechnung der Schritte, jetzt, Laska, jetzt, Absprung! Ein Strecken des Körpers, das Gefühl der Schwerelosigkeit – hinüber.

Und die oberste Stange fiel.

»Er hat se nich berührt!« brüllte Romanowski an der Sperre. »Die nich und die erste ooch nich. Ick hab's jenau jesehen! Laska is drüber, ick hätt die Hand drunter halten können. Da is'n Trick jelaufen! Protest, Protest!«

Acht Fehler für Hartung mit Laska.

Es gab keinen Zweifel, die Stangen lagen unten. Das allein gilt, nichts anderes. Nicht, was einer gesehen hat, sondern was herunterfiel.

Acht Fehler.

Hartung stieg ab und sprang fast in die Arme Fallersfelds.

»Also doch Weiber!« knirschte er. »Keine Kraft mehr, den Gaul 'rüberzudrücken. Der Sieg ist weg, retten wir den zweiten Platz!«

Bruno Salti war zufrieden. Sein System funktionierte vorzüglich. Kein Pferd hatte null Fehler, nur »White Star«.

»Das laß ich mir durch die Cosa Nostra patentieren«, sagte er fröhlich zu Joe Brollio. »Damit kann man Millionen machen!«

Der zweite Umlauf.

»White Star« sprang acht Fehler – eine Katastrophe, die Salti gelassen hinnahm. Von jetzt an summte es rundherum an allen Hindernissen, die Stangen fielen wie reife Birnen, die Rundfunk- und Fernsehreporter sprachen von einem mörderisch schweren Parcours, der den Pferden alles abverlangte, und als Laska erschien, senkte sich wieder gespanntes Schweigen über die Menschen.

Sie muß es schaffen. Das Wunderpferd aus Germany.

Aber San Franzisko schien es in sich zu haben. Laska riß dreimal – zwölf Fehler gegen acht von »White Star«.

Der Sieger stand fest.

Hinter der Sperre tanzte Romanowski herum wie ein Irrer. »Schiebung!« brüllte er. »Ick hab uffjepaßt. Wie'n Schießhund. Laska hat nie berührt. Beim Doppeloxer fiel de Stange, da war se schon uffn Weg zum Wassergraben. Schiebung!«

»Seien Sie still, Pedro«, knurrte Fallersfeld. »Man muß auch verlieren können. Kopf hoch, Jungs. Der dritte Platz ist ganz schön. Immer nur siegen ist langweilig, sagte schon Napoleon.«

Nach der Siegerehrung rannte Romanowski auf den Parcours.

Beim Doppeloxer, wo er's genau gesehen haben wollte, stellten sich ihm die beiden Hinderniswärter in den Weg.

Aber wer kann einen Romanowski aufhalten, wenn er wie ein Stier ankommt? Es gab ein Handgemenge, die beiden Burschen flogen zur Seite, und ehe sie Romanowski erneut festhalten konnten, war er beim Hindernis und sah sofort den dünnen Nylonfaden. Er zog daran – und siehe da, die Stange polterte ins Gras, ohne daß ein Pferd in der Nähe war.

»Det habt ihr euch jut ausjedacht«, sagte Romanowski leise. Er duckte sich, schlug zweimal zu und hatte danach Ruhe.

Die Sensation am nächsten Tag war groß. »White Star« wurde nachträglich disqualifiziert, aber auch die Ergebnisse der anderen Reiter galten nicht, denn alle Fehler waren ja manipuliert gewesen. An eine Wiederholung war nicht zu denken, das Stadion gehörte jetzt den Football-Kämpfen. So wurde der riesige Pokal wieder in einen Tresor verschlossen.

»Bis zum nächsten Jahr«, hieß es.

Die Presse stürzte über diese Schiebung her, Rundfunk und Fernsehen hatten ihre Millionenberichte. Aber alles verlief im Sand. Wer die Idee mit den Nylonfäden gehabt hatte, man erfuhr es nie. Die achtundzwanzig Hinderniswarte schwiegen wie die Fische. Mit Salti als Feind war das Leben verdammt kurz.

Aber die Amerikaner waren clever. Fünf Rundfunkanstalten finanzierten ein Privatturnier. Auf einer Wiese, die einem Fernsehboß gehörte, wurden die gleichen Hindernisse wie auf dem Parcours aufgebaut, dann surrten die Kameras, und vierzig Millionen Fernsehzuschauer erlebten mit, wie Horst Hartung mit Laska diese Hindernisse fehlerlos nahm.

»Das ist die Wahrheit«, sagte der Fernsehkommentator. »Wir sind es unserem Land schuldig, das festzustellen. Wir danken der deutschen Mannschaft, sie waren wirkliche Sportsleute.«

Gibt es in Amerika ein größeres Lob?

Der blinde Kurier

Das Ausladen hatte begonnen.

Mitten in einem Güterzug standen die vier hohen Transportwagen auf flachen Waggons, durch Seile zusätzlich gesichert, hölzerne Ställe, auf deren lackierten Seiten in großen Buchstaben gemalt stand: »Achtung! Turnierpferde.« Jetzt wurden Laufstege an die Waggons gelegt. Zuerst sollten die Pferde auf festen Boden geführt werden, dann würde man die Spezialwagen von den Ladeflächen rollen und an die großen Zugtraktoren ankoppeln, die ausgerichtet wie zu einer Militärparade auf der breiten Betonrampe warteten.

Pedro Romanowski stand draußen auf der eisenbeschlagenen Ladefläche und wartete, daß es weiterging. Laska war schon losgebunden und äugte nervös durch die heruntergelassene Luftklappe in den Himmel und über den großen Güterbahnhof.

Nun standen die Pferde der deutschen Springreiter-Equipe zum erstenmal auf russischem Boden. Moskau. Sawjolowski-Bahnhof. Ein paar hundert Meter vom Dynamo-Stadion entfernt, dieser riesigen modernen Arena, in der es zum Wettstreit zwischen sowjetischen und deutschen Reitern kommen sollte.

Seit Wochen waren die Karten ausverkauft, seit vier Tagen berichteten alle Moskauer Zeitungen über dieses Ereignis. Ein Name wurde immer wieder genannt, um einen Namen rankten sich Spekulationen, ein Name war bald allen Moskauern ebenso bekannt wie die der Astronauten: Laska, das Pferd, das »Liebe« hieß. Noch bevor sie in Moskau eingetroffen war und Zeitungen und Fernsehen die ersten Bilder von ihr gebracht hatten, war Laska zum Liebling der Russen geworden.

Aber das alles spielte sich außerhalb des Sawjolowski-Bahnhofs ab. Worüber Millionen Russen sprachen, ließ einen Mann kalt, der wartend vor den schnellen Zugtraktoren stand und kein Kommando gab, die Pferdetransporter zu öffnen und die Pferde über die Laufstege aus den Waggons zu holen: Leutnant der Miliz Igor Michailowitsch Stupkin. Vor den flachen Güterwagen waren seine Leute postiert. Keiner der Pferdepfleger durfte die Rampe betreten. In den Wagen wieherten die Pferde, schlugen gegen die gepolsterten Holzwände. Sie wußten: Wir sind da, wir können heraus, wir bekommen Hafer und Heu, Wasser und werden gestriegelt. Warum fällt die große Türklappe nicht?

Romanowski überwand seine erste Scheu. »Ick mache den Anfang!« rief er den anderen Pferdepflegern zu. »Vielleicht warten die bloß, det eener kommt! Mehr als mir zurückschicken können se nich.«

»Mensch, Pedro, sei vorsichtig!« rief der Pferdehalter von Wilhelm Pegge. Wilhelm Pegge war neu in der deutschen Equipe, ein junger Reiter aus Münster, der langsam aufgebaut wurde und zwei hervorragende Pferde besaß. »Wir müssen hier ganz kleine Brötchen backen.«

»Aba ick back welche!« sagte Romanowski. Er klappte die Tür seines Wagens herunter, faßte Laska am Halfter und führte sie auf die Plattform des Waggons. Ihre Hufe klapperten auf dem Eisenboden.

Die Russen waren zunächst starr vor Staunen. Dann rannte Leutnant Stupkin herbei und wedelte mit den Armen.

»Stoj!« brüllte er. »Stoj! Nix ausladen!«

Romanowski zog Laskas Kopf herunter und erkundigte sich: »Warum stoj?«

»Befehl von Kommandant!« rief Stupkin auf deutsch.

»Warum Befehl?«

»Nix wissen.«

»Warum nix wissen?«

Stupkin starrte Romanowski an, wurde rot und wandte sich ab.

»Mensch, geh zurück mit deinem Gaul!« rief der Pfleger von Pegge. »Die werden ihren Grund haben! Mach doch kein Theater!«

Romanowski ließ Laska draußen auf der Ladefläche stehen, holte aus dem Futtersack zwei Handvoll Hafer und hielt ihn Laska hin. Leutnant Stupkin beobachtete es mit finsterer Miene.

Nach einer halben Stunde hielt abseits vom Sawjolowski-Bahnhof eine kleine Autokolonne. Horst Hartung, Fallersfeld, Dr. Rölle, Pegge und drei andere deutsche Reiter stiegen aus. Sie wirkten sehr erregt, und Fallersfeld lief zu einem großen, dunklen Moskwitsch, aus dem gemächlich ein Mann in einer blauen Uniform kletterte. Zwei andere Uniformierte folgten ihm. Sie trugen Mappen unter dem Arm, und ihre Gesichter waren maskenhaft starr.

»Was soll das, Herr Major?« rief Fallersfeld. »Man holt uns aus dem Hotel und fährt uns hierher, und unterwegs erfahren wir, daß die Pferde noch immer auf den Waggons stehen und wie Gefangene behandelt werden! Darf ich um Auskunft bitten?«

»Sie dürfen, Towaritsch Fallersfeld.« Major Jakow Nikitajewitsch Borolenko lächelte freundlich. »Wir haben einen Wink bekommen.« Er sprach vorzüglich deutsch. »Verstehen Sie mich bitte. Wenn mir jemand etwas zuflüstert, werde ich neugierig. Die menschliche Natur, Towaritsch. Sehen wir nach, ob es stimmt.«

Fallersfeld lief zu Hartung zurück. »Verstehst du das? Er hat einen Wink bekommen! Was für einen Wink? Sollen unsere Pferde etwa krank sein? Doktor, was sagen Sie dazu?«

»Die Pferde sind gesund, topfit und extra für diese Rußlandreise geimpft worden.« Dr. Rölle schüttelte den Kopf. »An den Pferden können die Russen nichts aussetzen.«

»Da hört man es! Und trotzdem stehen die auf den Waggons wie bestellt und nicht abgeholt! Romanowski. Er hat Laska draußen. Als einziger. Horst!« Fallersfeld wirbelte herum. »Wenn dein schrecklicher Gorilla wieder auf eigene Faust – wenn er Schwierigkeiten gemacht hat! Ich, ich ...«

»Gehen wir.« Hartung kam dem kleinen, dicken sowjetischen Major entgegen, der, die Freundlichkeit selbst, einladend zu den Güterwagen hinüberwinkte. »Genosse Major, das Pferd auf dem Waggon gehört mir. Laska.«

»Oh, Laska!« Borolenkos Augen glänzten. »Ich bin ein großer Liebhaber des Reitsports. Wer in Moskau kennt Laska nicht? Towaritsch Hartung, nennen Sie mich Jakow Nikitajewitsch!«

Sie gingen über die Schienen bis zu der breiten Rampe, liefen die Treppe hinauf und prallten auf Leutnant Stupkin, der stramm und mit der Hand an der Mütze seine Meldung machte.

»Transport gestoppt. Keine Vorkommnisse. Ein Mann hat ein Pferd mit zwei Handvoll Hafer gefüttert.«

Major Borolenko nickte. Er betrachtete die deutschen Pferdewagen, fuhr sich mit Daumen und Zeigefinger über die Nase, trat näher heran, strich Laska über die Vorderbeine, was sie mit einem Anlegen der Ohren und funkelnden Augen beantwortete, wandte sich dann um und hob mit ehrlichem Bedauern die Schultern.

»Es tut mir leid«, sagte er, »aber ich muß die Wagen beschlagnahmen.«

»Mit Pferden?« fragte Fallersfeld aufgeregt.

»Ohne Pferde.«

»Und warum, Herr Major?«

»Ein Wink.« Borolenko wurde ernst. »Ich erkläre es Ihnen später, wenn wir Beweise haben. Wollen Sie zusehen?«

»Sehr gern, Jakow Nikitajewitsch«, sagte Hartung. »Sie geben uns hier Rätsel auf.«

»Nicht ich, Sie, Towaritschi.« Borolenko rief ein paar Befehle auf russisch. Die Milizsoldaten enterten die Waggons, dirigierten die Pferdepfleger in eine Ecke, lösten die Riegel der großen Klapptüren und ließen sie herunterfallen. Dann griffen sie nach den Pferden.

Fallersfeld rang nach Luft. »Major!« rief er. Er erkannte seine eigene Stimme nicht wieder. »Ich protestiere! Wenn den Pferden etwas geschieht! Ich werde nachher sofort die Botschaft verständigen.«

Borolenko schüttelte den Kopf. »Wir werden sie behandeln wie rohe Eier. Die Männer, die sie aus den Wagen holen, sind alle selbst Reiter. Trauen Sie uns keine gute Organisation zu, Towaritsch? Wir wollen verhindern, daß Ihre Leute die Wagen betreten. Sehen Sie, wie brav die Gäule herauskommen?«

Borolenko hatte recht – fachmännisch führten die Russen die wertvollen Tiere heraus, gingen mit ihnen über die Laufstege und stellten sie auf der Rampe ab. Die Pferde waren nicht unruhiger als sonst beim Ausladen. Im Gegenteil, sie benahmen sich weniger nervös als gewöhnlich, denn die Russen sprachen in singendem Tonfall auf sie ein, tätschelten die Hälse und streichelten die Nüstern.

Die einzigen Schwierigkeiten machte Laska. Romanowski klammerte sich an ihrem Halfter fest und brüllte, als die Soldaten auf seinen Wagen kletterten.

»Herrchen, sagen Sie ihnen, det Laska se vom Waggon feuert! Wenn ick se loslasse, jibt det eine Katastrophe! Sagen Sie det dem Kleenen in der Uniform!«

Major Borolenko lächelte breit. »Ein Berliner«, sagte er liebenswürdig zu Hartung. »Ich war sechs Jahre in der Kommandantur in Berlin. Ihr Pferdepfleger?«

»Ja. Es ist unmöglich, daß Laska von einem Ihrer Leute weggeführt wird. Ich garantiere Ihnen Knochenbrüche und noch mehr. Wenn Sie etwas von Pferden verstehen, sehen Sie sich nur Laskas Augen und Ohren an, Jakow Nikitajewitsch. Das ist höchste Gefahr.«

Borolenko schrie wieder einige Befehle. Die Soldaten wichen von Laska zurück, dafür tasteten zwei Milizionäre den vor Staunen sprachlosen Romanowski von oben bis unten ab. Hartung versuchte zu lächeln.

»Aha, Sie suchen etwas, Genosse Major.«

»Ja«, antwortete Borolenko kurz.

»Ich kann Sie beruhigen, wir reiten, aber wir führen keine Waffen bei uns.«

Borolenkos Miene war tiefernst. »Warten Sie ab. Unser Informant hat noch nie gelogen.«

Aus einem Lastwagen wurden jetzt zwei Kisten herangeschleppt. Äxte, Beile, Brechstangen, Schraubenzieher, Zangen aller Größen, Flachmeißel und sechs Bohrmaschinen wurden aus den Kisten geholt. Noch ehe Fallersfeld eine Frage stellen konnte, krachten in den Pferdetransportern die Holzleisten.

Die Russen begannen, die gesamte Innenverkleidung aller Wagen abzureißen. Sie gingen dabei nicht zimperlich vor, die Polsterungen wurden zerfetzt, Watte, Roßhaar und Kapok flogen durch die Luft, dann folgten die Bretter der Innenwand, Haken, Ösen, Stangen und elastische Verstrebungen.

Major Borolenko kümmerte sich nicht mehr um die deutschen Reiter, er rannte an den Waggons entlang und schrie seine Soldaten an.

Hartung, der etwas russisch verstand, übersetzte Fallersfeld, was er gerade aufschnappte.

»Er läßt nach Lederbeuteln suchen. Flachen Päckchen. Etuis aus Plastik.«

»Ein Verrückter.« Fallersfeld steckte die Hände in die Taschen. »Zum erstenmal in Rußland, ausgerechnet fällt man einem Verrückten in die Hände.«

Borolenko kletterte auf Hartungs Waggon. Romanowski stand mit Laska auf der Ladefläche ganz hinten in der Ecke. Er sprach auf Laska ein, drückte ihren Kopf zur Seite und sagte laut: »Guck weg, Olle. Kümmere dir nich drum!«

»Und wer bezahlt die Reparaturen an den Transportern?« schrie Fallersfeld, als Borolenko wieder aus Hartungs Wagen auftauchte.

»Sie, Towaritschi!« Borolenko streckte den Arm vor. In der Hand hielt er ein kleines Ledersäckchen. Jetzt war auch sein Gesicht maskenhaft. »In der Zwischenwand links, unter der Verkleidung. Meine Information stimmte.«

Er sprang auf die Rampe und kam langsam auf die Reitergruppe zu. An seinem ausgestreckten Arm baumelte das Säckchen. Fallersfeld atmete stoßweise.

»Das ist doch Irrsinn! Das hat man uns untergeschoben! Horst, sag doch etwas. Es ist dein Wagen! Man will uns auf diese Art ...«

»Man will gar nichts.« Major Borolenko blieb stehen. Seine Stimme klang kalt und duldete keinen Widerspruch. »Und ich verwahre mich gegen jeden derartigen Verdacht.« Er zog den Verschluß des Beutels auf und hielt ihn Fallersfeld und Hartung unter die Nase. Weißliches Pulver glänzte in der Sonne. »Rauschgift. Kokain.«

»Unmöglich«, stammelte Fallersfeld. »Völlig unmöglich. Horst, äußere dich doch dazu!«

Hartung hob die Schultern. Er war sehr ernst geworden. Seine Backenmuskeln zuckten. Er wußte, was dieser Fund bedeutete. Ganz gleich, ob er seine Unschuld beweisen konnte oder nicht – das Turnier in Moskau fand nicht mehr statt.

»Es ist Kokain, wenn Jakow Nikitajewitsch es sagt. Ich kenne mich da nicht aus. Aber ich glaube es ihm.«

»In Ihrem Wagen, Towaritsch Hartung. Zwanzig Säckchen!« Borolenko zeigte hinüber zu dem Waggon. In einer verzinkten Schüssel trugen zwei Milizsoldaten einen ganzen Haufen dieser Säckchen weg. »Wir werden noch mehr finden.«

»Ich habe keine Erklärung dafür.«

»Am allerwenigsten ich.« Fallersfeld zitterte vor Erregung. »Ich bitte darum, mit meinem Botschafter sprechen zu können. Was hier geschieht, ist ungeheuerlich. Wir sind mißbraucht worden.«

»Es wird sich alles klären.« Major Borolenko steckte das Säckchen mit Kokain in seine Uniformtasche. »Sie werden verstehen«, sagte er mit ausgesuchter Höflichkeit, »daß ich zu weitgehenden Maßnahmen gezwungen bin. Ich beschlagnahme hiermit Ihre gesamte Ausrüstung. Fahrzeuge, Sattelzeug, Decken, Sprungglocken, Bandagen, Putzzeug, Frisierzeug – alles! Ihre Begleitmannschaft wird sich einer Leibesvisitation unterziehen müssen. Sie, Towaritschi, folgen mir wieder ins Hotel.«

»Und – die Pferde?« fragte Dr. Rölle heiser vor Erregung.

»Wir bringen sie in die vorbereiteten Ställe ins Stadion.«

»Ohne Aufsicht? Ich protestiere!«

Borolenko lächelte beschwichtigend. »Ich versichere Ihnen, daß Ihre Pferde die beste Pflege und Betreuung erhalten.«

»Sie bekommen ein Spezialfutter.« Fallersfelds Gesicht zuckte. »Lassen Sie wenigstens den Futtermeister zu den Pferden.«

»Wir wollen sehen.« Borolenko winkte. Die Soldaten marschierten mit den Pferden ab. Romanowski führte Laska vom Waggon und schloß sich der Kolonne an.

»Det is 'ne Mystifikation!« rief er Hartung zu. »Ick kläre det!«

»Es ist Kokain.« Borolenko wies auf die wartenden Autos. »Und klären müssen wir das. Sie sehen es doch ein, meine Herren?«

Hartung nickte. Neben Borolenko ging er zurück über die Gleise. »Bis dahin sind wir also verhaftet?«

»Aber nein.« Borolenko lächelte freundlich. »Sie bleiben unsere Gäste, Towaritsch. Sie werden sich nur an eine ständige Begleitung gewöhnen müssen, zu Ihrem eigenen Schutz!«

Hartung blickte Laska nach. An der Hand Romanowskis ging sie friedlich und mit hocherhobenem Kopf hinter den anderen Pferden her. Auf den Waggons krachten und splitterten Bretter, es gab keinen Zentimeter, der nicht untersucht wurde.

»Für morgen haben Ihre Zeitungen eine unbezahlbare Schlagzeile, Jakow Nikitajewitsch«, sagte Hartung zu Borolenko.

Borolenko blieb stehen. Sein gutmütiges Gesicht war bekümmert. »Nein, die Zeitungen werden keine Zeile bringen. Ich werde sofort eine Nachrichtensperre über diesen Vorfall verhängen.« Er ging weiter.

»Und das Turnier?«

»Warten wir es ab, Towaritsch Hartung.« Borolenko hatte die Autos erreicht und hielt Hartung und Fallersfeld die Tür auf.

»Aber das Turnier ist in vier Tagen, Herr Major.«

»Vier Tage. Das können vier Sekunden oder vier Ewigkeiten sein. Wir werden es sehen.«

Zunächst geschah gar nichts.

Hartung saß in seinem prunkvollen Zimmer im Hotel »Ukraina«, trank kannenweise Tee, knabberte Sandgebäck, las sowjetische Illustrierte und spielte mit dem wortkargen Offizier, der mit ihm im Zimmer saß, einige Partien Schach, die er erwartungsgemäß verlor.

Am Abend kam Romanowski zurück. Man steckte ihn in Hartungs Zimmer, um sie leichter unter Kontrolle zu haben.

»Laska jeht et jut«, sagte Romanowski. »Die Ställe sind hervorragend. Besser haben's die Lippizaner in Wien ooch nich. Der Futtermeister ist da, und wer schläft bei meener Ollen? Na? Det kann man kaum jlauben – Dr. Rölle. Der Kleene in der Uniform hat's jenehmigt. Wer is det überhaupt?«

»Ein Major vom MWD.«

»Und det war Kokain bei uns im Wajen? Wirklich Kokain?«

»Ja.«

»Bejreifen Sie det, Herrchen?«

»Nein. Aber was nutzt uns das? Sie haben es gefunden.«

»Und wat nu?«

»Sie werden uns verhören. Verhören, bis uns die Schwarte platzt.«

»Aba wir wissen doch von nischt.«

»Genau das ist es, was wir ihnen klarmachen müssen. Weißt du, wie schwer das ist?«

Der wortkarge Leutnant am Schachbrett winkte. Hartung nickte und machte sich auf die nächste verlorene Partie gefaßt.

Fallersfeld hatte in den vergangenen Stunden mehrere Unterredungen mit Major Borolenko gehabt und mit der deutschen Botschaft telefoniert. Dort war man schon informiert und bedauerte, im Augenblick nichts tun zu können.

»Das ist eine rein innersowjetische Angelegenheit«, sagte jemand im Auftrag des Botschafters. »Eine strafbare Handlung. Wir werden Ihnen natürlich Rechtsschutz geben, und das AA wird sich auch einschalten, aber wir haben keinerlei Möglichkeiten, die sowjetischen Ermittlungen zu beeinflussen. Tatsache ist, daß man in einem Ihrer Transporter Kokain in rauhen Mengen gefunden hat. Das muß erst geklärt werden. Der Herr Botschafter läßt sich auf dem laufenden halten.«

»Scheiße!« schrie Fallersfeld und knallte den Hörer auf die Gabel. »Beamtengeseire! Jeder weiß doch, daß unsere Springreiter keine Schmuggler sind!«

»Das weiß jeder.« Borolenko bot Fallersfeld eine grusinische Zigarette an. Kaukasischer Wein stand auf dem Tisch. »Und wir wollen es beweisen. Deshalb sind wir so gründlich.«

»Um 17 Uhr 25 landet Fräulein Diepholt in Scheremetjewo«, sagte Fallersfeld hilflos. Nach dem Gespräch mit der deutschen Botschaft und dem Abklingen der ersten Erregung erkannte er die Schwierigkeit seiner Lage.

»Wer ist Fräulein Diepholt?« fragte Borolenko.

»Die Verlobte Hartungs. Sie kommt mit Intourist nach Moskau zum Turnier.«

»Wir werden sie abholen und uns um sie kümmern. Zufrieden?«

»Ja. Ich danke Ihnen, Herr Major. Ich weiß, Sie tun nur Ihre Pflicht. Aber glauben Sie mir . . .«

»Glauben, Towaritsch Baron, das ist so eine Sache.« Borolenko erhob sich und drückte seine Zigarette im Aschenbecher aus. »Wir sehen nur die Tatsachen, und die sind nun mal Kokainschmuggel.«

Der Abend senkte sich über Moskau. Ein wundervoller Abend mit einem roten Himmel, der die goldenen Kuppeln des Kreml aufflammen ließ wie Fackeln. Hartung stand am Fenster, hinter ihm spielte Romanowski Schach mit dem stummen Offizier und brachte das Wunder fertig, ihn zu schlagen.

Mein erster Besuch in Moskau, dachte Hartung. Was hatte ich mir alles vorgenommen, was wollte ich mir alles ansehen – den Kreml, das Kloster Sagorsk, die berühmte Untergrundbahn, die Lomonossow-Universität, den Sokolniki-Park, das Bolschoi-Theater, das Kaufhaus GUM, das größte der Welt: Und was ist daraus geworden?

Er drehte sich um. Das Abendrot verglühte in violetten Wolken. Romanowski sagte gerade »Schach!« und lehnte sich zufrieden zurück.

»Kann ich mit Major Borolenko sprechen?« fragte Hartung.

»Njet«, antwortete der Offizier.

Das Telefon klingelte. Der Offizier nahm ab, lauschte und hielt Hartung den Hörer hin.

»Ja? Hartung? Sie, Baron? Was? Angela ist in Moskau? Mein Gott, wo denn? Hier im Hotel? Ich darf nicht mit ihr sprechen? Baron, ich schlage gleich einen Krach, daß die Wände wackeln! Man soll Angela aus dieser Geschichte heraushalten! Danke, ich warte.«

Er legte auf. Romanowski stellte die Figuren zu einer neuen Schachpartie auf.

»Angela ist im Hotel«, sagte Hartung schweratmend. »Borolenko kümmert sich um sie. Jetzt ist meine Geduld zu Ende!«

»Wat woll'n Se machen, Herrchen?«

Hartung blickte wieder aus dem Fenster. Über Moskau lag ein hellvioletter Dunst. Ein Bild wie aus einem Märchenbuch. »Laß uns ganz scharf überlegen! Wer konnte an unseren Transporter heran?«

»Keener. Det is et ja.«

»In Westberlin sind wir verladen worden. Überlege mal, Pedro – hat da der Wagen allein gestanden?«

»Nee. Ick war imma bei Laska.«

»Auch als der Wagen schon auf der Waggonplattform festgemacht war?«

»Ooch. Dat heeßt . . .«

»Pedro, Mensch, überleg mal!«
»Ick hab in der Kantine vom Zoll jejessen.«
»Wie lange?«
»Na, 'ne Stunde vielleicht.«
»Und in der Zeit war Laska allein?«
»Det war am hellichten Mittag! Da klaut keener 'n Pferd!«
»Aber hinter der Polsterwand kann man Kokain verstecken!«
»Unmöglich! Jeden Fremden hätt meene Olle vor de Knochen jetreten . . .«
»Laska hat es nicht getan! Warum, das kann man jetzt nicht mehr feststellen. Vielleicht hatten sie ein Säckchen mit Hafer mit. Sie ist ein verfressenes Luder, das weißt du. Mein Gott, ja, so, nur so kann es gewesen sein.« Hartung wandte sich an den stummen sowjetischen Offizier. »Ich muß Major Borolenko sprechen. Major Borolenko. Verstehen Sie mich? Ich muß ihn sprechen.«
Der Offizier erhob sich wortlos und verließ das Zimmer.

Angela Diepholt hatte gerade die riesige Abfertigungshalle des Moskauer Flughafens Scheremetjewo betreten und wartete an dem Transportband auf ihren Koffer, als aus den großen Lautsprechern ihr Name ertönte.
»Angela Diepholt bitte zum Büro von Intourist. Angela Diepholt bitte zum Büro von Intourist.«
Sechsmal hintereinander. Eine höfliche, aber energische Stimme.
Angela gehorchte sofort.
Vor dem Schalter des sowjetischen Reisebüros »Intourist« warteten ein kleiner Mann im grauen Anzug und zwei junge Frauen in blauen Kleidern auf Angela. Der kleine Mann verbeugte sich höflich.
»Borolenko. Jakow Nikitajewitsch. Wir freuen uns, Sie so schnell begrüßen zu können. Bitte, kommen Sie mit, gospoda Diepholt.«
Angela nickte verlegen und sah sich dann um. Die beiden Frauen hatten sie in ihre Mitte genommen. »Woher kennen Sie mich? Was wollen Sie von mir?«
»Baron Fallersfeld sagte uns, daß Sie mit dieser Maschine in Moskau landen.«
Der Name Fallersfeld beruhigte sie. »Er wollte mich abholen.«
»Leider ist er verhindert. Darum stehe ich Ihnen zur Verfügung. Bitte, gospoda, zunächst in diesen Raum. Gleich kommt Ihr Gepäck, dann sehen wir weiter.«
Ein sowjetischer Polizist kam nach fünf langen, schweigenden Minuten, in denen Angela spürte, daß irgend etwas nicht stimmte, mit den beiden Koffern. Borolenko betrachtete sie und tippte dann mit dem Zeigefinger darauf.
»Sie haben die Schlüssel. Bitte, öffnen Sie.«

»Sind Sie vom Zoll?«

»Nein. Vom MWD, falls Sie wissen, was das ist, gospoda.«

Gehorsam schloß Angela beide Koffer auf und klappte die Deckel hoch.

»Bitte!«

»Wenn ich Sie bitten darf, sie auszupacken. Alles bitte hierher auf den Tisch!«

Angela packte die Koffer aus. Jedes Stück, das sie herausholte, wurde von den beiden Frauen genau untersucht, abgetastet, gegen das Licht der starken Deckenlampe gehalten. Als die Koffer leer waren, klopfte Borolenko sie ab, riß das Futter ab, schnitt mit einem Taschenmesser die Böden auf. Fassungslos sah Angela ihm zu. Borolenko klappte sein Messer zusammen und hob zufrieden lächelnd die Schulter.

»Und was nun?« fragte Angela mit belegter Stimme. »Soll ich meine Wäsche unter dem Arm durch Moskau tragen?«

»Wir besorgen Ihnen selbstverständlich die besten Koffer, die wir auftreiben können.« Borolenko ging zu einem Telefon und sprach ein paar Worte. »Es freut mich, Sie persönlich zum ›Ukraina‹ bringen zu können. Die Koffer sind sofort da.«

»Was suchen Sie eigentlich?«

»Darüber unterhalten wir uns auf der Fahrt in die Stadt. Nur noch eine Formsache, gospoda. Ich werde den Raum verlassen, und die beiden Mädchen werden Ihre Kleider untersuchen. Bitte, ziehen Sie sich aus.«

Angela wich zur Wand zurück. »Ich denke nicht daran, mich auszuziehen!«

Borolenko schüttelte den Kopf wie ein Vater, der sich über sein Kind ärgert. »Bitte, machen Sie keine Schwierigkeiten. Es handelt sich ja bloß um eine Routinesache – ich erkläre Ihnen nachher die Gründe dafür.«

Angela Diepholt gehorchte. Sie zog sich aus, die beiden Beamtinnen untersuchten die Kleidungsstücke, tasteten die Nähte ab und legten dann alles auf den Tisch zurück.

»Gut! Ziehen Sie sich wieder an!« sagte die eine. Dann verließen sie den Raum.

Nach fünf Minuten klopfte es. Angela knöpfte gerade ihre Bluse zu.

»Sind Sie fertig?« rief Borolenko vor der Tür.

»Ja.«

»Ihre neuen Koffer.«

»Kommen Sie herein.«

Borolenko wuchtete zwei schöne schweinslederne Koffer auf den Tisch und half Angela beim Packen. »Es freut mich, daß das Ergebnis negativ ist«, sagte er dabei. »Aber wenn Sie erst wissen, worum es geht, geben Sie mir recht. Man kann nicht vorsichtig genug sein und soll sich auch von der schönsten Frau nicht beeinflussen lassen. Fertig.« Er schloß den Koffer und hob ihn vom Tisch. »Wir haben für Sie im ›Ukraina‹ ein schönes Zimmer reserviert. Neben Herrn Hartung.«

»Er weiß, daß ich in Moskau bin?«

»Sollte er das nicht? Eine Überraschung? Wer konnte das ahnen?« Borolenko zog auch den zweiten Koffer vom Tisch.

»Ich verstehe das alles nicht.« Angela folgte ihm hinaus in die Halle. Dort nahmen zwei Uniformierte die Koffer, die beiden Beamtinnen waren verschwunden. »Was hat das alles zu bedeuten?«

Borolenko führte Angela aus der Halle. Ein großer schwarzer Wagen wartete vor dem Eingang. »Sie sind Gast in unserem Land, und wir bemühen uns, unsere Gäste zu beschützen.«

»Vor was zu beschützen?«

»Das wissen wir selbst noch nicht.« Borolenko verbeugte sich leicht, die Autotür in der Hand. »Steigen Sie bitte ein, gospoda. Moskau wird Ihnen gefallen.«

Das war vor vier Stunden gewesen.

Jetzt saß Angela in ihrem Zimmer, ein weiblicher Leutnant hockte auf einer Couch und hörte Tanzmusik, die aus dem Radio ertönte, rauchte eine Zigarette und trank himbeerrote Limonade. Sie sprach kein Wort und tat, als sei sie allein im Zimmer.

Borolenko erschien gegen neun Uhr abends, gleich hinter dem Etagenkellner, der ein vorzügliches Abendessen brachte. Geräucherter Stör mit Sahnemeerrettich, Piroggen mit Hühnerleber und Rahmsoße, Walderdbeereis mit Vanillecreme. Dazu eine Flasche goldgelben grusinischen Wein von den Hängen bei Telawi.

»Towaritsch Hartung läßt Sie grüßen«, sagte Borolenko. »Er ist ungeduldig. Kann man ihn nicht verstehen, wenn man von einer so hübschen Braut nur durch eine Wand getrennt ist und kann sie doch nicht erreichen?«

Mehr war aus Borolenko nicht herauszuholen – keine Erklärungen, keine Begründungen.

Bei den Pferdeställen am Dynamo-Stadion waren mittlerweile die deutschen Transporter eingetroffen. Von außen sahen sie völlig unversehrt aus, und auch innen waren sie wieder so hergerichtet, daß nur ein geübtes Auge die Zerstörungen entdecken konnte. Dr. Rölle glaubte richtig zu handeln, indem er sofort Einspruch erhob.

Major Borolenko, der überall zu sein schien und ein ungeheures Fahrpensum bewältigte, denn er tauchte am Flughafen auf, im Hotel, im Dynamo-Stadion bei den Pferden, dann wieder im Hotel, in seiner

Dienststelle, im Laboratorium und erneut bei den Ställen, hob beschwichtigend beide Hände, als Dr. Rölle auf ihn zustürzte.

»Wir verlangen keine billigen Reparaturen, wir verlangen die Rückgabe unserer Wagen in einwandfreiem Zustand, so wie sie angekommen sind! Ich lehne die Übernahme ab!«

»Sie werden alles bekommen, Doktor.« Borolenko strich sich über seinen runden Kopf. Er schien jetzt nervös zu sein, auch wenn er sich ungemein beherrschte. »Wir haben die Wagen noch gar nicht übergeben, wir haben sie nur hierher gefahren und abgestellt. Kümmern Sie sich nicht um sie, kümmern Sie sich um die Pferde. Ist alles gesund?«

»Alles!« Dr. Rölle schluckte vor Aufregung. »Und was machen die Reiter?«

»Sie essen geräucherten Stör. Gute Nacht, Doktor.«

»Gute Nacht, Herr Major.«

Dr. Rölle starrte ihm nach. Wie alle anderen verstand auch er überhaupt nichts mehr.

Borolenko tat das Ganze keineswegs aus Geheimniskrämerei. Seine Sorgen waren größer und vor allem für ihn gefährlicher als die der deutschen Equipe. Da war von einem V-Mann über Funk eine Meldung gekommen: »In den Wagen der deutschen Pferde befindet sich Rauschgift. Ende.« Die Wagen trafen in Moskau ein, und was findet man? Kokain.

Kokain für fünfzehntausend Rubel.

Was soll Borolenko tun? Die deutschen Reiter verhören? Die in der ganzen Welt berühmten deutschen Reiterstars? Ein absurder Gedanke. Den Baron Fallersfeld? Noch absurder! Den Tierarzt? Den Futtermeister? Ausgeschlossen. Die Pferdepfleger – die schon eher. Und sie wurden verhört, stundenlang, nach der bewährten Methode, daß der Fragende jede Stunde wechselt. Die eine Seite ermüdet nie, die andere muß einmal zusammenbrechen.

Aber man kannte Romanowski nicht. Er antwortete einmal auf alle Fragen, und als sie immer wiederkehrten, sagte er nur: »Ick bin doch keen kaputtes Grammophon! Ick wiedahole nischt zehnmal. Leckt mich am Arsch!«

Borolenko brach die Verhöre ab.

Er befahl, die Transporter zum Stadion zu bringen und so abzustellen, daß sie mühelos und unbemerkt zu erreichen waren.

»Wer eine Ware bringt, muß sie auch loswerden«, sagte Borolenko zu Leutnant Stupkin. »Durch die Nachrichtensperre weiß niemand, was geschehen ist. Für den, der die Ware abholen will, ist also nichts passiert. Setzen wir ihm die Ware vor die Nase, wie er es erwartet. Es gibt nun zwei Möglichkeiten – entweder ist dieser Romanowski ein ganz raffinierter Knabe, der selbst das Kokain aus dem Wagen holt und irgendwohin bringt. Dann wird niemand kommen. Oder das Geschäft findet bei den Wagen statt, dann muß der hiesige Abholer irgendwann erscheinen. Wann wird das sein?«

»In der Nacht, Genosse Major«, sagte Leutnant Stupkin.

»Sie sind ein kluger Kopf, Igor Michailowitsch. Riegeln Sie die ganze Gegend ab. In der Nähe der Wagen postieren Sie Scharfschützen. Ich werde mich selbst davon überzeugen. Wenn ich einen von Ihren Leuten sehe, bekommen Sie ein Kommando in der Taiga. Und Sie greifen erst ein, wenn der Kerl die Ware wegträgt. Sind die Säckchen versteckt?«

»Wo sie waren, Genosse Major.«

»Weisen Sie Ihre Leute ein. Ich werde auch in der Nähe sein, Igor Michailowitsch.«

Und so kam die Nacht.

Dr. Rölle schlief bei Laska, der Futtermeister bei den anderen Pferden. Abseits von den Ställen, in völliger Dunkelheit, bildeten die Soldaten einen Kordon um den Platz. Leutnant Stupkin machte noch einmal, mit einer Taschenlampe winkend, bei seinen Scharfschützen die Runde. Er zuckte zusammen, als er auf dem ausladenden Ast eines breitkronigen Baumes eine dunkle Gestalt hocken sah.

»Gehen Sie weiter, Sie Idiot!« zischte Borolenko. Er saß vier Meter von Hartungs Transporter entfernt zwischen Himmel und Erde. »Ich gebe das Signal. Dann alle Scheinwerfer hier auf die Wagen und ohne Anruf schießen.«

Leutnant Stupkin rannte weiter.

Der Kordon war lückenlos und unsichtbar.

Aber der Mann oder die Männer, auf die sie warteten, kamen nicht.

Bis zur Morgendämmerung hockte Borolenko auf seinem Ast, dann gab er auf. Steif, ächzend kletterte er auf die Erde. Leutnant Stupkin tauchte auf, mit roten, übermüdeten Augen.

»Morgen wieder«, sagte Borolenko matt. »Jede Nacht, und wenn wir wie die Kakerlaken herumkriechen, ich brauche Beweise.«

Sie kennen mich nicht, dachte Borolenko. Ich bin klein und dick, aber ich bin kein Idiot! Und ich habe Zeit, viel Zeit ...

Im Hotel »Ukraina« hatte man es sich abgewöhnt, weiter zu protestieren. Fallersfeld schwieg, Hartung schwieg, die anderen Reiter vertrieben sich die Zeit mit Lesen, Radiohören, Schlafen und Essen, Angela zeichnete aus Langeweile den Kopf ihrer Bewacherin mit Bleistift auf ein Blatt Papier, und als das Porträt fertig war, nahm es der weibliche Leutnant weg und sagte hart: »Beschlagnahmt!« Nur Romanowski rebellierte, warf am zweiten Tag das Schachbrett an die Wand und brüllte den Leutnant an.

Major Borolenko machte mehrmals am Tag seine Runden durch die

Zimmer, wie ein Chefarzt seine Visiten. Er wirkte müde und schlapp, seine Augen waren geschwollen und gerötet, aber seine Stimme klang immer noch freundlich und tröstend.

Am Abend brachten vier Uniformierte die Sättel und Stiefel Hartungs in sein Zimmer. Sie waren zerschnitten, aufgerissen, zerfetzt. Selbst die Trensen hatte man in Stücke zerlegt.

»Freuen Sie sich«, sagte Borolenko, der kurz darauf hereinschaute. »Nichts gefunden!«

»Und damit soll ich reiten?« Hartung gab einem der Springsättel einen Tritt. »Völlig unbrauchbar! Und meine Stiefel sind auch aufgeschlitzt!«

»Es wird sich alles regeln lassen.«

»Das nicht mehr!«

»Es war unerläßlich für unsere Ermittlungen. Gute Nacht ...«

Borolenko schloß die Tür.

Gute Nacht, dachte er. Sie werden schlafen. Ich aber werde wieder auf meinem Ast hocken wie ein Affe.

Nur noch zwei Tage bis zum Turnier. Das Stadion ist ausverkauft. Noch gilt die Nachrichtensperre, aber morgen müssen wir bekanntgeben, daß die deutsche Equipe verhaftet ist. Das offizielle Kommuniqué. Was dann folgt, ist bekannt: diplomatische Verhandlungen, Vorlage der Ermittlungsergebnisse, Rechtsbeistand für die Beklagten. Und was kann man gegen sie anführen? Nur, daß in einem Wagen Kokain gewesen ist. Eine magere Anklage, und sie wissen es.

Borolenko fuhr hinaus zum Dynamo-Stadion. Der Kordon der Scharfschützen hatte sich bereits postiert. Leutnant Stupkin meldete:

»Genosse Dobchinskij ist auch gekommen. Er liegt in einem Loch dort unter dem großen Holunderstrauch.«

Auch das noch, dachte Borolenko. Semjon Iwanowitsch Dobchinskij, der Erste Kommissar des MWD. Das wird eine Nacht! Ich werde aufpassen müssen, daß er nicht schnarcht wie ein Wasserbüffel.

Gebrochen schlich Borolenko zu dem Holunderstrauch.

Niemand erschien, die Päckchen abzuholen.

Dobchinskij schlief in seinem Loch, Borolenko nickte gegen Morgen ein. Leutnant Stupkin schwankte vor Müdigkeit.

Im Laufe dieses Tages taten Dr. Rölle und der Futtermeister etwas, das eigentlich nicht ihre Aufgabe war – sie longierten alle Pferde ab, damit sie nicht steif wurden. Major Borolenko, der nach vier Stunden Schlaf wieder bei den Ställen erschien, erlaubte, daß die Pferde trainiert wurden. Im Stadion hatte der Aufbau der Hindernisse begonnen. Oberst Tamaschek von der Offiziersreitschule Moskau hatte den Parcours entworfen – eine höllische Strecke, die eigentlich nur einer gewinnen konnte: Hauptmann Djomka Ulanowitsch Pollowjeff, der beste Reiter der Sowjetunion. Er überwachte mit Oberst Tamaschek das Aufsetzen der Hindernisse. Auf der Aschenbahn exerzierte das Ehrenbataillon. Das Musikkorps marschierte mit unwahrscheinlicher Präzision auf. Auf dem Abreiteplatz übten die sowjetischen Reiter. Die Fahnen stiegen an den riesigen Masten hoch.

Borolenko wurde es übel, wenn er das alles sah.

Noch wissen sie es nicht, aber morgen bricht das hier alles zusammen. Es wird der größte Skandal, den Moskau bisher erlebt hat!

»Üben Sie, Doktor«, sagte er zu Dr. Rölle. »Ich sehe ein, daß die Pferde steif werden vom langen Stehen.«

Und Dr. Rölle arbeitete die Pferde durch. Er war kein glänzender Reiter, aber er konnte die Pferde lockern, kleinere Sprünge mit ihnen machen und die Lektionen der Dressur, die Grundlage aller Erfolge, durchnehmen. Auch der Futtermeister ritt mit ihnen seine Runden, machte Cavaletti-Arbeit und Gehorsamsübungen. Nur an Laska traute sich keiner heran. An der Longe gehorchte sie Dr. Rölle wie ein braves Zirkuspferd, aber kam er mit dem Sattel, stieg sie vorne hoch.

Am dritten Tag ging mit Laska eine Wandlung vor sich. Sie ließ sich von Dr. Rölle den Sattel auflegen, sie ließ Dr. Rölle aufsitzen, sie ging mit Dr. Rölle in die Bahn. Der Tierarzt begriff es selbst nicht, ritt ein paar Runden auf Laska, probierte alle Gänge durch und wurde dann mutig, ritt ein Hindernis von nur einem Meter an – eine Einzelstange – und flog dann mit Laska hoch durch die Luft. Sie kamen getrennt auf dem Boden an.

»Was für ein Pferd«, sagte Dr. Rölle, als er vom Rasen aufstand. »Man hat das Gefühl, es gäbe keine Schwere mehr. Laska, du Luder, wir probieren es noch mal!«

Und es gelang. Dr. Rölle blieb im Sattel.

Nach zwei Stunden kamen russische Stallknechte und holten Sättel, Zaumzeug, Halfter, Longen und Stiefel wieder ab. Borolenko hatte es durchgesetzt, daß man der deutschen Mannschaft das Notwendigste auslieh.

»Ihr eigenes Material existiert nicht mehr«, sagte er schon am ersten Tag zu Dr. Rölle. »Wir müssen gründlich sein.«

Vor der dritten Nacht, der letzten, erschien Borolenko noch einmal in Hartungs Zimmer. Er setzte sich auf die Couch, bedrückt, um Jahre älter.

»Fassen wir zusammen, was wir wissen«, begann er müde. »Die Wagen wurden in Westberlin verladen. Seitdem haben sie den Waggon nicht verlassen, und keiner konnte in die Wagen hinein. Das Kokain muß also in Westberlin, auf dem Güterbahnhof, in der Verkleidung versteckt worden sein. In Berlin – oder bei Ihnen, Hartung! Es gibt nur diese zwei Möglichkeiten. War's auf dem Güterbahnhof, hat man Sie als ›stummen Kurier‹ benutzt, wie wir es nennen, war's bei

Ihnen, sind Sie allein verantwortlich! Um eines von beiden zu beweisen, halte ich noch diese Nacht durch. Ist sie wieder erfolglos, erhebe ich Anklage gegen Sie!«

»Aber das ist doch Irrsinn! Warum sollte ich Kokain schmuggeln?«

»Das fragt man sich oft bei Straftaten. Warum? Wieso gerade er? Was hat das für einen Sinn? Wenn man lange genug dabei ist, fragt man nicht mehr, der Mensch ist ein rätselhaftes Wesen.«

»Also diese Nacht noch?« Hartung trank ein Glas Wein. »Jakow Nikitajewitsch, Sie wissen, daß ich unschuldig bin.«

»Was heißt wissen? Man muß es beweisen.« Borolenko hob die Schultern. »Wer zwischen Mühlsteine gerät, wird zermahlen.«

Die dritte Nacht.

Stupkins Männer waren postiert. Der Genosse Dobchinskij hängte sich wieder an Borolenko und kletterte sogar auf den Baum über Hartungs Transporter.

»Hier können Sie nicht schlafen, Semjon Iwanowitsch«, flüsterte Borolenko ihm zu. »Wir sind fünf Meter über der Erde, das hält Ihr Genick nicht aus, wenn Sie herunterfallen.«

Es war totenstill. Die Dunkelheit wurde fahler, ein halber Mond schob sich aus den Wolken. Und da sah Borolenko zuerst den Schatten, der vom Stadioneingang heranschlich. Er hielt den Atem an, legte Dobchinskij die Hand auf den Mund und zeigte nach unten. Dobchinskij nickte.

Der Schatten kam näher, nahm Gestalt an – ein langer, dürrer Kerl, der heranschlich, sich nach allen Seiten umsah, die Wagen erreichte, zielsicher auf Hartungs Transporter zuglitt und in der offenen Tür verschwand.

Borolenko hielt den Atem an, der plötzlich zu pfeifen begann. Er sah, wie Leutnant Stupkin im Schatten eines Strauches winkte, wie zehn, fünfzehn Scharfschützen aus dem Boden auftauchten.

Unter ihm, im Wagen, rumorte es. Jetzt reißt er die Füllungen auf, dachte Borolenko fröhlich. Jetzt sammelt er die Säckchen ein, die nur Salz enthalten, gleich wird er herauskommen, und dann pfeife ich. Wir wollen ihn lebend haben und dann ausquetschen wie eine Zitrone.

Woher kommst du, Lump? Wer sind die Hintermänner? Wo ist der Leiter der Organisation?

Der Mann im Transporter hatte die Säckchen eingesammelt. Er kam wieder heraus, so schnell und plötzlich, daß Borolenko fast zu pfeifen vergaß. Dann aber gellte es durch die Nacht, Scheinwerfer leuchteten auf und tauchten die rennende Gestalt in gleißendes Licht.

»Stoj!« brüllte Leutnant Stupkin. »Du bist umzingelt. Nimm die Hände hoch, du Hundesohn! Stoj! Willst du erschossen werden?«

Der lange Mensch schien taub zu sein. Er schnellte davon, nach vorn gebückt, Haken schlagend wie ein Hase. Borolenko fixierte Dobchinskij.

»Sie sehen, er will erschossen werden«, sagte er matt. »Es bleibt uns keine andere Wahl.« Dann brüllte er zu den Soldaten hinüber: »Auf die Beine zielen! Er muß vernehmungsfähig bleiben! Feuer!«

Die Scharfschützen schossen. Der Mann machte einen hohen Sprung, warf die Arme in die Luft und fiel zu Boden. Dann – noch ehe die ersten Schützen ihn erreicht hatten – ertönte ein leiser Knall. Borolenko ballte die Fäuste.

»Er hat sich selbst erschossen!« stammelte er. »Wir werden nie erfahren, wer der Leiter ist: Sie werden sehen, Genosse Dobchinskij, wir haben nur auf seine Beine gezielt, aber er hat sich selbst umgebracht.«

Genauso war es. Mit blutüberströmten Beinen lag der Unbekannte im Gras, in der Hand hielt er eine kleine Pistole, mit der er sich in die rechte Schläfe geschossen hatte.

In seiner Tasche fand man seinen Ausweis. Mukar Antonowitsch Zaroskin hieß er. Geboren in Taganrog. Er sah verhungert aus, aber Borolenko wußte, daß das Rauschgift seinen Körper ausgemergelt hatte.

Um siebzehn Uhr fand der große Zweikampf zwischen Hauptmann Pollowjeff und Horst Hartung statt. Das Dynamo-Stadion tobte. Achtzigtausend Russen klatschten rhythmisch in die Hände, als Djomka Ulanowitsch auf den Parcours ritt.

Das dritte Stechen. Null Fehler bisher. Nur noch zwei Hindernisse.

Ein Hoch-Weitsprung und die verdammte Mauer von jetzt 2 Meter 10 Höhe.

Borolenko war nicht im Stadion, er stand am Zaun des Abreiteplatzes und sprach mit Hartung. Die letzten Stunden waren seine glücklichsten gewesen. Er war mit Sattel, Trense, Stiefeln und allem Zubehör in Hartungs Hotelzimmer erschienen und hatte alles auf den Boden geworfen.

»Hauptmann Pollowjeff leiht Ihnen seine zweite Ausrüstung«, sagte er. »Er hofft, daß der Sattel für Laska paßt, die Stiefel passen bestimmt, er hat die gleiche Schuhgröße wie Sie! Los, ab zum Turnierplatz. Ich wünsche, daß Sie gewinnen, Towaritsch Hartung, in Pollowjeffs Sachen – als Wiedergutmachung sozusagen!«

Über Hartungs Gesicht flog ein ungläubiges Lächeln.

»Ist das Ihr Ernst?« fragte er. »Heißt das, wir können starten?« Er griff zum Telefon und ließ sich mit Fallersfeld verbinden.

Aber der winkte ab. »Völlig unmöglich, Horst. Sie können mit einer fremden Ausrüstung bei Laska keinen Blumentopf gewinnen.

Die beißt sogar Romanowski, wenn der ihr einen Sattel, der nicht nach Hartung riecht, auflegen will. Ich bin dabei, das Turnier abzublasen.«

Eine volle Stunde hatte Hartung gebraucht, um den Baron umzustimmen. Mit Engelszungen hatte er geredet. Er durfte starten.

Nun war Hauptmann Pollowjeff auf dem Parcours. Sein Pferd »Sibirska«, eine hochgebaute, schwarze Stute, tänzelte unruhig vor der Starterfahne. Das rhythmische Klatschen erstarb. Atemlose Stille.

Pollowjeff galoppierte an, die Fahne senkte sich.

Die Uhr lief an, die wenigen Sekunden bis zum Sieg ...

Der erste Sprung. »Sibirska« schaffte ihn mit Bravour.

Die Wendung. Anritt zur Mauer.

Zwei Meter zehn!

»Sibirska« zögerte den Bruchteil einer Sekunde im Lauf, und dieses unmerkliche Zögern wurde ihr zum Schicksal. Sie sprang, sie hob sich in den Himmel, aber der Sprung war zu früh angesetzt. Mit den eingezogenen Hinterbeinen riß sie die obere Schicht ab, die Mauerkrone polterte auf den Rasen.

Pollowjeff raste durchs Ziel. Ein schwarzer Pfeil.

Vier Fehler. 10,4 Sekunden.

Über den achtzigtausend Menschen im Dynamo-Stadion von Moskau lag es wie eine Lähmung, als Hartung mit Laska einritt. Borolenko stand an der Schranke und preßte beide Hände auf sein Herz.

Laska sah sich nach allen Seiten um. »O Gott«, sagte Romanowski und biß sich in den Handballen. »Jetzt macht se wieder 'ne Schau!«

Fallersfeld stand neben Angela Diepholt und hatte den Arm um ihre Schulter gelegt. Er wollte sie festhalten, ihr Mut zusprechen, aber jetzt stützte er sich selbst auf sie, als habe ihn der Schlag getroffen.

Horst Hartung galoppierte an. Schwerelos stob Laska über den Rasen.

Die Starterfahne.

Uhr läuft.

Hartung starrte auf die beiden Hindernisse. Er fror innerlich. Der fremde Sattel gab weniger Halt als sein eigener, die Stiefel drückten.

Der Hochweitsprung. Laska setzte darüber hinweg, wie eine Rakete.

Die Wende, ganz knapp, auf der Hinterhand herumgerissen, gefährlich, aber Sekunden sparend.

Und nun die Mauer. Zwei Meter zehn. Ein Ungetüm aus Ziegeln.

Laska streckte sich. Sie wurde plötzlich so dünn, daß Hartung Angst hatte, der Sattel rutsche mit ihm weg. Er gab die Zügel frei, er sah den Himmel näher kommen, auf dem Scheitelpunkt fühlte er sich wie ein Pfeil, der die Schwerkraft überwunden hat. Dann sah er den

Rasen wieder, spürte den Aufprall, warf sich nach vorn und schloß die Augen.

Als er durchs Ziel galoppierte, schrien achtzigtausend Menschen auf.

Null Fehler. 9,6 Sekunden.

An der Schranke weinte Borolenko. Tatsächlich, die Tränen rannen ihm über die dicken Wangen. Weinend kam er zu Fallersfeld, drückte ihm die Hand, umarmte ihn dann und küßte ihn auf beide Wangen.

Dann lief er weg, griff in beide Taschen, holte einen Haufen Zukkerstücke hervor und rannte Laska nach.

»Behalt Sattel und Stiefel, Brüderchen«, sagte später bei dem Festessen im Hotel »Ukraina« Hauptmann Pollowjeff zu Hartung. »Trage sie und siege weiter. Du hast bestes Pferd von Welt. Eigentlich habe ich gesiegt, waren mein Sattel und meine Stiefel!«

Er lachte, umarmte Hartung, und am Morgen waren sie Freunde bis ans Lebensende.

Heute hängen der Sattel und die Stiefel Hauptmann Pollowjeffs in Hartungs Wohnhalle an der Wand. Für ihn sind sie wertvoller als mancher silberne Pokal.

Ungarische Erinnerungen

Manchmal ist alles wie verhext. Nichts klappt, überall treten Schwierigkeiten auf, wo man sie nie vermutet, die ganze Welt scheint sich gegen einen verschworen zu haben, und man würde sich nicht wundern, wenn man in den Spiegel blickt und sieht seine Nase an den Ohren sitzen.

Horst Hartung hatte an diesem Tag schon allerhand erlebt. Laska hatte sich beim Transport die linke Flanke aufgescheuert. Das Fell war weg, die Unterhaut, das rohe Fleisch näßte. Romanowski raufte sich die Haare, untersuchte den Transporter, fand keine einzige scharfe Stelle, wo man sich so verletzen konnte, die Polsterungen waren unversehrt, nirgendwo ein Splitter in der Holzverkleidung, und trotzdem diese Wunde. Mit gesenktem Kopf ertrug er das Gebrüll Hartungs, sagte nur: »Herrchen, det is wieda so 'ne Schikane von dem ollen Luder!« und ließ den wütenden Redeschwall weiter über sich ergehen.

Dr. Rölle war nicht zur Stelle. Er hatte auf der Autobahn eine Panne, mußte abgeschleppt werden und kam erst Stunden später mit einem Taxi nach. So wurde die Wunde mit dem Penicillinpuder behandelt, den Romanowski immer im Turniergepäck mit sich führte.

Fallersfeld quälte sich mit einem Furunkel im Nacken herum, einem Mordsding, das wollte trotz Zugsalben und anderen Medikamenten nicht aufgehen. Antibiotika, die ihn schläfrig machten, lehnte er ab. Er lief mit einem Verband um den Hals herum, war deshalb gereizt wie ein Stier und weigerte sich, das Geschwür schneiden zu lassen. Jeder der deutschen Reiter ging ihm aus dem Weg, soweit das möglich war.

Das Pferd Steenkens lahmte auf dem linken Hinterfuß. Winkler hatte einen Schnupfen, und das mitten im Sommer, Hartungs Bandscheibe meldete sich wieder, wenn er morgens aufstand, war er krumm wie ein Fragezeichen und mußte sich zuerst »einlaufen«, wie er es nannte. Beim Training biß er die Zähne zusammen, dachte, sein Kreuz breche entzwei, und mußte sich schmerzstillende Spritzen geben lassen.

Kurz, alles war verhext, und das einen Tag vor der großen »Renn- und-Turnier-Woche« in Baden-Baden.

Die Kurstadt war überfüllt. Was Europa an Eleganz zu bieten hatte, promenierte im Kurpark oder versammelte sich in den Sälen der Luxushotels. »Hier sind jetzt einige Milliarden beisammen«, sagte

Fallersfeld beim Morgenkaffee. »Und ein kleines Heer von Ganoven. Übrigens, Horst, ich muß Sie nachher sprechen.«

»Laska geht es besser. Dr. Rölle hat eine Salbe auf die Wunde gestrichen.«

»Laska! Es ist privat.«

Hartung nickte. Über den Rand der Kaffeetasse beobachtete er Fallersfeld. Wenn der Alte »privat« sagte, war es noch unangenehmer als der ewige Streit um Laska. Daran hatte sich in den vergangenen Monaten nichts geändert. So konstant Laskas Leistung blieb und sie von Sieg zu Sieg sprang, so unverändert war ihre Abneigung gegen den Baron. Keiner wußte, warum, Fallersfeld war ein Reiter der alten Schule, der mehr Pferdeverstand besaß als die Pferde selbst, aber wenn Laska ihn sah, schoben sich ihre Nüstern hoch, sie begann zu tänzeln, legte die Ohren flach an den schönen Kopf und war bereit, zu beißen oder auszuschlagen.

»Ein hysterisches Aas!« sagte Fallersfeld dann giftig. »Irgendwo hat sie einen Wurm im Gehirn!«

Für Baden-Baden war diese Woche der Galopprennen, der Dressur und des Springens um den »Großen Preis« das festlichste Ereignis des Jahres. Die Renn- und Turnierplätze waren von einem Fahnenmeer umgeben, der Parcours zählte zu den schönsten der Welt, vielleicht Aachen ausgenommen, die Rennbahn mit den modernen Startmaschinen wurde zum Treffpunkt der schönsten Frauen und attraktivsten Männer, die sich diesen Luxus leisten konnten. An den Wettschaltern des Pferdetotos wurden Millionen umgesetzt. Die besten und berühmtesten Vollblutpferde standen auf den Startlisten, Namen, die die ganze Welt kannte. Vermögen auf vier Beinen. Es gab kein namhaftes Gestüt, das hier in Baden-Baden nicht vertreten war.

Die Woche der Superlative. Und ein Himmel wie Seide, wolkenlos, unendlich, von der Sonne wie mit Gold überstäubt.

Fallersfeld erwartete Hartung in der Halle des Hotels »Schwarzwaldpalast«, in dem die deutsche Equipe wohnte. Ein Hotel von grandiosen Ausmaßen, um die Jahrhundertwende erbaut für die Grafen und Fürsten, die – das gehörte zum guten Ton – einmal im Jahr Baden-Baden besuchten.

Fallersfeld saß in einem der tiefen Gobelinsessel, trank ein Glas Orangensaft mit Eis, hatte Schmerzen im Genick, wo sein Riesenfurunkel klopfte und hämmerte und nicht aufging. Dr. Rölle hatte ihn untersucht.

»Ohne Schneiden ist das unmöglich«, hatte er gesagt. »Baron, Sie haben ein zu dickes Fell!«

»Gauldoktor!« Das war Fallersfelds einzige Antwort. Dann hatte er Dr. Rölle, der laut lachte, stehengelassen.

Horst Hartung erwartete Unangenehmes, als er sich Fallersfeld ge-

genübersetzte, nur hatte er keine Ahnung, was es sein könnte. Vom Frühstück bis jetzt hatte er darüber nachgedacht, es konnte sich eigentlich nur um einige Turniere im Ausland handeln, die er bisher nicht springen wollte, Johannesburg, Sydney, Tokio, Mexiko, Manila. »Laska ist zu jung dazu«, hatte er immer gesagt. »Diese Flugstrapazen, diese mörderischen Parcours unter der glühenden Sonne! Wenn sie drei Jahre älter ist, dann ja. Soll Laska in ein paar Jahren Beine wie Rosenkohlstöcke haben? Der Ausflug nach San Franzisko hat sie sehr mitgenommen.«

»Und sie hat hinterher in Moskau doch gesiegt«, konterte Fallersfeld. »Laska kann man nicht mit normalen Maßstäben messen, sie ist wie ein Urpferd. Ich habe so etwas bisher noch nicht gesehen.«

Fallersfeld trank sein Glas Orangensaft leer, faßte sich an den Nacken und verzog die Lippen. Der Furunkel brannte wieder.

»Auch einen Saft?«

»Nein, lieber einen Martini.«

Sie warteten, bis der Hallenkellner das Getränk gebracht hatte, und musterten sich dann wie zwei Duellanten.

»Da bin ich«, sagte Hartung.

»Unverkennbar.« Fallersfeld schnaufte. »Horst, so geht es nicht weiter.«

»Natürlich nicht – aber was?«

»Ich sitze hier als Vermittler. Eine scheußliche Rolle, mein Lieber. Eher miste ich zehn Ställe aus und wasche den Gäulen die Schwanzrübe. Aber wie gesagt, so geht's nicht weiter.«

»Sie sollten eine Rätselecke machen, Baron.«

»Oben, auf Zimmer 119, wartet jemand, hat verheulte Augen und wagt nicht, mit Ihnen zu sprechen. Lösung?«

»Angela«, sagte Hartung leise. »Baron, ich wußte nicht, daß sie in Baden-Baden ist.«

»Der Unschuldsknabe! Jeder von uns weiß und erwartet es, daß Angela überall dort auftaucht, wo Sie reiten, nur Sie rollen immer die Augen und spielen uns den erstaunten heiligen Pferdnantus vor. Natürlich ist Angela auch in Baden-Baden, ich habe das Zimmer für sie bestellt und es übernommen, Ihnen den Dickschädel zurechtzusetzen.«

»Sie kennen meine Gründe, Baron.« Hartung verschanzte sich hinter dem Martiniglas.

»Papperlapapp! Lieben Sie Angela?«

»Ja. Sie ist die einzige Frau, die ich wirklich geliebt habe, beziehungsweise liebe. Kleine Abenteuer hat jeder Mann.«

»Wer redet davon? Horst, wenn Sie Angela wirklich so lieben, ist es eine Schande, ja eine Frechheit, sie so lange herumsitzen zu lassen! Sie wird nicht jünger dabei, und Sie schon gar nicht! Wie lange geht das jetzt mit euch?«

»Ich glaube – fünf Jahre.«

»Noch nicht einmal das weiß er! Aber wissen Sie, wieviel reelle Chancen Angela Ihretwegen ausgeschlagen hat? Sie hat's mir erzählt. Ein dämliches Luder, habe ich gedacht. Partien, wie sie im Buche stehen – ein Landgerichtsrat, ein Architekt, ein Fabrikant für Düngemittel.«

»Ausgerechnet«, unterbrach ihn Hartung.

»Nicht auf dem hohen Roß sitzen, mein Lieber! Was ist schon ein Reiter?«

»Ich bin außerdem Diplomlandwirt.«

»Mistfahrer, würde der Volksmund sagen. Diplomierter Jauchenschöpfer. Äpfelpflücker mit Doktorgrad. Nur keine großen Töne, Horst! Also ich setze die Liste fort. Ein Supermarktbesitzer. Ein Arzt. Ein Autogroßhändler. Ein Großbauer mit einer Hühnerfarm von 400 000 Hennen. Ein Schriftsteller.«

»Den rechnen Sie zu den guten Partien?«

Fallersfeld überhörte den Einwurf und deutete auf sich.

»Und mich!«

»Was? Sie wollen Angela heiraten?«

»Wenn sie will – sofort.«

»Aber sie will nicht?«

»Nein. Sie liebt nur Sie. Unverständlich! Und deshalb sitze ich alter Trottel jetzt hier und spiele den Heiratsvermittler. Horst, alles, was Sie gegen eine Ehe anführen, ist Quatsch! Keine Zeit, die Turniere, die Pferde, das Training, ständig auf der Achse, nie zu Hause – das ganze Bild stimmt nicht mehr. Die großen Auslands- und Übersee-Parcours wollen Sie nicht reiten – ich sehe das ein, Laska ist zu jung dazu – aber damit entfällt auch bei Ihnen das Hauptargument gegen die Ehe! Sie können heiraten, wenn Sie nur wollen! Warum aber wollen Sie nicht?«

»Ich habe Angst.«

Das war eine Antwort, die Fallersfeld aus dem Konzept brachte. Auf alles war er vorbereitet und hatte Entgegnungen dafür parat – aber Angst, bei Hartung, das konnte niemand einplanen.

»Ist Angela so gewalttätig?« fragte er verwirrt.

»Angela? Sie ist wie ihr Name, ein Engel. Nein, ich habe Angst vor einer Ehe, die so einseitig wird wie die vieler meiner Reiterkameraden. Wenn ich keine Turniere mehr reite – ich würde Angela im Schnellverfahren heiraten, falls das möglich ist.«

»Mein lieber Horst, wann reiten Sie keine Turniere mehr? Ich darf Ihnen die Antwort abnehmen – wenn Sie vor Altersschwäche aus dem Sattel rutschen! Also das ist Blödsinn. Eine Gemeinheit ist es, das Mädchen herumsitzen zu lassen, es ab und zu, wenn man es in den Zeitplan einschieben kann, in den Arm zu nehmen, ein bis zwei

Nächte glücklich zu sein und sich dann wieder hinter Pferderücken zu verschanzen. Sehen Sie das ein?«

»Ja, Baron.« Hartung blickte an Fallersfeld vorbei. Durch die riesige Hotelhalle ging eine auffallende Frau. Groß, schlank, mit einer erregenden Gangart. Ihr langes rotes Haar fiel offen über ihre Schultern. Vor den Augen trug sie eine übergroße Sonnenbrille, das Gestell in der Farbe ihres Hosenanzuges – weiß-gold. Hartung gewahrte sie im letzten Moment, ehe sie durch die Glastür zum Hotelpark verschwand. »Haben Sie diese Frau gesehen, Baron?«

»Himmel noch mal, Sie sollen nicht nach anderen Weibern gucken, es geht um Angela!«

»Ich glaube, ich kenne diese Frau. Wenn ich mich nicht irre . . .«

»Sie irren sich, wenn Sie glauben, ich mache dieses Theater weiter mit. Horst, ganz hart – wollen Sie Angela heiraten?«

»Ja.«

»Wann?«

»Das ist die berühmte Gretchenfrage.«

»Ich heiße nicht Gretchen, sondern Eberhard. Wenn Sie sich drükken, mache ich Angela einen Antrag.«

»Dann gibt es einen Equipenchef, der mit zweihundert blauen Flekken im Krankenhaus liegt.«

»Sie gehen jetzt 'rauf auf Zimmer 119 und machen Nägel mit Köpfen!«

Hartung erhob sich. »Ist das ein Befehl?«

»Ich habe Ihnen nur auf dem Parcours zu befehlen. Aber jetzt geht es rund von Mann zu Mann! Ich kann Angela nicht weiter leiden sehen.« Auch Fallersfeld erhob sich. Er sah imponierend aus mit seinem weißen Haarschopf und in seinem modischen hellgrauen Glencheckanzug. Schlank, ohne ein Gramm Fett, eine makellose Reiterfigur. »Wollen Sie sich Angela erklären?«

»Das habe ich vor fünf Jahren schon getan.«

»Den Termin«, knirschte Fallersfeld.

»Wie Sie wünschen, Baron.« Hartung rückte seine Krawatte gerade. »Ich werde mit Angela sprechen.«

»Erwarten Sie keine Nachgiebigkeit mehr. Ich habe ihr ganz klar gesagt, daß Sie bei Ihnen als alte Jungfer sterben wird, wenn sie sich weiterhin von Ihnen beschwatzen läßt.«

»Sie sind ein wirklicher Kamerad, Baron«, sagte Hartung bitter.

»Bis zu Ihrer Entscheidung sind wir Konkurrenten bei Angela. Heiraten Sie sie, möchte ich euer väterlicher Freund sein.«

»Darauf komme ich noch zurück.« Hartung ging hinüber zu den Lifts. Er wußte, daß Fallersfeld ihm jetzt nachblickte und sich die Hände rieb. Ein alter Gauner, aber es gab Situationen, in denen er keinen Spaß mehr verstand.

Vor der großen Glastür zum Hotelpark zögerte Hartung. Die Terrasse war leer, auf der weiten Rasenfläche sonnten sich die Gäste oder saßen unter den Sonnenschirmen, lasen und tranken Fruchtsäfte. Die aufregende Rothaarige entdeckte er nicht mehr. Er drehte sich schnell um. Fallersfeld stand noch hinter dem runden Tisch in der Ecke und zeigte jetzt mit dem Daumen nach oben.

Hartung nickte, betrat den ersten Lift und fuhr hinauf zu Angela.

Sie hatte wirklich geweint. Hartung sah es sofort an den leicht geröteten Augen. Er kam ins Zimmer, küßte Angela und fragte wie ein dummer Junge:

»Hast du eine gute Fahrt gehabt?«

»Ja.«

Sie ging zum Fenster und blieb dort stehen. Die Sonne schien durch ihr dünnes Kleid. Darunter war sie fast nackt. Sie hat einen herrlichen Körper, dachte Hartung und betrachtete sie stumm. Wie schnell man so etwas vergißt. Ein Körper, der mir gehört, und ein Herz, das auf ein paar liebe Worte wartet.

»Angela«, begann er zögernd. Manchmal will man etwas sagen, und wenn man dann den Mund aufmacht, fehlen die Worte.

Sie drehte sich langsam um. Sie ist schön, dachte Hartung. Nicht hübsch. Sie ist kein Luxusgeschöpf mit einem Puppengesicht, ihre Schönheit ist natürlich, echt. Verständlich, daß der alte Fallersleben mit verdrehten Augen herumläuft und noch einmal jung wird. Ebenso klar, daß ich Angela liebe und sie heiraten werde, nur ...

»Ich habe den Baron nicht darum gebeten, mit dir zu sprechen, Horst«, sagte sie.

»Das weiß ich.«

»Es ist mir peinlich.«

»Zwischen uns braucht nichts peinlich zu sein, Angi. Wir gehören so fest zusammen.«

»Bitte, Horst. Keine Phrasen.«

»Soll ich Rosen kommen lassen und ›o bella bionda‹ singen?«

»Es genügt, wenn du vernünftig mit mir redest. Willst du dich nicht setzen?«

»Aber nur, wenn du zu mir auf die Couch kommst.«

Sie setzten sich, er legte den Arm um ihren Nacken, und sie küßten sich, wie sich zwei Liebende küssen, lang, innig, mit geschlossenen Augen.

Das war ein guter Anfang für das kommende Gespräch, aber auch ein gefährlicher Anfang.

»Fallersfeld will dich heiraten«, sagte Hartung. Er sah Angela zu, wie sie aus einer Karaffe frischen, eisgekühlten Orangensaft in zwei hohe Gläser goß.

»Ja. Wenn du kneifst.«

»Was für ein Ausdruck. Kneifst. Ich liebe dich, und wir heiraten, so wahr Laska vier Beine und einen Schwanz hat.«

»Aber erst, wenn Laskas Beine lahm sind und ihr der Schwanz ausfällt.«

»Früher.« Hartung trank den eiskalten Saft in kleinen, vorsichtigen Schlucken. Er konnte sich einen Tag vor dem Turnier keine Gastritis leisten. »Nach der großen Übersee-Tournee.«

»Nach der ...« Angelas schöne Augen weiteten sich. »Du willst also doch?«

»Ich habe Laska die letzten Wochen beobachtet. Ich habe mit Dr. Rölle gesprochen, und Romanowski ist der gleichen Ansicht! Laska ist trotz ihrer Jugend stark genug, diese Reisen auszuhalten. Allerdings wird Pedro nicht von ihrer Seite weichen, und Dr. Rölle will sich umtaufen lassen in ›Klein-Laska‹. Ich werde sie mit allem Fingerspitzengefühl reiten.«

»Aber siegen muß sie doch! Das heißt – wieder ein Jahr warten.«

»Angela, du fliegst überall mit.«

»Ich habe kein Geld mehr. Das Bankkonto ist leer, mein Vater gibt mir keinen Pfennig mehr, er nennt mich schlankweg eine Idiotin, weil ich dir überallhin nachfahre. Mir bleibt nur übrig, mich als blinder Passagier einzuschmuggeln.«

»Du bekommst von mir jede Flugkarte, das beste Hotel!«

»Halt, Horst!« Sie hob beide Hände, ihre Stimme klang energisch und so hart wie nie. »Ich lasse mich nicht bezahlen!«

»Angela!« Er fuhr von der Couch hoch.

»Ich will nicht mitgeführt werden wie Sattel und Futtersack. Auch als deine Braut nicht. Hartung reist mit seinem Mäuschen durch die Welt – sollen die Leute das 'rumtratschen? Und die Zeitungen? Hartung und seine ständige Begleiterin – eine feine Umschreibung. Nein. So nicht. Wenn ich mitkomme auf diese verrückte Tournee, dann mit eigenem Geld. Ich werde den Baron bitten, mich als irgend etwas anzustellen in der Equipe.«

»Er wird vor Wonne seine Mütze fressen! Es ist eine Stelle frei – als Herzerwärmer.«

»Ich sollte dich nicht heiraten, dir fehlt jeder Ernst!« Sie lehnte am Fenster. Wieder schien die Sonne durch ihr Kleid, zeigte die Konturen ihres Körpers. Die festen Brüste, die schlanke Taille, die Hüften, die langen Beine.

»Ich verspreche dir, Angi, Weihnachten in einem Jahr – spätestens – haben wir keine solchen Probleme mehr. Verdammt, ich liebe dich, und wenn du nicht irgendwo am Parcours stehst, fehlt mir etwas. Es geht dann immer etwas schief.«

Angela Diepholt hob die Arme. Sie war entwaffnet. Was Fallersfeld befürchtet hatte, war prompt eingetreten, sie hatte sich wieder überreden lassen.

»Gut. Ich kapituliere wieder. Du bist ein Schuft, der herrlichste Schuft auf der Welt.« Sie kam zur Couch zurück und ließ sich in seine ausgebreiteten Arme fallen. »Wo fängt die Weltreise an?«

»In Johannesburg. Vorher aber noch eisernes Training.«

»Wann Johannesburg?«

»In sechs Wochen.«

»Dann muß ich mir noch schnell die nötigen Kleider kaufen.«

Sie lachten, küßten sich, waren glücklich, balgten sich auf der Couch wie Kinder. Eine halbe Stunde Vergessen, Betäubung.

Fallersfeld saß noch immer in seinem Gobelinsessel in der Halle und trank den vierten Kognak, als er Hartung endlich aus dem Lift kommen sah. Er winkte ihm mit beiden Händen zu. Hartung, der hinaus zum Park wollte, machte kehrt und ging in die Halle.

»Sie sitzen ja noch immer da, Baron.«

Fallersfeld kippte erregt den Kognak. »Na, Sie heiraten Angela?«

»Ja. Daran gab es nie Zweifel.«

»Aussprache ein Erfolg?«

»Mit Angela immer.«

»Wann Aufgebot?«

Hier zögerte Hartung verständlicherweise. Dann sagte er: »Im Spätherbst nächsten Jahres.«

»Wie bitte?« Fallersfeld beugte sich vor. »Habe ich recht gehört?«

»Angela wird bis zu diesem Termin in der deutschen Equipe angestellt. Sie spricht noch mit Ihnen darüber, als was. Ihre Hilfe sieht sie als selbstverständlich an.«

»Seid ihr jetzt beide total verrückt geworden?«

»Nein, aber endlich einig.« Hartung holte tief Luft. »Laska und ich machen das Weltturnier mit. Nach Baden-Baden beginne ich mit Laska das Training unter extremsten Bedingungen.«

Fallersfeld ließ sich nach hinten in den Sessel sinken. Er liebte dramatische Momente.

»Gott strafte Lots Weib, indem er sie zur Salzsäule erstarren ließ. Mich strafte er mit Ihnen! Ich muß es ertragen!« Er zeigte plötzlich mit ausgestreckter Hand in die Halle und blinzelte Hartung zu. »Und dort kommt Ihr nächster Sündenfall, Horst. Die rothaarige Sexbombe!«

Hartung fuhr herum. Vom Park war die auffallende Dame hereingekommen. Er sprang auf und ging ihr entgegen, schnitt ihr den Weg ab.

»Und so etwas will Angela heiraten!« sagte Fallersfeld. »Warum bin ich nicht fünfundzwanzig Jahre jünger?«

Die Dame blieb stehen, als Hartung ihr in den Weg trat. Ihr langes rotes Haar leuchtete wie gehämmertes Kupfer. Die riesige Sonnenbrille verdeckte fast das halbe Gesicht – ein schmales, aristokratisches, unwahrscheinlich ebenmäßiges Gesicht. Ihr Körper in dem engen Hosenanzug war ein Traum. Alle Männer in der Hotelhalle blickten zu ihr hin, das war verständlich. Wer ihre Blicke lesen konnte, erkannte darin nur einen Wunsch, und der war noch verständlicher. Es schien, als sei der Lärm in der Halle plötzlich gedämpfter geworden.

Horst Hartung und die unbekannte rote Venus – gab es eine Sensation in den nächsten Tagen?

»Gnädige Frau«, sagte Hartung und verbeugte sich vor soviel Schönheit. »Kennen wir uns nicht?«

»Habe ich so wenig Eindruck auf Sie gemacht, Horst Hartung?«

»Aachen?«

»Stimmt.«

»Luisa Gironi. Aus Palermo.«

»Ja. Sie waren der erste Mann, der nicht erschrak, als ich meine Brille abnahm.«

Hartung schwieg betroffen. Luisa Gironi, die schönste Frau der Welt, solange sie die Brille aufließ, diese riesige Sonnenbrille mit dem zu ihren Kleidern passenden Gestell, hinter der sich die schrecklichen Narben verbargen.

»Kommen Sie, wir gehen in den Park«, sagte er. »Ich freue mich, daß ich Sie wiedersehe. So fröhlich wiedersehe. Keine Probleme mehr?«

»Keine, Horst. Darf ich Horst sagen?«

»Aber ja.« Hartung faßte sie unter. Er zog sich damit automatisch die Feindschaft aller Männer in der Hotelhalle zu. »Sind Sie wieder meinetwegen nach Baden-Baden gekommen, Luisa?«

»Ich könnte jetzt sagen – ja! Ich war überall, wo Sie geritten sind, sogar in Moskau. Aber ich belüge Sie nicht. Ich war wegen Laska da. Sie hätte mich fast totgeschlagen, damals in Aachen, so sehr liebt Sie die Pferdedame, seitdem liebe ich sie. Ich muß dieses Fluidum des Rennplatzes oder des Parcours um mich haben, Sie wissen das. Sie, Horst, nehme ich dabei in Kauf. Ihre kleine, süße Braut ist auch hier? Ich habe sie gesehen.«

»Gesehen? Wo?«

»Eben, als wir aus der Halle gingen.«

»O Gott, das wird wieder Fragen und Erklärungen geben!«

»Der Baron wird ihr alles erzählen.«

»Der denkt gar nicht daran. Er ist mein Nebenbuhler geworden bei Angela.«

»Wollen Sie zurück ins Hotel?«

»Nein, Luisa. Ich freue mich ehrlich, daß ich Sie wiedersehe.« Sie setzten sich unter einer großen orangenfarbenen Markise auf die Terrasse und beobachteten die Gäste, die sich in dem langgestreckten Schwimmbecken tummelten. »Sie sehen so glücklich aus.«

»Ich bin auch glücklich. Ich bin verliebt, Horst.«

»Richtig – mit Seele?«

»Ganz tief. Er heißt Piero Camerino, ist neunundzwanzig Jahre alt, sieht aus wie der Apoll des Praxiteles, stammt aus Torre Annunziata, südlich von Neapel, ist der Sohn eines Reeders und legt mir die Welt zu Füßen, soweit er sie tragen kann.«

Hartung nahm ihre Hand und küßte sie. »Viel Glück, Luisa. Und – und das andere?«

»Es stört ihn nicht.« Ihr voller, sinnlicher Mund lächelte. Er war eine einzige Verlockung, aber nicht mehr für Hartung. »Er hat mir selbst die Brille abgenommen, mich genau betrachtet und dann gesagt: ›Du bist die schönste Frau, mia cara!‹«

Hartung nickte. Dieser letzte Satz gefiel ihm nicht. Es war eine Lüge, auch für einen Mann, der noch so verliebt sein mochte. Wenn Luisa die Brille abnahm, war zunächst Schweigen. Der Schock war einfach zu groß. Wer dann solche Schmeicheleien sagte, war nicht fähig, dieses arme, herrliche Geschöpf wirklich zu lieben. Aber wer erkennt das schon, wenn er glücklich ist? Am allerwenigsten Luisa Gironi.

»Er ist auch in Baden-Baden?« fragte er.

»Aber ja. Dort, am Swimming-pool, steht er. Der mit der rotweißgestreiften Hose. Ist er nicht ein schöner Mann, Horst?«

Hartung sah den schlanken, gutgewachsenen, schwarzlockigen Mann, wie er um das Becken herumspazierte und sich bewundern ließ. Er hatte kräftige Muskeln, breite Schultern und schmale Hüften. Sein Gesicht, etwas länglich, war wie der ganze Körper braungebrannt, fast zu hübsch für einen Mann und hinter der glänzenden Fassade hohl und dümmlich. Wenn er lachte, und er schien viel und über alles zu lachen, blitzten Zahnreihen auf, die Neid erweckten. Jacketkronen, dachte Hartung. Grinsen gehört zu seinem Image.

»Wie gefällt er Ihnen, Horst?« Luisa Gironi legte den Arm um seine Schulter.

»Vorzüglich.« Er log, um Luisa nicht weh zu tun.

»Wir wollen heiraten.«

»Wann?«

»In ein paar Wochen. In Rom. Ich habe dort ein wundervolles Penthaus eingerichtet. Von der Terrasse kann man dem Papst ins Zimmer sehen.«

»Ob das für Piero Camerino der richtige Ausblick ist?«

»Jetzt werden Sie wieder giftig, Horst. Ich hätte Sie genauso geliebt ...«

»Luisa!« sagte Hartung warnend.

»Ich weiß. Vorbei, vorbei. Sie springen morgen mit Laska?«

»Ja. Der Große Preis von Baden-Baden.«

»Natürlich gewinnen Sie?«

»Das weiß man nie. Die besten Reiter sind hier – d'Oriola, Pessoa, d'Inzeo, Lefèvre, Smith, Schockemöhle, Winkler, Steenken, Kollovoi, ein Russe, den keiner kennt, der aber ein Wunderpferd haben soll.«

»Sie haben Laska.«

Vom Schwimmbecken winkte Piero herüber. Luisa winkte zurück. Sie strahlte vor Glück.

»Jetzt wird er eifersüchtig sein«, sagte Hartung.

»Nein. Er weiß, daß wir uns hier sehen werden, ich hätte es irgendwie arrangiert. Und ich habe ihm alles über Sie erzählt, Horst. Er kennt Sie von Fotos, die ich immer noch mit mir herumtrage.«

Fast eine Stunde saßen sie draußen auf der Terrasse, dann verabschiedete sich Hartung von Luisa Gironi mit einem Handkuß. Vom Schwimmbecken kam Piero Camerino herüber; Hartung wollte jetzt nicht stören.

Zu seiner Verwunderung hockte Fallersfeld noch immer in der Halle. Neben ihm saß Angela. Sie hatte sich umgezogen und trug ebenfalls ein leichtes, buntes Hosenkleid. Zwei Welten, dachte Hartung. Luisa und Angela. Himmel und Erde. Der Mensch soll aber auf der Erde bleiben ...

»Ausgeflirtet?« fragte Angela. Es klang nicht böse. »Ich erkenne sie wieder. Die arme Frau mit dem verbrannten Gesicht.«

»Luisa Gironi, ja. Sie wird in ein paar Wochen heiraten. Aber der Knabe gefällt mir nicht. Er ist zu hübsch, zu glatt, durch und durch Süßholz.«

»Hartung, unser unterschwellig eifersüchtiger Hahn!« Fallersfeld lachte. »Wir haben Angelas Anstellung durchgesprochen, Horst. Sie tritt in die deutsche Equipe als Assistentin von Dr. Rölle ein. Wie ich eben hörte, hat sie nebenbei einige Semester Tiermedizin studiert. Sie ist genau das, was wir suchten und brauchten.«

»Wie schön. Wie mich das freut.« Hartung lächelte Fallersfeld maliziös an. Du alter Gauner! Du edler Ritter! Du hättest sonst was erfunden, um Angela zu engagieren. Aber balze nicht herum wie ein Auerhahn – ich heirate sie bestimmt!

Durch die Halle kamen Luisa Gironi und Piero Camerino. Ein Paar wie aus einem Bilderbuch. Luisa lächelte Hartung zu, Piero hob leicht lässig, ganz der Überlegene, die Hand.

Hallo – zwischen uns liegen Welten.

Hartung griff nach Fallerfelds Kognak und trank ihn aus.

»Verzeihung«, sagte er hinterher. »Ich hatte ihn plötzlich nötig.«

Am Nachmittag begannen die großen Galopprennen, die Rennen mit den mehrstelligen Preisen. Der Aufmarsch der Jockeys und berühmten Pferde war ein Augenschmaus, die Besitzer der Gestüte – die Damen in großen Hüten, die Herren im grauen Zylinder – gingen neben ihren Favoriten her, als präsentierten sie ihre Geliebte. An den Wettschaltern stauten sich die Menschen. Auf Leuchttafeln flimmerten die Kurse.

Erstes Rennen. Zweites Rennen. Drittes Rennen.

Auch Hartung, Fallersfeld und Angela besuchten an diesem Nachmittag die berühmte Galopprennbahn von Baden-Baden. Es war eine Erholung für sie. Morgen kam ihre Stunde. Fallersfeld hatte den fertig aufgebauten Parcours abgeschritten und die Hindernisse genau betrachtet. Ein schwerer Parcours, aufgebaut von Graf Hellwitz, der für seine Zusammenstellung der Hindernisse berüchtigt war. Hier gab es keine Ruhepause für die Pferde – sie mußten bis an den Rand ihrer Kräfte springen.

Hartung hatte Laska am Vormittag geritten. Jetzt war Romanowski mit ihr auf dem Abreiteplatz, longierte sie und übte immer und immer wieder mit ihr die Cavaletti-Arbeit, das Gefühl für Schrittentfernungen, so wie ein Pianist jeden Tag stundenlang Fingerübungen macht oder ein Geiger über die Saiten streicht.

Das heißt, Romanowski sollte mit Laska diese Übungen machen. In Wirklichkeit ließ er sie ein paarmal über die Cavalettis gehen, sprang vier Probehindernisse, klopfte Laska auf den Hals und sagte: »Det kannste doch alles, Olle, wa? Imma det sture Herumhüpfen. Ick weeß was anderes für uns. Wir bekieken uns det Galopprennen. Herrgottchen, wann hab ick det letzte Flachrennen jesehen? Vorm Krieg. Kannste dich det vorstellen, Laska? Und hier sind wir dichte bei. Komm, braucht keener zu wissen, wir vastecken uns hinterm Busch und gucken den Kameraden zu. Nur stille mußte sein, Olle. Keen Laut! Herrchen is ooch da. Na, komm!«

Wie gesagt, irgendwie steckte der Teufel drin in diesen Tagen. Romanowski vollführte einen Rundritt um den Abreiteplatz, verließ ihn dann und bummelte auf Laska durch parkähnliche Anlagen hinüber zur Galopprennbahn. Hier fiel er überhaupt nicht auf. In dem Gewimmel von Pferden, die herumgeführt wurden, auf denen Bereiter saßen oder Jockeys, beachtete keiner Laska und Romanowski, nur ein Mann, mit einer großen Liste in der Hand, rannte auf sie zu und rief:

»Welches Rennen? Wie heißt das Pferd?«

»Reserve!« brüllte Romanowski zurück.

»Danke. Rennen drei.«

Romanowski wunderte sich. Ein Verrückter, dachte er. Die gibt es auch auf Rennplätzen, warum nicht? Daß es ein Pferd »Reserve« gab, das im dritten Rennen mitlief – wie konnte Romanowski das wissen? Er kannte keine einzige Starterliste, er gehörte zu den Springreitern, die eine Welt für sich bildeten.

Romanowski ritt ein paarmal hin und her, immer schön in Dekkung, bis er einen guten Platz fand. Etwa dreißig Meter vor der Startmaschine, an einer weißlackierten Barriere, unter einem Baum mit überhängenden Zweigen. Ein vorzüglicher Platz, der für Zuschauer gesperrt war, weil hier eine provisorische Wasserleitung gelegt war. Laska stellte sich neben das Kunststoffrohr, spitzte die Ohren und wartete ab. Ihre klugen Augen musterten die edlen Rennpferde, die jetzt im Kreise herumgeführt wurden, um den Wettern die letzte Gelegenheit zur Begutachtung der Kondition und zur Erhöhung der Totoeinsätze zu geben. Auf der Tribüne saß, freudig erregt, die Prominenz Europas. Kleider, die Jahresgehälter kosteten. Brillanten von Tiffany und Van Clerf. Anzüge bester englischer Schneider.

Laska senkte den Kopf und knabberte an den harten Grashalmen. Romanowski auf ihrem Rücken erklärte ihr, was er sah.

»Jleich stupsen se de Jäule in die Startboxen, dann klingelt's, die Türen knallen, und ab jeht de Post. Die können jaloppieren, Olle. Da biste ne Schnecke jejen!«

Laska hob den Kopf, drehte ihn, sah Romanowski aus ihren großen Augen strafend an und knabberte dann weiter am Gras. Es war, als habe sie überhaupt kein Interesse an der Leistung ihrer edlen Artgenossen, den Abkömmlingen berühmter Araber und englischer Vollblüter.

Hartung hatte die Tribüne verlassen, um für Angela eine Erfrischung zu holen. Er hatte Luisa Gironi gesehen, sie saß ganz vorn auf den teuersten Plätzen, die Männer beachteten sie mehr als die Pferde. Ihr rotes Haar leuchtete herausfordernd. Ein riesiger Hut aus weißem Tüll lag auf der Brüstung ihrer Loge.

Hartung suchte den Verkaufsstand und kam dabei an den Wettschaltern vorbei. Er blieb plötzlich stehen, ging zur Seite und stellte sich hinter einen hölzernen Sichtschutz, der den Schalter – er war der letzte in der Reihe – gegen das freie Gelände abschirmte.

Piero Camerino war an den Schalter getreten und beugte sich jetzt vor. Seine Worte verstand Hartung ganz klar, und Piero sprach sogar deutsch.

»Guten Tag, Barthke«, sagte er. »Tausend Mark auf ›Silberpfeil‹, erstes Rennen. Und dann das übliche. Zehntausend.«

»Aber ›Silberpfeil‹ hat doch gar keine Chancen, Herr Camerino.«

»Ich weiß. Ich will verlieren. Sie nehmen tausend an, dann zwei Quittungen. Eine über tausend, die andere über zehntausend. Zehntausend unter uns. Ich muß nur etwas Schriftliches haben. Fünfhundert für Sie, Barthke.«

»Wenn das Ihre Braut erfährt!«

»Wie soll sie?« Piero lachte. »Sie wird sagen: ›Armer Liebling, hast du wieder verloren? Zehntausend Mark? Komm, trink einen Campari.‹ Was sind zehntausend für sie?«

Der Totoeinnehmer Rudolf Barthke nahm die Zahlung von tausend Mark an. Dann schob er Piero den Wettschein zu und eine zweite, nicht registrierte Quittung über zehntausend. Er schien das nicht zum erstenmal zu machen – dazu geschah alles zu schnell, zu routiniert.

Hartung wartete, bis Camerino die beiden Scheine eingesteckt hatte, dann kam er plötzlich um die Holzwand herum wie jemand, der den Totalisator überfallen will. Camerino erschrak, Barthke schloß das Holzfenster, Hartung lächelte böse.

»Zehntausend Mark sind für Luisa kein Problem, ein Problem aber wird es sein, sie zu überzeugen, daß sie einen Betrüger liebt.«

Piero sah sich um. Sie waren allein. Die Pferde des ersten Rennens wurden zur Startmaschine geführt, alle Augen starrten nur auf die Bahn.

Camerino griff schnell in die Rocktasche, aber Hartung war schneller. Ein Reiter muß gut reagieren können. Mit einem Handkantenschlag auf den Unterarm verhinderte er, daß Piero seine Pistole herausriß. Camerino verzog das Gesicht, taumelte gegen die hölzerne Wand und hielt sich den Arm fest. Plötzlich stand dicker, perlender Schweiß auf seiner Stirn.

»Sie – Sie haben mir den Arm gebrochen«, stammelte er.

»Ich möchte Ihnen sämtliche Knochen brechen, Sie Schuft!« Hartung klopfte an das Fensterchen. »Hören Sie nur zu, mein Lieber. Sie können auch weglaufen, es nutzt Ihnen nichts mehr. Ihre Konzession sind Sie los, und einen Prozeß wird es auch geben.«

»Er hat mich erpreßt!« stammelte Barthke. »Er – er weiß, daß ich anders bin ... homosexuell. Er hat mich mal beobachtet.«

Das waren jetzt zehntausend«, sagte Hartung kalt zu Camerino. »Ein guter Tageslohn für Liebesgeflüster. Wieviel hat Luisa Ihnen auf diese Art schon gegeben, ohne es zu wissen?«

»Es ist der erste Versuch«, knirschte Piero.

Hartung atmete tief ein. Ich bin es Luisa schuldig, dachte er, auch wenn es ungesetzlich und brutal ist. Aber dieses Schwein da hat nichts anderes verdient, heuchelt Liebe bei der schönsten Frau dieser Welt, die daran zerbricht, eine verbrannte Augenpartie zu haben. Eine Frau, die so unendlich glücklich ist, wenn man ihr trotzdem sagt »Ich liebe dich«, und die es auch glaubt. Und hier ist ein Kerl, der daraus Kapital schlägt, der liebt und stiehlt in einem, der lügt, um sich die Taschen zu füllen, und sich hinterher lustig über die Tragik dieser Frau macht.

Hartung schlug ein paarmal zu, rechts und links, daß der Kopf Pieros herumflog wie ein Gummiball.

»Wieviel?« fragte er eisig.

»Ich schwöre ...«

Wieder Schläge. Mitten hinein in das hübsche Playboygesicht, genau auf die edle römische Nase und auf die dunklen Liebhaberaugen. Die Nase begann zu bluten, ein rotes Rinnsal lief über das Kinn und die Brust mit dem Goldkettchen. Die Augen schwollen zu.

»Wieviel?«

»Bis heute vierundfünfzig«, stöhnte Camerino. »Aber ich bringe Sie um. Ich schwöre es – bei der Madonna!«

»Auch noch die Madonna beleidigen!« Noch ein Schlag gegen das rechte Ohr. Piero schwankte. Er hielt sich an der Holzwand fest und preßte den linken Arm gegen sein Gesicht. »Hör mal zu, du Saukerl!« sagte Hartung. »Mit einem Skandal ist Luisa nicht gedient. Deshalb lauf weg, verschwinde spurlos! Wenn ich dich irgendwo wiedersehe, liefere ich dich bei der Polizei ab. Los! Ab mit dir!«

Er riß Camerino von der Wand, stieß ihn auf den Weg und hielt ihn fest. Aus seiner Rocktasche holte er eine kleine Pistole und ein Klappmesser.

Er steckte die Waffen ein und drehte Piero herum. Das hübsche Gesicht war zugeschwollen. In diesem Zustand würde sich keine Frau mehr nach ihm umdrehen. »Wir verstehen uns – noch eine Begegnung zwischen uns, und du bist aus dem Verkehr gezogen. Für Jahre!«

Camerino nickte. Er schwankte etwas, als er davonging. »Komm ja nie nach Italien«, sagte er aus sicherer Entfernung und ballte die Fäuste. »Ich zerstückele dich.«

Hartung wandte sich ab. Rudolf Barthke streckte den runden Kopf durch den Schalter. »Und ich?« fragte er weinerlich.

»Sie vergesse ich.«

Mit schnellen Schritten ging Hartung zurück zur Tribüne. An Angelas Erfrischung dachte er nicht mehr. Er schleppte ein fast unlösbares Problem mit sich: Wie sagt man einer Frau, daß sie betrogen wurde? Wie sagt man es vor allem einer Luisa Gironi? Man könnte ebensogut einen Vulkan anstechen.

Er machte vor den Logen kehrt und ging zu Angela und Fallersfeld zurück. Erst mit ihnen den Fall besprechen, sagte er sich. Verdammt, ich habe tatsächlich Angst, Luisa die grausame Wahrheit zu sagen. Sie war so glücklich!

Das erste Rennen begann. Die Pferde standen schon in der Startmaschine. Nervös, gegen die Bretter schlagend, wiehernd, voll Temperament. Die Rennleitung schaute auf die Präzisionsuhren, auf die vorrückenden Sekundenzeiger.

»Noch zwanzig Sekunden«, sagte jemand.

Der Himmel über Baden-Baden war wie Samt.

Hinter der weißen, hölzernen Barriere stand Laska und schaute kauend auf die Startmaschine. Romanowski über ihr im Sattel fieberte.

»Jleich jeht det Ding los«, sagte er und tätschelte Laska den Hals. »Dann schießen die raus, als wenn eener ihnen Pfeffer untern Schwanz bläst. Det sind Renner! Alles jroße Namen. Wenn det – zum Verjleich – Prinzen und Prinzessinnen sind, dann biste dajejen 'ne Küchenmamsell.«

Laska legte die Ohren an. Das hätte Romanowski warnen müssen. Aber er starrte mit offenem Mund auf die Startmaschine und auf den Pfiff, wenn die Türen aufklappten. Er achtete so gar nicht darauf, daß Laska einige Schritte zurücktänzelte und zwischen sich und die Barriere ein paar Meter Distanz legte.

»Paß uff!« sagte Romanowski, so gespannt wie die Tausende rund um den Rennplatz. Die Ferngläser wurden bereits gezückt. »Jetzt! Is det ne Wucht!«

Die Sperre schnellte weg, wie von einem Bogen abgeschossen schnellten die Pferde heraus. Ein gelungener Start. Die Tierleiber streckten sich, sie liefen jetzt um ein Vermögen.

In diesem Augenblick setzte Laska zum Sprung an. Romanowskis Schrei blieb ihm in der Kehle stecken, er hatte Mühe, sich im Sattel zu halten, zog die Zügel an, aber Laska war stärker, ihr Kopf schnellte vor, mühelos übersprang sie die Barriere und galoppierte quer über den Rasen auf die Bahn. Von den Tribünen erscholl ein einziger, tausendfacher Schrei. Die Glocke bimmelte vom Startturm, aber es nutzte nichts mehr – das Rennen war nicht aufzuhalten, die Pferde rasten bereits in die erste Kurve.

Laska setzte sich an das Ende des noch geschlossenen Feldes. Sie hob den Kopf, wieherte triumphierend und lief auf der Außenbahn im Schatten von »Silberpfeil«. Romanowski riß an den Zügeln, hieb die Absätze seiner Stiefel in Laskas Weichen, tobte und brüllte, und als sie nicht gehorchte, schlug er ihr mit der Faust auf den Kopf.

Das hätte er nicht tun sollen. Anstatt scheu zu werden und auszubrechen, streckte sich Laska und ging mühelos an »Silberpfeil« vorbei. Auf den Tribünen tobten die Menschen. Fallersfeld hatte sich umgedreht und sah nicht mehr hin. Angela lachte Tränen, Hartung ballte die Fäuste.

»Ich drehe Pedro das Gesicht auf den Rücken!« schrie er. »Warum ist er nicht auf dem Abreiteplatz?«

»Das fragen Sie noch?« brüllte Fallersfeld. »Ihr Pedro und Ihre Laska sind meine Sargnägel! Diese Blamage! Was glauben Sie, was morgen in den Zeitungen steht? Ich werde mich verkriechen müssen, und Sie auch, Hartung! So ein Mistvieh von Pferd!«

»Es ist an siebter Stelle«, sagte Angela. Die Tränen liefen ihr über die Wangen, so lachte sie. »Und Pedro reitet wie ein germanischer Gott!«

»Hören Sie auf, Angela.« Fallersfeld faßte sich ans Herz, als er das tausendstimmige Gelächter hörte. »Davon erhole ich mich nie wieder.«

Romanowski brüllte und heulte, beugte sich vor zu Laskas Ohren und schrie hinein: »Ick vergifte dir! Bei Jott, ick schlachte dir! Mir det anzutun! Mir, deinem Freund! Laska, hör uff damit, ick flehe dir an!«

Die Kurve, die Gegengerade. Die halbe Distanz war gelaufen – Laska lag in fünfter Position. Die Jockeys hinter Romanowski, die er überholt hatte, schrien ihm zu. Schimpfworte, die Pedros Kopf anschwellen ließen.

Als sie in die Gegengerade einbogen, liefen ihm vor Scham die Tränen über die Wangen. Er hatte keine andere Aufgabe mehr, als sich im Sattel zu halten. Mit Laska war nicht mehr zu reden, sie reagierte auf keinen Zügel mehr, auf keinen Schenkeldruck, auf keinen Zuruf. Sie lief auf der Außenbahn, auf der ungünstigsten Position, und überholte doch langsam alle.

Laska überholte das fünfte Pferd, einen Rappen mit dem schmalen Kopf eines Engländers. Der Jockey auf dem edlen Pferd versuchte, mit seiner Peitsche nach Laska zu schlagen. Sie wich ihm aus, schlug im vollen Lauf nach hinten aus, traf den Hengst und warf ihn damit aus dem Rennen.

Romanowski schluchzte auf, sah sich um, klammerte sich an seinem wilden Pferd fest und ergab sich in sein Schicksal. Als sie das vierte Pferd überholten, begann es ihm sogar Spaß zu machen. Beim Bogen in die Zielgerade beugte er sich vor und legte das Gesicht auf Laskas Kopf.

»Du verfluchtes Luder«, sagte er. »Det vajesse ick dir nie, aber ick nehm's zurück. Du bist keene Küchenmamsell! Loofen kannste wie keene andere. Nu blamiere mir nich und jewinn ooch.«

Die Zielgerade. In der Ferne die Tribünen mit den tobenden und schreienden Menschen. Sie warfen ihre Zylinder hoch und trampelten wie die Irren. Fernsehen und Film nahmen dieses einmalige Ereignis für alle Zeiten auf: Ein Springpferd, die berühmte Laska, läuft ein Galopprennen mit – natürlich außer Konkurrenz, außerhalb jeder Wertung.

Auf der Zielgeraden.

Romanowski überholte Nummer 3. Der Jockey, an dem Laska nahe vorbeiraste, spuckte Romanowski ins Gesicht.

Der Turm der Zeitnehmer. Die Rennleitung. Die Fahnen. Die Tribünen. Köpfe von Tausenden von Menschen. Hochgeworfene Hüte, Winken von Taschentüchern, wo Laska vorbeiflog. Ein Höllenlärm aus Schreien und Klatschen.

Fasziniert starrten Fallersfeld, Angela und Hartung auf Laska. Romanowski, der wie ein Affe auf ihr hockte, übersahen sie ganz.

»An dritter Stelle«, stammelte Fallersfeld. »Horst, was ist das bloß für ein Pferd!«

»Jetzt weiß ich es – ein ungarisches!«

»Die Komplikationen, die noch kommen. Schadensersatzansprüche!«

»Ich bezahle alles!« schrie Hartung und warf die Arme hoch. »Sie ist an zweiter Stelle!«

»Neben ›Feueratem‹. Der ist Favorit! Ich träume«, sagte Fallersfeld matt.

Romanowski strahlte über das ganze Gesicht. Er war stolz auf Laska. Wenn auch alle lachten, wenn er auch der Clown sein würde, über den die ganze Welt lachte – Laskas Beine wirbelten über die Bahn, daß man sie kaum sah. Wo gibt es ein solches Pferd noch einmal?

Noch dreihundert Meter.

Laskas Körper wurde ganz flach. Romanowskis Lippen zuckten. Jetzt – jetzt, das erste Pferd . . .

Sie lagen Kopf an Kopf. Der Jockey, Billi Doll hieß er, riß an den Zügeln. Dann drosch er seinem Pferd auf die Kruppe.

»Idiot!« schrie er zu Romanowski hinüber.

»Affe!« schrie Pedro zurück.

Noch fünfzig Meter.

Laska wandte den Kopf zur Seite. Der Hengst neben ihr schnaubte und flockte weiß, als spucke er Schnee. Ein Anglo-Araber, vierjährig, groß, ein Muskelpaket und doch von einer unvergleichlichen Schönheit. Er kostete neunhunderttausend Mark und hatte einen eigenen Stall mit italienischen Kacheln.

Noch einmal streckte sich Laska. Unter dem Gebrüll von allen Menschen, die die Rennbahn umstanden, zog sie an dem Hengst vorbei und übernahm die Spitze.

»Sie siegt!« schrie Hartung und boxte Fallersfeld in die Seite. »Sie siegt!« Er spürte, wie Angela ihn küßte. Laska! Laska!

»Das kostet Sie ein Vermögen!«

Mit zwei Längen Vorsprung rannte Laska über die Ziellinie. Um sie herum brach die Hölle los, und auch Romanowski begriff wieder, daß etwas Ungeheuerliches geschehen war. Er ließ sich aus dem Sattel fallen, als Laska zur Seite auf dem Grünstreifen auslief, legte sich auf die Erde und bedeckte sein Gesicht mit beiden Händen. Er hörte nur noch, wie sich Laska keuchend daneben legte, dann brachen Hunderte von Stimmen und die Blitzlichter der Fotografen über ihn herein.

Baden-Baden stand buchstäblich kopf.

Während Fallersfeld bei der Rennleitung erschien und mit ihr verhandelte, rieben Hartung und Angela mit schnell herbeigebrachten Strohbüscheln die schweißtriefende Laska ab. Sie stand auf schwankenden Beinen neben Romanowski und leckte ihm über das Gesicht. Er lag noch immer im Gras, völlig ausgepumpt und ohne Knochen – so fühlte er sich wenigstens.

»Laß det, Olle«, sagte er, als Laska ihn weiter leckte. »Det hilft nu ooch nischt mehr. Ick werde entlassen, det Jenick haste mir jebrochen, det moralische Jenick. Ohne dir jehe ick ein wie'n Primelpott in der Wüste.«

Am Abend übernahm Dr. Rölle die taumelige Laska. Er horchte sie ab, maß den Puls und schüttelte den Kopf. »Die ist fertig«, sagte er zu Fallersfeld. Wenn die morgen springt, versuche ich's auch! Die hat eine Kraftleistung hinter sich, an der sie noch Monate zu tragen hat.«

»Amen, dein Onkel Emil!« sagte Fallersfeld. »Baden-Baden wird mir immer, wenn ich daran denke, den Hut vom Kopf reißen.«

An diesem Abend sprach Hartung auch mit Luisa Gironi. Sie war verzweifelt, weil Piero Camerino seit dem Rennen verschwunden war, und wollte die Polizei einschalten.

Als Hartung sie verließ, lag sie auf dem Bett und weinte lautlos. Sie hatte die Wahrheit ertragen, aber nur, weil Hartung sie ihr sagte.

In der Halle kaufte er einen großen Strauß roter Rosen und ließ ihn auf Luisas Suite schicken. Ohne Worte. Sie verstand ihn auch so.

Auch Angela verstand es.

»Wenn man ihr nur helfen könnte«, sagte sie leise.

»Keiner kann ihr helfen. Sie hat Millionen, aber ihr Gesicht wird sie nie wiederbekommen.« Hartung faßte Angela unter. Im Speisesaal war zum Abendessen gedeckt. »Es gibt eben Dinge, wo selbst Geld nichts wert ist.«

Am nächsten Nachmittag war der Tag der Springreiter. Mehr als sonst waren Presse und Fernsehen vertreten. Laska, die außerplanmäßige Siegerin beim Goldenen Pokal von Baden-Baden, sprang jetzt um den Großen Preis von Baden-Baden. Wenn das keine Sensation ist.

Das Stadion war ausverkauft. Für alle, die keine Karten mehr bekommen hatten, übertrug das Fernsehen außerhalb des Parcours den großen Kampf. Dreißig Fernsehgeräte standen auf den Wiesen herum. Vor ihnen ballten sich Menschentrauben.

Dr. Rölle hatte alles getan, um Laska fit zu machen. Sie ging zwar herum, latschte über die Cavalettis, aber es war keine Kraft mehr in ihr. Hartung ritt ein paar Hindernisse an, sie kam 'rüber, aber nur um Zentimeter über die Stangen. Fallersleben winkte ab.

»Gut! Reiten Sie, Hartung. Schon wegen der Presse und der Sensation. Es ist doch alles vorbei.«

Das schien es wirklich.

Während die anderen sprangen, lehnte Laska vor dem Einlaß an einer Fahnenstange und schlief. Sie schlief wirklich, mit geschlossenen Augen, und reagierte auf keinen Zuruf. Romanowski stand daneben, biß in seine Mütze und war wie gelähmt vor Kummer.

»Det sieht wie'n Herzschlag aus«, stammelte er, als Hartung kam, um aufzusitzen. Noch zwei Reiter, dann mußte er auf den Parcours. »Herrchen, reiten Se det Luder nich. Sie stirbt uns uff'n Platz.«

Hartung stieg auf. Laska öffnete die Augen und hob den Kopf. Ihr Blick war klar wie immer. Romanowski schnaufte laut, er erlebte ein Wunder, das sein Pferdeverstand nicht mehr fassen konnte.

»Det is nich möglich«, stotterte er. »Ick jeh in Pension. So wat jibt et nich.«

Es gab es tatsächlich.

Nach zwei Stechen gegen Nelson Pessoa gewann Laska den Großen Preis von Baden-Baden. Mit hocherhobenem Haupt trabte sie aus dem Stadion. Aber draußen, auf dem Abreiteplatz, fiel sie einfach um. Und Hartung küßte sie auf die zitternden Nüstern.

Flucht durch die Wüste

»Ich gebe Ihnen eine Million«, sagte Joe Heerekamp mit einer so ruhigen Stimme, als bestelle er eine Tasse Kaffee. »Eine Million in bar. Ich glaube, das ist ein Angebot, wie Sie es nie wieder erhalten.«

Horst Hartung musterte den Mann, der mit einer Million rechnete wie andere mit hundert Mark. Es war ein kleiner, dicklicher, gemütlich wirkender Mann in einem khakifarbenen Anzug und mit einem breitkrempigen weißen Hut auf dem spärlich behaarten Kopf. Mit der rechten Hand stützte er sich auf einen Spazierstock, an der linken baumelte ein Fotoapparat, mit dem er gerade Laska fotografiert hatte. Angela Diepholt führte das Pferd hinüber zum Übungsgarten, wo einige mittelschwere Hindernisse aufgebaut waren. Romanowski stand bereits in der Mitte des Platzes und beschäftigte sich mit der Longe. Die Morgenarbeit begann. Lockerungsübungen und das Gewöhnen an das ungewohnte afrikanische Klima.

Seit fünf Tagen waren die deutschen Springreiter in Johannesburg, der Millionenstadt im Süden Afrikas, der Stadt, deren Reichtum von den Goldfunden im Witwatersrand und noch südlicher von den Diamantenfunden rund um Kimberly stammte. Eine moderne Stadt mit breiten Straßen und Hochhäusern, Parks und äußerst gepflegten Golfplätzen, eleganten Geschäften und Restaurants, aber auch elenden Slums der farbigen Minenarbeiter, und staubigen Dörfern am Rande der Großstadt, wo die Bantus hausten.

Rund um den Rennplatz des Johannesburger Turf-Clubs, wo die große Springreiterkonkurrenz ausgetragen werden sollte – der »Große Preis von Südafrika« –, waren die Lager der einzelnen Länder aufgeschlagen. Die Pferde waren in Zelten untergebracht, in denen sich die Hitze staute wie in einem Backofen. Romanowski, der wie immer neben Laska schlief, lief nur noch in der Badehose herum, bis er am dritten Tag einen Sonnenbrand bekam, der ihn vor schwere Probleme stellte.

»Hinlegen kann ick mir nich«, sagte er zu Hartung. »Wenn ick sitze, kann ick mir ooch uff 'ner Herdplatte etablieren. Wat wer ick tun? Im Stehen schlafen! Sieht so harmlos aus, diese Sonne, verdammt noch mal!«

Von da ab trug er ein leichtes Hemd und einen riesigen geflochtenen Hut, den er in einem Bantuladen gekauft hatte. Laska gefiel dieser Hut nicht, sie biß Romanowski ein Stück aus der Krempe heraus und fraß es. Das war kein Kunststück, denn der Hut war aus Stroh.

Horst Hartung, dem gerade das Millionenangebot gemacht worden war, betrachtete Joe Heerekamp mit jenem Unglauben, der einen Menschen immer überfällt, wenn ihm etwas Unerklärliches begegnet.

»Eine Million? Für Laska?« fragte er gedehnt.

»Ja.« Heerekamp klopfte mit dem Spazierstock auf die Erde. Hinter ihm stand ein riesiger, breitschultriger Bantu in kurzen Hosen und einer geflickten Leinenjacke. An den Beinen aber trug er Reitstiefel. Der Bantu grinste, die beiden Zahnreihen leuchteten in der Sonne wie Zahnpastareklame. »Eine Million. Ich habe über Laska viel gelesen, ich habe sie vier Tage lang beobachtet, ich bin ein Pferdenarr. Irgendeine Narrheit muß der Mensch haben. Der eine sammelt Bierdeckel, der andere Zuckerstückchen. Wem's gefällt, der ruiniert sich durch die Weiber. Ich liebe Pferde, schöne Pferde, seltene Pferde, berühmte Pferde. Laska fehlt mir in meiner Sammlung. Ich nehme an, daß Ihnen noch niemand eine Million für sie geboten hat, und es wird auch keiner mehr bieten.«

»Bestimmt nicht«, sagte Hartung abweisend.

»Also machen wir das Geschäft, Mr. Hartung?«

»Nein.«

Heerekamp sah verwundert hoch. Es war ihm neu, daß er nicht alles kaufen konnte, was ihm gefiel. Das Glück hatte ihn verwöhnt, er besaß eine Farm im Norden, am Rande der Kalahari-Wüste. In Vryburg, der Kreisstadt, war sein Name bekannter als der des Ministerpräsidenten der Republik Südafrika, und auch sein Wort galt mehr. Der Präsident war weit weg in Pretoria, Heerekamp aber war nah, immer zugegen, und wenn er befahl, war das wie ein Gesetz. Denn nicht allein seine Farm hatte ihn zum vielfachen Millionär gemacht, sondern auch die Entdeckung einer Diamantenmine in einem kleinen Felsental, das zu seinem Landbesitz gehörte. Da keiner so nördlich Diamanten vermutete und geologische Untersuchungen auch ergaben, daß nur dieser Felsen Edelsteineinsprengungen enthielt, während drum herum nur Weideland und später glühender Sand lagen, ein Kuriosum der Natur also, baute Heerekamp mit Regierungserlaubnis gewissermaßen als »Handwerksbetrieb« seine glitzernden Schätze ab und wurde täglich reicher, ohne sich groß zu bemühen. So hatte er sich daran gewöhnt, daß man alles auf der Welt kaufen kann, wenn nur der Preis stimmte. In Vryburg wußte man das. Heerekamp war vierundfünfzig Jahre alt, hatte die vierte Frau, eine blonde Schönheit von fünfundzwanzig Jahren, von der er selbst sagte: »Gekauft mit der Erbaussicht von vier Millionen. Wer würde mich dicken, schwitzenden Menschen schon ehrlich lieben?«

»Sie glauben, ich scherze?« fragte Heerekamp verwirrt. Ich bin in der Lage, Ihnen innerhalb von zwei Stunden eine Million in Scheinen auf den Tisch zu legen.«

»Ich glaube Ihnen das gern.« Hartung blickte hinüber zu Laska. Angela führte sie am langen Zügel über die Cavalettis, sie lief neben ihr her, ihr langes Haar wehte im heißen Wind.

Sie haben sich zusammengerauft, dachte Hartung. Früher, noch vor drei Monaten, wäre es unmöglich gewesen, daß Angela auch nur an die Trense faßt. Laska hätte sofort gebissen oder getreten. Jetzt läuft sie mit Angela zusammen über den Trainingsplatz und gehorcht sogar ihren Zurufen. Und wenn Angela abschirrt, fährt Laska mit ihren weichen Nüstern über die früher so verhaßten Hände. Nur eins darf Angela noch nicht: in Laskas Gegenwart Hartung umarmen oder küssen. Dann schnellen die Ohren zurück, und die schönen braunen, sprechenden Augen werden starr und böse.

»Mit einer Million haben Sie keine Sorgen mehr.« Heerekamp riß Hartung aus seinen Betrachtungen.

»Das deutsche Finanzamt nimmt mir 550 000 Mark davon weg«, sagte Hartung voll Sarkasmus. »Also ein mieses Geschäft, Mr. Heerekamp.«

»Gut, daß Sie mich daran erinnern.« Heerekamp schlug wieder mit dem Spazierstock auf den Boden. »Sie sollen sorglos leben. Zwei Millionen. Dann bleibt Ihnen trotz Ihres räuberischen Finanzamtes noch genug! Schlagen Sie ein.«

»Nicht für zehn Millionen, nicht für den britischen Kronschatz, Mr. Heerekamp.« Hartung steckte die Hände in die Taschen seiner Reithose. »Laska ist unverkäuflich.«

»Das glaube ich einfach nicht.«

»Bei mir müssen Sie umlernen.«

Joe Heerekamp sah sich um. Der Bantu hinter ihm, sein Stallmeister, grinste noch immer. »Hau ab, Petelo!« schrie Heerekamp. »Warte am Wagen!« Mit rotem Kopf wandte sich Heerekamp wieder an Hartung. »Sie wissen gar nicht, was Sie eben angerichtet haben«, sagte er. Seine Stimme klang etwas schrill. »Petelo Nsombo, für den ich der zweite Herrgott bin, hat erlebt, daß man mir etwas abschlägt. So etwas ist völlig unbekannt bei Heerekamp. Ich habe einen Teil meines Gesichtes verloren. Er wird überall erzählen: ›Der Herr ist nicht der Größte! Auch er muß nachgeben!‹ Das ist unmöglich, Mr. Hartung. Sie müssen mir Laska verkaufen.«

»Ich denke nicht daran.« Hartung lachte etwas gequält. Diese Augen, dachte er plötzlich. Wenn man Heerekamp unbefangen ansieht, ist er ein kleiner, dicker, gemütlicher Mensch, den das Leben verwöhnt hat. Aber dann diese Augen – hart, mit einem eiskalten Glanz, ohne einen Funken Seele. Augen eines menschlichen Automaten, eines Roboters, eines Irren! Ein Fanatiker, den seine Leidenschaft zum Wahnsinn treibt. Er sammelt Pferde wie andere Briefmarken. Gibt es nicht auch Briefmarken, die über hunderttausend Mark kosten? Laska ist ihm zwei Millionen wert.

»Ich nehme an«, sagte Hartung und setzte sich in Bewegung, »daß Laska bei Ihnen einen Palast als Stall bekommt.«

Heerekamp, der neben ihm hertrippelte, nickte. »Sie wird ein Leben haben wie kein anderes Pferd auf dieser Welt.« Er hob den Stock, hielt ihn waagerecht, so daß Hartung stehenbleiben mußte. »Zufrieden? Wollen Sie die zwei Millionen auf Ihr Konto oder in bar?«

»Überhaupt nicht.« Hartung schob den Stock beiseite. »Mr. Heerekamp, begreifen Sie bitte, daß Laska um keinen Preis zu haben ist.«

»Um keinen?«

»Ich sagte es bereits.«

»Wir sprechen uns noch, Mr. Hartung.«

Heerekamp blieb stehen. Er blickte Hartung nach, wie er sich unter dem Zaun hindurchduckte, wie Angela ihm Laska brachte, wie er aufsaß und das herrliche Pferd im Schritt um das Viereck des Übungsgartens ritt. Mit funkelnden Augen stützte er sich auf seinen Spazierstock und musterte Laska, wie ein bis zum Wahnsinn Verliebter eine Frau anstarrt, die für ihn unerreichbar ist.

Als Laska später die ersten Hindernisse übersprang, atmete er schwer und seine Hände ballten sich zu Fäusten.

Er war ein Irrer. Langsam war dieser Irrsinn gewachsen, keiner hatte es gemerkt – man sah immer nur den superreichen Heerekamp, der mit den Jahren etwas exzentrisch wurde. Meine Güte, wer wird das nicht, wenn er soviel Geld hat, daß kein Wunsch unerfüllt bleibt? Aber jetzt, am Zaun des Übungsplatzes, brach es aus Heerekamp heraus. Er schwitzte, wenn Laska über den Rasen galoppierte, er schlug die Fäuste gegeneinander, wenn sie über die Doppeloxer und die Mauer flog.

Erst als Hartung zum Stallzelt wegritt, ging auch Heerekamp zu seinem Wagen zurück. Petelo Nsombo saß hinter dem Steuer und trank aus einer Flasche Mineralwasser.

»Kommt es zu uns, *Bwana*?« fragte er, als Heerekamp hinten einstieg.

»Ja.«

»Das ist schön.«

Die Welt war wieder in Ordnung. Heerekamp hatte gesiegt. Der *Bwana* war doch der größte Mann der Welt. Keiner konnte ihm widerstehen, auch diese Deutschen nicht.

Langsam rollte der Wagen nach Johannesburg hinein. In die Polster zurückgelehnt saß Heerekamp da mit geschlossenen Augen. Seine Mundwinkel zitterten. Er dachte an Laska – aber weiß man wirklich, was ein Irrer denkt?

In der Nacht blieb Romanowski noch lange auf. Er saß mit den anderen Stallburschen vor dem Zelt und spielte Karten. Sie hatten zwei Kisten zusammengeschoben, hockten darum herum und klatschten die Trümpfe auf das Holz. Romanowskis Partner waren zwei Franzosen, um sie herum saßen die schweigsamen Engländer und rauchten Pfeife, die Italiener sorgten für Musik. Sie hatten zwei Mandolinen bei sich und spielten sehnsüchtige Lieder von Neapel, Rom und Florenz. Abseits von dieser Gruppe saßen die Amerikaner um ein Kofferradio und versuchten, einen amerikanischen Sender zu bekommen. In einiger Entfernung strichen ein paar Schatten um die Zeltlager – farbige Mädchen, die sich auf einfache Art ein paar Rand verdienen wollten.

»Finger davon!« hatte schon am ersten Tag einer der südafrikanischen Pferdeburschen gesagt. »Wenn einer von euch Weißen mit einer Negerin erwischt wird, gibt es Zuchthaus und Ausweisung! Da sind sie hier ganz streng und kennen kein Pardon. Also, Jungs, Blick weg von den schwarzen Evas!«

Ein paarmal ging Romanowski in Laskas Zelt und sah nach. Laska stand in ihrer hölzernen Box und kaute melancholisch an einem kleinen Bündel Heu.

»Kannste ooch nich schlafen, olles Luder?« fragte Romanowski und tätschelte ihr die Kruppe. »Is det'ne Hitze, wat? Aba in sieben Tagen mußte springen. Leg dir hin, Olle, und penn! Ich komme jleich. Nur noch drei Runden, die Franzosen dreschen 'nen verdammten Skat!«

Es dauerte bis nach Mitternacht, ehe Romanowski zu Laska ins Zelt schwankte. Die Italiener hatten heimatlichen Wein ausgegeben, ein süßes Gesöff, das wie Öl durch die Kehle rann. Zuerst waren die Amerikaner betrunken, dann die Engländer, die Franzosen, die Schweizer, die Italiener selbst, und ganz zum Schluß erst Romanowski. Als Sieger verließ er den Platz, begrüßte Laska mit einem Rülpser und sagte laut:

»Olle, ick hab se wegjesoffen wie in alten Zeiten. Nu schlafen wir, wat?«

Es war das letzte, was Romanowski denken konnte. Er fiel hin, mitten im Zelt, aber nicht der Alkohol besiegte ihn, sondern er bekam einen harten Schlag auf den Hinterkopf. Aus der Dunkelheit schlug jemand zu, es machte leise plop, und Pedro Romanowski verdrehte die Augen, ging in die Knie und stürzte dann der Länge nach zu Boden.

Am Morgen, als Angela als erste das Zelt betrat, war Laska verschwunden. Romanowski lag vor ihrer Box und schnarchte schauerlich.

»Das war Heerekamp!« sagte Hartung sofort, als Angela ihn alarmierte. »Keine Aufregung, jeder kennt ihn. Er ist ein Verrückter. Und nur ein Verrückter kann Laska stehlen. In ein paar Stunden haben wir sie wieder.«

Aber das war ein Irrtum.

Laska blieb verschwunden. Und Heerekamp lag friedlich in seinem Bett im Park Royal Hotel von Johannesburg. Sein Alibi war felsenfest.

Die Suche begann. Die Suche nach einem Pferd im riesigen Südafrika.

Polizeikommissar Herman Verschuren verhörte zunächst Pedro Romanowski. Das war eine mühselige Angelegenheit, denn Romanowski wußte nichts weiter, als daß er umgefallen war. »Det war'n Turnier, Herrchen«, sagte er treuherzig, als Hartung ihn ein versoffenes Individuum nannte. »Um den Preis der Nationen jing et. Ich hab's jewonnen für uns. Alle Länder hab ick untern Tisch jetrunken!«

Die Beule auf seinem Hinterkopf aber bewies, daß jemand ihn niedergeschlagen hatte. Ein Polizeiarzt bestätigte es eindeutig aus Erfahrung: »Ein Sandsack! Wirkt prompt und hinterläßt keine nennenswerten Verletzungen. Es waren Profis.«

Joe Heerekamp, der sich duschte, rasierte und einen weißen Leinenanzug anzog, war entsetzt über das Verschwinden Laskas. Seine Vernehmung begann mit einer Anklage gegen Hartung. Um es so unauffällig wie möglich zu machen, hatte Kommissar Verschuren das Büro des Hoteldirektors zum Vernehmungszimmer bestimmt.

»Hätten Sie die Millionen angenommen, wäre das alles nicht passiert!« schrie Heerekamp, als habe man sein Pferd gestohlen. »Nun haben Sie keine Laska mehr, keine Millionen und ich keine Hoffnung, dieses Wunderpferd jemals wiederzusehen. Welch ein Verlust!«

Er griff in die Rocktasche, holte eine Tablette heraus und schluckte sie. Er zitterte vor Aufregung. Kommissar Verschuren faltete die Hände – es war ihm peinlich, einen der reichsten Männer der nördlichen Provinz wie einen Verbrecher zu verhören.

»Sie lagen also die ganze Nacht im Bett?« fragte er.

Heerekamp zuckte zusammen. Diese Frage schien ihn zu treffen. »Was soll das?« bellte er. »Verdächtigt man mich? Nur weil ich zwei Millionen für Laska geboten habe? Wann soll das Pferd entführt worden sein?«

»Nach den Aussagen der anderen Stallknechte muß die Sauferei nach Mitternacht zu Ende gegangen sein.«

»Mitternacht! Hah! Gegen halb eins ließ ich mir vom Nachtkellner eine Karaffe Orangensaft bringen. Die Schwüle – ich bekam einen unbändigen Durst. Wie kann ich in der Nacht Orangensaft trinken und gleichzeitig ein Pferd stehlen? Überhaupt – habe ich das nötig? Eine solche Anschuldigung. Ich höre mir diesen Blödsinn nicht länger an!«

Heerekamp verließ das Direktionsbüro. Keiner hielt ihn zurück. Kommissar Verschuren schüttelte bekümmert den Kopf. »Er hat recht, Mr. Hartung. Ein Mann wie er – das ist absurd! Trotzdem prüfe ich alles nach. Es soll nicht heißen, in Südafrika werden unseren Gästen die Pferde gestohlen.«

Verschuren rannte offene Türen ein. Jedes Wort Heerekamps stimmte. Er hatte das Hotel nicht verlassen. Was nicht hieß, daß er nicht ein kleines Heer bezahlter Helfer eingesetzt haben könnte, die Laska entführt hatten. Aber das zu beweisen, war unmöglich. Auch der riesige Bantu Petelo Nsombo, der im Dienertrakt des Hotels wohnte, konnte zehn Zeugen vorweisen, mit denen er bis tief in die Nacht hinein palavert hatte. Da diese Zeugen alle Bantus waren, gab Kommissar Verschuren die Verhöre sehr schnell auf. Gegen eine schwarze Mauer zu rennen, ist sinnlos.

»Keine Spur«, sagte er zu Hartung und Angela Diepholt. »Es ist uns äußerst peinlich, Mr. Hartung.«

»Und was jetzt?« fragte Hartung.

Verschuren hob die Schultern. »Glauben wir an den großen Detektiv Zufall. Mehr können wir nicht tun.«

In Deutschland erlitt Fallersfeld einen Schwächeanfall, als ihm durch Telegramm die Entführung Laskas mitgeteilt wurde. »Wir sehen sie nie wieder«, sagte er dumpf, als er sich etwas erholt hatte. »Ein Pferd verschwindet in Afrika – das ist, als wenn man ein Sandkorn in eine Kiesgrube wirft.«

»Hoffen wir auf Laska selbst.« Hartung saß auf seinem Klappstuhl in der leeren Box des Stallzeltes. Angela stand hinter ihm und streichelte seinen Nacken. So gefaßt sich Hartung gab, sie wußte, wie er innerlich litt. »Sie wird die nächste Gelegenheit wahrnehmen und ausbrechen.«

Es war ein schwacher Trost, denn wer Laska entführt hatte, verfügte auch über die Möglichkeiten, sie zu behalten.

Seit neun Stunden war Laska unterwegs. Unter der Plane eines alten, schnaufenden, schaukelnden und hüpfenden Lastwagens fuhr sie nach Norden, der Kalahari-Wüste entgegen. Man hatte sie mit einem Strick an eine eiserne Öse gebunden, so daß sie kaum den Kopf hochheben konnte, alle vier Beine waren mit Lederriemen gefesselt. Ein kleiner Bantu hockte auf dem Boden vor der Ladeklappe, gab Laska jede Stunde aus einem Eimer etwas Wasser zu trinken, kehrte den Kot zusammen und warf ihn aus dem Wagen. Niemand fiel der alte Lastwagen auf – so wie er rumpelten Tausende über die guten Straßen. Bis zur Farm Heerekamps waren es noch zwei Tage Fahrt, für afrikanische Verhältnisse eine kurze Strecke. Gegen Abend hielt der Wagen mitten zwischen kahlen Bergen. Laska bekam einen Haufen Heu, der kleine Bantu lockerte den Strick und sprang mit einem Satz zurück, als Laska blitzschnell den Kopf drehte und zubiß.

»*Mokirialuo akosakela bokako oa tuu mongo!* Gott schicke dir einen dunklen Segen!« brüllte der Kleine und weigerte sich später, Laska wieder anzufassen. Vier Männer, durch Bretter geschützt, die sie vor sich hielten, gelang es endlich, Laska wieder kurz anzubinden.

»Der *Bwana* hat uns einen Teufel gekauft«, sagte der Fahrer des Lastwagens und bekreuzigte sich. »Ich bin froh, wenn wir sie im Stall haben, ohne daß sie uns die Knochen gebrochen hat.«

Und weiter ging die Fahrt. Immer nach Norden, dann westlich, der großen Wüste entgegen. Was niemand wußte, auch Heerekamp nicht – ein Hubschrauber der Polizei von Johannesburg war schneller, flog zunächst nach Vryburg und landete dann auf dem Gebiet der Heerekamp-Farm, in einem einsamen, kahlen, von Wüstensand bedeckten Tal, in das sich selbst die Bantus nicht verirrten, weil hier alles Leben unter der Glut der Sonne erstorben war. Das Tal gehörte zwar zur Farm, aber auch Heerekamp hatte es nur einmal aus der Luft betrachtet, als er seinen Besitz überflog, um sich ein Bild über die Größe des Gebietes zu machen, das ihm gehörte.

Hier, im Glutkessel weißgelber Felsen, errichteten die vier Polizisten ein Zelt, verfluchten ihren Beruf, tranken Eiswasser, das ein Batterieaggregat im Hubschrauber kühlte, und warteten. Über Funk teilten sie Kommissar Verschuren mit, daß die Landung gelungen sei, aber daß es auf dem Mond wohnlicher sein müsse als hier.

»Es wird nicht lange dauern«, sagte Verschuren. »Sie können Laska nur mit einem Lastwagen transportieren. In knapp zwei Tagen muß er sich der Farm nähern, dann steigt ihr auf und fliegt die Straße ab. Befehl kommt rechtzeitig.«

Es war ein qualvolles Warten in diesem Höllental. In der Nacht wehte ein Sandwind das Zelt bis zur Hälfte zu. Den Motor und das Getriebe der Rotorflügel hatten die Polizisten vorsorglich mit Plastikplanen abgedeckt. Sie konnten nicht versanden. Aber sonst drang der staubfeine Sand überall ein, jedes Wort knirschte im Mund, die Zunge drehte Sandkugeln im Gaumen, jeder Schluck kratzte in der Kehle.

Einen Tag später flog Heerekamp mit einer Privatmaschine von Johannesburg nach Vryburg. Dort stand sein Auto, ein Landrover. Der »Stadtwagen« blieb in Johannesburg. Petelo Nsombo tankte voll, während Heerekamp einen Besuch beim Bürgermeister machte.

»Falls er Laska entführt hat, verhielt sich Heerekamp überaus geschickt«, sagte Verschuren voll Anerkennung. »Eine Meisterleistung von Kaltblütigkeit. Er muß damit rechnen, daß wir ihn beobachten, und was tut er? Er ißt mit dem Bürgermeister von Vryburg zu Mittag und besichtigt die neuen Viehhöfe und Verladerampen.«

»Wir sollten auch nach Vryburg fliegen«, sagte Hartung.

»Das fiele sofort auf. Außerdem wissen wir ja gar nicht, ob Heerekamp wirklich ...« Verschuren hob die Hände und wiegte den Kopf. »Es ist ein vertrackter Fall, der delikat behandelt werden muß. Tun wir Heerekamp Unrecht, kann das unabsehbare Komplikationen geben. Er ist mit allen maßgebenden Persönlichkeiten des Landes gut Freund.«

»Er ist der einzige, der ein Zwei-Millionen-Interesse an Laska hat«, rief Hartung.

»Irrtum. Ungezählte Pferdeliebhaber würden sich um Laska reißen. Es gibt Pferdenarren genug, auch bei uns, die jeden Kniff anwenden würden, um sie zu entführen. Es ist sogar möglich, daß herumstreunende Bantus Ihre Laska geklaut, geschlachtet und längst gefressen haben.«

»Daran wollen wir gar nicht denken«, sagte Angela leise und tastete nach Hartungs Hand. »Das wäre zu furchtbar!«

In der Nacht schlüpfte Angela in Hartungs Zimmer. Er war noch wach, saß am Fenster und starrte in die Dunkelheit hinaus. In den Zweigen der Parkbäume des Sunnyside Park-Hotels kreischten Nachtvögel. In der Bar wurde noch getanzt, leise tönte die rhythmische Musik durch die warme Nacht.

»Laska wird wiederkommen«, flüsterte Angela an der Tür.

Hartung drehte sich nicht um. Seine Schultern fielen nach vorn. Von hinten sah er alt und sehr schwach aus.

»Es ist gut, daß du kommst«, sagte er.

»Soll ich dir etwas zu trinken bringen?«

»Nein, danke.« Hartung starrte in den Park. Seit Laska zum »Wunderpferd« erklärt wurde, hatte er schon viele Schwierigkeiten überwunden. Erfolge züchten Mißgunst, Siege zeitigen Gegner, Triumph zeugt Haß – er hatte mit Laska alles überstanden. Aber jetzt spürte er, daß die Trennung endgültig war. Laska war verloren. »Ich werde nie wieder reiten«, sagte er leise.

»Horst, bitte, verlier nicht den Mut.« Angela lief zu ihm und umarmte ihn. Ihre Zärtlichkeit war wohltuend, aber gleichzeitig erinnerte sie ihn an Laska.

»Ich werde alles aufgeben«, sagte Hartung und lehnte sich zurück. Sein Kopf lag zwischen Angelas Brüsten, und er war froh, daß sie jetzt hier war; sie war der einzige Mensch, der ihn trösten konnte. »Alles, Angi! Das Gut, die Zucht – ich will nichts mehr um mich haben, was mich an Pferde erinnert. Ich beginne wieder von vorn, irgendwo, weit weg vom jetzigen Leben.«

»Das würdest du nie aushalten, Horst.«

»Ausgerechnet du sagst das? Wer hat die Reiterei verdammt?«

»Hast du das jemals ernst genommen?«

»Manchmal ja. Was ist das für eine Frau, habe ich mich oft gefragt. Sie liebt mich, und ich liebe sie, und trotzdem scheitert unser Zusammenleben an den Pferden. Wie lange wartest du jetzt?«

»Sieben Jahre.«

»Du bist ein Wunder, Angi.«

»Nein, ich liebe dich nur. Und ich habe in diesen sieben Jahren gelernt, mit deinen Pferden zu leben. Es war schwer, glaub es mir! Immer zuerst die Pferde, dann ich, welche Frau hält das aus? Dann kam Laska, ich habe sie verflucht, denn mit ihr sank meine Chance, dich ganz für mich zu haben, auf den Nullpunkt. Bis ich auch hier erkannte, welchen Platz ich hatte. Zwei Jahre brauchte Laska, um mich anzuerkennen; jetzt gehören wir zusammen.«

»Und jetzt ist sie für immer weg.« Hartung schloß die Augen. »Ich warte das Turnier nicht ab. Wir fliegen früher zurück nach Deutschland.«

»Bis dahin sind es noch fünf Tage. Was kann in fünf Tagen alles geschehen!«

»Kommissar Verschuren hat keinerlei Hoffnung. Wenn er Heerekamp überwachen läßt, so nur, um mir zu zeigen, daß die Polizei nicht untätig herumsitzt. Ich lese in seinem Blick, was er denkt. Vielleicht stimmt es wirklich, daß man Laska geschlachtet und gebraten hat!«

Es war eine schreckliche Nacht. Auch Angelas Liebe vermochte die Trauer nicht zu vertreiben, die Hartung erfaßt hatte. Erst gegen Morgen schlief er ein, in Angelas Armen; er zuckte im Schlaf, als jagten elektrische Ströme durch seinen Körper.

In dem einsamen Felsental stieg an diesem Morgen der Polizeihubschrauber auf und flog dicht über die kahlen, verbrannten Berge. Nach der Berechnung Verschurens mußte Heerekamps Lastwagen jetzt dreißig Meilen vor der Farm über die Piste rumpeln. Aber sooft der Hubschrauber das ganze Gebiet umkreiste – es war kein Fahrzeug zu sehen. Nur Heerekamps kleiner Landrover tauchte auf, ein Floh in einer Staubwolke.

»Diese mißtrauischen Burschen«, sagte Heerekamp und griff nach dem Funksprechgerät, dessen Wellenlänge bis zu dem Lastwagen reichte. »Fahr unbeirrt weiter, Petelo. Verschuren ist ein Idiot. Denkt er, ich präsentiere ihm das Pferd hier auf einem silbernen Tablett?« Er hob das Sprechgerät an den Mund und drückte auf die Ruftaste. »Lokwa, melden! Lokwa, melden!«

Auf dem Armaturenbrett des Lastwagens flammte ein rotes Lämpchen auf. Lokwa, der Fahrer, nahm den Hörer von der Gabel.

»Hier Lokwa, *Bwana.* Ich höre.«

»Wo steckt ihr?« bellte Heerekamp.

»Wie befohlen in der Höhle am Pietersberg.«

»Ihr bleibt dort bis zur Dunkelheit. Ein Hubschrauber kreist über euch. Steckt ihr den Kopf aus der Höhle, reiß ich ihn euch ab!«

»Wir hören ihn, *Bwana*. Aber das Pferd macht Schwierigkeiten.«

»Wieso?«

»Wir können es nicht mehr füttern oder tränken. Immer wenn wir ihm dem Kopf losbinden, benimmt es sich wie der Teufel. Keiner will mehr in seine Nähe, und ich allein schaffe es nicht.«

»Idioten! Ich bin nur von Idioten umgeben!« schrie Heerekamp. »Fünf Männer, und können ein Pferd nicht bändigen! Lokwa, wenn dem Pferd etwas passiert, hänge ich euch alle auf! Das Pferd ist unbezahlbar. Ich werde in der Nacht selbst herauskommen. Wehe euch, wenn Laska auch nur einen Kratzer hat!«

Heerekamp schaltete das Funkgerät aus. Sein rundes Gesicht war rot und verzerrt. Verblüfft, erschrocken schielte Nsombo zur Seite auf seinen Herrn. Er erkannte ihn nicht wieder. Die Dämonen haben ihn gepackt, dachte er, und der uralte Glaube an Geister regte sich wieder in ihm, obwohl er ein getaufter Christ war und in Vryburg in der Kirche die Soli in der Messe sang. Er war auch deshalb sofort am nächsten Morgen zu einem Pfarrer gegangen und hatte gebeichtet, den ahnungslosen Pferdeknecht des deutschen Reiters im Stallzelt mit einem Sandsack niedergeschlagen zu haben.

»Geh hin und stelle dich der Polizei!« hatte der Pfarrer geraten. »Und das wertvolle Pferd hast du auch mitgenommen? Wie lautet das siebte Gebot?«

Nsombo war erschüttert weggeschlichen, hatte zwei Vaterunser gemurmelt, aber zur Polizei war er nicht gelaufen. Heerekamp war mächtiger als der Pfarrer, da gab es gar keine Diskussion, aber man fühlt sich innerlich etwas erleichtert, wenn man dem Pfarrer alles erzählt hat, auch wenn man's nicht büßen kann.

Jetzt aber, auf der Rückfahrt zur Farm, bekam Nsombo Angst. Er war froh, als sie das breitgestreckte Gebäude erreichten und er in sein eigenes kleines, hüttenähnliches Steinhaus verschwinden konnte. Hier erwarteten ihn seine Frau und sieben Kinder, er setzte sich in ihre Mitte, stierte auf den Boden und sagte: »Ich habe den Gedanken, in die Stadt zu ziehen. Die Dämonen breiten sich aus.«

Drei Stunden später landeten zwei Hubschrauber auf der Wiese hinter dem Farmhaus. Der Polizeihubschrauber, der keinen Lastwagen gesehen hatte, und Kommissar Verschuren mit einem Protokollbeamten. Heerekamp kam ihnen vom Hauseingang entgegen. Klein, auf seinen Stock gestützt, mit giftigem Blick.

»Habe ich Sie um Hilfe gerufen?« fragte er laut, als Verschuren grüßte. »Ich lebe hier in der friedlichsten Gegend der Welt, Kommissar. Sie wünschen also?«

»Ich komme aus Neugier, Mr. Heerekamp.« Verschuren versuchte ein Lächeln, aber es gefror auf seinen Lippen. »Sie schwärmten von Ihren edlen Pferden. Jetzt nehme ich Ihre Einladung an, sie zu besichtigen.«

»Bitte.«

Joe Heerekamp ging voraus. Hinter dem Farmhaus und zwischen den Arbeiterhütten lag, hufeisenförmig gebaut, eine große Stallung. Verschuren sog verwundert und laut die von einer Klimaanlage geregelte, guttemperierte Luft ein, als sie die Ställe betraten.

Weite, helle Boxen. Unten dicke Bohlen, oben weiße Kacheln. Ein Stallgang, so sauber wie der Flur eines Krankenhauses. Verchromte Gitter an den Boxentüren. Gekachelte Futterkrippen. Automatische Wasserversorgung. Und in den Boxen standen die schönsten Pferde, die Verschuren je gesehen hatte.

»Donnerwetter!« sagte er ehrlich. »Das ist ein teures Hobby.«

»Das einzige, das ich habe.« Heerekamp ging von Pferd zu Pferd, und seine Augen glänzten vor Stolz. »Ich kann hier stundenlang sitzen und ihnen zusehen. Irgendwie begreife ich die orientalischen Fürsten, die sich einen Harem von zweihundert Frauen hielten.«

In diesem Moment wußte auch Verschuren, daß Heerekamp ein Irrer war. Die Erkenntnis kam so plötzlich und umwerfend, daß er mehrmals tief durchatmen mußte. Dann sagte er:

»Mr. Heerekamp, wo ist Laska?«

»Gestohlen.«

»Von Ihnen!«

»Das müssen Sie erst beweisen. In wenigen Minuten beschwere ich mich telefonisch über Sie in Johannesburg.«

»Ich werde es beweisen. Meine Beamten werden Ihre Farm durchsuchen und jeden begleiten, der sie verläßt. Auch Sie! Das übernehme ich sogar selbst. Mir ist klar, daß Sie Laska außerhalb der Farm versteckt halten. Irgendwann muß sie aus dem Versteck heraus, sonst geht das Pferd zugrunde. Und diesen Augenblick erlebe ich mit.«

»Gut, warten Sie, ich höre mir diesen Blödsinn nicht länger mit an.« Heerekamp drehte sich um und verließ den Stall. An der großen Tür blieb er noch einmal stehen. »Ich werde den Polizeipräsidenten anrufen. Ihre vorzeitige Pensionierung ist sicher, Verschuren. Die Polizei kann sich keine gefährlichen Phantasten leisten. Ich, Joe Heerekamp, ein Pferdedieb! Warum nicht gleich die Königin von England?«

In seiner riesigen Wohnhalle warf sich Heerekamp in einen Sessel und drückte auf einen Knopf in der Lehne. Ein Funkgerät klappte hoch, er stellte die Frequenz ein und rief das versteckte Lastauto. Lokwa meldete sich, seine Stimme war erregt.

»*Bwana*, seit fünf Minuten kreist der Hubschrauber über uns. Er kann uns nicht sehen, und wir lassen uns nicht blicken, aber vielleicht sind im Sand noch Reifenspuren.«

Heerekamp schwieg. Er atmete schwer, beugte sich nach vorn und preßte die flache Hand auf das Herz.

»*Bwana*«, tönte die Stimme Lokwas quäkend aus dem Lautsprecher. »*Bwana*, hören Sie mich? Bwana Heerekamp!«

»Es hat sich vieles geändert, Lokwa«, sagte Heerekamp endlich. Seine Stimme klang matt. Für ihn gab es keinen Ausweg mehr. Das Schönste, seine größte Liebe, die Erfüllung seines Lebens mußte er opfern – Laska. Einen Pferdedieb Heerekamp durfte es niemals geben. Tränen rannen ihm aus den Augen, als er weitersprach. »Tötet sie! Nein! Laßt sie laufen, wenn die Dunkelheit kommt. Laßt sie einfach laufen, jagt sie in die Wüste.« Er wischte sich die Augen und lag halb im Sessel. Zittern überlief ihn wie Schüttelfrost. »Man gönnt sie uns nicht, Lokwa, aber auch die anderen sollen sie nicht haben. Wenn sie die Wüste überlebt, soll sie nicht mehr das schönste, sondern das häßlichste Pferd der Welt sein. Leg ihr eine Decke um und tränke die Decke mit Loa-loa. Frage nicht, Lokwa –« seine Stimme überschlug sich – »tu, was ich dir befehle! Wickele sie in Loa-loa ein!«

Mit der Faust hieb er auf die Aus-Taste, schlug dann die Hände vors Gesicht und weinte wie ein Kind.

Über Laska war das Todesurteil gesprochen.

Unterdessen suchten Kommissar Verschuren und seine Männer systematisch die Gegend ab. Petelo Nsombo stand vor der Tür seiner Steinhütte und sah ihnen zu. Frau und Kindern hatte er verboten, vor die Hütte zu kommen. Er rauchte eine selbstgedrehte Zigarette nach der anderen und stand bald in einem Kreis von Zigarettenenden.

»Der Schwarze weiß mehr, als er sagt«, meinte einer der Polizisten zu Verschuren. »Wir sollten ihn mal in die Mangel nehmen.«

»Warum? Verlorene Zeit.« Verschuren winkte ab. »Ich kenne Nsombo. Wenn er freiwillig nichts sagt, könnt ihr ihn mit dem Kopf nach unten an einen Ast hängen – er wird keinen Ton von sich geben.«

In der Felsenhöhle präparierte Lokwa eine Decke mit dem Pflanzensaft Loa-loa. Es war ein uraltes Negermittel, das man zur Beseitigung unliebsamer Nachbarn angewendet hatte. Die Methode war einfach, sicher und grausam: Man tränkte ein Stück Stoff mit dem Saft dieser kakteenähnlichen Pflanze, wickelte den Gegner darin ein und wartete einen Tag, bis das Schreien des Gequälten erstarb. Dann rollte man ihn aus dem Tuch, wobei sich die gesamte Haut löste. Bisher hatte noch niemand diese Behandlung überlebt.

Lokwa handelte genau nach dem Befehl seines Herrn. Bei Einbruch der Dunkelheit, als der Hubschrauber wieder auf der Farm gelandet war, köpfte er mit einer Machete einige Loa-loa-Pflanzen, ließ vorsichtig den Saft auf eine alte Decke fließen, dann ergriff jeder der vier Bantus eine Ecke, und sie warfen die Decke mit einem Schwung über Laskas Rücken. Damit die Decke nicht verrutschte, band Lokwa noch einen Strick darum und löste dann vorsichtig die Fesseln. Mit einem Sprung rettete er sich vor dem befreiten Pferd.

Laska blieb zunächst stehen. Sie bewegte die Füße, hob den Kopf, ging zwei Schritte zurück, zwei Schritte vor. Wartete, was weiter geschah, und als niemand kam, drehte sie sich langsam um. Die Ladeklappe war heruntergelassen, vor ihr lag die Freiheit. Fahle, warme Dunkelheit. Felsen, Sand, wasserlose Einöde – der Tod. Vorn am Wagen, hinter dem Kühler versteckt, warteten die fünf Bantus.

Mit ein paar Schritten war Laska am Rand der Ladefläche. Sie witterte in die Nacht, sah sich um, schätzte den Boden unter sich ab und sprang dann. Es klapperte laut, als ihre Hufeisen auf die Steine prallten. Die Bantus hinter dem Kühler bekreuzigten sich. Der Teufel ist 'raus! Nun renn weg, du Satan von einem Pferd!

Sie sprangen ins Führerhaus, drängten sich auf die Sitzbank, Lokwa zündete den Motor, trat auf das Gas, der Wagen schoß unter dem überhängenden Felsen hervor, begrub Laska unter einer Wolke von Staub und Sand und hüpfte dann den engen Pfad hinunter.

Laska lief ein paar Minuten hinter dem Lastwagen her, dann blieb sie stehen und schabte ihren Rücken an einer Felsnase. Ein unerträglicher Juckreiz breitete sich über ihren Körper aus, der bald in ein heißes Brennen überging.

Das Loa-loa begann zu wirken. Erst die Körpertemperatur, die Verbindung mit dem Schweiß, ließ es zum Gift werden.

Laska drehte sich um, versuchte, mit den Zähnen die Decke zu fassen. Vergeblich. Das juckende Feuer fraß sich in sie hinein.

Da begann sie zu galoppieren. Immer geradeaus, einem unergründlichen Instinkt folgend. Geradeaus – das war in diesem Falle nach Süden. Zurück zu den Menschen, nicht in die Wüste, die im Norden lag. Die fürchterliche Kalahari, die wasserärmste Wüste der Welt.

Und das Feuer rund um Laskas Leib breitete sich aus. Sie wieherte laut, wälzte sich ein paarmal im Sand, aber es wurde nicht besser davon, sondern das Brennen verstärkte sich. Es war, als fräßen sich glühende Kohlen durch das Fell.

Bis zum Morgen war Verschurens Polizeitrupp auf der Suche. Aber auch Heerekamp schlief nicht, er ließ sich einen Sessel vors Haus tragen und blieb dort sitzen, bis der Morgen graute. Müde, verschwitzt und dreckig kamen die Polizisten zurück. Auch Verschuren kapitulierte. Er hatte den Lastwagen untersucht, der gegen Mitternacht auf der Farm eingetroffen war. Lokwa sagte im Verhör, er habe draußen nach zwei verlaufenen Rindern gesucht, sie aber nicht gefunden. Die vier anderen Bantus bestätigten das lebhaft nickend.

»Im Wagen riecht es aber nach Pferd!« brüllte Verschuren. »Ihr habt ein Pferd transportiert.«

»Vorgestern. Ja. Der Wagen wird für alles benutzt.« Lokwa war nicht zu erschüttern. Heerekamp kam herüber, klopfte Lokwa auf die Schulter und ging wieder, ohne ein Wort gesagt zu haben.

»Aus!« sagte Verschuren resignierend. »Jetzt können wir den Schwarzen vierteilen, er sagt nichts mehr. Sein *Bwana* hat ihn gelobt. Scheiße!«

Als die Morgensonne schien, und der Sand wie Messing glänzte, stand Heerekamp wieder von seinem Sessel auf und ging zu Verschuren.

»Na?« fragte er ironisch. »Sie großer Kriminalist! Wo ist Laska? Sie suchen am falschen Ende, Verschuren. Wenn Sie nach Johannesburg zurückkommen, haben Sie viel Zeit, man wird Sie nämlich zwangspensionieren. Ein Heerekamp kauft sich alles, aber er stiehlt nicht! Guten Flug.«

Verschuren antwortete nicht. Nach zehn Minuten waren beide Hubschrauber in der Luft, drehten noch eine Runde um die Heerekamp-Farm und schwirrten dann nach Süden davon. Heerekamp starrte ihnen nach. Er schwankte wie ein Betrunkener. Das war seine erste Niederlage – und Laska war tot.

Unter Verschuren lag das teils öde, von Sandfeldern durchzogene Land, teils Felshänge mit mattgrünen Weiden, so wie die Natur das Wasser spendete, das Wasser, das hier allein Leben bedeutete.

Leben – das war auch der einzige Gedanke, der Laska beherrschte. Das Brennen auf ihrem Fell machte sie verrückt, sie rannte durch Sand und Steinschluchten, und je mehr sie schwitzte, um so grausamer fraß sich das Feuer in sie hinein. In einer Senke sah sie einen kleinen Tümpel, Wasser, das aus einer unterirdischen Quelle kam und um das sich jetzt am frühen Morgen eine Herde Springböcke versammelt hatte. Mit lautem Wiehern stürzte sich Laska in den Tümpel, wälzte sich im Wasser und spürte, wie das Brennen sofort nachließ und nur noch das Jucken blieb. Die Springböcke stoben davon, erschreckt von dem unbekannten schreienden Laut.

Laska wälzte sich weiter im Wasser, blieb dann auf der Seite liegen und atmete schwer. Diese herrliche Kühle! Und kein Feuer mehr, kein Feuer!

»Verdammt, da ist doch etwas los!« sagte Verschuren und zeigte nach unten. Eine Springbockherde jagte in panischer Flucht über das Land.

»Löwen!« rief der Pilot durch den Lärm der Rotoren.

»Hier? Nie! Geh 'runter, James. Zurück, wo die Böcke herkommen.«

Nur ein paar hundert Meter weiter sahen sie den Tümpel und einen braunen Körper, der halb im Wasser lag. Er strampelte mit den Beinen und wälzte sich hin und her.

»Ein Pferd!« brüllte Verschuren. »Laska! Laska!« Er hieb mit den Fäusten gegen die Glaskuppel des Hubschraubers. »Wir haben sie! Wir haben sie!«

Waghalsig setzte der Hubschrauber zur Landung an.

Zwei Tage später stand Laska wieder im Stallzelt des Turf-Clubs von Johannesburg. Dr. Rölle und vier südafrikanische Tierärzte, die besten Spezialisten aus Johannesburg, Pretoria und Durban, umringten Laska und wußten keinen Rat.

Das Fell war auf dem Rücken, an den Seiten und am Bauch in großen Partien zerstört. Die Haare fielen aus, als hätten sie keine Wurzeln mehr. Darunter kam das rohe Fleisch zum Vorschein, über das Dr. Rölle Penicillinpuder geschüttet hatte. Aus Laska war ein häßliches Pferd geworden, aber sie lebte. Weinend saß Angela unter Laskas Kopf und streichelte ihre Nüstern. Hartung rauchte nervös eine Zigarette nach der anderen, obwohl im Zelt Rauchen verboten war.

»Eins ist klar«, sagte Dr. Rölle. »Das Turnier ist gestorben.«

»Ich pfeife auf alle Preise«, rief Hartung, »wenn Laska diese Schweinerei übersteht. Ohne Spätschäden!«

»Sie verlangen viel, Hartung«, knurrte Dr. Rölle. »Bisher wissen wir nicht, was es überhaupt ist! Keine Säure, die Decke ist zur chemischen Untersuchung, kein Geruch an Fell und Decke, und trotzdem dieser schreckliche Haarausfall mit Loslösung der gesamten Haut. Sie sehen, auch die südafrikanischen Kollegen stehen vor einem Rätsel.«

»Es muß furchtbar leicht sein, Tierarzt zu werden!« sagte Hartung wütend. »Von der Luft kann diese Verletzung nicht kommen!«

Es war zum Verzweifeln. Man schmierte Salben auf Laskas zerstörten Körper und wußte doch, daß sie nichts nützten.

Am Abend erschien ein riesiger Bantu im Zeltlager und suchte Pedro Romanowski. Er grinste, als er ihn fand, winkte, zeigte hinter das Zelt und ging voraus. Romanowski zögerte. Det is 'n Ding, dachte er. Winkt mir zu.

Hinter dem Zelt wartete der große Bantu und deutete auf sich, als Romanowski erschien.

»Ich Petelo Nsombo«, sagte er in einem mühsamen Deutsch. »Früher bei deutsche *Bwana* als Boy. Ich dich umschlagen, mit Sand – bum!«

»Aha!« sagte Romanowski und knirschte mit den Zähnen. »Und nun willste de Quittung, wat?«

»Pferd sehr krank, durch Loa-loa.«

»Durch wat?«

»Loa-loa. Saft. Kann nur helfen Esanelo-Isansombo.«

»Wer is 'n det?«

»Medizinmann von Sambuko. Er hat Gegengift. Komm mit.«

»Junge, wenn det nich wahr is!« Romanowski ballte die Fäuste. »Ick mach 'nen Liliputaner aus dir!«

Romanowski lieh sich bei den amerikanischen Kollegen einen Jeep, lud Nsombo ein und raste mit ihm nach Norden, dann nach Osten in ein Gebiet aus Felsen und Weiden, wo die Sambuko-Bantus ihre Herden hatten. Nach vier Stunden Fahrt erreichten sie ein Negerdorf, und Romanowski hupte schon von weitem. Als sie auf dem Dorfplatz hielten, wurden sie von zwei starken Batteriescheinwerfern beleuchtet.

»Junge, wennste mir verschaukelt hast«, sagte Romanowski leise. Ihm wurde es unheimlich. Die Bantus umringten ihn, Speere in den Händen. Aus der größten Hütte kroch ein alter, verrunzelter Mann mit einem Hut, an dem ein Wedel aus Löwenhaaren hing.

»Longoma, der Häuptling«, flüsterte Nsombo. »Ich mit ihm sprechen und alles erklären. Dann wird Esanelo-Isansombo kommen.«

Romanowski tat alles, was Nsombo ihm sagte. Er saß auf dem Boden neben dem alten Häuptling, starrte den mit Glasketten und einer geschnitzten Maske vermummten Medizinmann Esanelo-Isansombo an und hörte dem Palaver zwischen Nsombo und den Sambukos zu. Dreimal fragte ihn der Häuptling etwas, er sagte: »Ja, so is det!« und freute sich, daß der alte Mann zufrieden nickte.

»Setz dich in die Mitte«, befahl Nsombo. Romanowski gehorchte.

Dumpfer Trommelklang erscholl. Der Medizinmann begann, um Romanowski herumzuhüpfen, klapperte mit Knochenstücken und stieß unter seiner bunten Holzmaske schrille Schreie aus. Zehnmal ließ sich Romanowski umtanzen, dann wurde es ihm zu dumm.

»Ick will keenen Original-Beat sehen!« brüllte er. »Ick will det Mittel für Laska!«

»Esanelo-Isansombo hat es bereits«, sagte Nsombo und drückte Romanowski wieder auf den Boden zurück. »Jetzt beschwört er die Geister, zu helfen.«

»Soll ick um Laska ooch so rumtanzen, wat?« schrie Romanowski. »Is det alles, wat ihr könnt?«

Es war nicht alles. Nach einer Stunde Tanz fiel der Medizinmann erschöpft um und blieb zuckend liegen. Nsombo holte aus dem Gürtel des Tänzers eine Limonadenflasche mit einer trüben, milchigen Flüssigkeit. Er warf sie Romanowski zu.

»Das Mittel! Wir wieder Freunde?«

»Wenn es hilft!« Romanowski rannte zu dem Jeep. Nsombo folgte ihm. Trommelwirbel begleitete sie.

Beim Morgengrauen erreichten sie Johannesburg wieder. Gemeinsam spülten Romanowski und Nsombo den Penicillinpuder von Laskas Körper und rieben die entsetzlichen Wunden mit der trüben Flüssigkeit aus der Mineralwasserflasche ein.

Um sieben Uhr erschienen Hartung, Angela und Dr. Rölle. Die Sorge um Laska hatte sie nicht schlafen lassen. Sie trafen Romanowski mit Tränen in den Augen bei Laska in der Box. Er schüttete gerade den zweiten Arm voll Heu in die Krippe.

»Sie frißt«, stotterte Dr. Rölle. »Sie frißt wieder! Pedro, wie haben Sie das gemacht?« Er trat näher, fühlte Laska den Puls und legte die Hand unter ihren Bauch. »Fieberfrei! Pedro, was war los?«

»Ick habe mit dem Medizinmann palavert.« Romanowski grinste. »Und det da, det is mein neuer Freund.«

Aus der Nebenbox tauchte ein schwarzes, lachendes Gesicht auf. »Ich alles wiedergutmachen«, sagte Nsombo. »Dann Arbeit in Mine.«

Zwei Tage später begann das große Springturnier. Die deutsche Equipe ohne Laska belegte nur den dritten Platz, aber am Turnierrand stand Laska, häßlich mit ihren riesigen kahlen Fellstellen, doch ohne Fieber und mit wachen, glänzenden Augen. Das Wundermittel Esanelo-Isansombos lag wie eine zweite, durchsichtige Haut über dem rohen Fleisch und schützte es.

Romanowski hielt Laska fest, und wenn sie hochsteigen wollte und wieherte, als sie die anderen Pferde über den Parcours gehen sah, hängte er sich in das Halfter und zog sie wieder herunter. Die Tränen liefen ihm dabei über die Wangen.

»Guckt doch mal!« stammelte er. »Wie se dasteht. Halbnackt. Jetzt macht det olle Luder ooch noch'n Strip-tease!«

Und Nsombo, der Bantu, sagte mit blitzenden Zähnen:

»Alles gut, alles gut. Pastor hat mir geschenkt Bild von St. Georg. Ich ganz glücklicher Mann.«

Das war Horst Hartung auch. Er lehnte an Laskas Hals und roch ihr Fell und schämte sich nicht, daß er plötzlich rote Augen bekam.

Der Sprung durch das Feuer

Das Schiff lag am Quai – lang, mit riesigen, den Himmel verdunkelnden Bordwänden, einem Gewirr von Ladebalken und Kränen, weißen Aufbauten, Fenstern, Bullaugen, Tauen, Entlüftungsrohren, kleinen und großen Masten, Ladeklappen, offenen Ladebunkern, Winden und Kettenrollen. Lastwagen warteten hintereinander, um an die Kranarme zu kommen, dann schwebten Ballen und Kisten in den Bauch des Schiffes, Säcke und holzverschalte Maschinenteile. Wagen nach Wagen, es war, als sei der leere Leib des Schiffes nicht zu füllen oder die Ladung rutschte unten heraus in das Meer.

Dr. Rölle und Horst Hartung standen neben dem hohen, innen gepolsterten Transporter, auf dessen Seiten »Achtung, Turnierpferde!« stand. Romanowski saß vorn auf der Stoßstange und rauchte eine Zigarette.

Warten. Auch das Beladen eines Schiffes verläuft genau nach Plan. Die deutschen Reiter waren zu früh im Hafen von Durban erschienen, nun standen ihre Pferdetransporter abseits, Lademeister rannten an ihnen vorbei, brüllten mit den farbigen Schauerleuten, kommandierten die Lastwagenfahrer herum, schrien Transportnummern durch das Gekreisch der Kräne und sorgten für das, was man in diesem Gewühl für völlig unmöglich hielt – Ordnung.

Dr. Rölle starrte an dem hohen Schiffsrumpf empor und schüttelte den Kopf über das Gewirr von Tauen, Ketten, Balken, Kränen, Klappen und Rollen.

»Wenn man bedenkt, daß alles seinen eigenen Namen hat« sagte er. »Die Seefahrt ist eine Wissenschaft für sich.«

»Tiermedizin ist leichter.« Hartung lachte und steckte die Hände in die Taschen. »Da kommt man mit einer schwarzen und einer gelben Salbe aus, vier verschiedenen Tabletten, einer Einlaufspritze und einer Grunddiagnose. Sie wissen, was ich meine, Doktor? Da ist ein Pferd mit Koliken. Der Tierarzt kommt, sagt zu dem Besitzer des Pferdes: ›Heben Sie mal den Schwanz und sehen Sie ins Loch!‹, tritt selbst ans Maul, reißt es auf und blickt auch hinein. ›Sehen Sie mich?‹ ruft er dem Pferdehalter zu. Der antwortet: ›Nein!‹ Darauf der Tierarzt: ›Klare Diagnose: Darmverschlingung!‹«

»Ein uralter Hut, den nicht mal ein Esel frißt!« Dr. Rölle verzog das Gesicht. Dann erhellte es sich, und seine Figur straffte sich. Er fuhr sich mit der Hand schnell über das Haar und begann zu lächeln, mit einem so romantischen Blick, daß Hartung verblüfft die Zigarette auf den Boden warf.

»Ist Ihnen nicht wohl, Doktor?« fragte er.

»Afrika ist ein schönes Land.«

Hartung stieß Dr. Rölle vorsichtig in die Seite. »Doktor, allen Ernstes, haben Sie einen Anfall? Natürlich ist Afrika schön, aber Sie stehen da wie hypnotisiert! Beim Anblick eines dreckigen Schiffskörpers.«

»Es kann gar keinen schöneren Körper geben. Horst, wenden Sie mal die Augen nach links. Halt.« Dr. Rölle hielt Hartungs Kopf fest. »Ehe Sie hinblicken – diesmal ist es für mich reserviert! Feste Regel, schon bei den alten Seefahrern, wer das Land entdeckt, dem gehört es! So – und nun Augen links!«

Hartung drehte sich herum. Er wollte lachen über Dr. Rölles verschrobenen Einfall, aber das Lachen blieb ihm vor Staunen in der Kehle stecken.

Aus einem schweren englischen Wagen stieg gerade eine Frau. Rote, leuchtende Haare, schmales Gesicht, lange Beine in weißen, enganliegenden Hosen, kurvenreicher Oberkörper in einer fast durchsichtigen geblümten Bluse. Ein farbiger Chauffeur in weißer Uniform rannte um das Auto herum und klappte den Kofferraum auf. Rote Lederkoffer wurden vorsichtig auf den Boden gehoben.

»Rot scheint ihre Farbe zu sein«, sagte Hartung und strich seinen Rock glatt.

»Aha!« knirschte Dr. Rölle hinter ihm.

»Was heißt hier aha!«

»Sie stellen sich schon in Positur, Horst. Diese Dame da ist für Sie *off limits*!«

»Sogar einen roten Schirm hat sie«, sagte Hartung. »Vielleicht die Tochter des sowjetischen Botschafters?«

»Ihre dummen Witze!« Dr. Rölle schob sich an Hartung vorbei nach vorn. »Denken Sie daran, Angela ist schon an Bord! Ich aber bin Witwer! Und da diese Dame allem Anschein nach auch auf unserem Schiff nach Australien fahren will, kann man Komplikationen entgehen, indem Sie, Horst, sich nicht um sie kümmern.«

»Ein meisterhafter Satz.« Hartung klopfte Dr. Rölle von hinten auf die Schultern. »Viel Glück, Doktor. Die Dame wird begeistert sein, wenn Sie ihr die erste Eiweißurinprobe unserer Pferde vorführen!«

Die Dame mit den roten Haaren hatte ihre Koffer gezählt, sprach mit ihrem pechschwarzen Chauffeur und winkte dann zum Schiff hin. Auf dem Fallreep für Passagiere erschien oben eine weiße Gestalt, der Erste Zahlmeister. Er grüßte stramm und sah in seiner Uniform sehr attraktiv aus.

»Schon ist sie da, die Konkurrenz«, lachte Hartung leise und gab Dr. Rölle einen Stoß in den Rücken. »Auf in den Kampf, Doktor. Sie konnten Uniformen ja nie leiden. Boxen Sie den Zahlmeister aus dem Feld. Aha, jetzt kommt die Dame in Rot. Genau auf uns zu. Kein Herzklopfen, Doktor! Ich gebe zu – die schönste Stute verblaßt dagegen.«

Die Dame – beim Näherkommen sah man, daß sie nicht älter als fünfundzwanzig sein konnte – blieb plötzlich mit einem Ruck bei den Pferdewagen der deutschen Equipe stehen und lächelte an Dr. Rölle vorbei Horst Hartung an. Es war ein so betörendes, jedes Männerherz treffendes Lächeln, daß Dr. Rölle verhalten schnaufte. Die Sonne reflektierte in ihrem Haar und ließ es in vielfältigen Rot- und Goldtönen flimmern.

»Sie sind Horst Hartung, nicht wahr?« fragte die Dame in fließendem Deutsch mit einem leichten englischen Akzent.

Hartung verbeugte sich kurz. »Ihre Vermutung ist richtig, Madam.«

»Ich bin nicht verheiratet.« Wieder das Lächeln. »Ich habe Sie nach Bildern wiedererkannt. Zeitungsbilder. Ich bin Eve Walkering.«

»Ich freue mich, daß wir anscheinend das gleiche Ziel haben.« Hartung ging um Dr. Rölle herum. »Sydney?«

»Nein. Ich steige schon in Adelaide aus.« Eve Walkering zeigte auf den noch verschlossenen Transporter, auf dessen Stoßstange noch immer Romanowski saß, die Mütze schief auf dem Kopf und mit einem verhaltenen Grinsen. »Ist Laska darin?«

»Ja.«

»Welch ein Unglück damals. Ich war auf der Tribüne, als wir erfuhren, was ihr passiert war. Ist sie wieder gesund?«

»Die Krise ist überstanden. Sie sieht noch aus wie ein alter, häßlicher Klepper, dem die Haare gleich quadratmeterweise ausfallen. Aber bis Sydney wird sie wieder fit sein.«

»Und Sie reiten in Sydney?«

»Bestimmt.«

»Dann werde ich von Adelaide herüberfliegen und zuschauen.« Sie sah ihren Koffern nach, die von vier Boys auf das Schiff getragen wurden. Dann rollte der schwere englische Wagen an ihnen vorbei zu einem der Kräne. Er wurde also auch verladen. »Sie kommen noch nicht an Bord?«

»Später, Miss Walkering. Erst die Pferde, dann wir.« Hartung hob bedauernd beide Hände. »So ist das bei uns – wichtiger als wir sind die Tiere. Nur mein Freund, Dr. Rölle, der Tierarzt, darf vor uns allen an Bord. Er muß oben sein und den Pferden den Puls fühlen, wenn sie vom Kran heruntergelassen werden.«

Eve Walkering lachte. Ein glockenheller Ton, vielleicht ein wenig zu hart und kalt. Es fehlte die Wärme. »Bis nachher«, sagte sie.

Hartung und Dr. Rölle sahen ihr nach. Ein schwebender Gang, die

Figur einer Sylphide, um den Kopf wie ein Strahlenkranz das rote Haar.

»Das vergesse ich Ihnen nie«, knirschte Dr. Rölle.

»Was?«

»Sie ist auf Sie geflogen!«

»Kann ich dafür, daß Sie mich nach Bildern wiedererkennt und nicht Sie? Soviel ich weiß, existiert von Ihnen nur ein Pressefoto, auf dem Sie einem Pferd mit Blähbauch einen Einlauf machen. Geben Sie zu, daß so etwas nicht gerade anreizend ist. Außerdem habe ich Sie der roten Eve vorgestellt, empfohlen und angedeutet, daß Sie vor mir an Deck sind. Was wollen Sie noch mehr? Soll ich Ihnen Eve Walkering in Ihre Kabine tragen?«

Dr. Rölle seufzte laut, strich sich wieder über seine Haare und blickte Hartung böse an. Aber im Hintergrund seiner Augen schimmerten Fröhlichkeit und jungenhafte Abenteuerlust.

»Horst, wenn Sie einmal vom Pferd fallen sollten und sich den Nackenwirbel brechen, verspreche ich Ihnen erste Hilfe – ich blase Ihnen Kolikmittel in den Hintern!«

Mit schnellen Schritten ging er Eve Walkering nach, die schon am Fallreep war. Der Zahlmeister kam ihr entgegen, fast tänzelnd, ein widerlicher Kerl, wie Dr. Rölle feststellte.

»Herrchen!« Romanowski kam heran. Mit der Mütze wedelte er sich Luft zu. Die Geruchsmischung von Brackwasser, Öl, Benzin, Teer, Pferdeschweiß, Farbe, heißem Eisen und Schmierfett legte sich selbst ihm auf die Lunge. »Sie fährt mit uns?«

»Wer?«

»Det rote Weib!«

»Ich kann es nicht verhindern. Es wollen auch noch andere Leute nach Australien.«

»Ick prophezeie, det jiebt wieder 'ne jroße Szene mit Frollein Anjela.«

»Das befürchte ich auch, Pedro. Was soll ich machen?«

»Tote Fliege spielen, Herrchen.«

»Auf dem blauen Meer? Bei diesem Himmel?«

»Angela, Herrchen.«

»Ich werde mich vor ihr verkriechen, wo ich kann. Pedro« – Hartung blickte seinem Pferdeknecht tief in die Augen – »warum habe ich immer die Frauen am Hals?«

»Wenn ick det wüßte, Herrchen. Viel ist an Ihnen wirklich nich dran.«

Vom Fallreep erschien der Zahlmeister, eine Liste in der Hand. »In zehn Minuten verladen wir Sie!« rief er. »Alles bereit?«

»Alles.« Hartung gab Romanowski einen Schubs. »Fahr zum Kran, du Affe!«

Romanowski grinste und lief zum Wagen. Der Zahlmeister klemmte seine Listen unter die Achsel und blickte hinauf zur Reling. Dort stand Dr. Rölle und hatte es fertiggebracht, mit Eve Walkering ins Gespräch zu kommen.

»Wissen Sie, wer das ist?« fragte der Zahlmeister.

»Miß Walkering.«

»Sonst nichts?«

»Nein. Offensichtlich liebt sie Rot.«

»Ihr Vater besitzt in Australien und hier in Afrika Goldminen. Ein Mädchen aus Gold gewissermaßen.« Vom Schiff, irgendwoher aus dem Gewühl, ertönte eine Sirene. Dumpf, durchdringend. Der Zahlmeister nickte. »Sie sind dran. Wollen Sie die Wagen getrennt von den Pferden hochhieven lassen oder mit den Pferden?«

»Lieber getrennt.«

»Okay! Sie können mit den Pferden hinten über Fallreep III an Bord. Die Wagen kurbeln wir hier hoch. Bis nachher, Mr. Hartung.«

Der Zahlmeister grüßte, wandte sich um und rannte wieder an Bord.

»Pferde ausladen!« rief Hartung.

Die jungen Nachwuchsreiter der deutschen Equipe rannten zu den Transportern. Romanowski öffnete die Falltür seines Wagens. Laskas Kopf erschien, edel und schön wie immer, mit großen, sprechenden, klugen Augen, aber dann folgte ein Körper mit einem so zerstörten Fell, daß nicht einmal ein blinder Zigeuner zehn Mark für sie in die offene Hand gelegt hätte.

Laskas erster Blick suchte Hartung. Als sie ihn gefunden hatte, wieherte sie leise, voll Zärtlichkeit.

»Et jeht los, Olle«, sagte Romanowski und führte sie aus dem Transporter. »Und vornehm jehn wir an Bord – zu Fuß.«

Hartung trat an Laska heran. Ihre weichen Nüstern tasteten nach ihm. Er umarmte ihren Kopf und streichelte über ihren gebogenen Hals.

»Wie geht's dir, mein Mädchen?« fragte er leise.

Und ebenso leise schnaufte Laska an seiner Schulter und zwickte ihn ganz leicht in den Rock.

»Wie ein Liebespaar«, sagte oben an der Reling Eve Walkering. »Man könnte eifersüchtig werden!«

»Ich bin es seit vier Jahren«, antwortete Angela Diepholt.

So lernten sie sich kennen, zwei Frauen wie Feuer und Wasser. Und sie mußten jetzt zusammenleben, über eine Strecke von sechstausend Seemeilen, drei Wochen lang Seite an Seite, und zwischen ihnen der Mann, den die eine erobern und die andere behalten wollte.

Aber daran dachten sie hier oben an der Reling noch nicht, sie beobachteten gemeinsam, wie Romanowski Laska zu dem schrägen, breiten Fallreep führte und wie Laska plötzlich unruhig wurde, den Kopf hochwarf, die Ohren zurücknahm und zu tänzeln begann. Elegant sah das aus, aber wer Pferde kennt, weiß, daß es keine Lebenslust, sondern Abwehr, Angst, Widerstand ist. Vor dem Holzsteg gehorchte Laska der Führung Romanowskis nicht mehr, sie warf den Kopf mit einem heftigen Ruck hoch, Romanowski fluchte, schüttelte seine aus dem Halfter gerissene Hand und sprang zur Seite. Laska machte einen Satz und blieb dann mit zitternden Flanken vor dem Fallreep stehen.

»Dämliches Luder!« schrie Romanowski. »Biste noch nie uff'n Schiff jeklettert? Benimm dir bloß nich wie von 'ner Wespe jestochen! Los, ruff uff'n Kahn!«

Aber Laska blieb stehen. Als Romanowski zu ihr trat, zog sie die Nüstern hoch und bleckte das Gebiß. Ihre Beine stemmten sich gegen den Betonboden, als wolle sie sich darin verankern. Romanowski unternahm keinen Gewaltakt, er versuchte nicht einmal mehr, auf Laska einzureden. Resignierend schob er die Mütze ins Genick und winkte ab.

»Denn also nich! Wirst sehn, wat se mit dir machen! Schnallen dir 'nen Jurt um 'n Bauch und ruff geht's in de Luft. Da kannste quieken, det stört die nich.«

Von den Wagen kam Hartung. Hinter ihm klapperten die Hufe der deutschen Springpferde. Neun edle, wie Schmuckstücke bewachte Pferde wurden von ihren Pflegern und begleitet von ihren Reitern zum Fallreep geführt.

»Was ist denn los?« rief Hartung schon von weitem.

»Se will nich, Herrchen!« brüllte Romanowski zurück. »Sehn Se sich det an. Ick jeh nich mehr ran!«

Oben an der Reling erläuterte Dr. Rölle Name und Rasse der einzelnen Pferde. Interessiert hörte Eve Walkering zu. Aber ihre Augen verfolgten Hartung. Forderung und Leidenschaft lagen in diesem Blick.

»Was jetzt?« fragte sie plötzlich.

»Ich verstehe Sie nicht, Gnädigste«, sagte Dr. Rölle, aus seinem Vortrag gerissen.

»Was macht Hartung jetzt, wenn Laska nicht aufs Schiff will?«

»Das gibt es gar nicht. Laska tut alles, was Hartung will.«

»Heute scheint es umgekehrt zu laufen.«

»Warten Sie ab.«

Hartung war vor Laska hingetreten. Sie hatte den Kopf erhoben, ihre großen, klaren Augen hatten einen furchtsamen Ausdruck. Die Ohren spielten unruhig. Sie stand wie ein Denkmal, zitterte nur ab und zu in den Flanken.

»Stell dich nicht an«, sagte Hartung leise. »Mein Mädchen, du tust so, als hättest du noch nie ein Schiff betreten. Was sollen die anderen von uns denken? Alle sehen uns zu. Komm, Laska!«

Laska rührte sich nicht. Ihre Nüstern schoben sich ein wenig über die Zähne. »So'n hysterisches Weibsstück!« schnaubte Romanowski. »Det hat se noch nie jetan! Die beißt, wenn Se ihr anpacken. Ooch bei Ihnen, Herrchen.«

Hartung sah Laska ruhig in die schreckgeweiteten Augen. Er gab zu – so hatte er sie noch nie gesehen. Es war das erstemal, daß selbst er nicht mehr ihre Absicht erkannte, daß ihm ihr Verhalten fremd war. Irgend etwas stimmt hier nicht, dachte er. Laskas Instinkt ist ein Wunderwerk der Natur, wir haben es oft genug erlebt.

»Komm«, sagte er noch einmal und winkte.

Laska stand wie ein brauner Marmorblock.

»Es ist gut«, sagte Hartung laut. »Dann bleibst du in Afrika zurück, und wir fahren allein nach Sydney. Es gibt nicht nur eine Laska auf der Welt.«

Er drehte sich um und ging den schrägen Laufsteg hinauf zum unteren Deck. Von den Kränen her rollten bereits die Transportwagen der Turnierpferde, wurden vertäut und mit Planen überspannt.

Laska blickte ihrem Herrn nach. Sie schnaubte, wieherte dann leise, schließlich lauter, immer heller, bis ihr Wiehern wie ein Schrei war. Sie warf den Kopf hoch und stieß einen so grellen Ton aus, daß Hartung zusammenzuckte und Romanowski die Mütze vom Kopf riß.

Hartung zögerte, ging aber dann weiter, langsamer, doch ohne sich umzublicken.

Laska durchfuhr ein heftiges Zittern. Mit einem tiefen Schnaufen senkte sie den Kopf, zögernd hob sich der rechte Fuß, sie scharrte ein paarmal, blickte dann Romanowski mit tieftraurigen Augen an und setzte sich in Bewegung. Allein, ohne Führung, folgte sie Hartung langsam, mit hängendem Kopf, ihre Hufe klapperten über die Holzplanken, und Hartung, der es hörte, ging weiter, aber sein Herz schlug plötzlich schneller. Erst oben an Deck drehte er sich um und erwartete Laska, die sich jeden Schritt abrang. Man sah es, ihre Füße verharrten in der Luft, ehe sich die Hufe wieder senkten.

»Bist ein dummes Mädchen«, sagte Hartung, als sie endlich an Deck war. Er umarmte ihren Kopf und küßte sie auf die Nüstern. »Ich hätte dich unten stehen und in Afrika zurückgelassen.«

Es gab niemanden, der Hartung das glaubte. Auch Laska nicht.

Nach vier Stunden legte die »Seemaid« ab.

Ohne Bordkapelle, ohne große Feierlichkeiten, das Schiff war ein Riesentransporter mit einem Passagierteil, der als weißer Klotz hinter der Brücke, dem Kapitänsraum, den Navigations- und Funkkabinen angebaut war. Allerdings ein feudaler Teil mit fünfundzwanzig Erster-Klasse-Kabinen, einem Speisesaal, einer kleinen Bar, einer Bibliothek, einer gedeckten und verglasten Wandelhalle, einem Zwischendeck mit Liegeterrasse und einem kleinen Schwimmbad, alles verbunden durch Treppen und Treppchen, die immer neue Winkel des Schiffes erschlossen. Dann wurde das Schiff flach, die Ladebäume über riesigen Luken beherrschten das Bild, ein langes Deck, auf dem sich in genau berechneten Blocks riesige Kisten und Behälter aus Aluminium stapelten, durch Taue gesichert gegen alle Gefahren, die ein unruhiges Meer für ein Schiff bereithielt. Noch weiter zum Bug standen die Transporter der deutschen Equipe, der Luxuswagen Eve Walkerings und Maschinen in Bretterverschlägen. Fast vorn am Bug hatte man eine Art Stall aufgebaut. Ein langes und breites hölzernes Dach, unter dem die Boxen lagen, enge Holzkäfige, damit die Pferde bei grobem Seegang nicht ausrutschten und hinfielen. Der Boden war hoch mit Stroh bedeckt, darunter, als »Saugboden«, eine Schicht Sägemehl. Vor dem »Stall« hatte man einen Auslauf abgegrenzt mit einer mittelhohen Bretterwand. Hier konnten die Pferdeknechte die Tiere tagsüber bewegen, ganz vorsichtig, denn die Bohlen des Decks waren für die empfindlichen Turnierpferde glatt wie Eis, und jedes Ausrutschen konnte einen Bruch bedeuten, eine Verstauchung, eine innere Verletzung, das Aus für den Einsatz in Sydney. Standen die Pferde in den Boxen, waren sie angebunden. Sie blickten nur auf die Bretter vor sich, das Meer, die Wellen, die Schaumkronen sahen sie nicht. Es sollte alles vermieden werden, was sie nervös machen könnte.

Es ist unbekannt, ob Pferde seekrank werden können – für Romanowski stellte sich diese Frage nicht. Kaum schwamm die »Seemaid« ein paar Meilen von Afrikas Küste entfernt, wurde er grün im Gesicht und verschwand irgendwo auf dem Schiff.

Ab und zu tauchte er auf, sehr wortkarg, bleich, mit geröteten Augen, flüchtete zu Laska in den Stall, spürte dort wieder das Wiegen und Rollen des Schiffes, preßte die Hände vor den Mund und rannte davon.

Am Abend lag er erschöpft auf Deck, lehnte an einer Maschinenkiste und starrte in die glutrot untergehende Sonne. Er würgte schon wieder, aber wo nichts ist, kann auch nichts kommen, sein Magen war leer, und auch die Galle streikte. Er kam sich wie ausgedörrt vor.

»Bis Australien bin ick wie 'ne Rosine«, sagte er zu Hartung, der nach Laska sehen wollte. »Herrchen, wenn ick kotzen muß, hol ick mir schon die Flüssigkeit aus 'n Zehen.«

»Und Laska?« fragte Hartung. Er bedauerte Romanowski nicht, er kannte diesen Zustand. Bisher waren sie fünfmal mit dem Schiff gefahren, und Romanowski hatte fünfmal wie ein Sterbender herumgelegen. Sogar bei der kurzen Überfahrt nach Norderney, wo Hartung ein Schauspringen absolviert hatte.

»Die Olle is munter.« Romanowski würgte und hielt seine Mütze vor den Mund. Aber es kam nur Luft. »Herrchen, ick jehe ein.«

»Trink drei Kognaks.«

»Uff'n nüchtern Majen?«

»Eben. Dann merkst du nicht, daß du seekrank bist. Ans Betrunkensein hast du dich ja gewöhnt.«

Romanowski seufzte, würgte wieder und rollte die geröteten Augen. Dann sprang er auf und rannte davon.

Im Speisesaal hatte man eine große hufeisenförmige Tafel aufgebaut, an der alle Passagiere, die Offiziere des Schiffes, die Zahlmeister und der Schiffsarzt Platz hatten. Man umging damit die sogenannte »Kapitänstafel«, an der zu sitzen eine besondere Ehre war und um die es sonst jeden Tag eine ausgeklügelte Sitzordnung zu erstellen galt. So saß jetzt alles neben dem Kapitän, der als Mittelpunkt des Hufeisens seine Liebenswürdigkeiten gleichmäßig auf die Passagiere verteilte.

»Das laß ich mir patentieren«, sagte Kapitän McClean, als er diese Tischordnung bestimmte. »Bis zu fünfzig Passagieren kann man das praktizieren.«

Eve Walkering hatte die Männer der »Seemaid« schon durcheinandergebracht, ehe das erste Essen stattfand. Der Erste Zahlmeister und der Erste Offizier Phil Donald, ein großer, schlanker Mann mit dem Gesicht eines Hollywoodstars, brillant aussehend in seiner weißen Uniform, wenn die goldenen Ärmelstreifen in der Sonne blitzten, hatten sich schon am Morgen gestritten, neben wem Eve sitzen sollte.

»Sie werden auf der Brücke sein«, sagte der Zahlmeister und grinste anzüglich. »Einer muß sich um das Schiff kümmern, wenn der Käpt'n ißt.«

»Und Sie werden mit Ihrem langweiligen Gesicht Miss Walkering den Appetit verderben!« Phil Donald rieb sich die Hände. »Gut, ich überlasse Miss Eve für das Mittagessen Ihrer Obhut, sie wird beim Abendessen garantiert zu mir flüchten, wenn sie Sie sieht.«

Auch Dr. Rölle schlich herum und suchte den Verantwortlichen für die Sitzordnung. Er erfuhr, daß Kapitän McClean die letzte Instanz war, und erkletterte die Kommandobrücke. McClean, der keinen Laien in seinem Kommandostand duldete, sah Dr. Rölle mit gerunzelten Brauen entgegen.

»Ich bin nicht krank«, sagte er grob. »Außerdem bin ich kein Pferd, sondern ein Bulle.«

»Ich behandle auch Rindviecher«, antwortete Dr. Rölle schlagfertig. »Nur eine Frage, Herr Kapitän – ist es möglich, daß Miss Walkering neben mir sitzt?«

»Nein.«

»Warum nicht?«

»Weil sie neben mir sitzt.«

»Aha! Immer? Zu jeder Mahlzeit?«

»Um allen Komplikationen, die ich kommen sehe, aus dem Wege zu gehen, wäre das die beste Lösung.«

»Und wenn Miss Walkering das nicht will?«

»Das ist etwas anderes. Der Wunsch einer Dame ist einem Kavalier Befehl.« McClean blickte Dr. Rölle mit Schadenfreude an. »Sie hat übrigens ihren Wunsch schon geäußert. Sie möchte neben Mr. Hartung sitzen.«

Dr. Rölle schlug die Hände zusammen. »Um Himmels willen!« rief er. »Haben Sie ihr das zugesagt?«

»Ja. Warum denn nicht?«

»Und das nennen Sie Komplikationen vermeiden? Wo soll Miss Diepholt sitzen?«

»Neben dem Zweiten Offizier. Ein angenehmer Mensch.«

»Damit legen Sie eine Bombe, Kapitän. Werfen Sie mich nicht von der Brücke, wenn ich Ihnen rate – setzen Sie Miss Walkering und Hartung so weit wie möglich auseinander, sonst können Sie Ihr schönes Schiff gleich in die Luft sprengen.«

McClean sah Dr. Rölle nach. Sein Gesicht war sehr nachdenklich. Er griff zum Telefon und rief die Zahlmeisterei an.

»Sitzänderung bei Tisch. Miss Walkering kommt zu mir, Mr. Hartung zusammen mit Miss Diepholt am rechten Tischende. Daneben Mr. Donald mit der netten alten Dame – wie heißt sie noch?«

»Mabel Zukerman.« Der Zahlmeister raufte sich die Haare.

»Richtig. Sonst bleibt alles so. Noch Fragen?«

»Keine Fragen.«

McClean hängte ein.

»Diese Weiber«, sagte er brummend. »Ein Schiff mit wilden Affen ist leichter zu übersehen.«

Er sollte recht behalten.

Zunächst geschah nichts.

Die Mittag- und Abendmahlzeiten verliefen ruhig. McClean erzählte haarsträubende Seefahrergeschichten, die keiner glaubte, aber alle taten so, als nehme man sie für bare Münze. Es gehörte zu einer Kapitänstafel, sich in Seemannsgarn einwickeln zu lassen. Die Atmosphäre war gelockert, Eve Walkering flirtete mit dem Kapitän, der es souverän überstand, mit dem Zahlmeister, der Herzschmerzen bekam, dem Ersten Offizier, der am zweiten Abend verdächtig oft an

Eves Kabine vorbeistrich, mit Dr. Rölle, der von seiner Tierarztzeit bei Sarasani und dem amerikanischen Zirkus Dudley Brothers erzählte und eine Löwenoperation so plastisch schilderte, daß Miss Walkering nach einem Cocktail verlangte – mit allen Männern, auch den jungen deutschen Reitern, spielte Eve Katz und Maus, aber aus den Augenwinkeln schielte sie immer wieder zu Horst Hartung, dem großen Fang.

»Sie ist sechsundzwanzig Jahre alt«, sagte Dr. Rölle am zweiten Abend zu Hartung. »Ohne Blinddarm.«

»Oha! Sie haben die Narbe schon gesehen?«

»Quatsch. Sie sagte es so im Gespräch. Ich glaube, ich habe reelle Chancen.«

»Dann verliert die deutsche Equipe einen leidlich guten Arzt. Als Ehemann einer Millionärin haben Sie es nicht mehr nötig, Koliken zu kurieren. Schade. Sie konnten so gute Darmspülungen machen!«

Und Angela sagte: »Sie wartet! Sie wartet nur auf eine Gelegenheit. Wie ein Raubtier liegt sie im Hinterhalt und duckt sich zum Sprung. Aber das Wild ist noch nicht nah genug.«

Sie sagte es zu Dr. Rölle, der ihr sofort zustimmte. »Lassen Sie Horst nie aus den Augen. Wir wissen alle, wie er ist. Er trägt ein moralisches Korsett, aber wie Siegfried hat er eine verwundbare Stelle.«

Die Tage, herrliche Sonnentage unter einem wolkenlosen, blaßblauen Himmel, sanft dahinwiegend auf einem fast spiegelglatten Meer, verträumte man in den Liegestühlen, planschte im Swimmingpool, spielte Karten, las, stand an der Reling und beobachtete Delphine und fliegende Fische, sah auch einmal ein paar Haie, dreieckige Rückenflossen, die auftauchten und durch die Wellen pflügten. Tage voller Träumen und Nichtstun, wenn man davon absieht, daß Eve Walkering den Vorschlag machte, auf dem Ladedeck ein Stück abzustecken und Federball darauf zu spielen.

Sie verbrauchte in fünf Tagen neun Partner, darunter den Ersten Zahlmeister und Dr. Rölle. »Ich werde das Rauchen aufgeben!« stöhnte Dr. Rölle. Er hockte schwitzend im Schatten eines Entlüftungsrohres auf einem Klappschemel. »Die ganze Luft ist ja voll Dampf!«

Die deutsche Springreiter-Equipe war tagsüber voll beschäftigt. Die Pferde wurden bewegt, so gut es auf den Deckplanken ging. Hartung machte am zweiten Tag einen Vorschlag: Wenn man die Holzdielen mit großen Segeltüchern bedeckte, könnte man sogar im leichten Trab reiten. Die Rutschgefahr wäre gebannt.

»Eine gute Idee«, sagte McClean.

Zwei Stunden später hatten Matrosen einen Teil des Vorderdecks mit Segelleinen belegt. Hartung probierte den »Abreiteplatz« aus, er ließ Laska satteln und stieg auf. Auf dem Oberdeck ihrer Kabinenbauten standen die Passagiere und sahen zu.

Laska ging brav im Schritt. Aber man sah, wie ihre Hufe den neuen Boden abtasteten. Als sie spürte, daß der Halt besser war, warf sie die Beine wieder so elegant und mit jener unnachahmlichen Grazie, die Hartung schon begeistert hatte, als er Laska zum erstenmal im Rund des Zigeuner-Zirkus sah.

»Ein herrliches Pferd«, sagte Eve Walkering. Sie trug nur einen Bikini, so eng und knapp, daß Dr. Rölle Hustenreiz bekam. Das war kein Badeanzug mehr, sondern eine Demonstration.

Hartung fiel in ganz leichten Trab. Laska warf die Beine, der Halsbogen war vollkommen, ihr Gang sah schwerelos aus, wie ein Huschen der Hufe über den Boden. Wer sah bei soviel Eleganz noch die häßlichen Flecken auf ihrem Fell?

Von diesem Tag an arbeitete die deutsche Equipe jeden Vormittag zwei Stunden und am Nachmittag drei Stunden mit den Pferden. Die »Seemaid« stampfte ruhig übers Meer, an den wiegenden Boden hatten sich die Pferde schnell gewöhnt. Nur Romanowski rang mit der See. Wenn er zur blassen Linie des Horizontes blickte, wo Himmel und Meer zusammenflossen zu einer blauschimmernden Einheit, und wenn dieser Horizont dann zu schwanken begann, verdrehte Romanowski die Augen und klammerte sich an der Reling fest.

»Und det, wo mein Vater bei de Marine jedient hat«, stammelte er, als Hartung ihm vom Schiffsarzt Tabletten brachte. »Aba bei'n U-Booten war er, da sieht man det Meer nur von unten!«

Die Abende und Nächte waren wie Samt. Dunkelblauer Samt, mit Sternen bestickt. Warmer Samt, in den man sich einhüllen konnte und träumen. Nach dem Essen spielte eine Dreimann-Band aus Matrosen. Sie waren keine Profis, aber sie hatten Schwung, ein modernes Repertoire, machten auf Show-Band mit wechselnden Kostümen und sorgten jedenfalls für Stimmung im Speisesaal. Da an Bord nur sechs Frauen waren, ging es streng der Reihe nach, wer mit wem tanzen durfte, sogar die alte Mrs. Zukerman wurde zum Walzer und Slowfox geholt, was ihr jedesmal einen leisen Aufschrei entlockte. Nach einem solchen Abend rief sie den Schiffsarzt in ihre Kabine und ließ sich eine Schlafspritze geben, so aufgeregt und beschwingt war sie plötzlich.

Unmerklich drängte sich die Katastrophe in diese lauen, samtigen Nächte hinein. Hartung tanzte nur mit Angela und den anderen Damen, seinen Pflichttanz mit Eve Walkering absolvierte er wie in der Tanzstunde. Aber am zehnten Abend ging Eve zum Angriff über. Während sie zusammen im Hintergrund des Speisesaales einen langsamen Walzer tanzten, spürte Hartung plötzlich, wie sie die Führung übernehmen wollte.

»Nanu?« sagte er. »Tanzen wir seitenverkehrt?«

»Ordnen Sie sich einmal unter«, entgegnete sie leise.

»Wenn das Ihr Wunsch ist.«

Er gab nach, ließ sie beim Tanz führen und sah, daß sie mit ihm aus dem Saal tanzte, hinaus auf die gedeckte Veranda und von dort auf das Oberdeck. Hier war die Musik so leise, daß sie ihn lächelnd losließ und sich gegen die Reling lehnte. Ihr Kleid war tief ausgeschnitten und zeigte den Brustansatz. Darüber flossen ihre roten Haare.

»Sie wird Gift und Galle spucken«, sagte sie.

»Wer?«

»Ihre Braut. Diese Eifersucht ist dumm. Man sagt, ein großer Künstler gehört nie einem Menschen allein, er gehört der ganzen Welt. Sie sind auch ein Künstler, der größte vielleicht – ein Künstler auf dem Pferderücken. Sie gehören ebenfalls der ganzen Welt, und damit eigentlich auch mir. Ist das logisch?«

»Weibliche Logik.«

»Die beste Logik.«

Sie warf den Kopf zurück und blickte in den Sternenhimmel. Ihre Brüste strafften sich. Hartung blickte sich schnell um. Sie waren allein, Angela war ihnen nicht gefolgt.

»Sie lieben das Abenteuer?« fragte er.

»Sie nicht?«

Hartung holte ein Zigarettenetui aus der Tasche und hielt es ihr hin. Eve nahm eine Zigarette, rauchte sie an und warf sie dann über die Schulter ins Meer. Dabei lachte sie – ihr helles, hartes Lachen, hinter dem Gefahr lauerte.

»Sie haben in Ihrem Leben alles bekommen, was Sie wollten, nicht wahr?« fragte Hartung. »Kleider, Pelze, Autos, Häuser, Tiere und Menschen.«

»Ja. Ich bin Abraham Walkerings einzige Tochter. Zum fünfundzwanzigsten Geburtstag hat er mir die afrikanische Goldmine geschenkt.« Sie sah Hartung mit einem tiefen Blick an, warf plötzlich die Arme um seinen Hals und preßte sich an ihn. »Gibt es für Sie noch etwas anderes als Pferde?«

»Eine ganze Menge.«

»Auch die Liebe?«

»Auch die.«

»Ich weiß es. Hätten Sie eine andere Antwort gegeben, hätte ich Sie Lügner genannt. Jeden Abend, wenn sie glaubt, die anderen schlafen schon, schleicht ein Mädchen in Ihre Kabine.«

Hartung wurde verlegen. Sie hat Angela beobachtet. Trotz aller Vorsichtsmaßnahmen, der späten Zeit und dem blitzschnellen Huschen von Tür zu Tür – denn Angelas Kabine lag neben seiner – war Eve Walkering Zeugin ihrer Liebe geworden.

»Angela und ich sind verlobt«, sagte er, ohne einen Grund zu sehen, weshalb er sich rechtfertigte.

»Ich weiß es von Dr. Rölle.« Eve hing an seinem Hals, ihr schmales, porzellanhaftes Gesicht war ihm ganz nah. Der Wind wehte ihre roten Haare über seine Augen, Haare wie Seide, leicht nach einem französischen Parfüm duftend, das an Gras in der Sommersonne erinnerte. »Aber Sie gehören der ganzen Welt, davon gingen wir vorhin aus. Auch mir! Küß mich!«

»Was haben Sie davon?« fragte eine Stimme hinter ihnen.

Hartung fuhr herum. Eve, die noch immer die Arme um seinen Nacken geschlungen hatte, wirbelte um ihre eigene Achse. Angela stand an der Reling, lautlos aus der Dunkelheit aufgetaucht. In der Tür zur gedeckten Glasveranda erschien Dr. Rölle, mit wedelnden Armen und zerknittertem Gesicht.

»Ich konnte sie nicht ablenken«, stammelte er. »Als Sie aus dem Saal tanzten . . .«

»Küssen Sie ihn!« sagte Angela laut. Sie zeigte auf Hartung. »Los! Küssen Sie ihn! Wenn darin Ihre ganze Seligkeit liegt, ich trete ihn Ihnen für ein paar Sekunden ab!«

»Angela!« Hartung versuchte, Eves Arme von seinem Nacken zu lösen. Aber je mehr er zerrte, um so fester umschlangen sie ihn, zogen seinen Kopf zu ihr hinunter. Er sah ihr ins Gesicht und erschrak. Die braungrünlichen Augen funkelten wie bei einem Raubtier.

Plötzlich ließ sie ihn los und stieß ihn so heftig zurück, daß er gegen Angela taumelte. Mit einem wilden Kopfschwung warf sie die roten Haare nach hinten.

»Von Ihnen soll ich mir etwas schenken lassen?« sagte sie hart. »Und wer sind Sie denn, Horst Hartung? Ein Mann, der auf einem Pferd sitzt. Der ein paar Schenkeldrücke beherrscht und die Beine zusammenkneift, wenn es über ein Hindernis geht. Das ist Ihr ganzer Ruhm! Zum Lachen ist das! Sie und dieses deutsche Gretchen da« – sie zeigte wütend auf Angela –»Sie passen zusammen.« An der Tür der Veranda erschien Kapitän McClean, vom Ersten Offizier alarmiert.

»Gehen Sie schnell zum Oberdeck, Sir« hatte er ihm zugeflüstert. »Der Rummel geht los. Die Weiber zerfleischen sich wegen Hartung.«

»Kapitän!« rief Eve Walkering. »Ihren Schutz! Ich bin beleidigt worden.«

Kapitän McClean nahm schweigend den Arm Eves und führte sie zurück in den Saal. Beim Weggehen warf er einen eindeutigen, entschuldigenden Blick zu Hartung zurück, der stumm den Kopf schüttelte.

Wir verstehen uns, besagte dieser Blick. Aber sie kann ihre Hysterie mit Millionen zudecken. Das ist ein vorzügliches Pflaster.

Von diesem Abend an sah man Eve Walkering nur noch selten an der Kapitäns-Tafel. Meist ließ sie sich das Essen in ihrer Kabine servieren. Die herrlichen, sonnigen, von einem märchenhaften Blau überspannten Tage verbrachte sie in ihrem Liegestuhl und unter einem Sonnenschirm in einer Ecke des Oberdecks, wo sie der Steward Joshua Dunham, genannt »Blacky«, ein Neger aus Alabama, rührend bediente, als sei er Eves Mammi, Blacky war es auch, der nachts manchmal für alle Passagiere mit tiefer, rollender Stimme die Lieder seiner Heimat sang. Sehnsüchtige Liebeserklärungen an den Mississippi und die Baumwollfelder.

»Wer hätte das gedacht«, sagte Dr. Rölle konsterniert nach dem Streit auf Deck. »Das Weib hat ja zwei Seelen.«

»Welche Weisheit.« Hartung lächelte sarkastisch. »Nennen Sie mir eine Frau, die nicht zwei Seelen hat.«

»Sie haben's nötig.« Dr. Rölle sog hastig an seiner Zigarette. »Ich stand bis heute in Flammen. Wer löscht mich nun?«

Hartung lachte und zeigte auf den Swimming-pool. Aber es war ein gekünsteltes Lachen. Noch lagen fast zwei Wochen gemeinsamer Fahrt vor ihnen. Und ein Schiff, allein auf hoher See, ist eine kleine Welt für sich.

Vierzehn Tage Meer. Vierzehn Tage leichtes Wiegen und Stampfen der Maschinen. Vierzehn Tage eine blaugoldene Unendlichkeit. Ein Verschmelzen von Himmel und Erde. Die »Seemaid« durchfurchte den Ozean ohne Sturm, Regen und Gewitter. Es waren einmalig strahlende Tage.

Die Reiter arbeiteten wie bisher. Morgens Lockerungsübungen, nachmittags kleine Reitübungen. Die meiste Zeit aber standen die Pferde in ihren Boxen. Sie hatten sich an das Meer und an das leichte Schlingern des Schiffes gewöhnt. Sogar Laska legte die Ohren nicht mehr an, wenn sie auf das Deck geführt wurde. Romanowskis Kampf gegen die Seekrankheit war vorüber – er wunderte sich seit drei Tagen selbst, daß er nicht mehr über der Reling hing. »Det kommt daher, dat ick keenen Majen mehr habe«, erklärte er jedem. »Ick hab'n ausjekotzt. Bestimmt!«

An dem Nachmittag des sechzehnten Tages trafen der Steward Blacky und der chinesische Koch Hu-shai bei Laskas Box zusammen. Hu-shai saß vor dem provisorischen Stall und kochte auf einem Spirituskocher einen stinkenden gelben Brei.

»Was soll denn das?« fragte Joshua Dunham verblüfft.

»Pfeld sein klank!« antwortete Hu-shai. Chinesen können bekanntlich kein R sprechen, zuerst verstand niemand an Bord den kleinen, dicken Koch, aber später gewöhnte man sich daran und erriet, was er sagte. »Ich koche Blei.«

»Ein schöner Gestank, dein Brei.« Blacky sah sich um. »Weiß das Mr. Hartung?«

»Nein.«

»Pedro?«

»Auch Pedlo nicht. Aber Pfeld hat lechte dicke Bein. Am Knöchel. Da hilft alte Lezept von Oma. Ich gloße Pfeldeliebhabel.«

»Sofort hörst du auf!« Blacky wollte nach dem Topf greifen, aber Hu-shai drehte sich schnell um. »Mit einem Kocher bei den Ställen! Bist du verrückt? Soll das ganze Schiff brennen? Weg mit dir!«

»Du nichts zu befehlen!« schrie der kleine Chinese. »Ich wie du Mannschaft. Halt Maul, Niggel!«

Joshua Dunham war ein friedlicher Mensch, aber wenn ihn jemand Nigger nannte, auch mit chinesischer Zunge, wurde er wild. Er griff deshalb zu, packte Hu-shai hinten am Kragen und hob ihn hoch. Kreischend ließ der Koch den Topf und den Kocher fallen und trat um sich.

»Ich dich umblingen! Umblingen!« brüllte er. »Du nul neidisch, weil nicht viel im Kopf! Ha!«

Entsetzt starrten sie hinter sich. Der Spiritus war aus dem Kocher ausgelaufen, hatte sich entzündet und floß nun als feuriger Bach durch das Stroh. Im Nu stand es in Flammen, fraß sich, vom Wind angetrieben, rasend schnell weiter, ergriff die Bretter und Planen und wurde zu einer Feuerwand, ehe Blacky und Hu-shai noch aus ihrer Erstarrung erwachten.

»Weg!« sagte Blacky zähneknirschend. »Weg, du gelbes Aas, damit man uns nicht sieht.«

»Du Schuld, du Niggel!« stammelte Hu-shai. »Ich überfallen von dil.«

Sie rannten in verschiedenen Richtungen davon und verschwanden blitzschnell in Luken, die hinunter in die haushohen Ladebunker führten. Als sie untertauchten, hörten sie schon die gellende Sirene.

Feuer an Bord!

Das Vorschiff war bereits in dichten Qualm gehüllt, als die Matrosen die Schläuche ausrollten und mit den Schaumlöschern herbeirannten.

Hartung, Dr. Rölle, Romanowski und die anderen Reiter halfen, die Motorspritzen heranzuschaffen. Alle Pferde waren bei Ausbruch des Feuers jenseits des Bretterzaunes auf dem »Übungsdeck« gewesen, nur Laska stand allein in ihrer Box. Ihre Arbeit sollte in einer halben Stunde beginnen. Seit zwei Tagen wurde sie geschont, der geschwollene Knöchel, den Hu-shai mit Omas Mittel behandeln wollte, war eine Tatsache. Dr. Rölle hatte ihn entdeckt, als Laska kaum sichtbar lahmte. Bei einem unglücklichen Tritt gegen die Boxendielen mußte sie ihn sich verstaucht haben.

Jetzt stand Laska allein hinter der Feuerwand – einem Flammenmeer, das schneller in ihren Stall hineinkroch, als man die Schläuche ausrollen und anschließen konnte. Die Schaumlöscher, die zischend ihren weißen Schnee in die Flammen spritzten, waren bereits unwirksam geworden, überall lag leicht brennbares Material herum, Stroh, Heu, Holzstapel, Kisten, Tücher, Leinwand, Stricke, und der brennende Spiritus floß überallhin.

»Meene Olle!« schrie Romanowski und starrte auf die Feuerwand vor sich. »Ick häng mir uff, wenn se nich rauskommt. Anjebunden is se, ick muß zu ihr, ich muß hin!«

Er warf sich in einen Wasserstrahl, ließ sich vollspritzen und wollte sich durch die Flammen zu dem Stall stürzen. Vier Matrosen hielten ihn fest. Der Erste Offizier hatte das Löschkommando übernommen, Kapitän McClean stand neben Hartung, der wie versteinert in das Feuer starrte.

»Loslassen!« brüllte Romanowski. »Ick hol ihr raus!« Er schlug um sich, trat und stieß die Matrosen mit dem Kopf, riß sich los, rannte auf die Feuerwand zu, wurde eingeholt und zurückgeschleift. »Se verbrennt! Laska! Laska!« heulte Romanowski. »Laßt mir doch los!«

»Es ist Wahnsinn«, sagte McClean zu Hartung. Sie standen neben der großen Motorspritze. Ein dicker Strahl zischte in die Flammen, aber er zeigte keine Wirkung. Nur undurchdringlicher Qualm entwickelte sich, beißend, Tränen in die Augen treibend. Angela Diepholt rannte von den Kabinen herbei. Sie trug Hartungs dicken Mantel über dem Arm. Entsetzen hatte alle Züge ihres Gesichtes verwischt.

»Hier!« keuchte sie. »Hier! Zieh ihn an, Horst!«

McClean starrte sie ungläubig an. Er begriff noch nichts, aber Hartung verstand Angela sofort. Er schlüpfte in den Mantel, knöpfte ihn zu und warf sich wie Romanowski in den Strahl der Spritze. Im Nu durchnäßte der dicke Wasserstrahl ihn völlig. Er taumelte unter der Wucht des Anpralls hin und her und schwankte dann zur Seite. Da verstand auch McClean, was Hartung wollte.

»Festhalten!« schrie er. Er griff zu, hielt Hartung am Ärmel fest, der Erste Zahlmeister und sogar Dr. Rölle folgten und klammerten sich an Hartung.

»Das ist Irrsinn, Horst«, brüllte Dr. Rölle ihm ins Ohr. »Auch wenn Sie hinüberkommen – zurück schaffen Sie es nie mehr. Das ganze Stroh brennt, der Stall ...«

Hartung befreite sich mit einem heftigen Ruck. Bis zur Feuerwand waren es zwanzig Schritte, die Glut war schon jetzt fast unerträglich, in sie hineinzutauchen schien unmöglich. McClean rannte Hartung nach, als er zum Lauf ansetzte, der Erste Zahlmeister klammerte sich fest an Hartung, von Romanowski, den jetzt fünf Matrosen bändigten, kamen zwei Männer herüber und stellten sich Hartung in den Weg.

In der Funkkabine gingen die Signale hinaus über den Ozean. »Feuer an Bord! Seemaid – Feuer an Bord. Position ...«

Hartung zog den Kopf ein. In vollem Lauf stieß er beide Fäuste vor, rammte sie den Matrosen in die Brust, warf sie zur Seite, der Erste Zahlmeister ließ von allein los, als er sah, daß er in die Flammen gezerrt wurde, dann zögerte Hartung einen Wimpernschlag lang, zog den von Nässe triefenden Mantel über den Kopf und warf sich in die Flammen. Das letzte, was man von ihm sah, waren seine vorwärtsschnellenden Beine.

»Ein Irrsinn!« brüllte McClean und warf seine Kapitänsmütze weit weg. Der Schweiß rann ihm über das Gesicht. »Den sehen wir nicht wieder.«

Dr. Rölle wurde es übel. Er lehnte sich gegen ein Entlüftungsrohr und rang nach Luft. Angela Diepholt schlug beide Hände vors Gesicht.

»Er ist durch!« schrie vom Oberdeck eine helle Stimme. Alles fuhr herum. Dort stand Eve Walkering an der Reling, zusammen mit den anderen fassungslosen Passagieren, und zeigte mit ausgestreckten Armen nach unten. »Er hat den Stall erreicht! Ich kann es sehen! Er ist mitten im Feuer.«

»Auch Mut kann Blödsinn sein!« sagte McClean. »Jetzt verbrennt er mit seinem Pferd.«

Dr. Rölle hatte sich gefangen. Er faltete die Hände hinter seinem Rücken. »Kapitän, wenn ein Schiff untergeht, wer bleibt bis zuletzt an Bord?«

»Ein Pferd ist kein Schiff!« schrie McClean.

»Für Hartung hat es die gleiche Bedeutung wie ein Schiff für Sie!«

»Alle Spritzen in Richtung Stall!« brüllte McClean. »Wir bekommen das Feuer unter Kontrolle, aber für Laska und Hartung ist es zu spät.«

Hartung war durchgebrochen. Die Feuerwand aus Stroh und Heu lag hinter ihm, aber die Flammen hatten schon ihren Weg zum Stall genommen. Die Seitenbretter brannten, das Feuer kroch zum Dach hinauf, lief in die Boxen zu dem Sägemehl. Ein dichter, ätzender Rauchvorhang hing zwischen Laska und ihm. Die Glut benahm ihm den Atem. Er spürte, wie die Hitze seinen Wasserschutz verdunsten ließ, wie der Mantel, sein Anzug austrockneten.

Es blieben ihm nur noch Sekunden, Laska zu retten. Hinter dem Rauchvorhang hörte er sie wiehern, hell, um Hilfe schreiend, mit einem so menschlichen Ton, daß es Hartung trotz der Glut eisig über den Rücken lief.

Er riß den Mantel von sich, zog den Kopf tief zwischen die Schultern und stürzte vorwärts. Mit dem nassen Mantel um sich schlagend, rannte er in den Stall, der Rauch drang in ihn ein, er hustete, preßte den Mantel vor den Mund und stolperte über brennende Bretter zu Laskas Box. Er konnte sie kaum sehen, so scharf und ätzend biß der Rauch in seine Augen, sie tränten und schwollen zu, und hinter diesem Schleier erkannte er Laska. Sie zerrte an dem festen Lederstrick, ihr Kopf war hochgeworfen, die Beine schlugen nach allen Seiten aus. Sie kämpfte um ihr Leben, das sie durch einen einzigen Lederriemen verlieren würde.

Hartung fiel fast in ihre Box und umklammerte Laskas Hals. »Ich bin da«, keuchte er. »Ruhe! Nur Ruhe! Wir kommen heraus, mein Mädchen, wir schaffen es!«

Laska wurde jetzt ganz ruhig. Ihre schreckgeweiteten Augen starrten Hartung an. Dann fuhr sie ihm mit den Nüstern über das Gesicht, als wollte sie sagen: Ich wußte, daß du mich nicht allein läßt. Sieh, wie ruhig ich bin. Ich habe keine Angst mehr.

Hartung löste mit zitternden Fingern den Strick und führte Laska aus der Box. Der beißende Rauch war unerträglich, er rang nach Atem und durfte doch nicht atmen, um nicht den Rauch einzusaugen.

Nur 'raus, dachte er. 'raus aus diesem Stall. Auch draußen ist Feuer, aber da ist wenigstens Luft. Luft! Atmen! Mein Gott, wie wertvoll ist Luft! Man nimmt dieses Atmen einfach so hin, als müßte es so sein, niemand weiß, wie unbezahlbar jeder Atemzug ist.

Nebeneinander laufend drangen sie durch Feuer und Rauch und standen dann draußen vor dem Stall. Vor ihnen loderte die Feuerwand. Nun brannten auch die hohen Bretterzäune des Übungsplatzes. Die großen Planen, die man über das Deck gespannt hatte, um das Ausrutschen der Pferde zu vermeiden, hatten sich in einen Flammenteppich verwandelt. Jenseits der Flammen zischten die Spritzen, Wasserschwalle klatschten auf die Planken, Wolken von Wasserdampf und Rauch hüllten das ganze Vorschiff ein.

Hartung sprang mit einem Satz auf Laskas Rücken. Er deckte seinen Mantel über ihren Hals und beugte sich nach vorn.

»Wir müssen es versuchen, mein Mädchen« sagte er mit einer plötzlichen Ruhe, die sich auch auf Laska übertrug. »Spring so hoch und weit wie du kannst. Drüber kommst du nicht, mein Schatz, mitten hindurch mußt du. Über die Kisten und durch die Ballen. Es wird dich noch mehr Fell kosten, aber wir werden leben. Und jetzt los, mein Mädchen!«

Er hielt sich an den Trensenriemen fest, beugte sich weit über ihren Hals und stieß Laska die Fersen in die Seiten.

Einen Augenblick reagierte Laska nicht, sie stand wie ein Pflock, starrte in das Feuer und schätzte ihre Sprünge ab. Dann aber dehnte sie sich, ihr Körper wurde wie eine Sehne, angespannt bis zum Zerreißen, und plötzlich schoß sie sich von den Planken ab, ohne Antritt sofort in ein paar Galoppsprünge, hob sich dann ab, mit einem unwahrscheinlichen, noch nie vollführten hohen und weiten Sprung. Sie schwebte über den Flammen, Hartung klammerte sich an ihr fest, duckte sich tief an ihren Hals, verkroch sich auf ihrem Rücken. Sie kommt mitten in den Flammen auf, sie schafft es nicht, die Wand ist zu breit, überall brennt es ja! Der Aufprall, wirklich mitten in einem Stapel lodernder Bretter, Funken stieben hoch, eine Wolke von Glut frißt sich in sie hinein, schlägt über ihnen zusammen. Der zweite Sprung, aus der Funkenwolke heraus, ein verzweifelter Satz in den freien Himmel, ins Leben, in einen Sprühregen aus neun Spritzen ...

Hartung rutschte von Laskas Rücken, als er die Kühle spürte, fast eisig nach der Gluthölle, aus der sie kamen. Er konnte die Augen nicht mehr öffnen, sie waren zugeschwollen, er fühlte plötzlich, wie alle Kraft aus ihm wich und Hände ihn hochhoben und wegtrugen. Er wollte die Augen aufreißen, aber mehr als einen Lichtschimmer sah er nicht.

»Laska!« rief er. »Kümmert euch um Laska! Wie sieht sie aus?«

»Seien Sie ruhig, Sie Narr!« Die Stimme von Kapitän McClean. »Als Sie aus den Flammen heraussprangen, habe ich gelernt, wieder an Wunder zu glauben. Ihrer Laska geht es gut, sie brennt nicht, das ist die Hauptsache.«

Eine kleine, kalte, nasse Hand auf seiner Stirn.

Angela.

Sie lief neben ihm her, als sie Hartung ins Schiffslazarett brachten. Der Schiffsarzt hatte schon alles vorbereitet. Herzspritzen, Sauerstoffmasken, Brandwundensalbe.

»Ich habe es geschafft«, sagte Hartung leise. An dem Schütteln merkte er, daß einige Männer ihn im Laufschritt wegtrugen. »Ich habe es geschafft. Ist Laska schwer verletzt?«

»Pedro kümmert sich um sie und Dr. Rölle.« Die Stimme Angelas. Ein Kuß auf seine zugeschwollenen Augen. »Du mußt tief atmen, Liebling, ganz tief. Ganz tief. Hörst du? Atmen – atmen!«

Hartung nickte. Er lag irgendwo auf einem harten Bett, Sauerstoff zischte über sein Gesicht. Eine Müdigkeit überspülte ihn, die ihn federleicht werden ließ.

Er verlor das Bewußtsein.

Das Feuer wurde unter Kontrolle gebracht und gelöscht. Bis auf die Vernichtung des Stalles, eines Stapels Kisten mit Maschinenteilen, des gesamten Strohs und der Hälfte des Futterheus, der Bodenplanen und dreier Transportwagen hatte die »Seemaid« keine größeren Schäden erlitten. Die Schiffe, die auf die SOS-Rufe von allen Seiten zu Hilfe eilten, konnten wieder abdrehen und ihren alten Kurs aufnehmen.

Kapitän McClean dankte über Funk allen und machte sich dann daran, die Brandursache zu untersuchen.

Er kam zu keinem Ergebnis. Schiffsbrände sind die geheimnisvollsten und die verheerendsten, obwohl rundum überall Wasser ist. Auch als die »Seemaid« Sydney erreichte und eine Kommission an Bord kam, um den Vorfall zu untersuchen, stieß sie auf lauter Rätsel. Joshua Dunham, der Steward, und Hu-shai, der Koch, wurden erst gar nicht verdächtigt und deshalb auch nur flüchtig verhört.

In Adelaide ging Eve Walkering von Bord. Unauffällig, ohne Abschied, aber Hartung fand am Abend eine Karte auf seinem Bett. Blacky hatte sie im Auftrag von Miss Walkering hingelegt.

»Verzeihen Sie mir«, schrieb Eve Walkering, »Sie sind der mutigste Mann, den ich kenne.«

Fünf Tage später schon ritt Hartung die ersten Turniere um den größten Preis Australiens, den »Preis eines Erdteils«. Mit einem dikken Kopfverband trabte er in den Parcours. Der Beifall von vierzigtausend Menschen umbrauste ihn. Auch Laska sah furchtbar lädiert aus, große Hautstellen fehlten, das Fell war an vielen Stellen noch versengt. Aber sie sprang, wie vor ihr noch nie ein Pferd über australische Parcours gesprungen war. Nach jedem genommenen Hindernis schrien die Vierzigtausend im Stadion auf.

Horst Hartung und die deutsche Equipe gewannen den »Preis eines Erdteiles«.

In Deutschland aber sagte Fallersfeld: »Lange machen sie das nicht mehr! Ein Pferd ist ein Pferd und ein Mann auch nur ein Mann. Die beiden sind wie ein Komet, der plötzlich hell am Himmel leuchtet und die Augen blendet. Wann stürzen sie ab?«

Als Fallersfeld das sagte, waren Hartung und Laska schon auf dem Weg nach Tokio.

Der Judo-Meister

Sie hieß Yana Michimoko, aber jeder nannte sie nur »Mandelblüte«. Wenn sie in ihren viel zu engen, hochhackigen weißen Schuhen und einem seidenen, mit großen Blumen bedruckten Kimono durch die Straßen trippelte, die lackschwarzen Haare kurz geschnitten, das runde Puppengesicht nur leicht geschminkt, in den schrägen Augen immer das unergründliche Lächeln Asiens, dann blieben nicht nur die weißen Männer stehen und blickten ihr nach, auch ihre japanischen Landsleute vergaßen, daß ein Mann nie vor einer Frau seine Bewunderung zeigen soll.

Yana Michimoko begegnete Pedro Romanowski im »Garten der sieben Glückseligkeiten«, als sie für die Ahnen eine Räucherkerze auf dem Gedenkaltar anzündete. Sie kniete vor dem großen, aus Gold und Lack gearbeiteten Schrein und dachte an die Toten der Familie, als Romanowski stehenblieb, die Mütze in den Nacken schob und laut sagte:

»Det is 'n Marjellchen. Donnerwetter!«

Romanowski hatte einen freien Tag ausgenützt, um sich die berühmten japanischen Gärten anzusehen. Seit vier Tagen waren sie in Tokio, um an dem großen Turnier um den »Preis der aufgehenden Sonne« teilzunehmen. Pferde und Reiter waren vorzüglich untergebracht, die japanische Organisation klappte hervorragend, wie es die Japaner schon bei den Olympischen Spielen und der Weltausstellung bewiesen hatten. Die Ställe blitzten vor Sauberkeit und waren nach den modernsten Erkenntnissen angelegt. Die Wohnungen der Reiter lagen in einem neuen Wohnblock neben dem Stadion. Für die Pferdeknechte gab es neben den Stallungen kleine Holzhäuser mit verschiebbaren Innenwänden, die Romanowski anregten, jeden Tag den Grundriß zu verändern, indem er immer neue Zimmergrößen zusammenstellte. Um den ganzen Komplex war eine hohe Mauer gezogen, und nachts patrouillierten Polizeidoppelstreifen durch das Gelände.

»Das ist die beste Organisation, die ich je gesehen habe«, sagte Hartung anerkennend zu Nomo Fukujachi, dem Turnierleiter. »Hier kann man ruhig schlafen.«

So gelang es auch Romanowski, einen freien Tag zu erhalten. Bisher war das undenkbar gewesen. Ein Tag ohne Laska – das war unvorstellbar. Auch jetzt kostete es Romanowski eine gewaltige Überwindung, seinen Liebling für einige Stunden seinem Kameraden vom Nebenstall zu überlassen.

»Wann komm ick wieder nach Tokio«, sagte er zu Laska und striegelte ihr Fell. Es war noch ziemlich räudig und hatte große haarlose Flecken, aber die Haut war reizfrei, und es bildeten sich schon wieder kleine Härchen. Er kämmte ihr die Mähne und die Stirnhaare, putzte ihr die Augen aus und streichelte über ihre weichen Nüstern. »Haste wat dajejen, det ick mir Japan ansehe? Nur 'n Nachmittag, Olle, denn bin ick wieda bei dich.«

Romanowski nahm sich vor, in diesen Stunden viel zu sehen. Er mietete ein Taxi und ließ sich durch die Riesenstadt rollen, über die glänzende Ginza, wo sich Tanzpalast an Tanzpalast reihte, Varieté neben Varieté, Bar neben Bar. Hier gab es keine Pause, hier wurde das Vergnügen rund um die Uhr geboten.

Er ließ sich kreuz und quer durch Tokio fahren, hielt ein paarmal an, stieg aus und besah sich die Bilder in den Schaukästen der Striptease-Lokale. »Doll!« sagte er und kratzte sich den Kopf. »Einfach doll! Fijürchen sind det! Da muß ick ja Angst hab'n, det ick se in de Finger zerquetsche!«

Zwei Stunden besichtigte er Tokio, das Herz Japans, trank mit dem höflichen, immer lächelnden und sich vor ihm verbeugenden Chauffeur in einem kleinen Restaurant Sake, den lauwarmen japanischen Reiswein, aß ein Fleischragout mit Safranreis und wurde beim Verlassen des Lokals von einem sich tief verneigenden Japaner auf der Straße angesprochen.

»Do you speak English?«

»Nee. Ick rede deutsch.«

»Ah! Deutsch!« Der kleine, etwas zerknitterte Japaner klatschte in die Hände, als habe man ihn reich beschenkt. »Ich kenne auch deutsch. Kommen Sie mit.«

»Wohin?«

»Zu Honigmund.«

»Wat soll ick da? Ick hab jejessen.«

»Zwanzig Dollar für Stunde der Glückseligkeit.«

Romanowski verstand. Er dachte an die Bilder in den Schaukästen und rieb sich die Nase. Man ist nur einmal in Japan, dachte er. Und wenn ick zu Hause erzähle, ick hätte mit eener kleenen, zerbrechlichen Japanerin – aber zwanzig Dollar, det is Wucher. Und weiß einer im voraus, wie Honigmund aussieht?

»Morjen, meen Kleener«, sagte er und klopfte dem Japaner auf die Schulter. »Heute mach ick in Kultur.«

Er ließ sich mit dem Taxi bis zu den Gärten außerhalb Tokios fahren. Dort stieg er um in eine Rikscha, gab dem Rikschamann einen Dollar extra und sagte: »Nu zeig mir mal den Zauber Asiens, meen Junge. Ick jloobe, ick kann mir für die Sache erwärmen.«

Wer einmal japanische Parks und Gärten durchstreift hat, der vergißt sie nie wieder. Ein Duft umweht ihn, der ihn ganz durchdringt, paradiesische Stille umgibt ihn, er wandert über zierliche Brücken und sieht in Miniaturteiche, auf denen Seerosen in allen Farben schillern und Schwärme von Goldfischen unter der Wasseroberfläche schwimmen. Geschnitzte und bemalte Holztore, die wie Tempeldächer aussehen und an denen der Wind silberne Glöckchen zum Klingen bringt, erschließen immer neue Gartenteile, bis man sich in diesem Zauberpark verirrt, irgendwo stehenbleibt und sich wünscht, nie mehr in die laute Welt zurückzukehren.

So kam Romanowski auch an den Ahnenschrein und sah Yana Michimoko vor ihren Räucherstäbchen knien. Sie bemerkte ihn aus den Augenwinkeln, aber sie blieb knien, senkte den schönen Kopf und betete.

Romanowski wartete, bis sich Yana aufrichtete. Er verbeugte sich, wie er es von seinem Chauffeur und dem Japaner, der ihm Honigmund angeboten hatte, gesehen hatte und wartete, was nun geschehen würde.

Es geschah nichts. Yana Michimoko lächelte zurück, trippelte an Romanowski vorbei und ging zu dem kleinen See, auf dem goldfarbene Enten zwischen den Seerosen schwammen. Dort war eine zierliche Bank, Yana setzte sich und legte die schmalen Hände in den Schoß. Ihr Kimono leuchtete in der Sonne, als sei er ein Teil des Blütenmeers im Garten.

»Wie Porzellan«, murmelte Romanowski und ging Yana nach. Hinter der Bank blieb er stehen und musterte kritisch die weißlakkierten Holzstäbchen. Wenn ick mir setze, bricht se zusammen, dachte er. Aba versuchen will ick et doch. Janz vorsichtig, so mit eener Arschbacke . . .

Er lächelte breit, hockte sich in Zeitlupe neben Yana, wunderte sich, daß die Bank nicht ächzte und zusammenkrachte, und setzte sich dann richtig hin. Er schlug die Beine elegant übereinander – im Kino und im Fernsehen machen sie das auch so –, musterte die goldenen Enten und sagte plötzlich:

»Jetzt hat se 'n Fisch jeschnappt!«

Yana Michimoko, die schöne »Mandelblüte«, wandte ihm den Kopf zu. Sie sagte etwas, das wie das Zwitschern eines Vogels klang. Romanowski gab es tief in der Brust einen Stich.

»Wenn ick dir vastehen könnte, Puppe«, sagte er und strahlte Mandelblüte an. »Det is det Blöde bei die Menschen – alle sind Menschen, aba vastehen können se sich nich.« Er zeigte auf sich, machte eine Verbeugung im Sitzen und holte tief Luft, weil Yanas zerbrechliche Schönheit ihm den Atem nahm. »Ick – Pedro Romanowski.«

»Yana Michimoko.«

»Det soll eener aussprechen! Lama Mischimuschi.«

Die kleine Japanerin lächelte höflich. Sie hob die zierliche Hand und sagte langsam:

»Yana.«

Aha, dachte Romanowski. Jetzt lern ick japanisch. Jebrauchen kann man det immer. Und er sprach gehorsam nach:

»Yana.«

»Michimoko.«

»Michimoko.«

»Well! Yana!«

Das war Englisch. Romanowski verstand plötzlich. »You Yana!« sagte er und rieb sich die Hände.

»I understand. Verdammt nochmal, ick sollte mir mehr um Sprachen kümmern.«

Es war merkwürdig – keiner verstand den anderen, und doch unterhielten sie sich über eine Stunde lang. Romanowski erzählte von Laska und Horst Hartung, von Ostpreußen und Barsfeld, von den Turnieren und Siegen. Und Mandelblüte zwitscherte von ihrer Familie, den sieben kleineren Geschwistern, dem reichen Onkel Boso, von ihrem Beruf – sie malte Miniaturen, die sehr begehrt waren – und von einem Oki Amakusa, der ihr Freund sei, ein starker Mann, Karatemeister. Er wollte sie hier im »Garten der sieben Glückseligkeiten« abholen.

»Ick nehme dir mit nach Barsfeld«, sagte Romanowski nach dieser Stunde und ergriff Yanas Hand. Sie wollte sie ihm entziehen, aber was Romanowski einmal festhielt, das hing wie in einem Schraubstock. »Wirklich. Det is Liebe uff'n ersten Blick. Det is so'n Jucken ums Herz, vastehste? Du, Deutschland is ooch schön. Anders schön wie Japan, weeßte? Mein Jott, wie soll ick dir det erklären? Wie soll ick übahaupt wissen, ob de mir ooch liebst? Yanamäuschen, komm mit zum Stall. Dort such ick mir 'n Dolmetscher.«

Er stand auf, zog Yana Michimoko von der Bank hoch und legte den Arm um ihre schmale Schulter. Das Mädchen bekam ängstliche Augen. Sie schob sich von Romanowskis breiter Brust weg und zwitscherte wieder etwas.

»Hast recht, Püppchen«, sagte er. »Aba det jibt sich. Irgendwie vastehen wir uns noch.«

Er legte den Arm um sie und genoß das Glücksgefühl, das ihn durchströmte. So war's noch nie, dachte er. Nicht bei der Erna und auch nicht bei der Marion. Jetzt ist es ernst, verflucht noch mal. Ich möchte in Japan bleiben.

Es war das erstemal, daß er Laska vergaß. Und er sollte es bereuen.

Yana Michimoko versuchte, sich aus seinem Griff zu befreien. In ihren schwarzen schrägen Augen flackerte die Angst. »Oki«, sagte sie, als Romanowski sich in Bewegung setzte und sie einfach mitzog. »Oki ...«

»Weiß der Teufel, was Oki heißt!« brummte er. Er streichelte

Yana mit der Zärtlichkeit eines Bären über das Haar und das zuckende Gesicht. »Keene Angst, meen Liebling, ick will ja nur 'n Dolmetscher suchen.«

Sie waren hundert Meter durch den Garten gegangen, als Yana plötzlich stehenblieb. Ihre Augen weiteten sich.

»Oki«, sagte sie wieder. In ihrer Stimme schwang Furcht.

»Verdammt, was is Oki?« knurrte Romanowski.

Über eine der zierlichen gebogenen Brücken kam ein Mann, etwas größer als Yana, aber gegen Romanowski wie ein Zwerg. Er hatte breite Schultern, ein flaches, glattes Gesicht und kurze Beine. Mit einem freundlichen Lächeln stellte er sich Romanowski in den Weg, verbeugte sich und streckte ihm die Hand hin.

Ahnungslos griff Romanowski zu. Das sind höfliche Menschen, dachte er. Keiner kennt den anderen, aber jeder macht einen Diener vor dem anderen. In Europa würde man einen so freundlichen Mann wie einen Idioten ansehen. Es gibt eben zu wenig Höflichkeit auf der Welt.

Der kleine, stämmige Japaner sah Romanowski kurz an. Dann machte er eine kleine Seitenbewegung, hob das kurze Bein und zog. Ehe Romanowski begriff, was mit ihm geschah, wirbelte er durch die Luft, sah den schönen »Garten der sieben Glückseligkeiten« aus einer verzerrten, im Flug wechselnden Perspektive und knallte unsanft mit dem Gesicht nach unten auf die Erde. Hinter sich hörte er Yana Michimoko leise aufschreien und aufgeregt zwitschern.

Romanowski sprang auf die Beine. Er warf sich herum, zog den Kopf zwischen die Schultern und schnaufte tief durch die Nase. »Tu det nich noch eenmal!« sagte er. »Un damit det nich noch eenmal vorkommt, rasier ick dir jetzt!«

Er machte zwei Schritte vorwärts, hob seine schweren Fäuste, ein Goliath vor einem David, blickte schnell zu Mandelblüte, die beide Hände erschrocken vor den Mund gepreßt hatte – aber wie bei Goliath wiederholte sich auch hier, daß Kraft allein nicht genügt. Kaum waren Romanowskis Fäuste vorgestreckt, tauchte der kleine Japaner darunter weg, seine Hand schnellte blitzartig vor, die Handkante traf Romanowski in die Magengrube, und das war, als habe ihn jemand mittendurchgeschnitten. Er krümmte sich, brach in die Knie und blieb so hocken. Tränen schossen ihm in die Augen, der Garten drehte sich um ihn wie ein Karussell, und langsam verbreitete sich der Schmerz über seinen ganzen Körper.

Damit nicht genug – der kleine Japaner trat an ihn heran, verneigte sich wieder mit großer Höflichkeit vor ihm und warf ihn dann mit einem kaum sichtbaren Schwung flach auf den Boden.

»Oki!« hörte Romanowski die schöne Yana schreien. »Oki.«

Das ist es, dachte er und streckte sich. Oki heißt der Knabe. Wer soll das wissen? Es kann doch nicht jeder Japanisch. Dann umfing ihn eine dunkle Wolke, der »Garten der sieben Glückseligkeiten« verschwand in wogenden Nebeln. Romanowski versuchte gar nicht, dagegen anzukämpfen, und versank in tiefe Bewußtlosigkeit.

Oki Amakusa verbeugte sich dreimal tief vor dem Ohnmächtigen, dann organisierte er den Abtransport Romanowskis. Er holte ein Taxi, man schleppte den schweren Riesen ins Auto, Mandelblüte schimpfte mit ihrem Verlobten, legte Romanowski eine Seerose auf die Brust, dann fuhr man ihn zum nächsten Krankenhaus, in die Unfall-Station, und lieferte ihn dort ab.

Früher als beabsichtigt kehrte Romanowski in die Stallungen zurück. An seinem Hinterkopf prangte eine dicke Beule, die Magenpartie war blau unterlaufen, an der linken Schulter hatte er Prellungen, das rechte Auge wuchs durch eine Schwellung zu. Die japanischen Ärzte, die ihn untersucht hatten, gaben ihm ein Mittel zum Einreiben mit, eine übelriechende Flüssigkeit, die Romanowski sofort in den Rinnstein goß. Das war ein Fehler, denn seine Selbstbehandlung mit Eisbeutel und Alkoholumschlägen dauerte länger.

»Japan is nischt für uns, Olle«, sagte er am Abend zu Laska. »Jetzt muß ick nur die richtije Ausrede hab'n, die Herrchen ooch jloobt.«

Das war nicht nötig. Horst Hartung kam nicht mehr in die Stallungen. Er besichtigte in Tokio die berühmte Judo-Schule des Meisters aller Klassen, Eno Takajada.

Zu Tokio gehörten die Ginza, der Fudschijama – der heilige Berg –, das Geisha-Theater mit der stundenlangen Tee-Zeremonie, die Samurai-Oper, eine Besichtigung der neuen Industrie-Giganten, die Gärten und Parks, der Smog, jener Nebel aus Abgasen und Regenwolken, bei dem die Japaner sich weiße Atemmasken vor den Mund binden, der Kaiserpalast mit seinen jahrhundertelang unzugänglichen Gärten und die Judo-Schule von Takajada.

Dr. Rölle, Hartung, Angela und der Turnierleiter Fukujachi hatten Tokio in stundenlangen Ausflügen kennengelernt. Fukujachi erwies sich dabei als hervorragender Führer, der auch hinter Türen blicken durfte, die sonst Europäern verschlossen bleiben.

Hartung imponierte das Leben in dieser Stadt und die unglaubliche Energie dieser Menschen, die Japan zur drittgrößten Handelsnation der Welt gemacht hatten. Angela war von den Modegeschäften verzaubert. New York, Paris, Rom konnten nicht mehr bieten – im Gegenteil, hier kam noch der Charme des Ostens hinzu.

Auf der Ginza kaufte sich Angela drei Kleider, eng, an den Seiten hoch geschlitzt. »Ich verliebe mich zum zweitenmal in sie«, sagte Hartung lachend zu Dr. Rölle. »Ich werde Angela mit ihr selbst betrügen.«

Für Dr. Rölle hatte Fukujachi eine Besichtigung der Veterinärklinik arrangiert. Dr. Rölle sah einer Pferdeoperation zu, ließ sich neue Narkosemittel für Großvieh erklären und durfte bei einer Gesäugekarzinom-Operation an einer Hündin assistieren. Nach dem Eingriff verbeugten sich die japanischen Kollegen höflich und nannten Dr. Rölle – Fukujachi übersetzte es – einen großen Meister.

»Da hören Sie's«, sagte Dr. Rölle stolz. »Von euch kriegt man ja nie ein Lob.«

»Gästen gegenüber sind Japaner immer von ausgesuchter Höflichkeit.« Hartung wandte sich an Fukujachi. Dr. Rölle hakte sich bei Angela ein.

»Beschimpfen Sie mich nicht, Angi«, sagte er, »wenn ich Ihrem Verlobten eines Tages die Knochen breche. Nur um ihm zu zeigen, daß ein Viehdoktor ihn behandeln kann!«

In bester Stimmung fuhren sie zur Judo-Schule.

Eno Takajada empfing sie in der großen Vorhalle. Er trug die Judoka-Kleidung, die weiße Hose und den weiten weißen Kittel, den sein Meistergürtel über der Hüfte zusammenhielt. Die breite Brust glänzte, als sei sie mit Öl eingerieben.

»Ich freue mich, daß Sie mein unwürdiges Institut beehren«, sagte er in fließendem Deutsch. »Ich war drei Jahre in Deutschland, auf der Sporthochschule in Köln. Ein schönes Land. Ich habe viele Freunde in Deutschland.«

Dann wurden Hartung und Angela getrennt. Takajada führte ihn in eine Kabine, dort zog Hartung die weite Judokleidung an und tappte dann auf bloßen Sohlen hinter dem Meister her in den Übungssaal. Dort standen vierzig Japaner und verneigten sich tief, als Takajada mit seinem Gast erschien. Dr. Rölle und Nomo Fukujachi saßen an der Schmalwand des Saales auf niedrigen Hockern.

»Wollen Sie etwa mitmachen?« rief Dr. Rölle, als er Hartung in Judokleidung sah.

»Der Meister will mir einige Kniffe vorführen.«

»Denken Sie daran, übermorgen ist das Turnier.«

»Wer vom Pferd fallen kann, wird auch auf die Matte fallen können.«

»Verstehen Sie denn was von Judo?«

»Nicht das geringste.«

Eno Takajada gab ein kurzes Kommando. Die vierzig Japaner bildeten zwanzig Paare, stellten sich einander gegenüber, griffen sich an und legten – exakt wie bei einem Ballett – den Gegner auf den Rücken. Es waren die Männer links.

Aufspringen, neues Kommando. Neuer Angriff, ein Wirbeln von Leibern, die Männer rechts lagen auf dem Boden. Ein imponierendes Bild.

»Phantastisch«, sagte Hartung. »Und wie leicht das aussieht.«

»Es ist auch leicht, wenn man die Griffe kennt.« Takajaka verbeugte sich zur Seite. Dort kam Angela aus einer Tür, in einem weißen engen Leinenanzug, über dem sie die traditionelle Judojacke trug.

»Du siehst so aus, daß man sich kampflos besiegen läßt«, sagte Hartung. »Mr. Takajaka, probieren Sie es. Ihre vierzig Athleten werden sich hinlegen.«

»Das werden sie bestimmt, Mr. Hartung.« Takajaka verneigte sich wieder vor Angela. »Ich erkläre Ihnen einen Griff, der ganz einfach, aber immer erfolgreich ist. Der Hebelschwung. Passen Sie auf.«

Er winkte einem Judokämpfer, der Mann stürzte auf ihn, Takajaka ergriff seinen Arm, drehte sich kurz und schleuderte den viel größeren Gegner über seinen geduckten Rücken auf die Matte. Es krachte, aber wie ein Gummiball sprang der Mann sofort wieder auf.

»Versuchen wir es?« Takajaka machte den Griff noch einmal langsam vor. »Sie brauchen gar keine Kraft. Hebel und Schwung schaffen es fast von allein.«

Angela zögerte einen Augenblick, dann griff sie zu, drehte sich geschickt und warf Takajaka auf die Matte.

»Bravo!« rief Dr. Rölle und klatschte in die Hände. »Noch mehr solche Tricks, Angi, und Horst soll Ihnen mal dumm kommen!«

Viermal legte Angela den großen Meister auf die Matte. Es war, als habe sie schon jahrelang Judo geübt. »Sieh dich vor, mein Lieber«, rief sie Hartung zu, der staunend daneben stand.

»Der Meister ist höflich und läßt sich fallen.« Hartung trat an die beiden heran. »Mich legst du nicht hin.«

Takajaka hob lächelnd beide Arme. »Versuchen wir es. Sie beherrschen den Griff wie eine Meisterin, Miss Angela. Keine Anstrengung, nur schnell und sicher greifen.«

»Zeigen Sie's ihm!« rief Dr. Rölle von der Wand. »Für mich einmal mit!«

»Na, dann los!« Hartung stellte sich in Positur. »Wer greift an?«

»Sie, Mr. Hartung.« Takajaka trat zurück. »Versuchen Sie, das schöne Mädchen zu überrumpeln.«

»Nichts leichter als das! Schätzchen, ich werde so zart wie möglich sein.«

Hartung duckte sich. Dann sprang er unvermittelt vorwärts, warf beide Hände vor und wollte Angela um die Schulter packen. Es war ein schneller Überfall, den selbst Takajaka nicht erwartet hatte.

Aber Angela reagierte ebenso schnell. Hartung wußte später keine Erklärung dafür – plötzlich schwebte er durch die Luft, krachte auf die Matte, ein stechender Schmerz durchzuckte seine linke Schulter, bohrte sich wie ein Pfeil in sein Gehirn, breitete sich über seine Brust aus und ließ den linken Arm wie im Krampf zittern.

Er versuchte aufzustehen, schob sich auf die Knie und stemmte sich mühsam hoch. Sein linker Arm hing an ihm, als gehöre er nicht mehr zu ihm.

Angela lachte noch, als Hartung sich mit schmerzverzerrtem Gesicht an die linke Schulter faßte. Von der Wand herüber klatschte Dr. Rölle Beifall.

»Fabelhaft!« rief er. »Das machen Sie jetzt immer, wenn er die große Lippe riskiert!«

»Ist er nicht ein guter Schauspieler?« Angela verneigte sich vor Hartung. »Noch einmal?«

Hartung war unfähig zu antworten. Plötzlich stand kalter Schweiß auf seiner Stirn und rann ihm in die Augen.

Übermorgen ist das Turnier, dachte er und biß die Zähne zusammen. Bloß das nicht, bloß keinen Knochenbruch. Ich muß reiten, und wenn sie mich auf Laska festbinden. Mein Gott, laß es nur eine Prellung sein, keinen Bruch!

Eno Takajaka begriff als erster, daß Hartungs Judo-Versuch verunglückt war. Er lief zu ihm, riß die weiße weite Jacke von Hartungs Oberkörper und tastete Schulter, Schlüsselbein und Arm ab. Dr. Rölle rannte aus dem Hintergrund herbei. Fukujachi folgte ihm, Entsetzen in den Augen.

»Horst, machen Sie kein Theater!« rief Dr. Rölle. »Sie haben doch nichts abbekommen?«

»Schlüsselbeinbruch!«

Takajaka sagte es laut und klar. Das Wort ließ Dr. Rölle im vollen Lauf abbremsen. Angela schrie auf und schlug die Hände vors Gesicht. Fukujachi starrte um sich wie ein gejagter Verbrecher.

»Wie konnte das passieren, Takajaka?« rief er. »Sie haben garantiert, daß nichts passiert! Übermorgen ist das Turnier!«

»Ein Unglück.« Der Judo-Meister wickelte die Jacke um Hartungs Schulter. Einer der Judo-Kämpfer kam mit einem großen Verbandkasten angerannt. Dr. Rölle entriß ihn ihm und suchte nach elastischen Binden. »Auch bei dem einfachsten Griff kann man unglücklich fallen. Mr. Hartung, ich bin untröstlich.«

Takajaka verbeugte sich tief. Hartung versuchte zu lächeln, aber sein Gesicht verzerrte sich nur noch mehr. »Wer konnte das ahnen«, sagte er stockend. Er knirschte mit den Zähnen vor Schmerzen. »Es war doch nur Spaß.«

Mit dem Auto Takajakas wurde Hartung in die nächste Klinik gebracht. Dr. Rölle hatte ihn bandagiert, so gut es ging.

»Also doch«, sagte er dabei. »Ein Viehdoktor muß Sie behandeln. Das ist das einzig Gute an der Sache, Sie unter meinen Händen.«

Hartung wurde geröntgt, der Bruch unter dem Bildwandler eingerichtet, aber dann begann die Schwierigkeit. Als man Hartung in den Gipsraum fahren wollte, weigerte er sich.

»Keinen Gips«, sagte er. Der japanische Chefarzt, ein freundlicher Mann mit weißen Haaren und einer dicken Brille, der vor vierzig Jahren in Heidelberg studiert hatte, hielt das Rollbett an.

»Es ist ein komplizierter Bruch. Wir müssen den Arm völlig ruhig stellen und die Schulter dazu. Sie bekommen einen kleinen Brustpanzer.«

»Das befürchte ich. Herr Professor, es muß auch anders gehen.«

»Nein.«

»Es muß!«

»Wollen Sie ein schiefes Schlüsselbein behalten?«

»Eine stramme Binde – genügt das nicht?«

»Nein! Jede Bewegung ...«

»Ich weiß es! Das rechte Schlüsselbein war auch schon gebrochen.«

»Das hier ist ein komplizierter ...«

»Herr Professor, ich muß übermorgen über den Parcours.«

»Unmöglich.«

»Es gibt kein Unmöglich. Ein großer Mann hat einmal gesagt: Es gibt nur eine Entschuldigung – den Tod!«

»Aber Sie sind kein großer Mann, sondern ein ganz kleiner, der sich das Schlüsselbein gebrochen hat. Ich kann Sie bandagieren, und Sie können auf ein Pferd klettern, aber was Sie dort oben erleiden werden, sind Höllenqualen.«

»Dann bandagieren Sie mich.«

»Nein. Ich bin Arzt und habe eine Verantwortung zu tragen. Das kann ich nicht verantworten.«

Hartung tastete nach seiner linken Schulter. Nach dem Einrichten hatte man sie zwischen zwei Schienen gepreßt und umwickelt.

»Lassen Sie mich nach Hause bringen, Herr Professor, bitte«, sagte er leise.

»Was heißt – nach Hause?«

»Zu den Ställen am Stadion.«

»Das ist Wahnsinn, Mr. Hartung! Ich müßte Sie einfach zwingen.«

»Sie können mich nicht zwingen.« Hartung lächelte verzerrt. »Ich bin kein Dickkopf, Herr Professor, auch kein Märtyrer, schon gar nicht ein Held. Aber ein gebrochenes Schlüsselbein ist kein Grund, nicht zu reiten. Ich kann meine Equipe nicht im Stich lassen, es sind junge Reiter, ich bin ihr Rückhalt, verstehen Sie das?«

»Ich verstehe nur, daß Sie verrückt sind.« Der japanische Professor winkte. Ein Pfleger rollte das Bett zurück zum Fahrstuhl. »Wie Sie wollen, Mr. Hartung. Ich lasse Sie zu den Pferden bringen. Aber Sie unterschreiben mir, daß das auf Ihre eigene Verantwortung geschieht.«

Eine Stunde später luden zwei Sanitäter Horst Hartung vor den Wohnungen der Reiter aus und trugen ihn auf sein Zimmer. Angela und Dr. Rölle folgten der Trage und schimpften auf Hartung ein. Nomo Fukujachi hing unten beim Hausmeister am Telefon und sprach mit einem der besten Chirurgen Tokios, Professor Hahito Kawaguchi.

Aber auch der berühmte Kawaguchi winkte ab, als Fukujachi ihm die Lage schilderte.

»Soll ich mich mit Mr. Hartung herumschlagen?« fragte er. »Ich bin Chirurg, aber kein Bändiger von Unbelehrbaren, um es höflich auszudrücken. Ich komme nur, wenn Mr. Hartung sich meinen Anordnungen fügt.«

Resigniert legte Fukujachi auf. Es hat keinen Zweck, dachte er und rauchte hastig eine Zigarette. Man kann Horst Hartung doch nicht so lange betäuben, bis das Turnier vorbei ist. Wenn seine Begleitung es nicht schafft, ihn zur Vernunft zu bringen, wie sollen wir das können, ohne ihn zu beleidigen?

Langsam stieg er die Treppen hinauf zu Hartungs Zimmer. Wenn er wirklich übermorgen reitet, dachte er, wird er vom Pferd fallen, beim ersten Hindernis schon, und sich den Hals brechen. Oder die Schulter, den Arm, die Beine, das Rückgrat – auf jeden Fall wird man ihn als Krüppel vom Parcours tragen.

Das darf nicht sein. Man wird mich für alles verantwortlich machen. Ich bin Chef des Turniers.

Wir müssen verhindern, daß Horst Hartung gegen alle Vernunft in den Sattel steigt.

»Nun zeigen Sie, was Sie können«, sagte Hartung. Er lag auf einem Tisch, schwitzte vor Schmerzen, hatte die Fäuste geballt und starrte Dr. Rölle aus tränenden Augen an. »Wenn Sie Pferde bandagieren, werden Sie das doch auch bei mir können.«

»Pferde sind keine Hornochsen! Aber Sie sind einer!«

»Schimpfen Sie, so lange Sie Lust haben, nur tun Sie endlich etwas!« Er drehte den Kopf zur Seite und sah hinüber zu Angela. Sie saß in einem Sessel und hatte kapituliert. Alles Zureden hatte nichts geholfen, alles Bitten und Flehen, keine Küsse und kein Streicheln.

»Ich reite!« hatte Hartung erklärt. »Es muß nur jemand da sein, der mir die richtigen Bandagen anlegt. Mit den Zähnen knirschen kann ich dann allein.«

»Hilf du mir wenigstens«, sagte er jetzt. Es klang kläglich. »Sag, daß du mich verstehst.«

»Ich sage kein Wort mehr. Du bist wie ein kleiner ungezogener Junge, der sein Spielzeug nicht bekommt.«

»Wenn ich nicht reite, ist unsere Equipe um eine Chance ärmer.«

»Das weiß jeder! Aber es gibt noch mehr als Reitersiege! Deine Gesundheit ist wichtiger. Ein verkrüppelter Hartung nutzt keinem mehr etwas.«

»Bravo!« Dr. Rölle beugte sich über Hartung. »Man sollte Sie ohrfeigen!«

»Bitte, bedienen Sie sich, wenn es Sie erleichtert! Aber ich reite übermorgen.«

»Angi, helfen Sie mit!« Dr. Rölle hatte einen Berg Bandagen vor sich liegen. Er drückte Hartung vorsichtig in eine sitzende Stellung und begann dann, die linke Schulter und die Brust mit den festen Leinenbändern zu umwickeln.

Nomo Fukujachi, der keuchend das Zimmer erreicht hatte, stand wortlos neben dem Tisch und sah zu, wie Dr. Rölle aus dem Oberkörper Hartungs eine weiße Rolle machte. Erst als die Bandagen saßen und Hartung vorsichtig vom Tisch glitt, die ersten Schritte machte, den Arm in ein Dreieckstuch schob, sagte er mit einem deutlichen Unterton von Unnachgiebigkeit:

»Als Turnierleiter werde ich Sie nicht reiten lassen. Ich sperre Sie, Mr. Hartung!«

Hartung blieb stehen. Sein Gesicht wurde sehr ernst.

»Das steht in Ihrer Macht, Mr. Fukujachi. Aber dann garantiere ich Ihnen, daß die gesamte deutsche Mannschaft nicht antritt. Hier bin ich der Equipenchef!«

»Wollen Sie einen Skandal?« fragte Fukujachi.

»Ich nicht.«

»Ihr Ritt ist halber Selbstmord.«

»Aber nur ein halber! Solange die Chancen 50 : 50 stehen, gibt es gar keine Fragen mehr.«

»Es ist sinnlos, Mr. Fukujachi.« Angela schüttelte den Kopf. Sie kannte Hartung lange genug, um zu wissen, daß jetzt keine Worte mehr halfen. »Entweder er fällt vom Pferd, oder er schafft es – eine andere Alternative gibt es jetzt nicht mehr.«

»Ich werde nach Deutschland telegrafieren.«

»Auch das haben wir schon getan.« Dr. Rölle packte die restlichen Binden in seinen großen Tierarztkoffer. »Baron Fallersfeld ist weit weg, Hartung weigert sich, telefonisch mit ihm zu sprechen – was soll man da noch machen?«

»Dem verdammten Kerl eine Spritze geben!« rief Fukujachi, gar nicht mehr voll asiatischer Höflichkeit. »Damit er achtundvierzig Stunden schläft!«

»Ihr könnt reden, soviel ihr wollt«, sagte Hartung. Er marschierte im Zimmer hin und her und zwang sich, nicht an seinen Arm und die Schmerzen zu denken. »Ich reite doch!«

Zwei Nächte Schmerzen. Zwei Nächte keinen Schlaf. Die geringste Bewegung brannte wie Feuer in der Schulter. Selbst das Gehen, die leichte Erschütterung jedes Schrittes, spürte er als Stiche im Schlüsselbein.

Stundenlang saß er im Bett, gegen die Rückwand gelehnt. Das war die beste Haltung, in der er schmerzfrei war, wenn er ganz ruhig saß und sich kaum bewegte.

Morgen reite ich, sagte er sich immer wieder vor. Ich weiß, daß es Wahnsinn ist, aber die jungen Reiter sind so unsicher, wenn ich ausfalle. Ihnen fehlt die internationale Erfahrung, sie haben noch nicht die Kaltschnäuzigkeit, mit der man über einen Parcours reitet, nicht die Nerven, wenn sie plötzlich allein dastehen und die ganze Last des Wettstreits auf ihren Schultern ruht. Ich muß reiten!

Am Morgen des Turniertages stand er früh auf und wartete nicht, bis Angela kam und ihm beim Waschen half. Mühsam, von Schmerzen geplagt, rasierte er sich, steckte den Kopf unter den kalten Wasserstrahl, um die Müdigkeit aus seinem Hirn zu treiben, und zog sich dann mit einer Hand an. Bis zu den Stiefeln gelang es, dann saß er auf dem Stuhl und wartete.

Wer zuerst kam, war Romanowski. Er sah Hartung im Reitzeug und hieb mit der Faust gegen die Wand, daß es wie ein Paukenschlag dröhnte.

»Det mach ick nich mit!« erklärte er. »Ooch die anderen Kameraden sajen, det Se im Bett bleiben sollen.«

»Zieh mir die Stiefel an, Pedro.«

»Nee, Herrchen, det tu ick nich.«

»Du hältst sie mir hin, und ich trete rein.«

»Nee!«

»Pedro!«

»Und wenn Se mit de Oogen rollen wie 'n Kannibale, ick tu et nich.«

»Quatsch nicht soviel, Pedro, halt mir die Stiefel hin.«

»Nee, und dreimal nee!«

»Ich entlasse dich, und diesmal wirklich.«

»Und wenn Se mir den Hintern aufreißen, ick helf Se nich!«

Es war schließlich Angela, die Hartung in die Reitstiefel half. Resigniert stützte sie ihn, als er in die engen Schäfte fuhr, und zog dann die Reithosen glatt. »Nach dem Turnier fliege ich nach Deutschland zurück«, sagte sie mit einer fremden, tonlosen Stimme. »Ich will nicht Zeuge sein, wie du dich systematisch kaputt machst.«

»Nur dieses Springen, Angi, dann habe ich Ruhe, mich auszukurieren. Bis zum nächsten Turnier in Mexiko sind es noch vier Wochen. So lange braucht kein Schlüsselbein, um wieder leidlich stabil zu sein. Warum seid ihr alle so kurzsichtig?«

»Weil wir weiter sehen! Du bist auch nur ein Mensch.«

Sie wandte sich ab und rannte hinaus. »Jetzt heult se«, sagte Romanowski bitter. »Herrchen, ooch ick vasteh Se nich mehr.«

Hartung ging etwas steifbeinig durch das Zimmer. Die Müdigkeit von zwei durchwachten Nächten voller Schmerzen steckte noch in ihm und war mit kaltem Wasser allein nicht zu verjagen. Das Schlüsselbein spürte er im Augenblick nicht mehr. Dr. Rölles Bandagen saßen gut und panzerten seine linke Schulter ein. Wie sein Körper allerdings auf die Erschütterungen beim Springen reagieren würde, daran wagte Hartung nicht zu denken. Schon in gesundem Zustand war das Aufkommen nach einem Hindernis ein Schlag, der von den Zehen bis zur Schädeldecke zuckte, aber man konnte ihn elastisch abfangen und sich aus diesem Stauch hinausheben. Das alles war jetzt nicht mehr möglich, sein Körper würde die ganze Wucht des Aufpralls auffangen.

Romanowski hielt ihm die breite Hand hin.

»Ich stütz Se, Herrchen.«

Hartung winkte ab. Er bemerkte plötzlich das bläuliche Auge und die Beule an Romanowskis Hinterkopf.

»Was hast du denn da?« fragte er. »Krach mit Laska?«

»Nee, Herrchen.« Romanowski hatte sich auf diese Frage vorbereitet. »Hinjefallen über eenen Stein.«

»Wieder besoffen?«

»Ick hab bis vorjestern diesen japanischen Reiswein nich jekannt.« O Gott, meine schöne Mandelblüte, dachte er dabei. Hätte ich nur verstanden, daß Oki der Name von einem verdammt eifersüchtigen Kerl ist!

Ganz langsam gingen sie zusammen über den großen Platz, der zwischen den Wohnhäusern und den Stallungen lag. Auf den Abreiteplätzen hatte die Arbeit begonnen. Die russische Equipe trainierte mit militärischer Exaktheit, die Amerikaner trieben ihre Pferde über die Cavalettis, die Italiener diskutierten über ein Pferd, das einmal lahmte, einmal herrlich sprang. Der Equipenarzt, ein temperamentvoller Sizilianer, schrie herum und beschimpfte alle, die anderer Meinung waren als er. Die deutschen Reiter führten ihre Pferde noch an der Longe herum. Laska stand noch im Stall – der Star wartete auf seinen Herrn.

Hartung trat in die Box und klopfte Laska auf die Kruppe. »Guten Morgen, mein Mädchen«, sagte er fröhlich. »Wir haben uns lange nicht gesehen.«

Laskas Kopf fuhr herum. Ihre großen braunen Augen musterten Hartung. Wie auf dem Schiff, das sie nach Australien gebracht hatte, lagen Angst und Schrecken in diesem Blick. Vorsichtig strich sie mit den weichen Nüstern über Hartungs Schulter, und es war, als ertaste sie die dicken Bandagen und begreife, daß ihr Herr krank war. Sie wieherte leise, scharrte mit dem linken Bein und schüttelte plötzlich den Kopf.

»Se kann sprechen!« sagte Romanowski atemlos. »Herrchen, se kann sprechen.«

»Also auch du.« Hartung streichelte Laska über die Nüstern und zwischen den Augen. »Es hilft alles nichts, wir springen, mein Mädchen. Und damit du siehst, daß es gut geht, üben wir jetzt. Pedro, satteln!«

Es war eine einzige Qual. Schon das Aufsteigen und Einsitzen in den Sattel ging durch Hartungs Schulter wie Feuer. Er preßte den Arm eng an den Körper, nutzte die Stütze des Dreieckstuches aus und atmete ein paarmal tief durch. Dann gab er Laska frei für einen fast bummelnden Schritt.

Es ist unmöglich, sagte er sich. Ich werde schon bei den ersten Galoppmetern vom Pferd fallen. An ein Springen ist überhaupt nicht zu denken. Jede Erschütterung ist wie ein Hammerschlag. Es ist unmöglich.

Laska ging vorsichtig, als taste sie sich über Eis. Ihr Instinkt sagte ihr, daß ihr Herr krank war. Sie reagierte zum erstenmal in ihrem Leben nicht auf die Aufforderung, in einen Trab zu fallen. Mit gesenktem Kopf ging sie weiter im Schritt.

»Mein Mädchen«, sagte Hartung und beugte sich mühsam zu ihren Ohren vor, eine Anstrengung, die ihm den Schweiß ins Gesicht trieb, »sei nicht trotzig wie alle Frauen. Soll ich mir die Sporen umschnallen?«

Über den Platz rannten Dr. Rölle und Angela. Dr. Rölle fuchtelte mit den Armen hoch in der Luft.

»Holt ihn 'runter!« schrie er. »So ein Irrsinn! Ihr steht herum und seht euch das ruhig an? Holt den Idioten vom Pferd!«

»Jetzt los, mein Mädchen«, sagte Hartung ruhig. »Zeig allen, daß wir fit sind. Und wenn ich stöhne, hör einfach nicht hin.«

Und dann trabten sie, galoppierten, vollführten scharfe Wendungen, jagten auf das Übungshindernis, einen Doppeloxer, zu und übersprangen es so elegant wie immer. Mit einer Hand, der gesunden rechten, hielt Hartung die Zügel. Der Absprung war schmerzhaft, aber zu ertragen, doch als er wieder aufsetzte, war es wie eine Explosion.

Im Sattel bleiben, befahl sich Hartung. Nichts anmerken lassen. Lächeln, und weiter, weiter ...

Wie er es schaffte, wußte er selbst nicht. Nach einer halben Stunde hob ihn Romanowski vom Sattel und stützte ihn bis zu einem Hocker neben dem Abreiteplatz. Dort warteten Angela und Dr. Rölle mit verschlossenen Gesichtern.

»Na, Sie Hirnamputierter?« fragte Dr. Rölle. »Das war schön, was?«

»Es ist durchzuhalten.« Hartungs Stimme klang wie Zähneknirschen.

»Und wenn Sie mir vor dem Parcours eine Injektion geben gegen Schmerzen, schaffe ich es. Doktor, es hängt zuviel daran.«

»Mein Flugzeug geht morgen früh um 8 Uhr 17.« Angela blickte über Hartung hinweg. Ihr schöner Mund zuckte.

»Du fliegst nicht.«

»Doch. Die Tickets sind bestellt.«

»Ich brauche dich, Angi!«

»Das ist eine Lüge. Du brauchst nur Siege und deine Laska. Daraus allein besteht deine Welt.«

»Und aus dir. Du weißt es genau. Heute abend werde ich brav wie ein Kind sein.«

»Falls es für dich noch einen Abend gibt.«

»Ihr seht alle zu schwarz. Mit einer Spritze im Leib muß ich diesen Nachmittag durchhalten.«

»Wie Sie wollen!« Dr. Rölle schlug die Fäuste gegeneinander. »Ich pumpe Sie voll, als seien Sie ein Nilpferd! Vielleicht ist es wirklich am besten, daß Sie sich selbst Ihren Dickkopf spalten! Kommen Sie, Angi, hier haben wir nichts mehr zu suchen.«

Drei Uhr nachmittags.

Im Studio starrten sechzigtausend Menschen auf den grünen Rasen und die dort aufgebauten Hindernisse. Nomo Fukujachi hatte noch einmal versucht, Hartung zu überreden. Es war sinnlos. Dr. Rölle gab Hartung eine Schmerzinjektion, sie wirkte kaum, wie Hartung feststellte, als er in den Sattel kletterte. Zwar ließen die Schmerzen etwas nach, aber die Nerven und der Bruch waren bereits so gereizt, daß eine normale Spritze nicht mehr reichte.

»In Ordnung?« fragte Dr. Rölle.

»Ja.« Hartung lächelte schwach. »Wenn man bei einem Viehdoktor in Behandlung ist ...«

Der Parcours war schwer. Die Japaner hatten Schwierigkeiten eingebaut, an denen die meisten Reiter hängenblieben. Selbst die hier so hervorragenden Russen rissen zweimal und gingen mit acht Fehlern vom Platz. Die deutschen Reiter – Hartung ritt als letzter – kamen mit vier Fehlern aus dem Stadion. Um zu gewinnen – es gab hier nur eine Nationenwertung und keinen Einzelsieg –, durfte Hartung nur mit null Fehlern den Parcours verlassen.

»Unmöglich«, sagte Dr. Rölle. »Dieser Ritt ist völlig umsonst.«

»Wo ist Angela?« fragte Hartung, als Romanowski ihn in den Sattel hob.

»Nicht im Stadion. Sie packt ihre Koffer.«

»Das glaube ich nicht. Such sie.«

»Herrchen!« Romanowski klammerte sich an Hartungs Stiefel fest. »Bitte reiten Sie nicht!«

»Nummer 54, Horst Hartung auf Laska«, ertönte es aus den Lautsprechern in vier Sprachen. Die weiße Barriere hob sich. Einreiten! Es gab kein Zurück mehr. Romanowski preßte die Hände vors Gesicht und wandte sich ab.

Langsam, vorsichtig ritt Hartung auf den Parcours. Laska spürte, wie er mehr im Sattel hing als saß. Sein Schenkeldruck war kraftlos, kaum spürbar, die Zügelführung fast eine Farce.

Hartung zog die Kappe und grüßte. Sechzigtausend Menschen klatschten begeistert. Sie sahen, daß er den Arm in der Binde trug, daß er einarmig über diese schwierigsten Hindernisse, die man je in Japan aufgebaut hatte, springen wollte. Der »Preis der aufgehenden Sonne« war die höchste Reitertrophäe Asiens.

Dann wurde es still in dem riesigen Stadion. Hartung ritt an. Nur vier Fehler durfte er machen, um das Stechen zu erreichen. Vier Fehler, einmal abwerfen bei siebenundzwanzig Hindernissen. Ein mörderischer Parcours.

Trab. Angalopp. Das erste Hindernis, ein Birkenoxer, 1 Meter 50 hoch, für Laska eine Kleinigkeit.

Sie sprang ab, ohne auf Hartungs Hilfe zu warten, flog langgestreckt durch die Luft und setzte so weich wie möglich auf.

In Hartungs Hirn explodierte etwas. Er sah das Stadion in roten und grünen Farben, die auf und ab wogten und schrille Töne von sich gaben. Dann einen Augenblick Klarheit – so klar, als sei alles aus Chrom und auf Hochglanz poliert.

Das zweite Hindernis. Ein weißes Tor. 1 Meter 70 hoch.

Hinüber.

Hartung stöhnte. Er beugte sich nach vorn, biß sich auf die Lippen und spürte, wie sein ganzer Körper wie im Schüttelfrost zitterte.

Noch fünfundzwanzig Hindernisse.

Die Mauer. Der Wassergraben. Der Doppeloxer. Der Wall. Die Dreierkombination, an der die meisten Reiter hängenblieben.

Hinüber. Hinüber. O Laska, Laska, du bist ein himmlisches Pferd.

Der Plankenoxer. Das Amsterdamer Tor. Das große Gatter. Der Bretterplankenzaun, 1 Meter 60 hoch. Die Feldsteinmauer, 1 Meter 60 hoch. Die Palisade. Die Triplebar.

Gerissen. Vier Fehler. Jetzt geht es ins Stechen mit Rußland und Italien. Wenn kein neuer Fehler passiert, wenn Laska die letzten Hindernisse nimmt ...

Hartung sah kaum noch etwas. Seine Augen tränten, in seiner Schulter tobte der Schmerz. Er hing im Sattel, hielt sich nur mühsam fest, lenkte Laska zu den einzelnen Hindernissen und ließ sie springen, wie sie wollte.

»Es geht nicht mehr, mein Mädchen«, keuchte er, als noch drei Sprünge übrigblieben. »Mach es allein, ich kann nicht mehr.«

Ein Doppelbirken-Rick. Noch einmal ein Gatter. Dann der Steilsprung, 1 Meter 70 hoch.

Hartung umklammerte mit dem rechten Arm Laskas Hals, als sie in die Höhe schoß und die 1 Meter 70 übersprang, als sei sie aus Gummi. Er schrie laut auf, als sie auf den Boden krachten und blieb über dem Hals Laskas hängen, während sie aus dem Stadion galoppierte.

Sechzigtausend Menschen schrien auf und trampelten, klatschten und schwenkten die Fahnen mit der aufgehenden Sonne. An der Barriere stand Nomo Fukujachi und hob zusammen mit Romanowski Hartung vom Pferd.

»Jetzt weiß ich, wie ein Halbtoter aussieht«, sagte er. »Nach dem Stechen sind Sie ganz tot.«

Die Hindernisse wurden umgebaut. Eine Atempause für Reiter und Pferde. Hartung saß allein unter einem Sonnensegel auf einem Schemel, Laska stand neben ihm und sah ihn an. Niemand wagte, ihn zu stören, anzusprechen oder sich ihm zu nähern. Sein schmerzverzerrtes Gesicht war zur fratzenhaften Maske geworden.

Das Stechen.

Acht Hindernisse. Die Mauer mit 1 Meter 90. Die Dreierkombination mit 1 Meter 80. Achtmal noch die Höllenqual. Achtmal.

Wer hält das aus?

Dr. Rölle kam mit seiner Injektion. Hartung winkte ab.

»Nachher, Doktor. Nachher können Sie mich vollpumpen wie einen Ballon. Ihre Spritzen machen müde.«

»Glauben Sie bloß nicht, daß ich Sie bewundere!«

»Wo ist Angela?«

»Keine Ahnung. Nicht bei der Turnierleitung, nicht auf der Tribüne – verschwunden. Wundert Sie das?«

»Ja. Angi gehört zu mir. Sie weiß es. Und irgendwo wartet sie, sieht zu.«

»Wie kann man nur ein Ungeheuer wie Sie lieben?« Dr. Rölle zuckte zusammen. Vom Turnierleiterturm erklang ein Glockenschlag. »Das Stechen beginnt. Horst . . .«

»Ruhe, Doktor, Ruhe.« Hartung stand ächzend auf. Er ging zu den Warteplätzen, und Laska folgte ihm mit hängenden Zügeln. »Schlukken Sie ein Beruhigungsmittel.«

Das Stechen begann. Fukujachi hatte es so eingeteilt, daß Hartung als letzter sprang. So war zu übersehen, welche Chancen die Deutschen hatten, welche Last auf Hartung liegen würde.

Rußland – sechzehn Fehler.
Italien – acht Fehler.
Deutschland bis auf Hartung vier Fehler.

»Das heißt«, sagte Fukujachi, »daß er null Fehler reiten muß, denn ein zweites Stechen ist menschenunmöglich für ihn.«

Als Hartung einritt, schwiegen die Sechzigtausend. Als er grüßend seine Kappe senkte, klatschte niemand. Es war wie bei einem Trapezartisten, der mit verbundenen Augen an der Zirkuskuppel seinen dreifachen Salto mortale drehen will. Aber einen dreifachen Salto ohne Netz . . .

»Los, mein Mädchen«, stöhnte Hartung. »Acht Sprünge – was sind für uns acht Sprünge und eine Mauer von 1 Meter 90?«

Acht Sprünge. Achtmal hörte man im Stadion Hartungs Aufschrei, wenn Laska wieder auf den Boden aufsetzte. Die beiden letzten Hindernisse gab es für ihn nicht mehr, er hing kraftlos an Laskas Hals, er spürte keine Schmerzen mehr, er war in einem Dämmerzustand zwischen Leben und Sterben.

Die Mauer, der letzte Sprung, die Entscheidung, der Sieg.

Mit einem Gewicht im Sattel, mehr war Hartung nicht mehr, visierte Laska das hochragende Hindernis an. Dann streckte sie sich, kurz vor der Mauer, in einem Augenblick, in dem alle sich einig waren, daß sie mitten durch das Hindernis fegen würde, streckte sich hoch in den Himmel, stieß sich mit den sprunggewaltigen Hinterläufen ab, schnellte mit einem herrlichen Bogen über die Mauerkrone.

Noch bevor sie aufkam, tobten die Sechzigtausend. Es war ein Schrei wie aus einer Kehle.

Null Fehler.

Der Sieg der deutschen Equipe.

Laska galoppierte aus dem Stadion. An der Barriere standen Dr. Rölle, Angela und Fukujachi. Romanowski warf sich Hartung entgegen, als Laska stehenblieb.

Langsam, ganz langsam rutschte Hartung seitlich aus dem Sattel und fiel in die Arme von Romanowski. Seine Augen waren geschlossen, sein Atem kaum hörbar. Im Augenblick, als sie aus dem Stadion ritten, hatte er das Bewußtsein verloren.

Dr. Rölle, Angela, Romanowski und Fukujachi trugen ihn zur Sanitätsstation, während am Siegermast die deutsche Fahne hochgezogen wurde. Und neben ihnen ging Laska, ihre weichen Nüstern strichen zärtlich über Hartungs bleiches, entspanntes Gesicht.

»Welch ein Pferd«, stammelte Fukujachi ergriffen. »Welch ein Pferd. Wer sagt da noch, ein Tier habe keine Seele?«

50 000 Dollar Lösegeld

In Mexiko ist alles sehenswert, begeisternd, anfeuernd – nur die Luft nicht. Sie ist dünn, und wer hier, in 2240 Meter Höhe – denn so hoch liegt Mexiko City – etwas schneller läuft als normal, wer sogar rennt, rasch Treppen steigt oder schwere Lasten hebt, fängt an zu keuchen und pumpt diese dünne Luft in sich hinein wie ein Maikäfer, bevor er zum Flug ansetzt. Die Mexikaner sind es gewöhnt, ihr Körper, ihr Blut haben sich auf diesen geringen Sauerstoffgehalt eingestellt, ein Mitteleuropäer jedoch, plötzlich in diese Höhe gebracht, wird weich in den Knien, wenn er auch nur einen lebhaften Tanzschritt macht. Und Pferde reagieren wie Menschen, und Springpferde zumal müssen in dieser dünnen Luft Unvorstellbares leisten.

Es zeigte sich gleich nach dem ersten leichten Konditionstraining. Laska rang nach Luft, ihre schönen Augen quollen aus den Höhlen, sie zitterte am ganzen Körper und stolperte beim Gang zum Stall über die eigenen Beine.

»Sauerstoffmangel«, stellte Dr. Rölle fest. »Die gleiche Erscheinung wie bei den anderen Pferden. Auch Laska ist hier kein Wundergaul. Nur die Russen haben keine Schwierigkeiten, die haben ihre Pferde vor dem Flug nach Mexiko im Kaukasus gedrillt.«

Also erhielt Laska eine Sauerstoffmaske. Es war ein merkwürdiges Ding, eine Eigenkonstruktion Dr. Rölles. Ein Trichter aus Kunststoff, groß genug, daß die Nüstern hineinpaßten, zwei Lederbänder, um ihn festzuschnallen, dann ein Gummischlauch, der an eine Sauerstoffflasche angeschlossen war. Hier saß Dr. Rölle vor dem Manometer, regulierte die Luftzufuhr, während Romanowski Laska zuredete, zu atmen und sich an die Maske zu gewöhnen.

»Nu schluck doch, Olle«, sagte er und klopfte ihr auf den Hals. »Is doch jut, wat? Mußte doch selbst merken. Aba uff 'n Parcours mußte dir selbst Luft holen, da kann ick dir nich mit 'n Trichter vornewegrennen. Und wenn de Mauer zwei Meter hoch is, dann schnaufste ein und drüber. Haste mir vastanden?«

Nicht nur die Pferde, auch die Reiter hatten Schwierigkeiten mit der dünnen Luft. Hartung trainierte jeden Tag zweimal im riesigen Stadion von Mexiko City, morgens um sieben und abends um acht. Er rannte in mäßigem Tempo über die rote Laufbahn, assistiert von Angela, die merkwürdigerweise die Höhe besser vertrug als die Männer. Sie lief neben ihm her, und wenn er zu keuchen begann und die Arme emporwarf, hielt sie ihm das kleine, tragbare Sauerstoffgerät vor den Mund, zwei, drei tiefe Atemzüge genügten und Hartung rannte weiter, einmal um das Rund des Azteken-Stadions, auf dessen Rasen die Hindernisse schon aufgebaut wurden. In vier Tagen würde der unerbittliche Kampf losgehen. »Der große Preis von Mexiko« – ein riesiger Silberpokal und 50 000 Dollar Geldprämie. Es wurde keine Nationen-, sondern eine Einzelwertung geritten. Auch wenn Hartung das Geld an den Deutschen Reitsport-Verband weitergeben mußte, um den Amateurstatus zu erhalten, war dieser Sieg für ihn wichtig. Er würde den Namen Laska bis in die fernste Ecke Mittel- und Südamerikas tragen.

Laska, das Pferd, das – wie die Mohammedaner sagen – Allah aus der Sonne gemacht hatte.

Niemand achtete darauf, daß bei diesem Training ab und zu zwei Männer oben auf einer der Rangbänke saßen und Hartung, Angela, Dr. Rölle und auch Laska mit Romanowski beobachteten. Der eine von ihnen trug einen weißen, eleganten Seidenanzug, einen ebenso weißen breitkrempigen Hut, ein blaßrosa Hemd und eine rote Krawatte. Dicke Goldringe mit großen, in der Sonne blitzenden Brillanten, steckten an den dicken Fingern. Meistens hing dem Señor eine dünne, lange Zigarre zwischen den wulstigen Lippen, die er auch nicht herausnahm, wenn er sprach. War sie aufgeraucht, folgte die nächste. Gute Freunde behaupteten, er habe auch nachts ein solches Ding im Mund hängen, mit einer Ausnahme – wenn eine schöne Frau neben ihm im Bett lag.

Der andere Hombre war lang und dürr; er wirkte irgendwie ausgehungert und vertrocknet. Seine Haut war gelbbraun, auf dem schmalen Kopf trug er einen topfartigen schwarzen Filzhut und um den Oberkörper einen gestreiften indianischen Poncho. Er kaute getrocknete, zu kleinen Kugeln zusammengerollte Blätter, die Meskalin enthielten und eine Art Euphorie erzeugten. Seine Augen glänzten wie poliert und waren von einer unnatürlichen Starre.

»Sie sind zäh, diese *alemanes*«, sagte der elegante Mann. Seine lange Zigarre wackelte zwischen den Lippen. »Sie gehen wissenschaftlich vor, das ist gefährlich. Pedro, haben sie eine Chance zu gewinnen?«

Pedro Calabozo, der Dürre, nahm seinen runden Hut ab, fächelte sich Kühlung zu, denn jetzt am Abend strömte alles die Hitze des Tages aus, das Holz, die Steine, sogar der Boden waren wie ein Backofen. Er starrte hinunter auf die rote Bahn, auf der Hartung mit ausgreifenden Schritten sein Pensum herunterlief, schwitzend, mit zusammengebissenen Zähnen. Neben ihm her fuhr Dr. Rölle auf einem kleinen, niedrigen Fahrrad. Angela, in Shorts und weißem Polohemd, lief zwei Schritte hinter Hartung.

»Sie essen zu gut, Horst!« rief Dr. Rölle, als Hartung ins Gehen zurückfiel und mit den Armen ruderte. »Und abends ein Bierchen, jetzt rächt sich das.«

»Sie haben gut reden, wenn Sie mit dem Rad nebenher fahren. Los, runter vom Sattel, Doktor, und mitgelaufen!«

»Bin ich ein Sportsmann?« Dr. Rölle winkte lachend ab. »Ich habe nie Ambitionen gehabt, über meterhohe Hindernisse zu springen. Ich muß nur eure Knochen in Ordnung halten. Also weiter, noch vierhundert Meter!«

Ein paar Züge aus dem Plexiglastrichter, reiner Sauerstoff, Kraft und neuer Mut. Horst Hartung rannte weiter.

»Die *alemanes* können immer gewinnen, Señor Laredo.« Calabozo setzte seinen Topfhut wieder auf. »Denken Sie an die Olympiaden. Zuerst sehen sie aus wie ein hómbrecillo (Männchen), und plötzlich, wenn's darauf ankommt, sind 's die Helden. Und ihre Pferde sind genauso. Haben Sie Laska gesehen? Mit jedem Training fühlt sie sich wohler.«

»Es geht um 50 000 Dollar, Pedro.«

»Ich weiß es, Señor Laredo.« Pedro Calabozo, für die Allgemeinheit der Sekretär des reichen Caballero Fernandez y Laredo, in Wahrheit ein kleiner mieser Dieb und Meskalinverteiler, der für Laredo den Verbindungsmann zu anderen organisierten Rauschgifthändlern abgab, dunkle Kanäle, in denen das Fleisch und der Saft der auf der Hazienda Laredos angebauten Peyotl-Kakteen verschwanden und gute Dollars einbrachten, faltete die Hände vor seinem Poncho. »Aber was soll man tun? Unsere Mannschaft ist gut, die Alemanes dagegen sind vorzüglich. Wir können nur theoretisch gewinnen.«

»Wir müssen praktisch gewinnen, Pedro.« Laredo, der überall bekannte und geschätzte Edelmann, zog die buschigen Brauen zusammen. Er dachte nach, und Calabozo störte ihn nicht. Er wußte genau, daß dabei etwas Gesetzwidriges herauskommen würde. »Erinnere dich, was die Zeitungen schrieben.«

»Sie wissen, Señor Laredo, daß ich nur mühsam lesen kann.«

Laredo lächelte breit. Mühsam! Er kann überhaupt nicht lesen. Als er vor zehn Jahren aus der Sierra Madre del Sur zu mir auf die Hazienda kam, abgerissen, halb verdurstet, ein Skelett mit Haut, kannte er gerade seinen Namen. Seine Mutter war eine Indianerin, sein Vater ein durchziehender Saisonarbeiter, der danach wieder das Weite suchte. Buchstaben waren für Pedro ein Rätsel mit sieben Siegeln, aber er war ein Genie im Aufreißen immer neuer Abnehmer von Peyotlsaft.

»Es ist jedesmal mißlungen, wenn man Laska von einem Turnier fernhalten wollte. Alles hat man versucht. Betäuben, vergiften, entführen, sogar töten, einmal hat man Hartung gekidnappt, dann wieder das Pferd, sie haben diesen Romanowski überfallen – er heißt übrigens auch Pedro –, oder in die Hindernisse Tricks eingebaut. Alles umsonst. Laska siegte. Hombre, und jetzt geht es um 50 000 Dollar.«

»Wir werden sie nie gewinnen.«

»Nicht auf dem Parcours. Wir werden klüger sein als unsere Vorgänger.«

»Das ist Ihre Stärke, Caballero y Laredo.« Calabozo bewunderte seinen Herrn rückhaltlos. Als er damals als armseliger Tramp von ihm aufgenommen wurde, hätte er ihm den Staub von den Stiefeln geküßt und wie ein Hund zu seinen Füßen geschlafen. Jetzt, nach zehn Jahren, hatte er sich als zweiter Mann auf der Hazienda mit dem poetischen Namen *Cielo de flores*, das heißt »Blumenhimmel«, unentbehrlich gemacht. Seine Kenntnis von allen möglichen dunklen Machenschaften könnte ihm allerdings gefährlich werden, denn wenn Laredo diesen Mitwisser loswerden wollte, gab es nur einen Weg – den Tod. Calabozo aber dachte nicht daran, sich irgendwo in der Wildnis verscharren zu lassen; deshalb übte er sich in der leichten Kunst, seinen Herrn immer und überall zu bewundern. »An was denken Sie?«

»Daran, daß Laska um den ›Großen Preis von Mexiko‹ springen und siegen wird. Mit unserer Hilfe.«

»Ich verstehe gar nichts mehr, Señor.« Calabozo nahm seinen schwarzen Topfhut ab. »Unsere Reiter sollen verlieren?«

»Sie werden es zwangsläufig.«

»Und die 50 000 Dollar?«

»Gewinnen wir trotzdem.« Fernandez y Laredo stand auf. Er war größer, als er beim Sitzen wirkte, kräftig, breitschultrig und muskulös. Nur seine penetrante Eitelkeit zerstörte das Bild eines schönen, eleganten Mannes. »Komm, sehen wir uns Laska an. Wie wird sie bewacht?«

»Wie das Gold in der Staatsbank, Caballero.«

»Ist in die Staatsbank schon einmal eingebrochen worden?«

»Nein. Nur bei Revolutionen – die Politiker ...« Pedro grinste breit.

»Dann leihen wir uns von den Politikern die Unverfrorenheit.« Fernandez y Laredo klopfte Calabozo auf die schmale Schulter. Das war eine hohe Auszeichnung. »Und nicht ein einziges Haar wird Laska dabei gekrümmt. Ich liebe dieses Pferd, *Madre de Dios*!«

Eine halbe Stunde später standen die beiden am Trainingsplatz und beobachteten Laska beim Ablongieren. Romanowski schielte ein paarmal zu ihnen hinüber. Er hatte sich einen riesigen, geflochtenen mexikanischen Sombrero gekauft, nach dem Laska sofort geschnappt hatte. Zum Glück war Romanowski schneller gewesen und hatte den Kopf zurückgezogen.

»Da sind se schon wieder«, sagte er halblaut. »Olle, paß uff, zuviel Interesse is ooch nich jut.«

»Romanowski ist das einzige Hindernis«, sagte Laredo leise. »Er ist wie ein Stier.«

»Er heißt Pedro. Mit meinem Namensvetter werde ich schon fertig.« Calabozo schob sich eine neue getrocknete Blattkugel in den Mund. »Darf ich ihn – rrrtsch?« Er deutete vielsagend auf seine Kehle.

»Wohl verrückt, was?« Laredo drehte die lange Zigarre zwischen den Zähnen. »Keine Gewalt. Mit Eleganz, Pedro. Wir sind doch Ehrenmänner. Gehen wir.«

Es gibt in Mexiko zwei Dinge, über denen ein Fremder sofort den Verstand verliert – die schwarzhaarigen, glutäugigen, heißblütigen Frauen und den nicht weniger feurig ins Blut gehenden Tequila. Ein höllischer Schnaps, den sogar der Teufel nur schlückchenweise trinken würde.

Romanowski probierte nur den Tequila, von den Frauen hatte er die Nase voll. Sein letztes Erlebnis mit Yana Michimoko, der »Mandelblüte« in Tokio, war noch zu frisch, als daß er sich wieder in ein Abenteuer gestürzt hätte, diesmal mit einer hüftenwiegenden Mexikanerin, deren Freund bestimmt nicht Judo und Karate anwenden, sondern mit einem Messer Rache nehmen würde. Romanowski hatte etwas gegen Messer, vor allem, wenn sie in seinem Leib steckten, und so beschaffte er sich heimlich – Hartung hatte ihm das Trinken streng verboten – einen Tonkrug mit dem merkwürdig säuerlich riechenden Schnaps, setzte sich neben Laska in die Box und begann zu Abend zu essen. Ein Stück Brot, ein Stück Wurst, ein Gläschen Tequila.

Die ersten Schlucke nahm er vorsichtig. Das Zeug schmeckte merkwürdig, aber es rann feurig durch die Speiseröhre in den Magen und wirkte dort wie ein richtiger Schnaps. Romanowski wurde wohl zumute.

»Det verrat nur nich«, sagte er zu Laska, hauchte sie an und beobachtete sie. Bei Schnaps zog sie immer die Nüstern hoch. Diesmal zeigte sie keinerlei Reaktion. »Riecht also nich«, stellte Romanowski zufrieden fest. »Det is jut. Ich kann's mir nich leisten, 'ne Fahne zu hissen.«

Tequila ist ein Teufelszeug, wie schon gesagt. Man gewöhnt sich an ihn, trinkt ihn nachher wie Limonade und fällt dann um, ohne noch einen Mucks zu sagen. Die mexikanischen Indianer behaupten, daß er schöne Träume schenkt. Romanowski bescherte er Blei, das träge durch sein Gehirn floß. Schnarchend lag er neben Laskas Box im Stroh, Arme und Beine von sich gestreckt. Er war eben kein Indianer.

Am Morgen wachte er früh auf. Zehntausend Bienen summten in seinem Kopf, seine Beine waren aus Pudding, im Magen brannte es wie Salzsäure. »O Jott!« sagte Romanowski erschüttert. »Det ick imma der Leidtrajende bin! Zum Jlück bin ick der erste, der uffsteht. Laska, Olle, uff de Beene, der Tag is da!«

Aber Laska rührte sich nicht. Romanowski stemmte sich an der

Stallwand hoch, gähnte, machte drei Kniebeugen, um den Pudding in den Beinen zu vertreiben, und stakste dann zur Box.

Es war unmöglich, daß Laska aufstand – denn Laska war nicht mehr da.

Das Aufgebot an Polizei war so umfangreich, als sei ein Staatsmann ermordet worden. Alles drängelte sich vor den Ställen, Wege und Straßen wurden abgesperrt, das Azteken-Stadion durfte niemand betreten, alle, die nachts auf dem Gelände gewesen waren, standen unter Arrest, der Polizeichef von Mexiko City, Señor Juan Socorro, leitete persönlich die Ermittlungen. Es war eine große Schau, ein Aufmarsch von Uniformen, ein Durcheinander aus Worten und Gesten, ein Hin- und Hergerenne –, aber es kam nichts dabei heraus. Horst Hartung wußte es bereits, als Polizeichef Socorro schwitzend und mit rollenden Augen aus der Schar seiner Polizisten auftauchte.

»Señor, es ist bedauerlich, aber wir finden keine Spuren«, sagte er. »Die Verbrecher sind raffiniert vorgegangen. Sie haben sogar Ihren Transportwagen benutzt, Señor. Zwei Nachtwächter haben ihn abfahren sehen, aber sie dachten, es seien die Deutschen, und hielten ihn deshalb nicht an. Was sagen Sie nun?«

»Wenig.« Hartung hatte schon vor Stunden festgestellt, was nun die Polizei lauthals bekanntgab: Laska war mit ihrem eigenen Transportwagen weggefahren worden. Wie weit, und ob man sie außerhalb der Stadt umgeladen hatte, war noch nicht bekannt. Polizisten auf Motorrädern jagten über alle Ausfallstraßen und suchten das auffällige Gefährt. Drei Hubschrauber flogen um den Lago Texcoco, in Richtung Yukatan und zur Sierra Madre del Sur.

Romanowski, der jetzt völlig entnervt im Stall hockte und vor sich hinstierte, konnte gar nichts sagen.

»Ick hab jeschlafen«, beteuerte er Hartung, nachdem Laskas Verschwinden den Alarm ausgelöst hatte. »Eenmal muß der Mensch ooch ruhen, bei die dünne Luft!«

Hartung schnupperte. Aber Romanowski roch nach Pfefferminztee. Bevor er Hartung aus dem Bett holte, hatte er eine ganze Kanne davon getrunken, mit Tee gegurgelt und seinen Gaumen ausgespült. Hartung sah Romanowski streng an. Wenn ein Mensch wie er nach Pfefferminz duftete, war das verdächtig, aber beweisen konnte man ihm nichts.

»Det se mitjejangen is, det wundert mir!« sagte Romanowski immer wieder. »Ick habe keene Erklärung nich dafür.«

»Langsam wird es langweilig.« Hartung hörte die Funkmeldungen, die aus den Hubschraubern kamen. Neben Polizeichef Socorro war der Empfänger mit einem Verstärker gekoppelt. »Immer die alte Leier – Laska darf nicht siegen. Es ist doch nur Sport!«

»Für Sie, Señor.« Socorro trocknete sich mit einem großen Taschentuch das Gesicht. »Aber die anderen machen daraus ein Geschäft. 50 000 Dollar Prämie, das lohnt sich. Bei Ihnen ist es nicht üblich, aber hier und drüben in den USA und woanders, da wird gewettet, da wetten sie um alles und für alles, sogar Kamelkämpfe soll es geben. Und wo leicht Geld verdient wird, sind auch die Gangster zur Stelle. Sport! Daß ich nicht lache!«

Aus dem Lautsprecher ertönte eine ferne Stimme. Socorro riß sich die Mütze mit den goldenen Verzierungen vom Kopf.

»Sie haben ihn! Sie haben ihn! Na, sind meine Leute nicht tolle Burschen? Ihr Transportwagen steht unauffällig geparkt neben der Straße nach Uruapan del Progeso. Zwischen Morelia und Pazcuaro. Was sagen Sie nun?«

»Der Wagen ist natürlich leer.«

»Natürlich! Aber wir wissen jetzt die Richtung, die die Gauner genommen haben!«

»Und wohin sind sie?«

»In die Sierra Madre del Sur – oder in die Berge von Guerrero. Aber sie können sich auch im Hochland von Michoacan verstecken.«

»Beruhigend.« Socorro bemerkte den sarkastischen Unterton in Hartungs Stimme nicht. »Suchen wir also ein Gebiet ab, das so groß wie Deutschland ist.«

»Gar kein Problem. In Deutschland ist das Suchen eine Qual, bei uns eine Kleinigkeit. Es gibt in diesen Gebieten nur wenige Straßen, und im Gebirge kommt man bloß auf einigen Pfaden voran. Sie kennen unser Land nicht, Señor. Bis zum Abend bringen wir Ihnen Ihr Pferd.«

Polizeichef Socorro sollte sich irren. Die Stelle, wo man Laska umgeladen hatte, wurde millimeterweise untersucht, aber außer einem Haufen Pferdedung fand man gar nichts. Sogar die Reifenspuren waren verwischt worden.

»Profis!« sagte Socorro mit erhobenem Finger. »Aber dem Pferd geht es gut. Es hat geapfelt. Außerdem wurde es hier getränkt und gefüttert. Sehen Sie die Heureste? Es sind Pferdekenner.«

»Sehr tröstlich. In drei Tagen ist das Turnier.« Hartung blickte zurück zu Romanowski. »Du hast nichts zu sagen, was?«

»Nee. Aba ick nehme mir det Leben, Herrchen. Ick bin zu nischt nutze.«

»Doch. Zum Vertilgen von Alkohol!« Hartung sah hinüber zu den Küstenbergen. Ich gebe den Turniersport auf, dachte er. Seit man Laska zum Wunderpferd gemacht hat, wird das Leben immer gefährlicher. Wir werden uns zurückziehen nach Barsfeld, dort wirst du auf der Koppel ein ruhiges Leben führen, wir werden nur zu unserem Vergnügen springen, durch die Wälder reiten, an Jagden teilnehmen und eine Menge Fohlen bekommen. Wir haben die Ruhe verdient, mein Mädchen, wenn du nur wieder da wärst!

Angela umarmte ihn von hinten. Ihr Kopf lag auf seiner Schulter.

»Es ist immer gut gegangen«, sagte sie tröstend. »In Rom, in San Franzisko, in Südafrika – warum nicht auch in Mexiko?«

»Ich höre nach dieser Tournee auf.« Hartung atmete tief ein. »Laska soll länger leben als zehn Jahre!«

»Man wird es dir übelnehmen, Horst.«

»Wer?«

»Fallersfeld. Der deutsche Reitsport. Ganz Deutschland. Die ganze Welt. Wie sagte Miss Walkering: Sie gehören allen Menschen.«

»Und das sagst du? Ausgerechnet du? Die Frau, die immer nur wartet?«

»Ich habe mich daran gewöhnt, zweigleisig zu denken und zu fühlen. Einmal als die Frau, die dich liebt – da hasse ich alles, was mit Turnieren zusammenhängt, denn jede Stunde ohne dich existiert nicht für mich. Und einmal als Frau eines großen Sportsmannes – da bewundere ich dich und Laska und kann vor Herzklopfen kaum atmen, wenn ihr auf den Parcours reitet.«

»Ich höre auf, Angi.« Hartung sagte es mit einer Endgültigkeit, die keine Frage mehr zuließ. »Ich habe mein Gut, die Pferdezucht, den Reitstall.«

»Und mich und Laska. Eigentlich ein vollkommenes Leben.«

»Nicht eigentlich – sicherlich!« Er blickte wieder hinüber zu den Bergen. Die Sonne brannte auf die kahlen Hochflächen. Die Luft flimmerte. Im Sonnenglast verzerrten sich die Konturen. »Fahr mit den Polizisten ins Hotel. Wir suchen hier weiter. Ich habe so eine Ahnung, daß sich die Banditen an mich wenden.«

Sie taten es wirklich.

Fernandez y Laredo persönlich war es, der im Hotel »Playa del sol« anrief. Er brauchte seine Stimme nicht zu verstellen, die Deutschen kannten sie nicht, und selbst wenn das Telefon von der Polizei abgehört wurde, war ein Caballero wie Laredo über jeden Zweifel erhaben.

»Ah, Señorita«, sagte er, als sich Angela meldete. Laredo sprach ein gebrochenes Deutsch, aber da er jedes Wort vorher notiert hatte, gelang ihm eine flüssige Unterhaltung. Er hatte Hartung oder einen Polizeibeamten erwartet, nun war diese hübsche Deutsche am Apparat, und der spanische Edelmann in ihm wurde wach. »Ich küsse Ihre Hand. Oh, ich kenne Sie, ich habe Sie oft gesehen. Sie sind ein Stern über einer Wüste, eine Blume in einem öden Tal.«

»Wer sind Sie?« fragte Angela und atmete schneller. Gleichzeitig schaltete sie ein Tonbandgerät ein, das mit dem Telefon verbunden war. Die Polizei hatte es montiert, außerdem war die Leitung angezapft, zur doppelten Kontrolle.

»Oh, ich liebe die Schönheit«, säuselte Laredo. »Mit Ihnen, Madonna, zu plaudern –«

»Was wollen Sie? Haben Sie Laska gestohlen?«

»Ein Mann meiner Herkunft stiehlt nicht, er macht Geschäfte.«

»Wo ist Laska? Ich flehe Sie an, behandeln Sie sie gut. Mit einem wehrlosen Tier Gangster zu spielen, ist das Gemeinste, was es gibt. Genauso gemein wie eine Kindesentführung.«

»Sie haben völlig recht, Madonna.« Laredos Stimme klang, als wolle sie um Verzeihung bitten. »Aber manchmal zwingt einen das harte, unerbittliche Leben, gegen seine eigene innere Überzeugung zu handeln. Ich bewundere Laska, und deshalb ist sie mir auch 50 000 Dollar wert.«

»Also Erpressung?« Angela atmete auf. Sie wußte, daß jetzt die Polizei fieberhaft den Ort suchte, von dem aus der Bandit telefonierte. Je länger sie mit ihm sprach, um so größer war die Chance, ihn zu erwischen.

»Königin der Sterne, das ist ein böses Wort. Ich schlage ein Geschäft vor, einen Austausch.«

»Wir haben keine 50 000 Dollar.«

»Man kann sie sich leihen, Madonna. Jeder gibt sie Ihnen, jede Bank, Ihre Botschaft, reiche Caballeros. Laska wird diese 50 000 Dollar ja im ›Großen Preis‹ gewinnen, etwas Sichereres gibt es gar nicht für einen Bankier. Sie leihen sich das Geld, geben es mir, gewinnen mit Laska den Preis und zahlen es zurück. Ein Ringgeschäft, weiter nichts. Es liegt in der Natur dieses Geschäftes, daß ich dabei als einziger verdiene. Dafür garantiere ich Ihnen, daß Laska zurückkommt, gepflegt wie eine Prinzessin und topfit für das Turnier.«

»Und wohin soll das Geld gebracht werden?«

»Das sage ich Ihnen noch. Ich rufe am Abend noch einmal an.«

Ein Knacken, der Fremde hatte aufgelegt. Hatte es für die Polizei gereicht, seinen Standort zu ermitteln?

Polizeichef Socorro, immer mit seinen Leuten in Mexiko City verbunden und jetzt auf einer staubigen Landstraße bei Ario de Rosales, bekam einen Wutanfall, als das Funkgerät den Erfolg der Telefonüberwachung meldete und warf seine Mütze theatralisch auf den Boden.

»Sie haben den Apparat!« brüllte er und raufte sich die Haare. »Eine Telefonzelle im Kaufhaus ›Exito‹. Und wer steht drin, als die Idioten in das Warenhaus stürmen? Ein zehnjähriger Junge, der mit seiner Großmutter telefoniert. Señor, ich schäme mich.«

Hartung schwieg. Socorro tat ihm leid. Der Mann gab sich alle Mühe, aber ein Polizist in Mexiko ist eben auch nur ein Mensch.

Am Abend saßen sie alle in Hartungs Zimmer – Socorro, Angela, Dr. Rölle, die anderen Reiter, Romanowski, der sich wünschte, klein zu sein wie ein Sandfloh, und ein Botschaftsrat der deutschen Botschaft in Mexiko. Mit ihm hatte Hartung eine harte halbe Stunde verbracht.

Es ging darum, ob die deutsche Botschaft die 50 000 Dollar vorstrecken wollte. Diese Frage löste eine so rege diplomatische Tätigkeit aus, daß Hartung erschrocken bereute, sie gestellt zu haben.

»Grundsätzlich lassen wir uns nicht erpressen«, sagte der Botschaftsrat im Namen des Botschafters, der selbst verhindert war, aber anscheinend immer informiert werden konnte. »Nur bei Personenentführungen sind wir ermächtigt, nach Rücksprache mit dem Auswärtigen Amt in Bonn ...«

»Ich weiß. Hier aber handelt es sich um ein Tier.«

»Eben! Ist ein Tier 50 000 Dollar wert?«

»Es ist Laska, Herr Botschaftsrat.«

»Es geht um 50 000 Dollar, Herr Hartung.« Der Botschaftsrat war konsterniert. »Ich weiß nicht, ist Laska das wert?«

»Fünfzig Millionen!«

»Bleiben wir doch sachlich, Herr Hartung.« Der Botschaftsrat steckte sich eine Zigarette an und rauchte nervös. Seine Mission mißfiel ihm sichtlich.

»Kommen wir auf Ihre Rechnung zurück. Sie erhalten 50 000 Dollar, werfen sie den Banditen in den Rachen, lösen Laska aus und gewinnen den ›Großen Preis von Mexiko‹. Dann zahlen Sie die Summe zurück. So weit, so gut. Aber – wer kann denn dafür garantieren, daß Sie gewinnen?«

»Niemand. Keiner kann Siege garantieren, Favoriten können Letzter werden.«

»Sie sagen es. Und da sprechen Sie von einer Garantie für 50 000 Dollar?«

»Ich habe gedacht«, sagte Hartung leise, »daß Ihnen Laska dieses Geld wert ist, mit oder ohne Garantie. Sie hat in drei Jahren für Deutschland viele Siege ersprungen. Dreimal habe ich den Silbernen Lorbeer vom Bundespräsidenten verliehen bekommen, aber jetzt, wo es um Geld geht, ist Laska nur ein einfacher Gaul, den man abschlachten kann. Ich pfeife auf Ihr Geld, Herr Botschaftsrat, und ich pfeife auf den deutschen Sport!«

Hier brach das Gespräch ab. Der Botschaftsrat ging hinunter in die Hotelhalle und telefonierte mit seinem Botschafter. Nach zwanzig Minuten erschien er wieder in Hartungs Zimmer.

»Wir haben dem AA in Bonn fernmündlich Bericht gegeben«, sagte er steif. »Es wird eine Ausnahme gemacht. Sie erhalten die 50 000 Dollar. Ein Bote ist in einer halben Stunde mit dem Geld im Hotel.

Wir hoffen aber, daß es nicht zu einer Übergabe kommt.« Er sah dabei Polizeichef Juan Socorro an. Der knirschte mit den Zähnen, trank Sangrita und qualmte einen Zigarillo nach dem anderen.

Um halb neun rief Fernandez y Laredo wieder an. Über einen Verstärker konnten alle Anwesenden das Gespräch mithören.

»Aha, Señor Hartung persönlich«, sagte die Stimme. »Für die Madonna einen Handkuß. Ihre Stimme ist so schön wie sie selbst. Ich beneide Sie, Señor, das schönste Pferd, die schönste Frau. Das Glück hat Sie geküßt.«

»Ein gebildeter Mann«, ächzte Socorro und raufte sich die Haare. »Ein Caballero. Das ist kein einfacher Bandit. *Madre de Dios,* das macht eine Fahndung fast unmöglich. Hier kann nur noch der Zufall helfen.«

Wer die Macht der Reichen in Mexiko kennt, kann Socorros Zusammenbruch verstehen. An den Mauern der Paläste rannte sich von jeher die Staatsmacht den Kopf ein. Wie soll man unter den Caballeros einen Banditen finden?

»Sie haben das Geld?« fragte Laredo.

»Ja. 50 000 Dollar. Nach dem Muster Ihrer amerikanischen Gangsterkollegen in kleinen, gebrauchten Scheinen.«

»Sie überschätzen mich. Ich bin nur ein Geschäftsmann. 50 000 Dollar sind für mich nichts weiter als eine sportliche Angelegenheit, und als Sportsmann möchte ich sie gewinnen.«

Der Hohn in Laredos Worten war so dick aufgetragen, daß Socorro nach Atem rang. »Vorbei!« stöhnte er. »Vorbei. Den bekommen wir nie! Das ist einer von den Caballeros, vor denen jeder den Hut zieht. Zahlen Sie, Señor Hartung, und vergessen Sie diese Tage in Mexiko.«

»Wohin soll das Geld gebracht werden?«

»Fahren Sie – allein, bitte, Caballero – die Straße nach Toluca de Lerdo hinunter. Hinter Toluca kommen Sie durch das Valle de Bravo. An der Straße steht eine Kakteengruppe, Sie können sie nicht verfehlen, sie ist zu auffällig. Dort werfen Sie die Tasche mit dem Geld aus dem Fenster, wenden und fahren zurück nach Mexiko.« Fernandez y Laredo lachte leise. »Mein lieber Juan!« Polizeichef Socorro zuckte zusammen und lief rot an. »Sie sitzen jetzt neben dem Telefon, ich weiß es. Kommen Sie nicht auf den Gedanken, Ihre Leute in den Bergen zu verstecken. Ich sehe alles. Sie gefährden nur Laska und entfesseln einen Skandal, der dem Namen unseres Landes schadet. Unternehmen Sie nichts, es könnte sonst Tote geben.«

»Diablo!« schrie Socorro und hieb auf die Tischplatte. »Diablo!«

»Und was wird aus Laskas?« fragte Hartung ruhig.

»Wir bringen sie Ihnen zurück. Plötzlich wird sie da sein.«

»Und wer garantiert das?«

»Mein Wort. Das Wort eines mexikanischen *honrado.*« Ein Knakken. Das Gespräch war beendet. »Der hat Nerven«, sagte Dr. Rölle in die Stille hinein. »Ehrenmann!«

Hartung wandte sich an den Botschaftsrat. »Sie haben es gehört. Stellt man mir das Geld zur Verfügung?«

»Ja.«

»Dann kann ich also fahren?«

»Halt!« Polizeichef Socorro sprang auf. »Was dieser Bandit zu mir gesagt hat, ist eine Provokation! Das Turnier ist übermorgen, wir haben noch achtundvierzig Stunden Zeit!«

»Die haben wir nicht. Ich kann nicht mit einem Pferd springen, das eine Stunde vorher aus wer weiß welchen Qualen und nervlichen Belastungen entlassen worden ist.«

Socorro riß die schwarzen Augen auf. »Pferde haben Nerven?«

»Zartere als Sie und ich!«

Das Funkgerät summte. Socorro warf den Hebel auf Empfang. Die Stimme eines aufgeregten Polizisten. »Er hat aus einer Telefonzelle im Hauptbahnhof angerufen. Aber der Mann, den wir verhaftet haben, ist es nicht gewesen. Er hatte gerade mit dem vorherigen Anrufer die Kabine gewechselt.«

»Wieder zu spät!« brüllte Socorro. Er war den Tränen nahe. »Wie sah der Mann aus?«

»Kräftig, gepflegt, elegant gekleidet. Mehr weiß der Verhaftete auch nicht. Sollen wir ihn laufenlassen?«

»Natürlich!« Socorro stellte das Gerät ab. »Sie hören es, *hombres.* Ich werde jetzt Miguel Rivera einsetzen.«

»Wer ist das?« fragte der Botschaftsrat.

»Ein Erzgauner, der die ganze Unterwelt kennt. Er ist mir verpflichtet – ich habe ihn einmal vor der Liquidation durch eine gegnerische Bande bewahrt. Seitdem singt er ab und zu, wenn es nötig ist und er nicht in die Sache mitverwickelt ist.«

»Also ein Spitzel«, sagte Dr. Rölle.

»Immer diese klaren Begriffe.« Socorro lächelte breit. »Wir nennen so etwas einen heimlichen Freund, wir sind höflicher, *hombres.*«

Miguel Rivera erfuhr auch nach zwölf Stunden Herumhorchens nicht, wer hinter dem Pferderaub steckte. Aber er brachte die genaue Lage des Versteckes mit, in dem sich Laska befand. Socorro belohnte ihn mit 1000 Pesos, die Hartung stiftete, und verließ durch einen Kellerausgang das Hotel. Dann beugten sich Hartung, Angela, Socorro und Dr. Rölle über eine große Autokarte von Mexiko.

»Hier ist es«, sagte Socorro. »Meine Ahnung! In den Michoacan-Bergen. In den verfluchten Felsentälern beim Monte Paricutin. Fast auf dem Mond, *hombres.* Aber da man den Mond erreichen kann, werden wir auch in dieses Tal gelangen. Jetzt sollen Sie etwas erleben! Wir möchten, daß Sie Mexiko in guter Erinnerung behalten.«

»Das kann ich Ihnen versprechen.« Hartung griff nach seiner Jakke. Angela stand schon an der Tür. »Du bleibst hier, Angi!«

»Auf gar keinen Fall. Ich komme mit.«

»Es ist zu gefährlich.«

»Wenn es für dich nicht zu gefährlich ist, warum dann für mich?«

»Doktor!« Hartung wandte sich an Dr. Rölle. »Was kann man da tun?«

»Nichts.« Dr. Rölle hob die Schultern. »Ist es schon jemals gelungen, eine verliebte Frau zu bremsen?«

Eine halbe Stunde später brauste eine kleine Autokolonne hinaus in die Küstenberge. Dr. Rölle blieb als Telefonwache zurück. Er sollte, wenn der Erpresser noch einmal anrief, sagen, daß die 50 000 Dollar am Abend, wie gewünscht, bei der Kakteengruppe aus einem Wagen geworfen würden.

Die staubige, aber gut ausgebaute Straße war bis Morelia, einer typischen mexikanischen Provinzstadt mit einer herrlichen Kathedrale, in schnellem Tempo befahrbar. Dann aber begann es schwierig zu werden, bis der steinige Weg plötzlich ganz aufhörte und nur noch ein schmaler Pfad in die Schluchten des Paricutin führte.

Socorro ließ die Wagen stehen, lud vier Maschinenpistolen, ein Maschinengewehr und zwei Kisten mit Handgranaten aus, die Polizisten setzten Stahlhelme auf und schnallten sich die Waffen um. Es sah sehr imponierend aus.

»Wollen Sie einen Krieg führen?« fragte Hartung.

Socorro streifte den Kinnriemen seines Helms über. »Die Demonstration der Übermacht ist immer ein gutes Argument, Señor. Wenn die Banditen uns so sehen, heben sie die Hände hoch, und es gibt kein Blutvergießen. Man liebt hier das eigene Leben viel zu sehr.«

Hartung war nicht davon überzeugt. Vor allem hatte er Angst um Laska. Wenn sie in den bestimmt unkontrollierten Kugelregen geriet, war sie zwar befreit, aber erschossen.

»Ein Vorschlag, Caballero Socorro – unternehmen Sie nichts bis ich mit den Kerlen verhandelt habe. Umstellen Sie meinetwegen das Versteck, aber schießen Sie nicht gleich los. Dazu bleibt immer noch Zeit.«

»Einverstanden.« Socorro gab seine Befehle. Die Polizisten rückten in kleinen Gruppen ab. »Viel Glück, Señor. Gehen Sie immer geradeaus. Der Weg steigt steil an, endet auf einem Plateau. Dort senkt sich der Boden zu einem flachen Kessel. Nach meinen Berechnungen muß Laska da versteckt sein. Wir besetzen die Höhen ringsum.«

Die Banditen – für die Bewachung Laskas von Pedro Calabozo gekaufte Männer, die keine Ahnung hatten und nur wußten, daß sie dieses eine Pferd, das noch nicht einmal schön in ihrem Sinne war, nicht aus den Augen lassen sollten, fühlten sich ziemlich sicher. Sie hatten nur eine Wache aufgestellt – oben, wo der Weg in den flachen Kessel hinunterführte. Der Mann saß auf einem Felsbrocken, rauchte eine geschnitzte Pfeife, starrte schläfrig vor sich hin und verfluchte die Langeweile. Keine zehn Meter von ihm entfernt lagen Hartung, Angela und Romanowski hinter einem Felsen und beobachteten ihn.

»Ick hau ihn vor de Birne«, flüsterte Romanowski. »Een Bums, und er träumt.«

»Erst mußt du hinkommen. Vor uns liegen zehn Meter deckungsloses Gelände.«

»Wozu jibt et Fernsehn, na?« Romanowski grinste. »Wie machen's da die Kerle? Is doch jut, det ick alle Krimis sehe. Uffjepaßt, Herrchen!«

Er nahm einen Stein und warf ihn über den Wächter hinweg auf die andere Seite. Polternd fiel er auf die nackten Felsen und rollte weg.

Der Mann fuhr hoch, griff in seinen Poncho und holte einen Trommelrevolver heraus. Dann warf er sich hinter einem großen Stein in Deckung und zielte in die Richtung, aus der das Poltern gekommen war.

Gleichzeitig aber schnellte Romanowski vor. Verblüfft sah Hartung, mit welcher Lautlosigkeit und Schnelligkeit dieser Koloß sich bewegen konnte.

Wenn zwei Zentner aus der Luft auf einen Menschen fallen, bleibt ihm zunächst der Atem weg, wenn er nicht sofort erschlagen wird. Nicht anders war es, als Romanowski beim letzten Sprung mit voller Wucht auf den liegenden Mexikaner stürzte und ihn dadurch flach auf den Felsenboden preßte, daß an eine Gegenwehr nicht mehr zu denken war. Der Faustschlag, der dann seinen Kopf traf, war nur als zusätzliche Sicherheit gedacht, aber überflüssig, denn der Mann war bereits ohnmächtig, weil er mit dem Kinn auf den Stein aufgeschlagen war.

»Erledigt, Herrchen«, sagte Romanowski und erhob sich. Den Revolver des Banditen steckte er in die Hosentasche. »Dem juckt de Bandscheibe noch wochenlang.«

Sie krochen an den Rand des Felsenkessels und blickten hinunter.

Mitten auf einer saftigen Wiese stand Laska und fraß gemächlich. Eine Hütte für die Wächter klebte an den Felsen, drei andere Pferde, gesattelt, dösten in einem Pferch. In einem verzinkten Behälter mit Pumpe wurde das Trinkwasser verwahrt. Das alles war nicht so wichtig, auch nicht die vier Männer, die wie Hühner nebeneinander auf einer Bank hockten und rauchten. Auch sie kämpften mit der Langeweile. Fast unüberwindlich erschienen zwei Dinge: Um das Rasenstück, auf dem Laska weidete, hatte man aus Felssteinen eine hohe Mauer gebaut – Hartung schätzte sie auf zwei Meter –, und außerdem hatte man Laska die Vorder- und Hinterbeine so zusammengebunden, daß sie nur kleine Schritte machen konnte. Sie bewegte sich fast hüpfend, wenn sie ihren Standort wechseln wollte.

»Det mach ick mit denen ooch!« knirschte Romanowski. Tränen standen ihm in den Augen. »Meene Olle jefesselt.«

»Ruhig, Pedro, ruhig.« Hartung blickte sich um. Er sah an dem vereinzelten Aufblitzen, daß Socorros Polizisten den Kessel umstellten. Keine Zeit war zu verlieren, wollte man Laska ohne Gefahr aus dem Felstal holen. Bei der Vorliebe der Mexikaner für alles, was kracht und dramatisch ist, war abzusehen, wann Socorro den Befehl gab, aus allen Rohren zu ballern.

»Willst du die Banditen anrufen?« flüsterte Angela. »Und wenn sie als erste schießen?«

Hartung lag flach auf der Erde und starrte hinunter zu Laska. »Ob sie alles verlernt hat?« fragte er.

»Was?«

»Ihre kleinen Kunststückchen beim Zigeunerzirkus. Ihre beste Nummer war, sich auf einen bestimmten Pfiff hinzuwerfen und tot zu stellen. Zugan Kalman hat es mir vorgemacht, und ich habe ein paarmal zur Freude Laskas diesen Pfiff wiederholt. Wie vom Blitz getroffen fiel sie hin. Aber das war vor drei Jahren.«

»Und wenn se hinfällt, was dann?« fragte Romanowski.

»Paß auf. Ich versuche es.«

Hartung hob den Kopf so weit, daß er auch hinüber zu den vier rauchenden Männern sehen konnte. Dann spitzte er die Lippen und pfiff. Es war ein kurzer, trillernder Laut, der drei Sekunden dauerte und dann verhallte. Die Männer auf der Bank hörten ihn nicht, Laska aber spitzte sofort die Ohren. Ihr Kopf flog herum, die Augen suchten den Felsrand ab, sie wieherte kurz, als wollte sie sagen: Verstanden! Dann schwankte sie plötzlich und fiel mit einem Plumps auf die Seite. Regungslos lag sie im Gras, den Kopf weggestreckt.

Die Männer auf der Bank sprangen auf, als sei unter ihnen eine Bombe explodiert. Sie schrien durcheinander, rannten zu dem liegenden Pferd, beugten sich über Laska, einer hob den Kopf hoch, der zweite legte das Ohr auf ihre Seite, um den Herzschlag zu kontrollieren, die beiden anderen lösten sofort die Lederfesseln von den Füßen.

»Wasser!« brüllte einer der Männer. »Zum Teufel, Wasser! Und eine Decke! Sie hat einen Hitzschlag. *Madre de Dios,* der Chef bringt uns um!«

»Jetzt, mein Mädchen, jetzt ...« Hartung ballte die Fäuste. Der Schweiß floß in Bächen über sein Gesicht. Er zitterte vor Aufregung. Totspielen – das dauerte drei Minuten. Für die »Erweckung« gab es keinen Pfiff, man mußte abwarten, bis Laska von selbst wieder aufsprang. Drei Minuten – das sind drei Ewigkeiten in der Situation, in der sich Hartung jetzt befand. Drei Minuten, in denen einem das Herz zerspringen kann.

Plötzlich war es soweit – mit einem ungestümen Satz sprang Laska auf. Die vier Männer stoben auseinander, kugelten über den Boden und schrien. Aus dem Stand heraus setzte Laska zu einem Galopp an, den Kopf vorgestreckt, mit wehender Mähne und fast waagerechtem Schweif, ein Bild von ungeheurer Kraft und hinreißender Schönheit. Die Mauer, die hohe Steinmauer, keine Holzattrappe wie auf dem Parcours, sondern Felssteine, deren obere Schicht nicht herunterfiel, wenn man sie berührte, sondern an der die Knochen brachen, wenn Laska nur einen Milimeter zu niedrig sprang.

»Hoch, Olle!« brüllte Romanowski. Er war aufgesprungen und warf beide Arme empor. Deckungslos stand er am Rande des Kessels, eine Zielscheibe für die Banditen. »Hoch!«

Laska visierte die mörderische Mauer an. Ihr Körper streckte sich noch mehr, Kopf, Hals und Rücken bildeten fast eine gerade Linie, und dann stieß sie sich ab, legte alle Kraft in die Hinterhände, schnellte hoch in den Himmel, schwebte über der Mauer, zog alle vier Beine dicht unter ihren Bauch. In diesem Augenblick war sie kein Pferd mehr, sondern ein goldbrauner, glänzender Schatten in der Sonne, keine Handbreit höher fegte sie über die Mauerkrone und federte auf der anderen Seite elegant auf den Boden.

Mit ausgebreiteten Armen rannten Hartung, Angela und Romanowski ihr entgegen. Laska warf den Kopf hoch und wieherte triumphierend. In diesem Moment, als sie in Sicherheit war, brüllte Juan Socorro sein Kommando:

»Hacer fuego!«

Von allen Seiten dröhnten die Schüsse. Das Maschinengewehr ratterte. Handgranaten explodierten auf der Weide. Es war ein imposanter Feuerzauber, aber niemand wurde verletzt. Alle Schüsse wurden bewußt vorbeigezielt, denn die vier Banditen standen mit hocherhobenen Armen an der Mauer und dachten gar nicht an Widerstand.

Polizeichef Socorro war zufrieden. Als stürme er eine Festung, rannte er mit seinen Polizisten hinunter in den Talkessel. Von allen Seiten kamen sie, stolz über diesen Sieg.

»Ihr räudigen Hunde!« schrie unten Socorro die zitternden Banditen an. »Ich verspreche euch, daß ihr vor Hunger noch die Wanzen in eurer Zelle freßt!«

Am Abend berichteten der mexikanische Rundfunk und das Fernsehen über die Festnahme der Bande. Socorro gab eine dramatische Schilderung seines Kampfes auf Leben und Tod mit den Räubern und warf sich stolz in die Brust, als der Oberbürgermeister von Mexiko City ihm ein Geschenk überreichte, eine goldene Medaille, die man ihm an die Uniform heftete, vor den Augen von Millionen Fernsehzuschauern. Fernandez y Laredo saß in seinem palastähnlichen Haus, trank Orangensaft und hatte die Hände gegeneinander gelegt. Hinter ihm stand der lange, dürre Pedro Calabozo. Er hatte ängstliche Augen.

»Wie konnte das passieren?« fragte Laredo.

»Madonna, ich weiß es nicht, Caballero. Es war der sicherste Ort. Jemand muß ihn verraten haben.«

»Kennen die Verhafteten meinen Namen?«

»Gar keine Rede. Sie haben nur mit mir zu tun. Sie sehen in mir den Chef. Aber ich habe ihnen einen falschen Namen genannt. Und bar bezahlt.«

»Also keine Gefahr für uns?«

»Gar keine, Caballero.«

»Dein Glück, Pedro. Der Weg zurück ist kurz.«

»Ich denke immer daran, Caballero. Ich lebe ganz von Ihrer Güte.« Calabozo schluckte. Die Armut, dachte er. *Madre de Dios,* ich will nie wieder so arm sein wie damals, als ich Schlangen fraß und irgendwo auf der Erde schlief. Und wenn ich dem Herrn die Füße lekken müßte – ich täte es.

»Stell ab«, sagte Laredo, als Laska und Hartung ins Fernsehbild kamen. Calabozo drehte den Knopf, das Bild zerrann. »Ich will mir den Genuß, Laska zu sehen, aufheben. Wir werden morgen beim Springen dabeisein.«

Am nächsten Tag saß der ehrenwerte Fernandez y Laredo auf der Tribüne des Azteken-Stadions neben dem Oberbürgermeister und dem Minister des Inneren. Er war umgeben von der Elite Mexikos, lauter einflußreichen Männern, deren Namen jeder kannte. Polizeichef Socorra musterte sie alle und seufzte ergeben. Einer von ihnen ist der Erzgauner, dachte er, aber es wird nie herauskommen. Mit ihren Millionen decken sie alles, und das Gesetz ist machtlos.

Er steckte sich einen Zigarillo an, verzichtete darauf, die hohen Herren weiter zu mustern, und widmete sich dem Turnier auf dem wunderbaren grünen, aber harten Rasen.

Um 17 Uhr 16 gewann Hartung auf Laska den »Großen Preis von Mexiko« und 50 000 Dollar.

Siebzigtausend Mexikaner jubelten sich die Kehlen wund, unter ihnen auch Fernandez y Laredo. Wie nach einem Stierkampf schleuderte er seinen weißen Hut in das Stadion. Hartung und Laska ritten rund um die Ränge und Tausende von Papierschnipseln regneten auf sie hinunter. Es war der größte Triumph, den je ein Reiter und sein Pferd erlebt hatten.

»Und die beiden wollen aufhören«, sagte Dr. Rölle und klatschte dabei so heftig, daß seine Hände rot anschwollen. »Wer's glaubt, wird selig!«

Das Mörderturnier

Seit drei Tagen lag etwas in der Luft. Niemand konnte sagen, was so bedrückend war. Die Sonne schien mit jenem fast schon afrikanischen Glanz, der auch über dem sizilianischen Land lag. Von den Bergen und manchmal sogar vom Meer wehte ein warmer Wind. Das Training im Gelände und auf der Rennbahn von Syrakus hatte die Pferde in Hochform gebracht. Das Hotel, in dem die deutsche Equipe wohnte, lag auf einer Landzunge, die ins tiefblaue, nur schwach bewegte Meer ragte, ein Park umgab den im maurischen Stil gebauten Komplex, ein riesiger Swimming-pool mit Sonnensegeln und Liegestühlen verschaffte Abkühlung, die Verpflegung war vorzüglich – kurzum, man lebte in einem kleinen Paradies. Der »Pokal des hl. Stephanus«, der »Hauspreis« der Sizilianer, war den deutschen Reitern so gut wie sicher. Was man beim Training bisher gesehen hatte, reichte allein schon, um die Deutschen zu haushohen Favoriten zu machen.

Aber diese Favoritenrolle war es nicht, was unmerklich bedrückte. Fallersfeld war aus Warendorf nach Syrakus gekommen, um nach der langen Weltreise der deutschen Mannschaft seine »Söhne«, wie er die Reiter nannte, wieder ans Herz zu drücken. Sogar Laska, sein gehaßtes Lieblingspferd, begrüßte er. Prompt trat sie nach ihm aus, als er ihrer Box zu nahe kam, und schob die Nüstern von den kräftigen Zähnen.

»Nur der Tod versöhnt uns!« sagte Fallersfeld resignierend. »Was habe ich dem Aas eigentlich getan?«

»Vielleicht gefällt ihr der Geruch Ihres Rasierwassers nicht?« lachte Hartung. »Oder Ihr Monokel. Es gibt da Allergien, die ...«

»Seien Sie still, Horst!« Fallersfeld lehnte sich an die Stallwand. »Sie haben es mit Laska geschafft, schon zu Lebzeiten eine Legende zu werden, wissen Sie das?«

»Leider ist es so.«

»Wieso leider?«

»Es gibt kaum noch ein Turnier, wo nicht etwas passiert. Gehen Sie mal nachts hierher zu den Boxen. Bis auf hundert Meter kommen Sie heran, dann hat die Polizei Sie am Schlafittchen. Wir werden bewacht wie das Gold in Fort Knox. Es ist zum Kotzen.«

»Denken Sie an Mexiko, Horst.«

»Und ob ich daran denke. Ich reite die letzte Saison.«

»Blödsinn!« Fallersfeld ließ sein Monokel in die linke hohle Hand fallen und putzte es dann mit einem weichen Wildlederlappen. »Das können Sie dem deutschen Reitsport nicht antun. Das bringen Sie ja auch gar nicht fertig. Zu Hause auf seinem Kotten sitzen, Laska wie ein Schäfchen grasen lassen, die Daumen drehen und in die Wolken gucken! *Sie* nicht, Horst. Wenn Sie ein Pferd sehen, kribbelt es Ihnen in den Fingern und unter dem Hintern.

»Ich werde älter, Baron.«

»Älter! Sechsunddreißig ist der Kerl! Ich bin über sechzig und klemme mich noch auf einen Gaul. Ein Reiter wird erst alt, wenn er aus dem Sattel rutscht bei stehendem Pferd!«

»Trotzdem, ich höre auf. Immer die Angst, daß Laska etwas geschieht.«

»In Mexiko! Aber hier in Europa ...«

»Denken Sie an Rom.«

»Eine Ausnahme. Oder fühlen Sie sich etwa wieder bedroht?« Fallersfeld blickte Hartung scharf an. »'raus mit der Sprache.«

»Nein. Noch nicht.«

»Was heißt – noch nicht?«

»Es liegt was in der Luft.«

»Ja, hoffentlich Regen, sonst ist der Parcours knochenhart!«

»Ich habe so ein merkwürdiges Gefühl ...«

»Ist Ihre Verdauung in Ordnung?«

Hartung verzog das Gesicht. Fallersfeld war wieder einmal sehr humorvoll. »Mit Witzchen ist da nichts zu machen«, sagte er. »Sie kennen die Sizilianer. Der ›Pokal des hl. Stephanus‹ muß im Lande bleiben, wandert er ab, ist es ein nationales Unglück. Zum erstenmal sind ausländische Reiter zugelassen, wir wurden zu Favoriten gestempelt – und keine Reaktion erfolgt. Das ist irgendwie unheimlich.«

»Sie sind verwöhnt mit Attentaten, Horst, das ist es. Ein normales Leben können Sie sich nicht mehr vorstellen.«

»Kaum.«

Sie verließen den Stall, bummelten durch die Sonne zum Abreiteplatz und kauften bei einem Eisverkäufer zwei Eis am Stiel. Der kleine, schwarzlockige Italiener wühlte in seinem Wagen herum, der vor ein Fahrrad montiert war, bis er die Stange Fruchteis, die Hartung verlangte, gefunden hatte. Dann klappte er den Deckel zu und fuhr davon, als müsse er sein Eis vor einem Überfall retten.

Fallersfeld starrte ihm nach und schüttelte den Kopf. »Bei solchem Geschäftsgebaren wird er nie ein Onassis«, sagte er.

»Die Absicht hat er auch nicht. Sehen Sie mal hier.« Hartung hatte sein Eis ausgewickelt. Ein Zettel hing an der Schokoladenglasur. Damit war auch erklärt, warum der Eismann so lange in seiner Truhe herumgewühlt hatte. »Ein Liebesbrief. Sogar auf deutsch: ›Wir freuen uns, Sie heute Abend auf Ihrem Zimmer besuchen zu dürfen. Wir haben Ihnen einen interessanten Vorschlag zu machen.‹ Na, wie ist das, Baron? Meine Ahnung.«

»Sofort zur Polizei! Sofort!« Fallersfeld warf sein Eis weg, als sei es vergiftet. »Das ist ja ungeheuerlich!«

»Polizei? Sinnlos, Baron. Die beiden ehrenwerten Herren werden, wenn die Polizei uns beschattet, wirklich mit irgendeinem Vorschlag kommen, völlig harmlos, voll südländischer Liebenswürdigkeit, gespickt mit Charme und Phantasie. Aber in Wirklichkeit wird alles nur noch kompliziert – die Herren sind sehr empfindlich, und die Polizei löst bei ihnen Trotzreaktionen aus.«

Fallersfeld blickte Hartung betroffen an. Mit zitternder Hand rückte er sein Monokel zurecht. »Horst, Sie sind ja infiziert! Sie denken ja wie ein Gangster!«

»Ich hatte genug Gelegenheit, mich in ihr Seelenleben hineinzuversetzen. Hören wir uns erst einmal an, was die Herren wünschen. Es kann sogar ganz harmlos sein.«

»Mit einem Zettel um ein Eis am Stiel?«

»Mal etwas Neues. Die Werbung geht immer neue Wege.«

»Ihre Nerven möchte ich haben!«

»Noch habe ich sie, zum Glück. Aber nicht mehr lange. Verstehen Sie jetzt, warum ich nach dieser Saison aufhöre?«

»Sie brauchen ja nicht mehr Laska zu reiten! Der ganze Rummel hat ja erst eingesetzt, seitdem Laska zum Wunderpferd erhoben wurde. Früher haben Sie normale Pferde geritten und auch normal gelebt. Das machen Sie eben wieder.«

»Nein! Mit Laska habe ich meinen Höhepunkt erreicht, und man soll auf seinem Höhepunkt abtreten. Es ist tragisch, manchmal sogar lächerlich, wenn man den eigenen Abstieg nicht wahrnimmt und nur noch ein Zerrbild einstigen Ruhmes wird. Wollen Sie bei dem Gespräch dabeisein, Baron?«

»Natürlich! Die Kerle nehme ich aufs Korn.«

»Sie sind uns überlegen. Denken Sie daran, Baron, wir befinden uns im Mutterland der Mafia.«

Es war ein wunderschöner, blütendufterfüllter Nachmittag, als die beiden Herren im Hotel erschienen und mit dem Lift in den dritten Stock zum Zimmer 307 fuhren. Niemand beachtete sie, mit ihrer südländischen Eleganz fielen sie hier nicht auf. Nur der Chefportier hinter der Rezeption zog den Kopf unmerklich ein. Er beschloß, nichts gesehen zu haben.

Niemand, außer Fallersfeld, wußte von diesem Besuch. Angela und die anderen Reiter kühlten sich im Swimming-pool ab, spielten unter den Sonnensegeln Tischtennis oder auf dem englisch kurz gehaltenen Rasen Kricket. Das Hotel war voll belegt, die meisten Gäste tummelten sich am Schwimmbecken oder lagen unter den Sonnenschirmen in den Liegestühlen. Ein Bild sorglosen Nichtstuns.

Die beiden Herren nahmen ihre weichen Filzhüte ab, als sie Hartungs Appartement betraten, und stellten sich vor.

»Ricardo Lambordano.«

»Piero Cabuzzi.«

»Das ist Baron Fallersfeld, unser Equipenchef«, sagte Hartung. Fallersfeld stand nicht aus seinem Sessel auf, er dokumentierte damit seine Mißbilligung des Besuches und seine Verachtung für die beiden Herren.

»Mich kennen Sie anscheinend.«

Lambordano – er schien der wichtigere Mann zu sein, denn Cabuzzi blieb immer einen halben Schritt hinter ihm zurück – lächelte strahlend. »Es war klug, Signore, nicht die Polizei zu rufen. Was hätte sie auch genützt? Wir wollten Ihnen nur ein wundervolles Pferd anbieten, dagegen kann auch die Polizei nichts haben.« Er blickte wieder auf Fallersfeld, der ihn durch sein Monokel musterte wie eine Schlange ein Kaninchen. »Ist nicht ein Mann zuviel im Zimmer, Signore?«

»Baron Fallersfeld ist – bei allen Geschäften mit mir – immer die letzte Instanz, Signore Lambordano.«

»Commendatore Lambordano.« Er sagte es mit Stolz.

»Oh, gratuliere! Commendatore, Sie wollen mir doch nicht wirklich ein Pferd verkaufen?« Hartung zeigte auf die Sesselgruppe. Lambordano und Cabuzzi setzten sich und sahen sich forschend um. Hartung schüttelte den Kopf. »Nein, kein Tonband und keine versteckten Mikrophone. Mein Ehrenwort.«

»Ihr Wort ist uns genug.« Lambordano schlug die Beine übereinander. Hartung schenkte Campari mit viel Eis und einen Schuß Sodawasser in hohe Gläser und setzte sich dann auch. Man trank schweigend ein paar Schluck, in aller Ruhe und Gelassenheit, nur um Fallersfelds Lippen zuckte es nervös. »Zur Sache.«

»Bitte.«

»Wir wollen Ihnen tatsächlich ein Pferd verkaufen. Ein herrliches Pferd. Ein einmaliges Pferd. Ein Wunder von einem Pferd. Laska ...«

Hartung hielt kurz den Atem an. Also doch, dachte er. Nur ist dieses Angebot illusorisch, denn Polizei bewacht Laska, und Romanowski liegt auf einer Matratze vor der einzigen Stalltür auf dem Boden. Sie werden Laska nie in ihre Hände bekommen.

»Ich bin an dem Kauf nicht interessiert«, sagte Hartung freundlich. »Ich besitze ein Pferd, das zufällig genauso heißt. Sie sollten schleunigst den Namen ändern, sonst gibt es Verwechslungen.«

Lambordano grinste breit. Er wies auf den kleineren, noch eleganteren Cabuzzi, der auf die Glut seiner Zigarre starrte. »Signore Cabuzzi wird Ihnen die Zusammenhänge erklären.«

»Sie sehen mich äußerst gespannt, Commendatore.«

Cabuzzi, nicht so gut Deutsch sprechend wie sein Chef oder Partner, trank noch einen Schluck Campari. Dann sagte er: »Es gibt zwei Möglichkeiten, ein Pferd zu besitzen – ein lebendes Pferd oder ein totes Pferd.«

»Frechheit«, keuchte Fallersfeld. »Infame Schurkerei.«

Commendatore Lambordano schielte zu Fallersfeld. »Ich ahnte es, Signore Hartung, der Baron stört.«

Hartung blickte Fallersfeld stumm, aber bittend an. Schweigen Sie, was diese Kerle auch sagen, wir müssen wissen, wie wir uns vor ihnen zu schützen haben. Reden lassen, dann sagt ein Mensch oft mehr, als er will. Die eigenen Worte reißen ihn mit.

»Das gilt natürlich nur im Notfall«, fuhr Cabuzzi ungerührt fort. »Zur Klärung der Lage. Was hier im Stadion von Syrakus veranstaltet wird, unterliegt unserer stillschweigenden Genehmigung und Kontrolle. Gegen ein geringes Honorar garantieren wir einen ungestörten Ablauf der Veranstaltung, schützen alle Teilnehmer, schirmen sie vor Unbill ab. Kurz – die Veranstaltung wird ein Erfolg – durch unsere unsichtbare Hilfe.«

Hartung nickte. »In den USA nennt man so etwas Racket. Dadurch sind dort die Mafia und die Cosa Nostra steinreich geworden.«

»Das sind Namen, die wir nicht gerne hören.« Commendatore Lambordano wurde etwas steifer. »Alles, was man über diese angeblich existierenden Organisationen sagt, ist sehr phantastisch. Bringen Sie uns nicht mit so etwas in Verbindung. Wir sind ein seriöses Unternehmen, das für die allgemeine Sicherheit sorgt. Schließlich bin ich Commendatore!«

»Natürlich, ich vergaß es eine Sekunde.« Hartung verbeugte sich. »Was kostet Ihre Versicherungspolice?«

»Für die gesamte Dauer des Reitturniers nicht mehr als zwei Millionen Lire.«

»Verrückt. Das sind 12 000 Mark!« rief Fallersfeld.

»Bedenken Sie unsere Leistungen«, sagte Lambordano reserviert. »Wir haben Auslagen.«

»Und wenn wir nicht zahlen?«

»Mit einer solchen Möglichkeit rechnen wir gar nicht erst.« Lambordano umspannte das Campariglas mit beiden Händen. Er hatte gepflegte Finger, manikürt, zartgliedrig. »Die Amerikaner – wir haben ihnen natürlich auch unser Angebot unterbreitet – reagierten sofort und schrieben einen Scheck aus. Dabei sind sie nicht die Favoriten wie Sie, Signori. Der Geldpreis beträgt zehn Millionen Lire – da kann man zwei Millionen abzweigen.«

»Hinaus!« sagte Fallersfeld scharf. Er sprang auf und stand drohend vor dem Tisch. »Wir verhandeln nicht weiter!«

Die beiden ehrenwerten Männer blieben sitzen. Cabuzzi betrachtete seine Fingernägel. Der Commendatore hüstelte anhaltend und leise vor sich hin.

»Ich habe es von Anfang an erkannt, der Baron stört. Mit Ihnen hätte man reden können, Signore Hartung. Schließlich geht es um Laska, und die gehört Ihnen und nicht dem deutschen Staat. *Ihre* Antwort ist uns wichtig.«

»Sie werden erstaunt sein, Commendatore – nein!«

Hartung schlug die Beine übereinander und trank mit einer Ruhe, die der am ganzen Körper bebende Fallersfeld bewunderte. Lambordano schien diesen Satz nicht zu begreifen, Cabuzzi riß erschrocken die Augen auf.

»Sie lehnen ab?« fragte er als erster.

»Ja.«

»Sie wissen, was das bedeutet?«

»Natürlich.« Hartung winkte lässig ab, als Lambordano etwas sagen wollte. »Laska wird bewacht wie ein Kronschatz. Sie kommen an sie nicht heran.«

»Wer sagt Ihnen, daß wir an sie heranwollen?« Der Commendatore tippte mit dem Zeigefinger in die Luft. »Man könnte das Pferd beim Training erschießen, zum Beispiel.«

»Der Platz ist abgesperrt.«

»Es gibt hohe Bäume und Gewehre mit Zielfernrohren. Und es gibt hervorragende Schützen.«

»Jetzt wird es Zeit, daß wir die Polizei holen!« schrie Fallersfeld. »Ich bin Zeuge dieser infamen Erpressung.«

»Sie sind zwei und wir sind zwei – wem, glauben Sie, wird die Polizei zuhören? Sie sind Ausländer, ich bin Commendatore – wer wird wohl hier recht bekommen? Ihre Chancen sind gleich null, wenn Sie nicht zahlen.« Lambordano stand auf. Cabuzzi folgte seinem Beispiel. »Sie haben noch drei Tage Zeit. Bis morgens um zehn am Turniertag ist unsere Kasse geöffnet. Später können wir leider nicht mehr für Ihren Schutz sorgen.«

An der Tür verbeugte sich der Commendatore höflich, Cabuzzi grinste und schwenkte seinen weißen Hut.

»Wir werden in diesen Tagen ein paarmal wegen Ihrer Entscheidung nachfragen«, sagte er. »Sogenannte letzte Worte spricht nur ein Sterbender. Auf Wiedersehen, Signori.«

Die Tür klappte zu. Fallersfeld ließ sein Monokel aus dem Auge fallen und fing es geschickt auf. Das war bei ihm der äußerste Ausdruck des Mißmutes.

»Unerhört!« sagte er heiser. »Wirklich unerhört! Verhältnisse wie zu Al Capones Zeiten.«

»Seine Nachkommen sind nicht ausgestorben.« Hartung schenkte sich ein neues Glas Campari ein. »Auch der seriöse Commendatore ist nur ein kleiner Fisch, ein Zwischenglied. Die Zentrale ist unsichtbar, unangreifbar.«

»Mafia«, sagte Fallersfeld gepreßt.

»Ja. Ich überlege mir, wie wir aus diesem Druck herauskommen. Die Amerikaner haben bereits bezahlt, die anderen Nationen werden folgen – stillschweigend, denn wer hier den Mund aufmacht, kann sich gleich einen Sarg anmessen lassen. Die Polizei ist machtlos, die Behörden haben selbst Angst, Rom, das der Mafia mit Zerschlagung droht, ist weit, Zeugen sterben plötzlich, selbst hinter dicken Gefängnismauern werden sie vergiftet oder auf offener Straße erschossen.«

»Und dagegen wollen Sie anrennen?« Fallersfeld stand der Schweiß auf der Stirn. »Sie kennen mich, Horst. Ich lasse mich zu nichts zwingen, ich kenne auch keine Angst, aber Laska zuliebe sollten wir zahlen. Stillschweigend, wie die anderen.«

»Das würden Sie für Laska tun?«

»Ja.«

»Das Biest, das Sie nicht leiden kann?«

»Es ist ein Pferd.« Fallersfelds Gesicht zuckte. »Ihr Verstand steht im umgekehrten Verhältnis zu der Größe ihres Kopfes. Der Intelligentere muß verzeihen. Sagen Sie den Halunken, sie könnten die zwei Millionen Lire abholen, morgen nachmittag.«

»Nein!« Hartung trat ans Fenster. Der Blick war zauberhaft. Unten der Hotelpark mit den Sonnenschirmen um den Swimming-pool; hinter der hohen Hecke die zerklüfteten Felsen, dann das tiefblaue Meer mit den leichten Schaumkronen an den Klippen. Ein goldorangefarbener Streifen durchschnitt das Wasser. Das Strahlenbündel der untergehenden Sonne. »Ich beuge mich keinem Terror. Vor allem kennen wir jetzt unsere ›Geschäftspartner‹. Kommen Sie, Baron, ich locke sie heraus.«

»Wohin?«

»Zur Polizei. Damit rechnen sie nicht.«

Polizeikommissar Enrico Portaldi hörte sich Hartungs Bericht mit schief geneigtem Kopf und ungläubigen Augen an. Er unterbrach ihn nicht mit Zwischenfragen, er notierte sich aber auch nichts. Es war, als lausche er einem literarischen Vortrag. Erst als Hartung schwieg, sagte er mit hochgezogenen Brauen:

»Commendatore Lambordano genießt den besten Ruf. Wissen Sie, was Sie da gegen ihn vorbringen?«

»Natürlich.«

»Ihre Anzeige ist Unsinn. Ich nehme sie gar nicht erst auf.«

»Das habe ich erwartet. Und Piero Cabuzzi kennen Sie auch?«

»Er ist ein angesehener Rechtsanwalt und Mitglied des Golfclubs.«

»Das genügt?«

»Wer im Golfclub spielt, ist ein Ehrenmann. Soll ich mich lächerlich machen, indem ich Ihre Anzeige aufnehme?«

»Es entspricht alles den Tatsachen!«

»Können Sie es beweisen?« Portaldi winkte ab. »Ich weiß, der Herr Baron. Was besagt das? Gegen einen Eid des Commendatore sind Sie machtlos, werden wegen übler Nachrede verurteilt, und ich werde strafversetzt. Glauben Sie, der Ätna hört auf zu spucken, wenn Sie sich auf den Krater setzen? Vergessen Sie das Ganze, Signore Hartung.«

»Das heißt, die Polizei rät mir, an die Mafia zu zahlen?«

»Ich habe kein Wort von Zahlungen gehört.« Portaldi blickte auf die Uhr. Ein Wink, daß er keine weitere Zeit an diesen Fall verschwenden wollte. »Denken Sie einmal nach, Signore. Ich bestelle den Commendatore auf die Wache. Cabuzzi kommt mit und erklärt sofort, daß dieser Verdacht eine ganz gemeine Schikane der Polizei sei. Beschwerde in Catania. Beschwerde in Rom. Wie stehe ich da ohne Beweise, nur mit Aussagen eines Ausländers, die kaum Beweiskraft haben? Na? Wie ein Idiot, der in die Hose pinkelt und ruft: Es regnet! Nein. Gehen Sie fort mit Ihrer Anzeige. Ich werde die Wachen verstärken, natürlich, ich werde Patrouillen durch das umliegende Gelände gehen lassen, mehr kann ich nicht tun. Viel Glück, Signore.«

Hartung ging. Mit vorgeschobener Unterlippe sah ihm Portaldi nach. Er glaubte Hartung alles, er wußte sogar, daß er recht hatte, der Commendatore war ein Mafioso, wie er im Bilderbuch steht – aber Beweise, eindeutige Beweise, die fehlten. Und solange ist ein Mann wie Lambordano eben ein Ehrenmann mit blütenweißer Weste.

Die erste Warnung erfolgte bereits am gleichen Abend.

Romanowski ging hinüber zu den Badezellen im Stadion, nachdem er zwei Stallburschen der deutschen Equipe zu Laska geholt hatte. »'ne halbe Stunde«, sagte er. »Eenmal brausen, det mach ick imma alle halbe Jahr.«

Er lachte, klemmte sich ein zusammengerolltes Handtuch unter den Arm und trottete los.

In einem der vielen Gänge unter der Tribüne, wo Umkleideräume, Duschkabinen, Massagezimmer, Pressezimmer und einige Gymnastiksäle lagen, kamen ihm vier unscheinbare Männer entgegen, schwarzlockig, mit offenen Hemden und Goldkettchen auf der Brust. Sie gingen nebeneinander, eine lebende Wand, die sich durch den Gang schob. Romanowski blieb stehen und sah sich um. Er war allein. Und da ein Romanowski nie rückwärts geht, wartete er, was nun geschehen würde. Zwei Meter noch waren die vier jungen Burschen entfernt, kräftige Kerle mit grinsenden Gesichtern.

»Ick bin wie 'n Panzer«, sagte Romanowski und ließ seine Handtuchrolle fallen. »Überlegt euch det, ihr Heinis.«

Plötzlich waren sie über ihm. Lautlos, geschmeidig, wie Katzen. Sie fielen über ihn her, drückten ihn zu Boden und schlugen auf ihn ein. Romanowski wehrte sich, er hörte Stöhnen und Schmerzensschreie, aber gegen acht Fäuste war auch er machtlos. Einer der Burschen machte ein schnelles Ende – er trat Romanowski mit aller Wucht gegen das Kinn. Es war, als zerplatze der Kopf in winzige, feurige Teile ....

Ein Stadionwärter fand Romanowski zehn Minuten später. Er war noch ohnmächtig, auf seiner Brust lag ein Zettel.

»Denken Sie an uns?«

»Jetzt geht es los«, sagte Hartung eine Stunde später, als Romanowski von Dr. Rölle verpflastert worden war. Sein Gesicht sah aus wie eine Mondlandschaft im blauen Licht. Fallersfeld las den Zettel und zerknüllte ihn.

»Und die Polizei nimmt auch das nicht als Beweisstück an?«

»Können Sie sagen, wer ihn geschrieben hat?« fragte Hartung.

»Nein. Aber in wessen Auftrag ...«

»Beweis?«

Fallersfeld fluchte. »Das ist doch absurd!« schrie er. »Bei uns genügt das, um ...«

»Wir sind aber auf Sizilien, Baron. Ich bin gespannt auf die zweite Aktion.«

»Ab sofort verläßt Laska das Stallgebäude nicht mehr!« befahl Fallersfeld.

»Und das Konditionstraining?«

»Fällt aus! Laska tritt gar nicht zum Parcours an!«

»Das ist die zweite Hoffnung der Mafia. Zehn Millionen Lire Gewinn, und der Sieger muß die Hälfte abgeben! Nein, ich reite.«

»Die Schufte legen Sie und Laska einfach um. Sie haben's gehört – Gewehr mit Zielfernrohr! Scharfschützen ...«

»An diese Drohung glaube ich nicht. Hier ist das eigene Risiko zu groß. Sie rechnen mit unserer Angst, wie die Mafia immer mit der Angst der anderen rechnet.«

»Angst, die sie durch Mord aufgebaut hat!«

Hartung schwieg. Was Fallersfeld sagte, war die Wahrheit. Die Mafia kannte kein Erbarmen mit dem, der sich ihr widersetzte. Sie konnte es auch nicht – nur blutige Konsequenz festigte ihre Autorität.

Kommissar Enrico Portaldi stellte Polizisten zur persönlichen Bewachung ab. Bei jedem Schritt wurde Romanowski von zwei martialisch aussehenden Beamten begleitet. Sie schliefen auch mit ihm im Stall. »Ick komm mir vor wie 'n Staatsfeind«, sagte Romanowski, als Hartung am nächsten Tag Laska zum Abreiten holte. Portaldi war mitgekommen, um Hartungs Schutz zu überwachen. »Selbst uff 'n Lokus stehen se um det Becken rum.«

Das Training verlief ohne Zwischenfälle. Auf dem Übungsplatz mit den Hindernissen ritt Hartung allein. Niemand durfte das Gelände betreten. Fallersfeld lief mit einer ausgebeulten rechten Rocktasche herum, etwas Schweres drückte sich durch den Stoff.

»Eine 08«, sagte er, als Hartung gegen die Tasche tippte. »Ich habe stehend freihändig auf fünfzig Meter die Zwölf geschossen!«

Es war eine merkwürdige, gereizte, krampfhaft fröhliche Stimmung. Nur Angela zeigte, daß sie Angst hatte. »Verzichte auf das Springen«, sagte sie immer wieder, wenn sie mit Hartung allein war. Nachts kam sie in sein Zimmer, kroch unter seine Decke und schmiegte sich an ihn. »Sei vernünftig, Horst. Du weißt doch, daß sie stärker sind als du. Sie haben hier die Macht. Tu es mir zuliebe, bitte. Sag das Turnier ab, oder zahle diese verdammten zwei Millionen Lire. Zwölftausend Mark. Laska ist das Zehnfache wert.«

»Sie ist unbezahlbar.«

»Dann gib nach.«

»Nicht bei einem Menschen wie diesem Commendatore.«

»In Mexiko hättest du 50 000 Dollar gezahlt.«

»Da hatte ich Laska nicht mehr in den Händen. Aber heute ist sie sicher. Und bis übermorgen früh 10 Uhr wird uns kein Haar gekrümmt werden. Laska und ich sind ein lebendes Kapital. Tot nützen wir den Gaunern gar nichts.«

»Und um eine Minute nach zehn?«

»Soweit ist es noch nicht.«

»Ich habe Angst um dich.«

»Angi ...« Er küßte sie. Sie schmiegte sich dicht an ihn und umarmte ihn, als wolle man ihn ihr entreißen. Ihr warmer, nackter Körper erfüllte ihn mit Glück. Er streichelte sie und spürte unter seinen Händen ihr Zittern. »Übermorgen um diese Zeit ist alles vorbei.«

»Ich liebe dich. Ich will nicht, daß ich dich übermorgen in einem Sarg finde.«

Sie war nicht zu beruhigen. Nachdem sie sich geliebt hatten, lag sie noch lange in seinen Armen, starrte in die Nacht und klammerte sich an ihm fest. Sie schlief erst ermattet ein, als die Dämmerung übers Meer kroch und die Wellen grüngolden schimmerten.

Mit der Post erhielt Hartung ein Päckchen. Poststempel Syrakus. Vorsichtig – er hatte schon gelesen, daß in solcher Form kleine Höllenmaschinen verschickt wurden, die beim Lösen der Paketverschnürungen explodierten – öffnete er es, indem er blitzschnell die Fäden durchschnitt, hinter der Couch in Deckung ging und sich flach auf den Boden warf.

Das Päckchen explodierte nicht. Hartung wickelte es aus, ein Karton kam zum Vorschein, und in dem Karton lag, sauber in Holzwolle gepackt, als sei er sehr zerbrechlich, ein kleiner schwarzer Sarg. Es war ein Meisterwerk der Schnitzkunst, nichts fehlte an ihm – das Kreuz und ein Palmwedel auf dem Deckel, die Griffe an den Seiten, die zierlichen Füße, Ornamentschnitzerei an den Seiten – ein typischer südländischer Prunksarg.

Hartung hob den Deckel ab. Auf einem winzigen seidenen Kissen lag ein weißes Kreuz. H. Hartung stand auf dem Querbalken.

»Sehr sinnig«, sagte Fallersfeld, der als erster das makabre Geschenk betrachtete. »Und mit Stilgefühl, das muß man dem Commendatore lassen. Er hat Bildung. So gefühlvoll ist noch keiner gewarnt worden.«

»Kein Wort darüber zu Angela, Baron. Ich bitte Sie!«

»Mit Vorbehalt. Wo ist sie überhaupt?«

»Sie macht einen Ausflug zum Ätna.«

»Allein? Sie Wahnsinniger!«

»Sie sind zu dritt und der Chauffeur. Ein hoteleigener Wagen, unauffällig. Es ergab sich plötzlich. Ein amerikanisches Ehepaar wollte zum Ätna, und im Wagen war noch ein Platz frei.«

Fallersfeld betrachtete wieder den kleinen schwarzen Sarg. »Als Souvenir ist er zu gebrauchen«, sagte er, »aber nicht als Modell für einen richtigen Sarg, in dem Sie liegen werden.«

»Sie reden wie Angi, Baron.«

»Vertraue aufs Gefühl der Frauen, du kannst Paläste darauf bauen.«

»Von Schiller ist das nicht.«

»Von mir.«

»Drum. Sie werden nie in die Literaturgeschichte eingehen, Baron.«

»Lassen wir das dumme Gerede. Wir zahlen die zwei Millionen Lire.«

»Nein.«

»Ich will Sie lebend nach Deutschland zurückbringen!« brüllte Fallersfeld plötzlich. Die ganze aufgestaute Angst brach aus ihm heraus. »Dieser Sarg ist deutlich genug.«

»Einen Nervenkrieg würden Sie verlieren. Das genau ist es, was der Commendatore mit uns macht. Ich warte noch – bis morgen um zehn!«

»Bis dahin bin ich irrenhausreif.«

Sie zuckten beide zusammen, als hinter ihnen auf dem Nachttisch das Telefon klingelte.

»Lambordano«, sagte Fallersfeld tonlos.

»Warum so schwarzsehen? Es kann Angi sein, Romanowski, Dr. Rölle, Kommissar Portaldi, irgendwer ...«

»Nehmen Sie endlich ab.« Fallersfeld war bleich geworden. »Das Klingeln macht mich verrückt.«

Hartung hob den Hörer ans Ohr. Dann verzog sich sein Gesicht, und er nickte Fallersfeld zu. »Piero Cabuzzi. Einen schönen guten Morgen, *signore avvocato.* Wie ist Ihr Befinden? Meines ist gut. Ich habe blendend geschlafen, bin viermal durch den Swimming-pool geschwommen, habe hervorragend gefrühstückt und bewundere jetzt eine sizilianische Schnitzarbeit. Ein Meisterwerk. Ist das kleine Kreuz mit meinem Namen geweiht?«

Cabuzzi schien Mühe zu haben, die gute Laune Hartungs zu verdauen. Er schwieg, als Hartung fröhlich lachte. Fallersfeld raufte sich die Haare.

»Provozieren Sie nicht!« zischte er. »Mein Gott, seien Sie doch vernünftig.«

»Kann ich den Scheck holen?« fragte Cabuzzi knapp.

»Nein.«

»Unterschätzen Sie uns nicht, Signore.«

»Auf gar keinen Fall, aber ich überschätze Sie auch nicht. Ich werde Ihnen etwas Schreckliches sagen, schrecklich für den lieben Commendatore: Laska ist mir keine tausend Lire wert. Noch weiß es niemand, aber bei ihrem Abenteuer in Mexiko – Sie haben sicherlich davon in den Zeitungen gelesen – hat sie sich beim Sprung über die Felsenmauer den linken vorderen Huf angeknackst. Noch merkt man nichts, unser Dr. Rölle pumpt das Bein mit Spritzen voll und macht nachts Umschläge. Aber wenn Laska länger geht, beginnt sie zu lahmen. Ob sie den Parcours bis zum Ende durchhält, weiß ich nicht. Nur eines wissen wir – sie ist nicht mehr zu heilen und wird in Deutschland eingeschläfert werden. Schießen Sie also ruhig auf Laska, mir ist's egal.«

»Das ist eine Lüge!« Hartung hörte, wie Cabuzzis Stimme vor Erregung schwankte. »Sie bluffen, aber schlecht.«

»Beobachten Sie das Training, nach zwanzig Minuten hinkt Laska.«

Cabuzzi verzichtete auf eine weitere Diskussion. Er warf den Hörer auf die Gabel und rief dann sofort den Commendatore an.

Fallersfeld starrte Hartung mit offenem Mund an. »Ist, ist das eine Tatsache?« stotterte er.

»Natürlich nicht. Aber Romanowski weiß Bescheid, und Laska hat bei den Zigeunern alle unerlaubten Tricks gelernt. Sie hinkt auf Kommando, und das wird sie ab sofort tun.«

»Und damit glauben Sie, die Schurken aufhalten zu können?«

»Zumindest habe ich sie in Verwirrung gebracht. Der Commendatore muß sich etwas Neues einfallen lassen.«

»Er wird Sie allein aufs Korn nehmen.«

»Genau das will ich. Laska habe ich, so scheint's, gerettet, um mich habe ich keine Angst. Außerdem bin ich Ihnen keine zwei Millionen Lire wert, nicht wahr, Baron?«

»Sie dämlicher Hund!«

Mit schnellen Schritten verließ Fallersfeld das Appartement. Ich werde eigenmächtig mit Lambordano verhandeln, dachte er. Ich gebe ihm die zwei Millionen Lire, ohne daß es Hartung weiß. Aber, verflucht, wie komme ich an Lambordano heran?

Er versuchte es telefonisch. Bei dem Commendatore meldete sich nur eine Mädchenstimme, eine Angestellte, die kein Wort Deutsch verstand. Auch bei Rechtsanwalt Piero Cabuzzi war niemand im Haus, nur ein Schreiber, der stotterte, und das noch auf italienisch. Fallersfeld legte resigniert auf, putzte sein Monokel und sagte laut: »Scheiße!«

Der Ausflug zum Ätna endete auf der Straße zwischen Augusta und Catania an einer einsamen Straßenstelle. Das Auto hatte gerade den winzigen Ort San Leonardo durchfahren, als zwei Motorräder quer über der Straße standen und vier Männer in schwarzen Lederanzügen mit einer Polizeikelle Halt geboten. Der Chauffeur bremste sofort, sprang aus dem Wagen und hob die Arme. Für jeden Sizilianer war es klar, daß dort keine Polizei die Straße sperrte. Das amerikanische Ehepaar zückte ahnungslos seine Pässe, Angela blieb wie versteinert sitzen und klammerte sich an dem Griff am Armaturenbrett fest.

Die vier schwarz gekleideten Männer kamen an das Auto, blickten dramatisch auf die amerikanischen Pässe, grinsten dann Angela an und winkten. Der größte von ihnen, ein Tarzantyp, zeigte auf die Straße und sagte höflich:

»Steigen Sie bitte aus, Signorina.«

»Nein«, stammelte Angela. Todesangst schnürte ihr die Kehle zu. »Nein! Ihr Chef bekommt das Geld, er bekommt es bestimmt! Bitte!«

»Man muß ihn leider immer daran erinnern, den berühmten *signore cavalcatore*. Steigen Sie aus, wir sind Damen gegenüber immer höflich, aber manchmal müssen wir gegen unser Gefühl handeln!«

Er zerrte Angela aus dem Wagen, zwei der schweigsamen Männer nahmen sie in ihre Mitte und führten sie weg in einen kleinen Pinienwald.

»Fahr weiter«, sagte der Tarzantyp zu dem Chauffeur und gab ihm einen Tritt in den Hintern. »Und halt die Schnauze, *amico*. Witwen sind in Italien arm dran ...«

Der Chauffeur beeilte sich. Er hechtete in seinen Wagen, gab sofort Gas und brauste weiter, Richtung Ätna. Erstaunt, aber keineswegs erschrocken sahen sich die beiden Amerikaner an und blickten dann aus dem Rückfenster auf die Straße. Die Motorräder brausten auf einem Querweg davon.

»Sie haben eine unhöfliche Polizei, Mister«, sagte die alte Dame und tippte dem bleichen, noch immer zitternden Chauffeur auf den

Rücken. Der zuckte zusammen, als sollte er einen Genickschuß bekommen. »Warum trat er Sie?«

»And Miss Diepholt. No papers?« Der Mann aus Alabama schüttelte den Kopf. »Gleich mitnehmen? Harte Polizei. *Oh, look*!« Er zeigte nach vorne und legte den Arm um seine Frau. *»The Etna – wonderful!«*

Am Nachmittag durchkämmten zwei Hundertschaften der Polizei das Gebiet zwischen San Leonardo und Carmito. Hartung, Fallersfeld, sämtliche deutschen Reiter und alle abkömmlichen Pferdeknechte beteiligten sich an der Suche nach Angela. Polizeikommissar Portaldi raufte sich die Haare.

»Das ist neu«, sagte er erschüttert. »Sprechen wir den Namen nicht aus, aber die ›Organisation‹ hat bisher Frauen immer verschont. Ein Sizilianer achtet die Frau. Er sieht in ihr immer die Mutter. Und nun das! Ich bin verzweifelt über diesen Verfall der Moral! Das war noch nie da!«

Hartung schien um Jahre gealtert. Mit verkniffenem Gesicht durchkämmte er die Waldstücke, durchsuchte alte Ställe und Scheunen. »Das war ein Fehler von Lambordano«, sagte er dumpf, als Fallersfeld und Portaldi ihn einholten. Sie hatten einen Bauern befragt, er hatte nichts gesehen und nichts gehört. Es war immer dasselbe, das Land wurde schweigsam, wenn die »Organisation« zugeschlagen hatte. »Wenn Angela etwas geschehen ist, kann er sich verkriechen wie eine Wühlmaus. Und selbst aus der Erde hole ich ihn 'raus! Das schwöre ich!«

»Lassen Sie den Commendatore aus dem Spiel.« Portaldi warf die Arme hoch. »Sie haben keinerlei Beweise, verlieren können nur Sie! Sie sehen doch, gegen welche Mauern wir anrennen!«

»Was auch wird«, sagte Fallersfeld, »jetzt zahle ich! Glauben Sie nun endlich, Horst, daß diese Leute stärker sind als Sie?«

Es war schon dunkel, die Polizisten suchten mit starken Handscheinwerfern, als man Angela fand.

In einem Pinienwald östlich des trockengelegten Lago di Lentini hatten die Schwarzledernen sie an einen Baum gebunden. Sie war unverletzt, nicht eine Schramme hatte sie abbekommen, nur ihre Haare waren abgeschnitten, zuerst mit einer Schere, dann mit einer Haarschneidemaschine. Ein Stoppelkopf wie die Jungfrau von Orléans vor ihrer Verbrennung. Auf der Brust, an einem Strick um den Hals gebunden, trug sie ein großes Schild.

»Denken Sie an uns?«

Hartung nahm sie in seine Arme und führte sie weg. Portaldi steckte sich mit bebenden Fingern eine Zigarette an und bot auch Fallersfeld eine an.

»Sie lebt«, sagte er stockend. »Das ist die Hauptsache.«

»Man hat sie mißhandelt!« knirschte Fallersfeld. »Die Haare abgeschnitten. Diese wunderschönen, seidigen Haare.«

»Sie wachsen nach.«

»In zwei Jahren vielleicht.«

»Es gibt Perücken.« Portaldi inhalierte gierig den Rauch seiner Zigarette. Verblüfft stellte Fallersfeld fest, daß er mit dem Ergebnis der Suche zufrieden war. »Es sind doch Sizilianer, sie haben die Ehre der Frau nur ein wenig angeritzt.«

»Um Ihren Ehrbegriff beneide ich Sie!« Fallersfeld sah Hartung und Angela nach. Sein Herz schmerzte. Die heimliche Liebe zu Angela war zwar aussichtslos, aber wenn er schon als Mann nicht in Frage kam, so beanspruchte er doch gegenüber Hartung und Angela eine Art von Vaterstellung. Er sah, wie Angi den Kopf, diesen mißhandelten kahlen Kopf an Hartungs Schulter legte, wie er sie umfing, auf die Wangen küßte und auf sie einsprach. »Wenn ich morgen früh diesem Cabuzzi oder Lambordano selbst die zwei Millionen Lire gebe und Sie kommen kurz danach ins Zimmer – reicht das für eine Verhaftung?« fragte er.

Kommissar Portaldi schüttelte den Kopf. »Nein. Der Commendatore wird sagen, er habe Ihnen etwas verkauft. Er besitzt eine Großhandlung. Haben Sie einen Gegenbeweis?«

»Er kann keine Lieferung vorweisen.«

»Kann er nicht? Was hat er Ihnen angeboten?«

»Ein Pferd.«

»Bitte, dann wird irgendwo ein Pferd bereitstehen, das er vorführt, wenn die Geldübergabe Schwierigkeiten mit sich bringt. Oh, Signore, dem Commendatore ist keiner gewachsen, seit zwanzig Jahren macht er mit uns, was er will.«

»Trotzdem bezahle ich!«

Portaldi nickte. »Ein Rat als Privatmann, Baron! Tun Sie das, so schnell Sie können. Sie ersparen damit auch mir viele Schwierigkeiten.«

Fallersfeld bezahlte nicht. Er konnte es nicht, weil wiederum weder Cabuzzi noch Lambordano zu erreichen waren. Daß der Commendatore kurz vor zehn bei Hartung anrief, wußte Fallersfeld nicht, und Hartung sagte es auch nicht.

Die Unterhaltung war kurz.

»Zahlen Sie?«

»Nein, Sie Schuft! Ein wehrloses Mädchen kahlzuscheren! Wagen Sie sich bloß nicht mehr in meine Nähe!«

»Ihnen ist nicht zu helfen! Um 16 Uhr springen Sie. Wir haben uns überzeugt, Laska hinkt. Wir schießen Sie aus dem Sattel!«

»Das steht Ihnen frei.«

»Immer diese heldenhaften Deutschen!« Lambordano schnaufte. »Sterben Sie anständig.«

»Darauf können Sie sich verlassen.«

Das Gespräch brach ab. Hartung sah auf die Uhr. Genau 10 Uhr. Er zog sein Reitzeug an, rief in den Ställen an und dann bei Angela. Der Hotelfriseur hatte ihr eine wunderschöne hellblonde Perücke besorgt. Eine schicke Lockenfrisur.

»Die Gefahr ist vorbei«, sagte Hartung. »Ich gehe jetzt zum Platz. Versprich mir, im Hotel zu bleiben bis nach dem Turnier.«

»Nein. Ich komme mit dir.«

»Angi, das ist Wahnsinn.«

»Wenn die Gefahr vorbei ist ...« Ihre Stimme klang fest und ruhig. »Mich belügst du nicht. Ich merke sofort, wenn du schwindelst. Du kannst gar nicht lügen. Die Gefahr fängt jetzt erst an.«

»Angi.«

»Es gibt nichts, was mich zurückhalten könnte, bei dir zu sein. Das weißt du, also rede nicht weiter.«

Hartung seufzte. Es war wirklich nutzlos, mit Angela zu streiten. Wenn eine Frau so liebt wie sie, gibt es keine getrennten Probleme mehr.

Sie trafen sich unten in der Halle und fuhren zusammen hinaus zum Stadion. Hunderte Fahnen flatterten an den hohen weißen Masten, der Parcours war aufgebaut, die Militärkapelle, die mit flotten Märschen und Paradieren das Turnier eröffnete und die Pausen ausfüllte, probte zum letztenmal. Um die Ställe und den Abreiteplatz hatte Portaldi einen dichten Polizeikordon gezogen.

»Wenn es passiert, dann hier«, sagte Hartung und drückte Angela an sich. »Im Stadion ist es unmöglich.«

Das Morgenabreiten. Lockerungsübungen, Probesprünge. Schrittkombinationen, die ganzen Gehorsamsübungen, die bei einem temperamentvollen Springpferd notwendig sind – Hartung absolvierte sie mit äußerlicher Sicherheit. Im Nacken aber hatte er ein eiskaltes Gefühl. Irgendwo lauerte der Tod ...

Nichts geschah. Romanowski, Fallersfeld, Kommissar Portaldi und Angela waren wie ein Ring um Hartung. Beim Mittagessen im Stadion-Restaurant bildeten sie einen Wall um ihn. Auch die anderen deutschen Reiter saßen sprungbereit. Portaldi hatte Pistolen verteilt, gegen alle Vorschriften. Das bewies, wie ernst er die Drohung der »Gesellschaft« nahm. Er nannte jetzt den amtlichen Namen – das Wort Mafia war tabu.

Vierzehn Uhr. Beginn des Turniers. Schwungvolle Reden, Musik, Jubel, Händeklatschen, die Militärkapelle, das A-Springen, das Italien gewann.

»Ich löse mich vor Angst auf«, flüsterte Fallersfeld, als Hartung mit Laska am langen Zügel zum Einreittor kam. Romanowski folgte ihm wie ein Revolvermann, er trug die Pistole offen im Gürtel und hatte die Hand darauf gelegt.

Zur gleichen Zeit schraubte auf dem obersten Stehplatz, hinter der riesigen Anzeigetafel, auf der die elektronischen Buchstaben summten, Mario Albertino ein Gewehr zusammen. Er tat es mit einer leidenschaftslosen Präzision. Kolben, Mittelteil mit Schloß, Lauf, Zielfernrohr. Er hatte das schon oft getan – in den Bergen, an der Küste, im Wasser, im Sumpf, im Wald, in den unmöglichsten Situationen. Mario Albertino war der gefürchtetste Scharfschütze der »Familie« Lambordanos, und Familie heißt bei der sizilianischen Mafia soviel wie Abteilung.

Als das Gewehr zusammengesetzt war, hockte sich Albertino unter die Anzeigetafel. Hier war er allein, Bretter und Stützen schützten ihn vor den Blicken der anderen, aber er selbst hatte eine vorzügliche Sicht über den gesamten Parcours. Er hob das Gewehr, blickte durch das Zielfernrohr und hatte die Hindernisse groß und schußsicher im Visier.

Zufrieden setzte er das Gewehr ab, holte ein kleines Funkgerät aus der Tasche und drückte auf einen Knopf.

»Alles in Ordnung«, sagte er. »Wann soll ich abdrücken?«

»Mitten im Sprung über das letzte Hindernis. Er soll bis zuletzt von der Angst zerfressen werden. Siehst du das letzte Hindernis?«

»Zum Greifen nahe. Ich schieße, wenn er genau drüber ist.«

»Und wenn du vorbeischießt?«

»Das ist noch nie vorgekommen.«

»Es darf heute nicht das erste Mal sein. Ende.«

Mario Albertino zuckte mit den Schultern, steckte sich eine Zigarette an und wartete.

Das Springen um den »Pokal des hl. Stephanus« begann.

Ein Riesending aus Silber, es stand unten auf einem mit rotem Samt bezogenen Podest. Und zehn Millionen Lire . . .

»Noch nichts«, stammelte Fallersfeld. »Ich werde wahnsinnig. Wenn sie die Drohung wahrmachen, dann nur jetzt . . .«

Um Hartung standen dichtgedrängt Polizisten, Militär, Ordner. Romanowski hielt Laska, pflichtschuldig hinkte sie ein wenig, was sich sofort bei den anderen Equipen herumsprach.

Es wurde ein vertracktes Springen auf einem steinharten Boden. Zwar hatte man vor und hinter den Hindernissen den Boden aufgepflügt und mit Sägemehl durchgearbeitet, aber schon nach den ersten sechs Umläufen war die Erde wieder festgetreten. Die Hindernisse selbst waren hoch, die Doppel- und Dreifachkombinationen weit, und vor allem standen sie ziemlich eng beieinander.

»Diesen Parcours hat ein Zwerg aus seiner Perspektive aufgebaut!« sagte Fallersfeld. »Die Pferde müssen ja hüpfen wie Gummibälle.«

Die Resultate waren auch so. Ohne zwölf Fehler ging keiner vom Platz, allein der deutsche Reiter Hans Mucke erreichte acht Fehlerpunkte. Nur die Italiener, hier zu Hause, nahmen die Hindernisse mit einer Eleganz und Leichtigkeit, die begeisterte. Sie waren die einzigen, die keine Fehler ritten. Das Stadion tobte und schrie, das südländische Temperament schäumte über.

Dann wurde Hartung aufgerufen. Als letzter, als Krönung des Turniers.

»Horst Hartung auf Laska, Deutschland.«

Mario Albertino legte sein Gewehr an. Neben ihm auf der Erde stand das kleine Funkgerät. »Bereit«, meldete er.

»Gut, Mario.«

Hartung ritt ein. Die übliche Vorstellung, Grüßen mit der Kappe, leichte Wendung auf der Hinterhand, Antraben zur Starterfahne, Senken der Fahne, es gab kein Zurück mehr. Die Uhr lief, der gnadenlose Zeitnehmer, und vor ihm lagen einundzwanzig Hindernisse

»Jetzt ist er sicher«, sagte Fallersfeld und zog Angela an sich. Sie schluchzte leise und starrte auf den einsamen Reiter und sein Pferd. Ungläubig sahen auch die anderen Reiter Laska nach, sie hinkte nicht mehr, sie trabte auf das erste Hindernis zu, geballte Kraft, leuchtende goldrote Schönheit.

Mario Albertino, der Scharfschütze, auf dessen Kopf 500 000 Lire standen, verfolgte im Zielfernrohr den Ritt Hartungs. Groß, tödlich sicher lag sein Kopf im Fadenkreuz. Es konnte keinen Fehlschuß geben ...

Laska sprang wie eine abschnellende Stahlfeder. Es war, als mache sie sich über die Hindernisse lustig, als gäbe es keine Höhen und Weiten für sie. Sogar Mario Albertino schnalzte mit der Zunge, wie sie Dreierkombinationen nahm, als seien es Cavalettis. Neben ihm pfiff leise das Funkgerät.

»Noch sechs Hindernisse, Mario.«

»Ich habe ihn genau im Kreuz. Brauch nur den Finger durchzuziehen.«

»Springt sie nicht herrlich? Das Hinken war eine Lüge. Aber er wird dafür bezahlen ...«

Hartung ritt halbherzig. Er spürte die Gefahr, irgendwo in diesem Rund mit den tobenden Menschen verbarg sie sich. Irgendwo saß der Tod und wartete auf den günstigsten Augenblick. Wann war dieser Augenblick? Wie kam er? Wirklich mit einem Gewehrschuß?

Hartung spürte, wie ihm der kalte Schweiß über den ganzen Körper rann. Zum erstenmal in seinem Leben hatte er Todesangst, fühlte er sich hilflos einer Situation ausgeliefert, von der er wußte, daß sie in einer Katastrophe enden würde.

Ich bin kein Feigling, redete er sich zu. Reite weiter. Nein, höre nicht auf die innere Stimme, die dir rät, den Ritt abzubrechen. Weiter, weiter. Über die Mauer, über den Doppeloxer, über den Steilsprung. Noch drei Hindernisse, dann das Hinausreiten – genügend Zeit und Wegstrecke, hier das Leben zu verlieren ...

Warum schießt er denn nicht? Warum wartet er? Und wenn er Laska trifft? Er sieht ja jetzt, daß sie springen kann wie kein anderes Pferd auf der Erde. Mein Gott, wenn er statt auf mich wirklich auf Laska zielt ...

Schweiß. Schweiß über den Augen, im Nacken, auf dem Rücken, in den Händen. Kalter Angstschweiß. Ich zittere ja. Ich zittere vor Angst. Laska, mein Mädchen, mein liebes Mädchen, ich war ein Narr, ich hätte bezahlen sollen, jetzt ist es zu spät.

Es war der Augenblick, in dem er hätte schreien können, in dem seine Nerven versagten, in dem er nichts mehr war als ein geschütteltes Angstbündel.

Laska.

Noch zwei Hindernisse.

Das letzte.

Mario Albertino atmete ganz ruhig durch. Im Visier, im Fadenkreuz, im Auge des Todes hatte er Hartungs Kopf. Das Funkgerät neben ihm schwieg. Der Tod braucht keine lauten Worte.

Hartung beugte sich über Laskas Kopf. Ihre Ohren spielten nervös, ihr Kopf, sonst gestreckt, schob sich hoch. Ihr Instinkt, ihr unglaubliches Gefühl sagte ihr, daß etwas nicht stimmte, daß ihr Herr auf ihrem Rücken nicht mehr ihr Herr war, und es war anders als in Tokio, wo er mit gebrochenem Schlüsselbein ritt, ganz anders ... Der Strom der Angst ging von Hartung auf Laska über. Es war ein Rätsel, das niemand lösen konnte.

Das letzte Hindernis.

Mario Albertino krümmte langsam den Finger. Druckpunkt. Groß war Hartung im Kreuz. Jetzt der Sprung – auf dem Scheitel des Sprunges wurde abgedrückt ...

Und da geschah es. Es kam so plötzlich, daß die dreißigtausend Zuschauer erst aufschrien, als es schon vorbei war.

Laska brach aus. Mitten im Angalopp machte sie eine Wendung, Rasenstücke wirbelten hoch, der goldene Körper wirbelte zur Seite und raste neben dem Hindernis vorbei zum Ausritt.

Zum erstenmal in ihrem Leben hatte Laska ein Hindernis verweigert.

Sie hatte Hartung das Leben gerettet.

»Ich kann nichts dafür!« schrie oben an der Anzeigetafel Mario Albertino in das Funkgerät. »Ich hatte ihn genau im Visier. Chef, ich hätte ihn getroffen. Wer denkt denn an so etwas ...«

»Sei still.« Die Stimme war erregt, dieser Ritt hatte sogar den

Commendatore Nerven gekostet. »Er hat vier Fehler gemacht. Italien hat gesiegt. Wir werden statt zwei Millionen Lire fünf kassieren. Dafür darf er leben. Pack ein und komm herunter.«

Als Hartung aus dem Stadion galoppierte, schweißüberströmt und mit Tränen in den Augen, raste er an einem fassungslosen Fallersfeld vorbei. Er stand da, mit leerem linken Auge, sein Monokel lag zerbrochen auf der Erde.

Auch das war das erstemal. In der Hand hielt er wie eine traurige Fahne das Wildlederläppchen.

»Ich werde dieses Pferd küssen«, stammelte er, »und wenn es mir die ganze Visage zerbeißt!«

Das Erdbeben von Manila

Moro Memanuk galt überall als ein Idiot.

Wenn er durch die Straßen Manilas schlurfte, auf dem großen Markt bettelnd seine Hände ausstreckte oder im Hafen die Fremden mit einem hüpfenden Tanz begrüßte, lachten die Filipinos und riefen: »Seht da! Moro ist von den bösen Geistern befallen!« Dann neckten sie ihn, zogen an seinen zotteligen Haaren, äfften seine Bewegungen nach und drückten ihm statt Münzen Knöpfe oder sogar Hundedreck in die Hand.

»Gott wird euch strafen!« heulte Moro dann und hob die Arme anklagend zum Himmel. »Gott vergißt das nicht! Denkt an mich! Denkt an mich!«

Niemand nahm ihm die Drohungen übel. Ein armer Idiot, dieser Memanuk. Taucht überall auf, wo etwas los ist, und davon lebt er ja auch – bei Volksfesten, bei der Staatsgründungsfeier, beim Präsidentengeburtstag, bei allen Fußballspielen, in den kleinen Arenen der Hahnenkämpfe, an Markttagen, beim Karneval, bei der Wahl der »Miss Philippinen«, kein Fest ohne Moro Memanuk.

»Eigentlich müßte er schon Millionär sein«, lachte selbst der Polizeipräsident von Manila. Auch im Präsidium war Moro bekannt wie ein gestreift lackierter Hund. »Bei diesen Trinkgeldern! Gestern hat er vor einer amerikanischen Reisegruppe getanzt und soviel geschenkt bekommen, wie ein Polizeiinspektor im halben Jahr verdient. Aber dann versäuft er alles wieder und liegt acht Tage betäubt am Straßenrand.«

In diesen Tagen hatte Moro Memanuk Hochsaison. Zum erstenmal fand in Manila ein internationales Reit- und Springturnier statt. In Grace Park, nördlich der Stadt, wo die weißen Villen der Reichen standen, Häuser im säulenverzierten spanischen Kolonialstil, von paradiesischen Gärten umgeben, hatte man mit viel Geld, Mühe und Phantasie einen Reitplatz gebaut und erwartete nun die Elite der Reiter aus aller Welt. Da der Staatspräsident selbst eingeladen hatte und das Turnier somit eine fast diplomatische Angelegenheit wurde, sagten auch die Nationen zu, die sonst nie nach Manila gekommen wären, um einen Pokal zu gewinnen, wie man ihn zu Dutzenden bequemer vor der Haustür ausreiten konnte.

Als die deutschen Pferde nach einem anstrengenden Flug und vier Zwischenlandungen in Manila ankamen, waren die Sowjets, die Amerikaner, eine australische Equipe und die Franzosen schon da. Moro Memanuk hatte soviel zu tun wie noch nie in seinem Leben, kassierte massenhaft Dollars und philippinische Pesos und entdeckte eine neue Begabung in sich – das Weissagen.

Damit allerdings machte er sich zunehmend Feinde, denn was er in der Zukunft zu sehen glaubte, war dunkel, ja schwarz.

»Das Strafgericht wird über uns hereinbrechen!« schrie er, wenn er genügend Menschen um sich versammelt hatte. »Betet, Brüder und Schwestern. Die Erde wird aufbrechen und die Sünder verschlingen, die Berge werden Feuer speien, und glühende Asche wird auf unsere Häupter regnen. Wo Häuser standen, werden Höhlen gähnen, und die Gärten werden sich verwandeln in eine öde Wüste.«

Man lachte über ihn, wie immer. »Sorry«, sagte ein Engländer gemütlich. »Er hat die Offenbarung des Johannes auswendig gelernt. Und Vulkane gibt's hier auch genug. Aber er bringt es gut.«

Moro Memanuk kassierte. Er hatte sich jetzt einen Hut aus Maisstroh zugelegt, da seine Hände für die Spenden zu klein wurden. Am Abend lag er im Hafen zwischen Kisten und Ballen, roch entsetzlich nach Schnaps und schnarchte den Mond an.

Merkwürdig verhielten sich nur die Russen.

Von jeher galten in Rußland die Idioten als etwas Besonderes. Bei den Zaren und Fürsten wurden sie als Hofnarren gehalten, als Wundermänner, die ihren Verstand nur deshalb verloren hatten, weil Gott durch ihre Einfalt zu den Menschen sprach. Erkrankte am Zarenhof jemand, holte man die Stammler und Epileptiker, die Blöden und Schwachsinnigen an die Krankenbetten und ließ sie ihre makabren Späße treiben. Ihre Weissagungen wurden ernst genommen, man nannte sie die »heiligen Idioten«.

Etwas von diesem Mysterienglauben mußte auch bei den sowjetischen Reitern zurückgeblieben sein, sie hörten dem keifenden Moro zu, ließen sich seine Worte übersetzen, lachten und klatschten nicht Beifall, gaben aber auch kein Geld, sondern gingen nachdenklich zu den neuerbauten Ställen zurück.

Zwei Stunden später raufte sich Tapa Tambog, der philippinische Turnierleiter, die Haare: Die Russen verlangten andere Ställe, an dem entgegengesetzten Teil der Stadt, an der Laguna de Bay. Keine festen Bauten, nur Zelte.

»Jetzt wird es Zeit, Moro einzusperren!« schrie Tapa Tambog ins Telefon und brachte damit den Polizeichef von Manila in eine unangenehme Lage. Memanuk war ein harmloser Mensch, die Touristen betrachteten ihn als eine Attraktion wie die Kathedrale von Manila oder die herrliche Manila Bay, die durch eine Landzunge mit den Kegelbergen Mont Natib und Mont Mariveles gebildet wurde. Moro gehörte zu den Sehenswürdigkeiten wie die Händlerboote im Hafen und die Dirnenhäuser im chinesischen Viertel. »Wenn er weiter so dummes Zeug redet und die Polizei zu schwach ist, einen Idioten einzusperren, verstecke ich ihn selbst solange, bis das Turnier vorbei ist.«

Der Wunsch der Russen war natürlich nicht erfüllbar. Die Ställe waren gut und massiv, blitzten vor Sauberkeit und rochen nach frischer Farbe. Die Philippinen taten alles, um dieses erste internationale Reitturnier zu einem Erfolg zu machen.

Die deutsche Equipe hatte sich in der Nähe der Ställe, in einer Privatvilla, einquartiert, die einem reichen Malaien gehörte. Ein Haus wie aus einem Märchenbuch. Große Terrassen, plätschernde Springbrunnen, verschlungene Wege durch einen von Blütensträuchern und Blumenbeeten fast labyrinthartigen Park. Hier gab es einen Swimming-pool, einen kleinen Käfig mit den schönsten, buntesten und seltensten Vögeln. Der Hausherr, Sana Kawio, klein, dick, überströmende Freundlichkeit und Gastfreundschaft, war mit dem deutschen Botschafter gut bekannt. Er hatte sein Vermögen mit Reis- und Kakaohandel verdient. Einmal im Jahr verbrachte er sechs Wochen in Bad Kissingen, ließ sein Herz untersuchen, hungerte sich zwanzig Pfund ab und behauptete, daß er noch lebe, dieses Wunder sei den deutschen Ärzten zu verdanken.

Romanowski schlief selbstverständlich neben Laska im Stall. Hier lernte er auch Moro Memanuk kennen, der um ihn herumtanzte, schrille Schreie ausstieß und seine Weissagungen wiederholte. Romanowski verstand ihn nicht, aber die hingehaltene Hand war eine internationale Geste.

»Ick hab schon 'nen schöneren Affen tanzen sehn«, sagte er und gab Memanuk eine deutsche Mark. Moro starrte auf die Münze, überlegte, ob man so etwas Unbekanntes annehmen konnte, spuckte darauf und steckte sie ein.

»Feuer und Asche wird regnen!« brüllte er Romanowski an. »Bete, Bruder!«

Romanowski zuckte bei dem Ton zusammen, packte Moro an den Schultern, drehte ihn um und gab ihm einen Tritt. Memanuk sauste ein paar Meter vorwärts, fing sich an einer Palme auf und wirbelte herum.

»Gott wird dich zerschmettern!« schrie er hell. »Ich sehe, wie sich die Erde öffnet und die Toten spazieren gehen auf den Wegen der Lebenden.«

»Halt de Fresse!« sagte Romanowski. Er führte Laska auf die Wiese, um sie abzulongieren. Überall trabten die Pferde, wurden gelokkert und trainiert.

Gegen elf erschienen Hartung, Angela und Fallersfeld bei den Ställen. Dr. Rölle, der schon eine Stunde früher draußen war, weil das Pferd von Hubert Kaske plötzlich eine Kolik bekommen hatte, zeigte auf einen dürren Mann, bunt, fast clownhaft gekleidet, der mit dem Kopf wackelte, als sei sein Hals eine Spirale.

»Den sollten Sie sich mal anhören«, sagte Dr. Rölle. »Memanuk heißt der alte Knabe, säuft wie ein Loch und prophezeit den Weltuntergang. Die Amerikaner haben ihn zu ihrem Maskottchen ernannt, sie stopfen die Dollars in ihn hinein wie in einen Spielautomaten. Und ebenso fleißig wie ein Automat droht Memanuk mit Feuer und Verderben. Die Polizei war schon da, aber da hätten Sie mal die Amis sehen sollen! Es wäre fast zu diplomatischen Verwicklungen gekommen. Er spricht übrigens auch Englisch, erstaunlich, was? Die Filipinos sagen, er sei ein echter Negrito, ein Ureinwohner.«

»Dr. Rölle, der Asienexperte.« Hartung winkte Moro Memanuk zu. Der harmlose Idiot machte eine tiefe Verbeugung, hüpfte, als habe er Feuer unter den Fußsohlen, und tanzte dann auf die Deutschen zu.

»Ein tolles Land.« Dr. Rölle wusch sich die Hände in einer Schüssel mit Desinfektionslösung. Er war gerade mit der Untersuchung des erkrankten Pferdes fertig geworden. Hubert Kaske führte es zurück in den Stall. Ruhe, Diätnahrung. »Enno« hatte sich überfressen. »7085 Inseln, davon nur 2440 bewohnt. 56 Stämme mit 8 verschiedenen Sprachen und 56 Dialekten, rund um uns herum noch eine Ansammlung von speienden Vulkanen, jedes Jahr soll hier mindestens einmal die Erde wackeln. Ein Paradies auf Feuer. Und nun hören Sie sich das an!«

Moro Memanuk war herangekommen. Kreischend umtanzte er Hartung, Fallersfeld, Dr. Rölle und Angela, brach dann plötzlich ab und hielt seinen Hut hin.

»So blöd ist er wieder nicht«, lachte Fallersfeld und warf zwei Dollars hinein. Und dann auf englisch: »Wann geht die Welt unter, großer Zauberer?«

Memanuk zog den Kopf ein wie eine Schildkröte. Seine schwarzen, gar nicht irren Augen blickten Fallersfeld erstaunt an. Plötzlich war er ganz still, schüchtern fast und nichts als ein elender, alter, vom Schnaps zerstörter Mann.

»Toll!« sagte Hartung fröhlich. »Baron, Ihr Monokel fasziniert ihn. Sie hypnotisieren ihn glatt mit Ihrem verglasten Auge.«

»Glauben Sie daran, Sir?« fragte Memanuk. Auch seine Stimme klang völlig normal, etwas heiser, alkoholgebeizt, aufgerauht, aber durchaus nicht idiotisch. »Das große Sterben ...«

»Das ist nichts Neues.« Fallersfeld spürte auf einmal einen kalten Hauch über seiner Haut. Er wehrte sich gegen das Gefühl und nannte sich innerlich saublöd. Aber das Gefühl blieb und verstärkte sich sogar noch, je länger er Moro Memanuk ansah.

»Es gibt immer das große Sterben«, warf Hartung ein. »Taifun in Pakistan, Überschwemmung in China, Hungersnot in Indien, Cholera und Typhus, die Pocken ... Das ist keine Weissagung.«

»Hier, Sir, hier wird das große Sterben kommen.« Memanuk breitete die dürren Arme aus, Knochen mit einer faltigen Haut überzogen. Braungelbe, gegerbte Lederhaut. »Keiner will es glauben. Sie lachen mich aus, treten mich, verjagen mich, wollen mich einsperren, spucken mich an, nennen mich einen Idioten, rennen mit Knüppeln hinter mir her. Aber der Tag wird kommen, an dem sie an Memanuk denken! Dann aber hat Gott sie vergessen!«

»Wann?« fragte Fallersfeld kurz. Er war sehr ernst geworden.

»In zwei Tagen.«

»Wo?«

»Hier, wo wir stehen! Die Erde wird sich öffnen ...«

Fallersfeld langte in seinen Rock, zog seine Brieftasche heraus und gab Memanuk einen Fünfzigdollarschein. Dr. Rölle und Hartung starrten den Baron entgeistert an.

»Beten Sie«, stammelte Memanuk. Er küßte die Banknote, ergriff Fallersfelds Hand und schlug ein Kreuz darüber. »Gehen Sie, wenn der Mond über den Bergen von Bataan Pen steht, nicht in ein Haus ...«

Er wirbelte auf dem Absatz herum, machte einen hohen Luftsprung und rannte davon.

»Der hat seine fünfzig Dollar – ein Vermögen für ihn – schnell verdient.« Hartung tippte Fallersfeld an, der wie erstarrt stand. »Baron, ich weissage Ihnen auch – in hundert Jahren haben die Pferde sechs Beine. Leider können Sie die Weissagung nicht kontrollieren.«

Dr. Rölle begriff als erster, was hier geschehen war. »Er glaubt daran«, sagte er leise. »Kinder, der Baron glaubt daran.«

»Das ist doch Blödsinn!«

»Nein.« Fallersfeld schüttelte den Kopf. Er ging langsam zu den Ställen, als mache ihm jeder Schritt Beschwerden. »Es ist die gleiche Weissagung, die einmal in Ostpreußen eine alte Bäuerin aus meiner Hand gelesen hat. Das große Sterben ...«

»Und wann war das?«

»Vor vierzig Jahren.«

»Dann haben Sie's hinter sich, Baron. Sie haben den Krieg überlebt.«

»Er war damit nicht gemeint. Dieser Memanuk sagte übermorgen. Das war eine präzise Zeitangabe.«

»Einen Kognak für den Herrn Baron!« rief Hartung. »Doktor, haben Sie einen in Ihrer Giftapotheke?«

»Im Arztkoffer, natürlich.« Dr. Rölle faßte Fallersfeld unter. »Ich wußte gar nicht, Baron, was für eine empfindliche Seele Sie in der Brust haben.«

Bis zum Mittagessen hatten sie den Zwischenfall vergessen. Presse, Rundfunk, Fernsehen verlangten Interviews von Hartung, Laska mußte ein paar Probesprünge machen, die Fotografen knipsten aus allen Lagen, die Publicity-Welle rollte. Nur Fallersfeld trug die Weissagung mit sich herum wie einen schweren Rucksack.

Übermorgen. Wenn der Mond über den Bergen von Bataan Pen steht. Nicht in einem Haus sein. Er beschloß, in der übernächsten Nacht draußen im Park der Villa zu schlafen. Bänke gab es genug ...

Zwei Tage vergingen mit dem Kleinkram der Routinearbeit.

Hartung absolvierte einen Geländeritt mit Laska. Sie zeigte sich in bester Form, nur etwas nervös war sie, hob ständig den Kopf, blähte die Nüstern und benahm sich wie ein Tier, das wittert.

»Nun fang du auch noch an, mein Mädchen«, sagte Hartung und klopfte ihr den Hals. »Wenn der Baron in Weissagungen plätschert, brauchst du nicht mitzuschwimmen. Sonst hast du ihn nie leiden können, und auf einmal machst du seinen Blödsinn mit.«

Auch Romanowski spürte, daß Laska innerlich unruhig war. »Ick stauch den Idioten in de Erde, wenn er noch mal kommt«, schrie er. »Det janze Camp macht er varrückt!«

»Tiere haben ein feines Ahnungsvermögen.« Fallersfeld sprach nur noch ungern über seine Ahnungen, es war schon zuviel darüber gelacht und gefrotzelt worden. »Es liegt wirklich etwas in der Luft. Habt ihr Laska ohne Grund schon so verdreht gesehen?«

»Bei den Iwans is 'n Hengst«, sagte Romanowski. »Det allein is et.«

Der Abend nahte, der Abend, an dem Moro Memanuks Warnung sich erfüllen sollte. Noch einmal hatte es der von allen verlachte und beschimpfte Idiot versucht. Er war bei den Pferden erschienen, hatte sie minutenlang stumm angestarrt und dann gebrüllt:

»Rettet sie! Rettet sie! Ich sehe den Untergang!«

Als Romanowski und ein paar Amerikaner auf ihn losmarschierten, Knüppel in den Fäusten, rannte er weg, die Hände hoch in der Luft, klagend, wimmernd wie ein getretener Hund.

Allein die Russen zogen ihre Pferde aus den Ställen und zogen mit ihnen auf eine Wiese, aus der einmal ein Golfplatz werden sollte. Hier blieben sie unter freiem Himmel stehen, und als die Nacht hereinbrach, pflockten sie nach Kosakenart die Pferde an, rollten sich in Decken und schliefen auf dem Boden.

Die anderen lachten sie aus.

Auch Fallersfeld versuchte an diesem Abend mit aller Beredsamkeit, seine Reiter zu überzeugen, daß es besser sei, diese Nacht im Freien zu schlafen.

»Ich weiß, ihr haltet mich für einen alten, verkalkten Trottel«, sagte er. »Bleibt bei eurer Ansicht, aber tut mir persönlich den Gefallen und übernachtet heute im Park.«

»Wenn unbedingt ein Stern vom Himmel fallen soll, kann er statt auf dem Haus auch im Park landen.« Dr. Rölle prostete Fallersfeld mit einem Glas Rotwein zu. »Aber Sie sollen beruhigt sein – wir gruppieren uns um den großen Springbrunnen und warten mit Ihnen auf den Weltuntergang. Nur eine Bedingung stellen wir – wenn morgen früh die Welt noch bestehen sollte, ist doch mindestens eine Kiste Sekt fällig.«

»Zehn Kisten, Jungs!« Fallersfeld strahlte. Er war glücklich. »Kissen und Decken gepackt und hinaus in die Natur! Ihr sollt sehen, wie gut euch das tut!«

Sana Kawio, der reiche Malaie und Hausherr, hielt erstaunt auf einem Spaziergang durch den Park inne, als die deutschen Reiter sich rund um den Brunnen auf die Bänke gelegt hatten. Er fragte nichts, dazu war er zu höflich, aber er stand lange sinnend auf der großen, säulengestützten Terrasse und grübelte, wieso die korrekten Deutschen, die er immer bewundert hatte, sich plötzlich wie die irgendwie naiveren Amerikaner verhielten.

Einem Hausherrn, vor allem wenn er Malaie ist, sind die Wünsche und Launen seiner Gäste Aufforderung, es ihnen gleichzutun. Er erweist ihnen damit die Ehre, daß ein Gast immer recht hat. Auch Sano Kawio dachte da nicht anders, er holte ebenfalls Kissen und Decken aus seinem Schlafzimmer, befahl seiner Dienerschaft, seinem Beispiel zu folgen, und legte sich auf eine Bank in Fallersfelds Nähe. Die Diener verzogen sich in einen anderen Teil des Parks, zum Flamingoteich.

»Ich danke Ihnen, Mr. Kawio«, sagte Fallersfeld leise, als der Malaie mit seinem Bettzeug an ihm vorbeischlich. »Jetzt bin ich wenigstens nicht der einzige Verrückte.«

Die Zeit floß dahin. Die meisten Deutschen schliefen schon, nur Fallersfeld und Hartung waren noch wach. Angela lag auf einer Bank neben Hartung, zwischen ihnen schnarchte laut Sana Kawio. Fallersfeld hob den Kopf, als Hartung aufstand und um den Brunnen spazierte. Er sah, wie Hartung rauchte, der glimmende Punkt leuchtete öfter auf, als es sonst der Fall ist.

»Nervös?« fragte Fallersfeld leise. Hartung blieb stehen.

»Ja. Sie haben uns alle verrückt gemacht, Baron. Wie spät ist es?«

»Zwei Uhr siebzehn.«

»Und Ihr verdammter Mond?«

»Sehen Sie hin.« Fallersfeld zeigte zur Manila-Bay. »Steht genau über den Bergen von Bataan Pen. Da – was war das?«

Er sprang mit einem Satz von der Bank. Hartung schüttelte den Kopf.

»Was denn?«

»Die Bank hat gewackelt.«

»Wenn Sie so unruhig liegen ...«

»Unsinn. Ich lag ganz ruhig. O verflucht!«

Irgendwo, aus der Tiefe der Erde, ob hier im Park oder drüben in den Bergen oder ganz weit weg, quoll ein dumpfes Grollen und Rumoren. Dann schwankte der Boden, zog sich zusammen wie eine frierende Haut und dehnte sich wieder in kleinen, kurzen Stößen.

Sana Kawio war von seiner Bank gesprungen und klammerte sich jetzt an der Lehne fest. Die deutschen Reiter rissen ihre Decken weg, Angela rannte zu Hartung, nur Dr. Rölle schlief weiter. Aber der nächste Erdstoß ließ ihn von der Bank rollen. Vom Flamingoteich rannten schreiend die Diener herbei.

Und die Erde begann, sich in Wellen zu bewegen, als sei aus Steinen Wasser geworden.

Mit offenem Mund starrte Sana Kawio auf sein schönes weißes, säulengetragenes Haus. Wie in Zeitlupe brach es auseinander, die Mauern zerbarsten, senkten sich, fielen in sich zusammen, die Säulen kippten um, das Dach rutschte ganz langsam über die Trümmer, schien eine Sekunde frei in der Luft zu schweben und zerbarst dann mit einem schrecklichen Getöse. Wo eine der schönsten Villen Manilas gestanden hatte, dampfte der Trümmerstaub in die mondhelle Nacht.

Und noch immer schwankte die Erde, grollte es aus der Tiefe, der Brunnen, eine Marmorarbeit im Stil maurischer Zisternen, zerbarst. Der Wasserstrahl, aus seinem engen Rohr befreit, schoß in die Höhe. Der Himmel wurde fahl und rötlich – große Brände mußten ausgebrochen sein, von der Bay her hörte man das Toben des Meeres.

Fallersfeld und Hartung hielten Angela umklammert und hatten selbst Mühe, auf dem schwankenden Boden stehen zu bleiben. Die Diener Kawios knieten in einem Halbkreis um das vernichtete Haus und beteten.

»Bin ... bin ich noch verrückt ...« stotterte Fallersfeld. »Was wäre von uns übriggeblieben, wenn wir im Haus geschlafen hätten? Mein Gott, die Ställe! Die Ställe! Die Pferde!«

Das Erdbeben dauerte vier Minuten. Vier Minuten, in denen die Erdoberfläche verändert wurde, Millionenwerte in Schutt versanken, Reiche arm wurden und Arme noch ärmer, Feuersbrünste sich ausbreiteten, und Hunderte in den Trümmern starben – erschlagen, erstickt, zerquetscht.

Hartung, Fallersfeld und Angela rannten aus dem Park. Die anderen Reiter folgten ihnen. Als letzter humpelte Dr. Rölle hinterher, er war über einen Stein gestolpert. Auf dem langen Privatweg standen die gemieteten Wagen, unversehrt, nur das Auto Fallersfelds war an der Kühlerhaube eingedellt, ein dicker Ast hatte es getroffen.

Die Fahrt zu den Ställen im Grace Park führte durch zerstörtes Land. Das Erdbeben mußte in einem schmalen Streifen gewandert sein – neben völlig unversehrten Villen in dieser reichen Gegend lagen andere in Trümmern, Wasser aus geborstenen Leitungen strömte über die Straßen, Feuerwehr, Krankenwagen, Polizei und Militär rasten mit grellem Sirenengeheul zu den am meisten betroffenen Gebieten. Schreiende Menschenmassen fluteten ihnen entgegen – weg ins Freie, weg von der lebendig gewordenen Erde. Ins flache Land, in die Felder, wo keine Trümmer einem den Kopf einschlagen ...

Von den neuerbauten Ställen stand nichts mehr. Sie waren nicht nur zusammengefallen, als die Erde schwankte – ein Hügel hinter ihnen war ins Rutschen geraten, und die Erdmassen hatten sich über die langgestreckten Gebäude gewälzt.

Fassungslos starrten die deutschen Reiter auf dieses Bild der Vernichtung. Scheinwerfer erhellten bereits das Gelände. Militär und alles, was Hände hatte, waren dabei, sich zu den eingedrückten Ställen vorzuarbeiten.

»Laska ...« stammelte Hartung. »Laska, mein Mädchen.« Fallersfeld und Angela hielten ihn fest. Mit einem wilden Ruck riß er sich los und stürzte sich in die Menge der Grabenden.

Die ersten Pferde wurden freigelegt – tot, erschlagen, erdrückt. Sie hatten in ihren Boxen gestanden, hilflos und zitternd, bis alles über ihnen zusammenbrach und sie begrub.

»Pedro!« brüllte Hartung. Er sah Romanowski wie einen Irren im Schutt wühlen. Er riß Balken zur Seite, schleuderte Steine weg, die sonst nur ein Bagger heben konnte. »Pedro!«

»Se is drin!« heulte Romanowski. »Meene Olle. Ick hole ihr raus, Herrchen, ick, ick ...«

Er weinte, grub sich in den Schutt hinein und riß einem Filipino eine Hacke aus der Hand.

»Warum warst du nicht bei Laska?« brüllte Hartung. Er riß Romanowski an der Schulter herum. »Wo warst du?«

»Jesoffen hab ick, Herrchen! Jesoffen! Wär ick dajeblieben, könnt ick ihr nich holen! Da wär ick tot!«

Das war ein Argument, gegen das Hartung nicht ankam. Gemeinsam hackten und schaufelten sie die Erdmassen weg, die über die Ställe gerutscht waren. Tapa Tambog, der Turnierleiter, war ebenfalls eingetroffen, er blutete aus einer Stirnwunde. Eine herabstürzende Mauer hatte ihn gestreift. Sein Anzug war staubbedeckt und zerrissen.

»Sehen Sie sich die Russen an!« sagte Fallersfeld erschüttert. »Sie haben als einzige überlebt. Sie haben diesem Moro Memanuk geglaubt, wie ich. Und Sie wollten ihn verhaften lassen.«

»Er ist tot.« Tapa Tambog drückte sein Taschentuch gegen die blutende Stirn. »Als das Erdbeben losging, stand er auf der Wiese und brüllte in Richtung der Ställe: ›Kommt hierher! Kommt alle hierher!‹

Man hat es mir eben erzählt. Ein umstürzender Baum hat ihn erschlagen.«

Nach einer halben Stunde erreichte Romanowski die Stallmauer. Sie war geborsten, aber nicht eingestürzt. Die Balkendecke war eingebrochen, aber irgendwie – es war ein Wunder – hatte sie den Druck ausgehalten, und die Erdmassen waren über sie hinweggerutscht, hatten den Stall begraben, aber ihn nicht zusammengequetscht.

»Laska!« brüllte Romanowski und hämmerte mit beiden Fäusten gegen das Stück Mauer, das freigelegt war. »Laska! Meen olles Luder!«

Und von innen antwortete ein dumpfes Dröhnen.

Laska donnerte mit den Hufen gegen die Wand.

»Sie lebt! Sie lebt!« Romanowski fiel Hartung um den Hals und küßte ihn, er tanzte herum wie der Idiot Memanuk, er lachte und weinte, hieb dann wieder in die Erdmassen und grub sich mit vierzig Soldaten weiter durch den gewanderten Hügel.

Es dauerte noch eine Stunde, bis sie an Laska herankonnten. Romanowski hatte ein Luftloch in die Mauer geschlagen, und dort erschienen plötzlich Laskas weiche Nüstern und sogen gierig die Luft ein. Einen Augenblick ließen die Männer die Schaufeln sinken – sie erlebten ein Wunder.

Hartung langte durch das Loch und streichelte Laskas Maul. Sie leckte ihm die Hand, kniff ihn in die Handfläche und wieherte laut.

Keine Angst, hieß das. Ich lebe. Ich warte auf euch. Ich wußte ja, daß ihr kommt ...

Beim Morgengrauen waren alle Pferde geborgen. Von den deutschen Pferden lebten nur Laska und Enno, die Amerikaner hatten alle verloren, ebenso die Italiener und Australier. Sieben Pferde wurden verletzt aus den Trümmern geborgen – sie lagen auf der Wiese, die Tierärzte bemühten sich um sie. Dann hörte man vier peitschende Schüsse.

Noch nie hatten so viele Männer geweint wie an diesem Morgen.

Das Turnier am nächsten Tag fand statt. Aber es wurde kein Pokal ausgesprungen. Es wurde die erschütterndste Trauerfeier, erschütternd darum, weil hier zum erstenmal der Mensch ein Tier ehrte, wie er sonst nur Helden zu ehren pflegt.

Alle Hindernisse des Parcours waren mit schwarzen Tüchern zugedeckt, die Militärkapelle spielte einen Trauermarsch. Und dann öffnete sich die Schranke, und Soldaten in Paradeuniform, Trauerflore um den Arm, marschierten in das Stadion. Sie trugen Schilder mit den Namen der getöteten Pferde – eins hinter dem anderen, eine lange, bedrückende Reihe.

Voraus aber, allein, gesattelt wie zum Springen, aber mit hochgebundenen Bügeln, geführt von Romanowski, um dessen Kopf ein dikker Verband prangte, ging Laska mit gesenktem Kopf an den schweigenden Menschen vorbei. Die Namensschilder folgten ihr.

Pierrot.

Ladylike.

Mentor.

Shadow.

Heidi.

Abdal.

Ingelore.

Ratna.

Namen, die die ganze Welt kannte, die auf allen Turnierplätzen zu Hause waren, die Siege ersprangen, Pokale gewannen, das Siegesband am Ohr trugen, die Nationalhymne ihres Landes hörten, im Jubel der Menschenmassen ihre Ehrenrunde trabten.

Pferde.

Der älteste Freund des Menschen unter den Tieren. Sein Begleiter seit Jahrtausenden. Auf seinem Rücken wurde die Welt erobert.

Was wäre der Mensch ohne das Pferd geworden?

Langsam marschierten die Soldaten mit den von schwarzen Schleiern umrahmten Namensschildern um das Stadion. Als sie das weite Rund verlassen hatten, stand nur noch Laska auf dem Rasen. Von der Tribüne – sie war aus Holz gebaut, hatte beim Erdbeben nur geschwankt, aber war stehengeblieben – ging Hartung in den Parcours hinein. Er band Laska den Trauerflor, den sie an beiden Stirnseiten trug, zurück, führte sie zur Starterfahne und schritt dann langsam die Hindernisse ab. Er zog die Reitspur, die an diesem Tage neununddreißig Pferde galoppieren sollten, zu Fuß hinunter, blieb an jedem Hindernis stehen, grüßte und ging weiter. Starr, wie aus Gold gegossen, stand Laska am Start. Nur ihre großen klugen braunen Augen folgten ihrem Herrn.

Das letzte Hindernis. Hartung hob die Hand, und Laska trabte an, fiel in den Aufgalopp und setzte mit wehenden schwarzen Schleiern über den ersten Oxer.

Ein Pferd sprang allein für seine toten Kameraden. Ohne Reiter, ohne Applaus, sprang über die schwarz abgedeckten Hindernisse, und wer das sah, dem schossen die Tränen in die Augen.

Schweigen lag über den Menschen, als Laska das letzte Hindernis nahm. Schweigen begleitete sie hinaus, wo Angela sie in Empfang nahm und das Gesicht in ihrem schweißnassen Fell vergrub. Schweigend verließen die Menschen das Stadion. Sie kamen zurück in ein zerstörtes Land, wo Bulldozer die Trümmer umpflügten und Tausende nach Vermißten und Toten suchten.

»Das war Laskas schwerster Parcours«, sagte Hartung zu Fallersfeld. »Und ihr letzter.«

»Wir überschlafen das noch, Horst.«

»Nein. Es ist endgültig. Wann fliegen wir zurück?«

»In fünf Tagen.« Fallersfeld kaute an der Unterlippe. Das Drama von Manila würde er nie verwinden. »Mit leichtem Gepäck, wir haben ja nur noch zwei Pferde.«

»Fünf Tage. Das müßte reichen.«

»Wofür?«

»Um Ihnen zu beweisen, wie ernst es mir ist mit dem Aufhören. Ich werde Angela endlich heiraten.«

»Hier in Manila?«

»Ja.«

»Auf einmal so eilig?«

»Ich habe Angela versprochen, vom Tage der Hochzeit ab nicht mehr auf einem Turnier zu springen. Jetzt löse ich dieses Versprechen ein, und es kann gar nicht schnell genug geschehen. Baron«, er umfaßte Laskas Hals, »das war unser letzter Parcours. Komm, mein Mädchen.«

Er ging an ihm vorbei, den Arm noch um Laskas Hals gelegt, und wie sie so der Sonne entgegenschritten, war es ein Bild, das an Schönheit nicht mehr zu überbieten war.

Fallersfeld fiel das Monokel aus dem Auge und zerschellte auf der Erde.

Es war das zweite Mal in seinem Leben.

Horst Hartung und Angela Diepholt heirateten in der kleinen, altspanischen Kirche San Christofero in der Altstadt von Manila.

Reiter aus neun Nationen bildeten vor der Kirche das Spalier. In dieser Gasse stand Laska, blank geputzt, mit bunten Bändern in der Mähne, zwischen den Ohren einen weißen Schleier und im Maul einen riesigen Blumenstrauß. Romanowski paßte neben ihr auf, daß sie die Blumen nicht vor der Überreichung fraß.

»Meine zweite Braut«, sagte Hartung und streckte die Hand nach Laska aus.

»Das war sie schon immer.« Angela nahm Laska den Blumenstrauß aus dem Maul und streichelte über die weichen Nüstern. »Ich war so eifersüchtig auf sie, und sie auf mich, aber jetzt können wir ohne sie nicht mehr leben. Laska, mein Mädchen, darf ich das jetzt auch sagen?«

Und Laska hob den Kopf, blähte die Nüstern und wieherte hell.

Wer sagt da, ein Pferd hätte weder Seele noch Verstand?

Er kann unmöglich Laska kennen. Laska, auf deutsch »Die Liebe«.